Liliane Fontaine

Die Richterin und der Todesbote

W0299744

PIPER

Zu diesem Buch

»›Was habe ich da gehört? Ein weiterer Einbruch in unserem schönen neuen Museum? Und Sie kümmern sich um beide Fälle? Einbruch und Mord? Haben sie etwa miteinander zu tun?‹

Der Journalist stand jetzt mit verschränkten Armen vor dem Wagen der Richterin, als wolle er verhindern, dass ihm seine ›Beute‹ entkam.

›Bob, Sie wissen doch, wir äußern uns nicht zu laufenden Ermittlungen. Gedulden Sie sich bis zur Pressekonferenz.‹ Mathilde lächelte ihn entwaffnend an. In der Vergangenheit hatte der Mann ihnen tatsächlich den einen oder anderen Hinweis gegeben, der die Ermittlungen vorangebracht hatte. Er war ein fähiger Kopf, und man musste sich mit ihm gut stellen, hatte er seine Ohren doch überall.

›Nun, wenigstens einen kleinen Tipp? Die beiden Fälle, die hängen zusammen?‹

›Wir wissen Ihren Einsatz zu schätzen. Aber ein Zusammenhang zwischen den Morden und den Einbrüchen? Nein, der besteht nicht.‹

›Das werden wir noch sehen‹, antwortete der Journalist mit dunkler Stimme. Es hörte sich an wie eine düstere Prophezeiung.«

Liliane Fontaine ist der Geburtsname der Krimiautorin und Kunsthistorikerin Liliane Skalecki, die in Saarlouis nahe der französischen Grenze geboren wurde. Sie promovierte an der Universität des Saarlandes in den Fächern Kunstgeschichte und Klassische und Vorderasiatische Archäologie und wohnt heute mit ihrer Familie in Bremen. Die Autorin besitzt französische Wurzeln und lebt viele Wochen des Jahres in der Nähe von Nîmes, wo sie Kultur, Land und Leute und das Savoir-vivre Südfrankreichs genießt.

Liliane Fontaine

DIE RICHTERIN

UND DER TODESBOTE

Ein Südfrankreich-Krimi

PIPER

Mehr über unsere Autorinnen, Autoren und Bücher:
www.piper.de

Wenn Ihnen dieser Südfrankreich-Krimi gefallen hat, schreiben Sie uns unter Nennung des Titels »Die Richterin und der Tanz des Todes« an *empfehlungen@piper.de*, und wir empfehlen Ihnen gerne vergleichbare Bücher.

Von Liliane Fontaine liegen im Piper Verlag vor:
Ein Fall für Mathilde de Boncourt:
Band 1: Die Richterin und die Tote vom Pont du Gard
Band 2: Die Richterin und die tote Archäologin
Band 3: Die Richterin und der Kreis der Toten
Band 4: Die Richterin und das Ritual des Todes
Band 5: Die Richterin und der Tanz des Todes
Band 6: Die Richterin und das Erbe der Toten
Band 7: Die Richterin und der Todesbote

Unser Versprechen für mehr Nachhaltigkeit
• Klimaneutrales Produkt
• FSC®-zertifiziertes Papier
• Hergestellt in Europa

FSC www.fsc.org
MIX
Papier | Fördert gute Waldnutzung
FSC® C021394

Originalausgabe
ISBN 978-3-492-31977-5
April 2024

Redaktion: Sandra Lode
Umschlaggestaltung: FAVORITBUERO, München
Umschlagabbildung: Bilder unter Lizenzierung von Shutterstock.com genutzt
Satz: psb, Berlin
Gesetzt aus der Adobe Garamond
Gedruckt von ScandBook in Litauen
Printed in the EU

Prolog

Sie erwachte durch einen eigenartigen Geruch, der in ihre Nase drang. Nicht unangenehm, aber fremd. Wie lange hatte sie geschlafen? Sie hob den Kopf, um nach der Uhr zu greifen, die immer auf ihrem Nachttisch lag. Doch ihre Hand tastete vergeblich. Vergeblich nach der Uhr, vergeblich nach überhaupt irgendetwas. Sie fiel einfach ins Leere. Die Hand wanderte zurück, glitt suchend neben den Körper.

Was war das? Dort, wo das Bettlaken sein sollte, fühlten ihre Finger etwas Pelziges. Ein Fell? In diesem Moment wurde ihr bewusst: Etwas stimmte ganz und gar nicht. Sie war nicht in ihrer Wohnung, nicht in ihrem Schlafzimmer, geschweige denn in ihrem Bett. Mühsam versuchte sie, ihre Gedanken zu ordnen. Woran konnte sie sich erinnern?

Sie sah sich vor dem Museum stehen. Wollte sie hinein? War sie eben herausgekommen? Es spielte keine Rolle. Und danach? Keine Erinnerung. Hatte sie einen Unfall gehabt? Eine Welle der Erleichterung durchströmte sie. Ein Unfall! So musste es gewesen sein. Nichts Dramatisches, sonst wäre sie jetzt nicht bei Bewusstsein. Und jetzt lag sie geborgen und sicher in einem Krankenhaus. Daher auch der Geruch. Doch was hatte ein Fell in einem Krankenhausbett zu suchen? Sie war zu müde, um die Frage weiterzuverfolgen.

Mach die Augen auf, befahl sie sich. Warum war sie nicht schon vorher auf diese Idee gekommen? In ihrem Kopf ging es drunter und drüber. Reiß dich zusammen! Öffne die Augen. Schau dich um. Such die Klingel, um eine Schwester oder einen Arzt zu rufen. Sie werden dich aufklären. Darüber, was passiert ist, in welchem Zustand du dich befindest.

Zumindest lebte sie. Ganz kurz schoss ihr der Gedanke durch den Kopf, sie könne träumen und sei im Traum aus dem Traum erwacht. Aber nein, nie hatte sie in einem solchen Zustand etwas gerochen. Sie musste also wach sein. Mühsam versuchte sie, ihre Augen zu öffnen.

Ihre Lider waren schwer. Warum war es ihr nicht möglich, sie auch nur einen Millimeter zu bewegen? In einem ersten Anflug von Sorge, sie hätte vielleicht doch schwere Verletzungen erlitten, glitten ihre Finger über ihr Gesicht, wanderten zu den Augen, ertasteten etwas Glattes, Kühles, griffen zu, hielten es reflexartig fest. Endlich konnte sie die Lider öffnen. Sie blinzelte ein paarmal, drehte den Kopf langsam hin und her. Mehr war nicht möglich, denn schon diese leichte Bewegung ließ sie aufstöhnen. Der Schmerz unter der Schädeldecke breitete sich aus, explodierte. Sie schloss die Augen, vor denen punktförmige Blitze zuckten.

Ob sie von einem Auto angefahren worden war? Lag sie mit übelsten Kopfverletzungen da? Doch müsste sie dann nicht so etwas wie einen Verband, Bandagen spüren? Noch immer umklammerten ihre Finger irgendetwas. Sie ballte die Hände zu Fäusten, stemmte sie auf das Bett und versuchte, sich langsam aufzurichten. Sie erwartete, dass ihr Körper Schmerzsignale aussendete. Doch nichts geschah.

Aus halb geöffneten Lidern fiel ihr Blick auf eine Wand, verweilte darauf. Die Erkenntnis, dass sie auf eine grobe Mauer, nein, es war eher eine buckelige Felsenwand, starrte, ließ sie schlucken. Das flackernde Licht von zwei Fackeln in Wandhaltern, die schräg an der Wand befestigt waren, erhellte ein wenig die direkte Umgebung. Fassungslos erkannte sie, dass sie mitnichten in einem Krankenhaus lag. Oder war sie doch in einem Albtraum gefangen, aus dem sie nicht mehr herausfand?

Kneifen, man kneift sich doch, wenn man glaubt zu träumen. Mechanisch öffnete sie eine Faust. Das, was sie festgehalten hatte, landete auf dem Boden, der, so hörte es sich an, aus Holz war. Dann die andere Faust. Sie betrachtete, was in der schweißnassen Hand verborgen war. Der Gegenstand war rund und glatt, es war eine Münze. Auf ihren Augen hatten Münzen gelegen. Sie wusste, was dies zu bedeuten hatte. Münzen waren der Lohn für den Fährmann, der seinen Gast ins Reich der Toten brachte. Langsam löste sich ihre geistige Erstarrung, der Schmerz, der ihren Schädel malträtierte, ließ ganz allmählich nach.

Ruhig, ganz ruhig. Alles auf Anfang. Sie saß auf einem schmalen Bett. Hatte zwei Münzen auf den geschlossenen Augen gehabt. Eine lag jetzt auf dem Boden, die andere ließ sie auf das Bett fallen. Erneut glitten ihre Hände über das Fell. An einer Felswand brannten zwei Fackeln, illuminierten schwach die Wand. Der Rest des Raumes, des Verlieses – dieses Wort kam ihr spontan in den Sinn – blieb nahezu im Dunkeln. Angestrengt versuchte sie, etwas zu erkennen, doch alles blieb diffus.

Sie schob die Beine aus dem Bett, stellte die Füße auf, erhob sich, schwankte leicht, blieb dann einigermaßen stabil stehen. Sie begann, sich von Kopf bis Fuß abzutasten. Zuerst der Kopf, in der Hoffnung, doch auf einen Verband zu stoßen, auf Mullbinden, irgendetwas, das ihr bestätigte, vielleicht doch in einem Krankenhaus gelandet zu sein. Unsinn. Ihre Haare waren zu einem Zopf geflochten, der seitlich über dem rechten Schlüsselbein lag. Das war nicht ihre gewohnte Frisur. Weiter über das Gesicht, den Hals. Halt, was war das? Erstaunlicherweise hatte sie es bis jetzt nicht gespürt, das, was nun leicht auf ihren Nacken drückte. Sie tastete danach, ein Ring, der locker um ihren Hals lag. Eine Erinnerung kehrte zurück. Weiter. Ihre Arme waren nackt. Ihr Körper bis zu den Waden von einem weich fallenden Gewand verhüllt und um den Bauch gegürtet. Die Füße steckten in leichten Lederschuhen. Nie hatte sie jemals solche Kleidung getragen. Der Nebel in ihrem Kopf wurde lichter, ihre Gedanken ordneten sich. Entschlossen ging sie auf die Fackeln zu, zog eine aus ihrer Halterung und erkundete den Felsenraum.

Das Bettgestell war aus Metall, die Beine endeten in Tierpfoten mit Krallen. Darauf ausgebreitet das Fell. An einer Wand eine Art Anrichte. Sie sah ein schlankes Gefäß aus einem hellen Material, verschlossen mit einem Stöpsel, den sie herauszog. Ein schwerer, aber nicht unangenehmer Duft entströmte. Parfum. Jedoch nicht der Geruch, der sie geweckt hatte. Das mussten die Fackeln gewesen sein, denn schon mischte sich der Duft aus dem Flacon mit dem leicht ranzigen Geruch des brennenden Talgs.

Neben dem Parfumfläschchen entdeckte sie ein Holzkästchen. Sie öffnete es. Perlen lagen darin und ein kleiner Spiegel. Ihr Blick fiel auf zwei Becher und eine hohe Kanne mit gebogenem Hals. Sie war leer. Eine Erinnerung sagte ihr, dass es sich um eine Weinkanne handelte. Neben dieser lagen zwei Trinkhörner mit goldfarbenen Beschlägen. Ihr Blick wanderte weiter. Ein Kamm aus Bein. Frauen benutzen Kämme.

Sie drehte sich um. Die den Fackeln gegenüberliegende Wand dominierte ein vierrädriger Wagen. Die Räder waren aus Holz, die Deichsel ragte in den Raum. Auf dem Gefährt stapelten sich Teller aus Metall, daneben stand ein großer Kessel, den ein umlaufendes Relief zierte. Sitzende Männer und eine Schlange waren dargestellt. Die Wand hinter dem Wagen war mit groben Brettern vertäfelt. Sie kniff die Augen zusammen, hielt die Fackel ein Stück höher. Es schien, als wären über den Brettern Klappen mit Metallringen angebracht, hinter denen sich etwas verbergen könnte. Die Klappen maßen geschätzt dreißig mal dreißig Zentimeter, es waren fünf an der Zahl.

Sie trat näher, hob eine nach oben an. Ein Schrei entfuhr ihr, und sie ließ sie wieder fallen. Mit zitternder Hand öffnete sie die nächste. Der Anblick war nicht mehr so erschreckend wie beim ersten Mal, trotzdem atmete sie zur Beruhigung tief ein und aus. Auch aus diesem Hohlraum starrte sie ein menschlicher Schädel aus riesigen Augenhöhlen an. Schweiß lief ihr über den Rücken, als sie nach und nach jedes der kleinen Verstecke inspizierte. Fünf Klappen, fünf Hohlräume, aber nur vier menschliche Schädel.

Langsam wich sie zurück, ließ sich auf das Bett sinken. Sie befand sich weder in einem Krankenhaus noch in einem Verlies, sie war in einer Totengruft aufgewacht. Sie hob die Fackel, beleuchtete erneut im Sitzen die Wände. Es musste doch eine Möglichkeit zur Flucht geben. Ob sie sie vorhin einfach nicht registriert hatte?

Doch, da war sie. Eine schwere Holztür mit einem Ring in der Mitte, ein Schlüsselloch, aber keine Klinke. Sie sprang auf, zog und rüttelte, doch die Tür gab keinen Millimeter nach. Sie war gefangen, gefangen in einem Grab, einer Gruft.

Es zischte. Talg tropfte von der Fackel auf den Boden. Sie erlosch. Und bald würde auch die zweite Lichtquelle verglimmen. Noch konnte sie ihre Umgebung peu à peu erkunden. Sie stutzte. Merkwürdig, das war ihr bisher nicht aufgefallen. Unterhalb der mittleren Klappe umgab eine Rahmung aus Holz drei der Bretter. Sie maß in der Breite keinen Meter, ebenso in der Höhe. Auf allen vieren bewegte sie sich darauf zu. Doch es gab nirgendwo eine Möglichkeit, die Verschalung zu öffnen. Sie krallte ihre Finger zwischen zwei Bohlen, die Nägel brachen ab. Keine Chance.

Sie kroch zurück zum Bett, zog sich hoch und setzte sich. Erneut versuchte sie, ihre Erinnerungen zu ordnen. Sie hatte den Anruf erhalten, als sie gerade in das Museum hineingehen wollte. Und jetzt war sie hier, umgeben von antiken Grabbeigaben, fand keinen Ausgang, keinen Ausweg. Wartete. Wartete worauf? Wogegen sie sich bis jetzt erfolgreich gewehrt hatte, ergriff langsam Besitz von ihr. Es war die pure Angst, aus diesem Grab nicht mehr lebend herauszukommen.

Kapitel 1

Einige Tage zuvor

»Ruhe bitte, lasst mich einen Toast aussprechen.« Rémy de Boncourt, graue Eminenz im Hintergrund des Weinguts Château de Boncourt, erhob sich.

Mathilde beobachtete fasziniert jede seiner Bewegungen. Ihr *grand-père* war fast neunzig, aber immer noch eine stattliche Erscheinung. Aufrecht stand er da, kein Zittern in der Stimme, die dunklen Augen aufmerksam auf die Schar seiner Familie gerichtet, die sich um den großen Tisch im Esszimmer versammelt hatte. Hier wurde nur getafelt, wenn es etwas Besonderes zu feiern gab: Geburtstage, Weihnachten, das Osterfest. Oder wie heute das Gründungsjubiläum des Weinguts, das Rémys Großvater Fernand de Boncourt mit der Pflanzung der ersten Reben zu verdanken war.

Mathilde saß zu seiner Linken, rechts Rémys Neffe Philippe, der mittlerweile die Geschäfte des Guts leitete, jedoch nicht ohne regelmäßig den Rat des Patrons, seines Onkels, einzuholen. An Mathildes Seite hatte Rémy Commandant Rachid Bouraada platziert, den Lebensgefährten seiner Enkelin, während sich neben Philippe seine Frau Lucette und ihre vier Söhne reihten.

Erneut musste Rémy um Aufmerksamkeit bitten, weil die beiden Jüngsten seines Neffen, die Zwillinge Arthur und Noah, miteinander tuschelten und kicherten, denn heute durften sie zum ersten Mal einen Schluck Champagner als Aperitif trinken.

»Ruhe jetzt«, flüsterte Lucette und gab Arthur einen leichten Klaps auf den Hinterkopf.

»Aua, das hat wehgetan«, empörte sich der Junge laut, was ihm einen tadelnden Blick von seiner Tante Vivienne einbrachte, die ihm mit ihrem Sohn Sébastien gegenübersaß. Sébastien zog eine Grimasse, worauf Noah in schallendes Gelächter ausbrach.

»Sébastien, das gilt auch für dich. Hör mit den Faxen auf«, schalt Vivienne ihren Sohn. Sébastien, der mit dem Downsyndrom zur Welt gekommen war, legte den rechten Zeigefinger vor seinen Mund. *Chut.* Der junge Mann, der ewig von seiner Mutter in Watte gepackt worden war, hatte mittlerweile dank Mathilde und Martin, einem engen Freund der Familie, ein stattliches Selbstbewusstsein entwickelt. Wenn er nicht im Château wohnte, lebte er in einer betreuten Wohngruppe in Nîmes. Die Zwillinge, die eben schon wieder mit ihren Faxen anfangen wollten, verzogen schuldbewusst das Gesicht und gaben endlich Ruhe.

Um Rémys Aufforderung, ihn jetzt endlich reden zu lassen, zu unterstützen, klopfte Odile mit einer Gabel an ihr Glas. Und auf Odile, Haushälterin und guter Geist der Familie, hörte endlich die ganze Gesellschaft. Mathilde lächelte sie dankbar an. Für sie war Odile die Mutter, die sie nie gehabt hatte, nachdem ihre Eltern vor mehr als fünfunddreißig Jahren bei einem Flugzeugabsturz ums Leben gekommen waren.

Jetzt richteten sich alle Blicke aufmerksam auf Rémy, der in seiner kleinen Rede an die zurückliegenden Jahre und Monate erinnerte, die so manchem Landwirt und Weinproduzenten tiefe Sorgenfalten in die Stirn getrieben hatten.

Der letzte Frühling war zunächst mit milden Temperaturen ins Languedoc gezogen, die Weinreben öffneten die ersten Knospen, zartes Grün ließ sich blicken. Der Rebschnitt war beendet, und die Reben waren gebunden, um den Trieben genügend Halt zu geben. Dann hatte eine kalte Nacht die Winzer in helle Aufregung versetzt, das Thermometer war gefallen, und es war zu befürchten gewesen, der einsetzende Frost könne die jungen Knospen und Blättchen erfrieren lassen. Doch das Wetter hatte ein Einsehen gehabt und das Quecksilber seinen Abwärtstrend bei kühlen, aber nicht frostigen sechs Grad gestoppt.

Ein ungewöhnlich heißer Sommer hatte den Winzern erneut Sorge bereitet. Das Wasser drohte knapp zu werden. Doch war auch der Sommer ohne größere Schäden für die Weinreben ins Land gezogen und hatte mit seinen strahlend warmen Sonnentagen letztendlich für die Ernte erstklassiger Trauben gesorgt.

Nun war der Frühling dabei, sich erneut über den Winter zu erheben. Noch waren die Nächte kühl, während so manche Tage bereits eine Ahnung des Sommers boten. An diesem festlichen Abend war sogar dichter Nebel aufgezogen, Grund genug, im Esszimmer den Kamin anzuzünden, der wohlige Wärme in das große Zimmer abgab, dessen holzgetäfelte Wände mit Landschaftsgemälden und Portraits geschmückt waren. Direkt hinter Rémy hing das Bildnis seines Ahns Fernand de Boncourt, der mit einem verschmitzten Lächeln wohlwollend auf seine Nachkommen herabblickte.

Rémy erhob sein Glas, in dem goldener Champagner funkelte, der passende Begleiter zu Odiles Vorspeise, einer Gänseleber im Briocheteig. Nie und nimmer hätte die Familie auf Gänseleber als Entrée zu einem Festessen verzichtet, auch wenn diese aus Gründen des Tierschutzes, vor allem außerhalb Frankreichs, nicht unbedingt nur Freunde hatte. Sébastien, der als Kind eine Gans namens Rigoletto sein Eigen nannte, hatte immerhin durchgesetzt, dass sich Odile nach einer Gans umsah, die vor ihrer Schlachtung nicht so leiden musste. Bei einem Biogänsezüchter in den Cevennen war sie fündig geworden. Zwar war die Leber kleiner als gewohnt, aber im Briocheteig fiel dies nicht auf, und ihr Geschmack war vorzüglich. Die ganze Familie war zufrieden mit dieser Lösung, und nun lag die Vorspeise auf den edlen Porzellantellern mit dem Rosenmuster, von denen angeblich schon Napoleon Bonaparte gespeist hatte, als er eine Nacht auf Château de Boncourt verbracht haben sollte. Genaueres wusste niemand.

»Liebe Odile, mein erster Dank gebührt dir. Nicht nur wegen des Essens.« Rémy zwinkerte Odile zu, deren Gesicht tatsächlich eine zarte Röte überzog. »Ohne dich wäre diese Familie nicht die,

die sie ist. Du verwöhnst uns, du hältst alles in Gang, und wenn du mal etwas zu tadeln hast, dann hat es auch Hand und Fuß. Sogar die Hunde haben das erkannt, nicht wahr, ihr zwei?«

Henri und sein alter Hundefreund Babou lagen vor dem Kamin und hoben, als sie angesprochen wurden, die Köpfe und klopften mit dem Schwanz auf den Parkettboden.

»Und heute hast du dich selbst übertroffen, meine liebe Odile.« Rémy zeigte auf den Tisch. »Es wird uns, wie immer, ein Fest sein. Schon die Vorspeise lässt mir das Wasser im Mund zusammenlaufen, und der Duft, der meine Nase aus der Küche erreicht hat, verspricht etwas ganz Großartiges. Es riecht nach deiner berühmten Lammkeule, von der ich weiß, wie schnell du mit diesem Gericht das Herz von Rachid im Sturm erobert hast.« Er nickte dem Commandant lächelnd zu.

»Mein nächster Dank gilt dir, mein lieber Philippe. Ohne dich wären unsere Weine nicht das, was sie heute sind. Vor Jahren hast du mich mit großer Beharrlichkeit davon überzeugt, dass wir uns endlich zum Roséwein bekennen sollten. Und der Erfolg gibt dir recht.«

Schon räusperte sich Philippe, winkte bescheiden ab, doch Rémy ließ ihn nicht zu Wort kommen. »Nein, mein Lieber, keine Widerrede. Allerdings glaube ich, Lucette hatte dabei ein gewichtiges Wörtchen mitzureden. Ohne ihren geliebten Pinot Noir Rosé wäre sie wahrscheinlich wieder nach Lothringen abgereist.«

Philippes Frau nickte bestätigend und hauchte ihrem Mann ein Küsschen zu. Die Stimmung war beschwingt, fröhlich, und Mathilde sah mit Freuden, wie sehr ihr Großvater es genoss, seine große Familie um sich zu haben, und wie bedingungslos er Rachid angenommen hatte.

Zuletzt wandte sich Rémy seiner Enkelin zu.

»Mathilde, als du damals mit dem Studium der Rechtswissenschaften begonnen hast, habe ich einen winzigen Stich verspürt. Nicht, dass du keine Winzerin werden wolltest, sondern es war die Angst, dich eventuell durch eine vielversprechende Karriere an Paris zu verlieren. Aber du bist hiergeblieben, ein größeres Geschenk hättest du mir nicht machen können. Und nun genug der Rede, sie ist länger geworden als geplant. *Bon appétit.*«

Mathilde war gerührt. »*Grand-père.* Was sollte ich bitte in Paris? Wo wir hier auf dem schönsten Fleckchen der Erde leben dürfen. Das hat sogar Martin erkannt, nicht wahr, *mon chèr* Martin? Stoßen wir auf uns und unser wunderbares Zuhause an.«

Sie hob ihr Glas und prostete Martin Endress zu, der neben Sébastien saß. Der Reiseschriftsteller aus Bonn hatte sich nicht weit vom Schloss in dem kleinen Dorf Saint-Fons niedergelassen, war mit Mélisande, einer hiesigen Tierärztin, liiert und bei den Festen der Familie nicht mehr wegzudenken.

»Und ich hab Martin entdeckt. Als ich mit Mathilde auf dem Markt war. In Uzès. Weißt du noch? Und dann hab ich dich in Bonn besucht. Das war ein Abenteuer. Und jetzt bist du hier, und ich hab es nicht mehr weit, wenn ich dich sehen will.« Sébastien strahlte übers ganze Gesicht und boxte Martin freundschaftlich auf den Arm.

Diese Begegnung vor ein paar Jahren, als der Deutsche nach Südfrankreich gereist war, um etwas über das Schicksal seiner jüdischen Großmutter herauszufinden, war der Beginn der Freundschaft zwischen Mathilde und Martin gewesen.

Kurz nach Mitternacht war das Festmahl beendet. Lucette reichte als Digestif einen Mirabellenschnaps, den sie aus ihrer alten Heimat mitgebracht hatte. Als Sébastien sein Glas zum zweiten Mal füllen wollte, griff seine Mutter ein.

»Das eine Glas genügt, *chéri.* Du hast schon ordentlich dem Wein zugesprochen. Und du weißt, wie dich sonst Albträume quälen werden.«

Der junge Mann schob gehorsam sein Schnapsglas von sich. »Dann aber noch einen winzigen Schluck Rotwein, *d'accord?*«

Vivienne nickte, und Martin goss seinem Freund ein wenig Rotwein nach, den Sébastien genüsslich trank.

»Ob die Kelten hier auf unserem Land auch schon Wein angebaut haben? Was meinst du, *tonton* Rémy?«, fragte er dann über den Tisch hinweg.

»Wie kommst du denn darauf, mein Junge?«

Sébastien überlegte einen Moment. »Ich war mit meinen Leuten aus der Wohngruppe im Museum. Wo die ganzen Römersachen und so ausgestellt sind. Bald kommt eine Keltenausstellung rein, die schauen wir uns an. Und der Mann, der sie aufbaut, hat uns gesagt, die Kelten hätten schon Wein getrunken. Ich hab ja geglaubt, die hätten eher Bier getrunken.«

»Nein, die trinken nur Zaubertrank«, krähte Noah dazwischen.

»Zaubertrank auch, aber nur, wenn sie kämpfen müssen«, erwiderte Sébastien mit einem halb mitleidigen Blick auf seinen Cousin. »Du hast eben nicht viel Ahnung. Aber Bier haben sie auch getrunken, hat der Mann gesagt. Aber eben auch Wein. Und der muss doch irgendwo angebaut worden sein, oder? Vielleicht hier, direkt bei uns. Martin, du weißt doch so was.«

Martin lächelte. »Ich kann mir das schon vorstellen, also, dass sie Wein getrunken haben. Warte, ich schau mal in mein schlaues Smartphone.« Er zog sein Telefon aus der Jackentasche und drückte ein paar Tasten. Alle warteten gespannt auf das Ergebnis seiner Recherche.

»Hier, ein Artikel in einer deutschen Zeitschrift. Da steht, die Kelten pflegten einen mediterranen Lebensstil. Das Weintrinken haben sie von den Griechen übernommen und Trinkgefäße aus Griechenland benutzt. Allerdings haben sie aus den Schalen auch ihr Bier geschlürft.« Er grinste.

»Und woher weiß man das?«, fragte Noah.

»Die Forscher haben bei Grabungen in keltischen Siedlungen Keramikgefäße entdeckt, die aus Griechenland importiert worden sind. Und die haben sie auf Nahrungsrückstände hin untersucht. Das waren Funde, wartet kurz, ah aus einer Siedlung am Mont Lassois im Burgund. Man konnte genau feststellen, wer was getrunken hat. Das ist ja interessant. Die Soldaten haben wahrscheinlich Hirsebier getrunken, etwas höher gestellte Bewohner, zum Beispiel die Handwerker, tranken Gerstenbier und die ganz reichen Leute

Wein. Und sie kochten sogar damit. Vielleicht sogar etwas in der Art wie deine köstliche Lammkeule heute Abend, Odile.«

»Also eine Art *agneau bourguignonne.*« Odile lächelte verschmitzt.

»Nein, erstaunlich. Tatsächlich gab es im Burgund offenbar damals keinen Weinanbau. Hier steht, die Weine wurden aus Griechenland, Italien und Südfrankreich importiert. Und die Trinkgefäße wurden auch in Gräbern gefunden. Damit hätten wir Sébastiens Frage fast beantwortet. Wer weiß, vielleicht ist tatsächlich auf euren Feldern bereits Wein angebaut worden. Wann soll diese Ausstellung denn sein, Sébastien? Sie würde mich brennend interessieren.«

»In einer Woche. Sie sind jetzt am Auspacken und Vorbereiten. Dann gehe ich mit dir wieder rein. Zuerst mit meinen Freunden und dann mit dir, einverstanden?«

»Wir wollen da auch hin«, krähten die Zwillinge.

Plötzlich stand Rémy auf. »Wartet mal, ich hab da was.«

Alle sahen sich fragend an, als der alte Mann das Esszimmer verließ. Zwei Minuten später kehrte er mit einer alten Zigarrenschachtel zurück, die er neben seinem Glas abstellte.

»Was ist da drin?« Neugierig sprangen Noah und Arthur auf und starrten auf die Schachtel.

»Gleich, seid mal nicht so ungeduldig«, brummte Rémy und klappte langsam den Deckel auf. Er griff hinein und hob etwas, das in weiches Papier gewickelt war, heraus. Bedächtig schälte er das geheimnisvolle Teil aus seiner Umhüllung, während alle die Hälse reckten.

»Das hier hat einer unserer Erntehelfer vor Jahren im Boden gefunden. Östlich des ersten Feldes vor der Allee. Gott sei Dank ein gutes Stück von unseren Weinreben entfernt. Er hat es mir gebracht, und eigentlich wollte ich es immer mal jemandem, der Ahnung von solchen Sachen hat, zeigen. Aber dann war das Museum zeitweilig, als der Neubau entstand, geschlossen, und es ist mir total aus dem Kopf gekommen.« Vorsichtig legte er das Teil auf seiner Stoffserviette ab.

»Das ist ja kaputt«, ließ sich Noah enttäuscht vernehmen. »Und so was hebst du auf?«

»Egal, das ist Teil eines Schatzes, der bei uns gefunden worden ist. Leute, wir finden noch mehr«, jubelte Arthur.

Jetzt waren alle Augen auf den Gegenstand gerichtet. Mathilde zog die Serviette vorsichtig zu sich heran.

»Das sieht aus wie ein antikes Stück«, konstatierte sie mit einer gewissen Ehrfurcht in der Stimme. »Martin, das könnte doch ein Teil einer solchen Trinkschale sein, von der du gesprochen hast.«

Martin hatte sich bereits erhoben und begutachtete den Fund. »Stimmt, hier, ein Henkel. Die Schale, der Fachbegriff ist Kylix, ist in der Hälfte zerbrochen. Und da erkennt man Spuren der Bemalung. Viel ist es ja nicht mehr. Mit ein bisschen Fantasie würde ich den Umriss eines Kopfes erkennen, das könnte ein Bart gewesen sein. Aber sicher bin ich mir da nicht. Wer weiß, vielleicht ist es der Rest eines Satyrs. Das, was ihn eindeutig identifizieren könnte, fehlt leider.«

»Was wäre das denn?«, fragte Arthur wissbegierig.

Jetzt ging das Fundstück reihum. Philippe hielt sich die halbe Schale probeweise an den Mund. »Da entfaltet sich das Aroma aber gewaltig drin«, schmunzelte er und gab sie an seine Frau weiter.

»Nun, ein Satyr besitzt im Oberkörper eine menschliche Gestalt, unten sieht er aus wie eine Ziege«, beantwortete Martin Arthurs Frage.

»Ach, und so was gab es?«

»Mensch, Arthur, das ist eine Sagengestalt«, belehrte Noah seinen Bruder.

»Und hat man noch mehr bei diesem Feld gefunden?«, fragte Rachid interessiert.

Rémy schüttelte den Kopf. »Nein, das war alles. Nachdem der Mann das Teil gefunden hatte, hielten die anderen natürlich die Augen auf. Aber mehr war nicht zu entdecken. Wie es wohl dahin gekommen ist?«

»Vielleicht gab es auf eurem Terrain eine keltische Ansiedlung«, schlug Martin vor. »Sie wurde aufgegeben, alles ist zerstört und vergangen. Nur das allein ist übrig geblieben.«

Alle schwiegen, und wie es schien, machte sich jeder seine eigenen Gedanken darüber, was sich auf dem Grund und Boden der de Boncourts wohl vor Jahrhunderten abgespielt haben mochte.

»Dann waren es aber reiche Kelten«, folgerte Sébastien und beendete als Erster das Schweigen. »Du hast doch gesagt, sie haben das Geschirr importiert. Das konnten bestimmt nur die mit viel Geld. Oder ein reicher Kelte hat bei uns in den Weinfeldern vor vielen Jahren ein Picknick gemacht und die Schale dabeigehabt. Dann ist sie ihm hingefallen, ist kaputtgegangen, und er hat seinen Müll einfach liegen lassen. Geht eigentlich gar nicht.«

»Da hast du allerdings recht, mein Junge.« Liebevoll strich Vivienne ihrem Sohn über die Haare.

»*Maman*, lass das, ich bin doch kein kleines Kind mehr.« Sébastien legte den Kopf schief.

Mittlerweile war die Schale bei Odile angekommen. Sie drehte sie um. »Nicht spülmaschinenfest«, stellte sie lachend fest und fuhr sachte mit dem Finger über den Henkel. »Wirst du den Fund nun melden, Rémy?«

»Muss ich ja wohl«, brummte er. »Ich hoffe nur, es kommt keiner auf die Idee, unser Land zu einer archäologischen Ausgrabungsstätte zu machen.«

»Du könntest die Schale Sabine zeigen. Felix' Freundin restauriert doch solche Artefakte«, schlug Rachid vor.

Rémys Miene blieb skeptisch. »Ihr habt recht, ich muss diesen Fund endlich öffentlich machen. Aber wie gesagt, ich möchte nicht, dass unsere Felder plattgemacht werden.«

»Vielleicht ist es gar kein altes Stück, sondern eine Fälschung. Dann wird auch niemand die Reben anrühren«, meinte Mathilde. »Das Geschäft mit nachgemachten Antiken boomt.«

Doch ihr Großvater winkte ab. »Jetzt mal ernsthaft, Mathilde. Wie sollte denn eine halbe Fälschung in unsere Erde gelangen? Aber das ist eine gute Idee, Rachid. Ich vertraue euch das Ding an, ihr gebt es an Lieutenant Tourrain weiter. Dann sehen wir, was passiert.«

Er wickelte das gute Stück wieder ein, verstaute es in der Schachtel, und damit war das Thema bei Tisch erledigt.

Kapitel 2

Vincent Castello rieb sich über die Augen. Jetzt ein starker Kaffee, das wäre nicht übel. Er sah auf seine Uhr. Noch eine Stunde bis zum Schichtwechsel. Francis Leclerc würde ihn ablösen. Der Junge war erst seit kurzer Zeit dabei. Wie er selbst gehörte Francis zu *Sécurité et plus*, der Firma, die das passende Konzept für die Sicherheit des Museums erarbeitet hatte, es pflegte, die Mitarbeiter ausbildete und stellte, die sich um den Schutz der wertvollen Exponate kümmerten.

Er selbst war nach seiner Pensionierung vom Polizeidienst von *Sécurité et plus* angeheuert worden. Viele seiner Kollegen verdienten sich nach dem offiziellen Staatsdienst etwas dazu, denn meist reichte das Geld hinten und vorne nicht. Das Haus war noch nicht abbezahlt, die Kinder vielleicht im Studium, eine teure Scheidung musste finanziell bewältigt werden. Die einen verdingten sich als Türsteher, die anderen als Wachpersonal auf Firmengeländen. Oder, wie er, in einer Einrichtung, sei es ein Kaufhaus oder eben ein Museum.

Ihm gefiel die Arbeit, und er machte sie nicht des Geldes wegen. Das hieß, ein wenig mehr in der Kasse war nicht schlecht. Vielleicht für ein Wohnmobil, mit dem er die archäologischen Stätten in Frankreich oder weiter bereisen würde? Außerdem war ihm zu Hause schlicht und ergreifend die Decke auf den Kopf gefallen. Hier war es in der Nacht ruhig, er saß vor seinen Bildschirmen, schaute nach, ob alles in Ordnung war, ging seine Runden und blieb dabei gerne vor dem einen oder anderen Exponat stehen, um es zu bewundern, nachzulesen, aus welcher Zeit es stammte, und sich so seine Gedanken über die Vergangenheit zu machen.

Castellos Frau war Krankenschwester und bevorzugte ebenfalls die Nachtschichten. Die wurden besser bezahlt. Bald würde auch sie das Rentenalter erreicht haben. Dann hatten sie noch genug Zeit, in der Nacht zu Bett zu gehen. Sein Dienst begann um einundzwanzig Uhr, endete um vier. Um halb fünf lag er in der Falle, schlief bis um zehn und hatte dann eigentlich den ganzen Tag vor sich.

Er gähnte herzhaft, ließ seinen Blick über die Monitore schweifen. Alles absolut ruhig. Castello stand auf, streckte sich und machte sich auf den Weg zu den einzelnen Abteilungen. Hier waren die Relikte der Kelten, die vor ewigen Zeiten in der Gegend ansässig gewesen waren, dort die Ausstellung zu den Römern, denen Nîmes viel zu verdanken hatte, und zuletzt der Blick auf das Mittelalter, eine Zeit, die Castello allerdings nicht sonderlich interessierte.

Spannend fand er zurzeit vor allem den Aufbau der neuen Ausstellung. Als er mit seiner Arbeit im Museum begonnen hatte, war im Untergeschoss gerade die zu den Etruskern zu sehen. Er hatte den Namen dieses Volkes zwar schon mal gehört, hatte allerdings keine Vorstellung, wo und wann sie gelebt oder wie sie ihre Leute beerdigt hatten. Staunend war er durch das Souterrain gewandert, hatte alles in sich aufgesogen, was es zu diesem Volk zu sehen und sagen gab. Und jetzt folgten ihnen, bereit, dem interessierten Publikum präsentiert zu werden, die Kelten. Die Gallier, wie man sie in Frankreich nannte, das Volk, das vor den Römern hier gelebt hatte, mit ihnen verschmolzen war und über das man nach und nach durch archäologische Grabungen und Funde immer mehr erfuhr.

Als die Kisten mit den Exponaten von überallher eingetroffen waren, hatte er eine Sonderschicht eingelegt, um das Abladen und Öffnen der schweren Holzkisten mit zu überwachen. Jedes einzelne Teil war herausgehoben worden, wurde mit Listen und dem Katalog verglichen, in den all das Eingang gefunden hatte, was man aus der Schweiz, Deutschland, Österreich oder dem restlichen Frankreich erwartete. Mit gebührendem Abstand hatte er beobachtet, wie man vorsichtig die Artefakte nachmaß und begutachtete. Mittlerweile war ein Teil bereits hinter Glas gewandert, damit man die wunderbaren Schätze in wenigen Tagen bestaunen konnte.

Vincent Castello hatte sich einen der Ausstellungskataloge erbeten, in dem alles Wissenswerte über das Volk der Kelten nachzulesen war, wann und wo sie ihren Ursprung hatten und wo sie hingezogen waren. Die wichtigsten Exponate waren abgebildet. Castellos Lieblingsstück war die Skulptur eines Vogels – er selbst war ein eifriger Vogelbeobachter –, der im keltischen Oppidum von Roquepertuse gefunden worden war und jetzt seine Heimat im *Musée d'Archéologie Méditerranéenne* in Marseille hatte.

Vor sich hin summend begann der Wachmann seine Runde. Los ging es ganz oben im Mezzanin, in dem Fresken und Mosaikböden aus der Römerzeit präsentiert wurden. Castello genoss die Stille, nur sein eigenes Summen klang in seinen Ohren. Weiter ging es in Ebene eins. Die dort ausgestellten Münzen interessierten ihn nicht sonderlich. Man konnte sie zwar durch ein Vergrößerungsglas betrachten, aber viel war nun wirklich nicht darauf zu sehen.

Auch jede Menge Grabsteine waren hier ausgestellt, und es wurde umfassend über die in der Römer- und frühen Christenzeit damals üblichen Bestattungsriten informiert. Ein Grabstein für ein Ehepaar, dessen Gesichter ihn, aus dem Stein herausgehauen, ruhig anschauten, hatte es Castello besonders angetan. So etwas würde er sich für sich und Alicia wünschen. Die Leute würden über den Friedhof schlendern und garantiert stehen bleiben. Sie würden sich fragen, wer wohl hier bestattet sein könnte, und kämen zu dem Schluss, es müsse sich ganz sicher um eine wichtige Familie aus Nîmes handeln. Castello schmunzelte bei diesem Gedanken und wanderte weiter.

Plötzlich hielt er inne. Was war das für ein Geräusch? Wo kam es her? Aus dem Erdgeschoss? Er sah auf seine Uhr. Seine Ablösung war noch nie vor der Zeit im Museum eingetroffen. Eigentlich war Francis ein ausgemachter Faulpelz, so schien es ihm. Er lauschte angestrengt. Nichts. Wahrscheinlich hatten seine Sinne ihm einen Streich gespielt. Es herrschte absolute Stille.

Castello umrundete die große Neptunstatue, die vor Jahren bei Grabungen in Nîmes entdeckt worden war. Der Gott des Meeres, der Gott des Wassers. Ein Bein fehlte ihm, aber dafür hatte er ja seinen Dreizack als Stütze, so sah es jedenfalls Castello. Er nickte der bärtigen Gottheit zu und verharrte auf seiner Runde beim Pentheus-Mosaik, das während Bauarbeiten für eine Tiefgarage in der Avenue Jean-Jaurès zutage getreten war. Als Polizist war er froh, nie in einen solchen Fall wie den des Pentheus verwickelt gewesen zu sein, hatte doch die Mänade Agave, seine Mutter, ihn eigenhändig getötet. Die griechische Mythologie besaß Unmengen solcher Geschichten. Nichtsdestotrotz konnte Castello einer solchen Arbeit nur höchsten Respekt zollen. Auf mehr als fünfunddreißig Quadratmetern hatte der Künstler Tausende von bunten Steinchen zusammengefügt und dieses herrliche Kunstwerk geschaffen.

Er wandte sich dem Bereich mit den Fundstücken der vorrömischen Epoche zu, der Zeit, als die Kelten die Region besiedelt hatten. Die Vitrinen waren leer, kleine Tafeln wiesen darauf hin, dass die Exponate im Untergeschoss in der Sonderausstellung zu finden waren. Castello warf einen Blick in das sogenannte Haus des Gailhan, ließ den Strahl seiner Taschenlampe über den Boden und die Wände gleiten. So etwa hatten die Gallier gewohnt. Es war mehr eine Hütte als ein Haus und sehr bescheiden. Um wie viel prächtiger mussten die Anführer der verschiedenen keltischen Stämme gelebt haben, wenn man sich die Funde betrachtete, die die Besucher bald anlocken würden, ging es dem Wachmann durch den Kopf. Feinste Goldschmiedearbeiten in Form von Ringen, Anhängern oder Armbändern, edle Trinkgefäße, die von weit hergekommen waren, oder prächtige Waffen zeugten davon.

Die Mittelalterabteilung war, wie immer, schnell erledigt. Castello stieg die Stufen hinunter ins Souterrain, wo er sich ein wenig mehr Zeit nehmen würde, schließlich befand sich hier bereits einiges davon, was ihn besonders interessierte. Er betrat den ersten Raum, sein Blick blieb an der Schautafel hängen, die darstellte, welche Wanderungen die Kelten durch einen großen Teil Europas geführt hatten. Daneben zeigten Schwarz-Weiß-Fotografien diverse Ausgrabungsstätten, Oppida, Siedlungen vergleichbar einer Stadt, von der nichts mehr übrig war bis auf den Hügel, auf dem die Gebäude aus Holz errichtet worden waren.

Ebenfalls als Hügel erkennbar, aber natürlich kleiner, die Grabstätten, in denen, wie Castello mittlerweile wusste, ganz besondere Schätze entdeckt worden waren. Diese hatten zum Teil als Kopien den Weg nach Nîmes gefunden, was Castello wunderte. Warum nicht die Originale, hatte er gefragt. Die Besucher würden den Unterschied nicht erkennen, hatte ihm die Kuratorin erklärt, sogar Fachleute würden das nachgefertigte Stück kaum davon unterscheiden können. Grund sei, dass so manches Exponat besonders empfindlich und kostbar war, daher könne man es nicht auf die Reise nach Südfrankreich schicken.

Castellos Blick wanderte zu einem Goldreif. Er war in einer speziell gesicherten Vitrine ausgestellt. Der Torques, wie diese Schmuckstücke hießen, stammte aus einem Grab in einem Ort namens Reinheim in Deutschland, direkt an der Grenze zu Frankreich. Eine keltische Fürstin war dort beigesetzt worden, und wie eine Nachbildung des Inneren des Grabes auf einem Foto zeigte, war jenes prachtvoll ausgestattet gewesen. Der Fürstin hatte es an nichts fehlen sollen. Der Goldring war allerdings wie die ausgestellte Röhrenkanne, die zu einem Trinkgeschirr gehörte, eine Kopie. Gefertigt war die Kanne aus Bronzeblech, der Henkel und der verzierte Deckel waren gegossen. Doch auch als Kopie war sie ein wunderschönes Stück, das von der Kunstfertigkeit der Kelten zeugte.

Irgendwie war Castello die Form einer solchen Kanne bekannt vorgekommen. Und er hatte Madame Jacquemot, die Direktorin des Museums, danach gefragt. Die Kanne erinnere ihn an eines der etruskischen Exponate in der letzten Sonderausstellung. Madame Jacquemot hatte voller Hochachtung genickt. »Monsieur Castello, wenn die Studenten der Archäologie so ein gutes Auge hätten wie Sie, wäre ich höchst zufrieden. In der Tat imitiert das keltische Stück ein etruskisches Vorbild.« Und Castello hatte sich gefragt, ob er nicht ins Auge fassen sollte, als Senior ein Studium der Archäologie zu beginnen.

Er ging um die Vitrine herum, betrachtete fasziniert die feine Arbeit. Am oberen Griffansatz war eine bärtige Maske ausgeformt, darunter ein Widderkopf und wiederum darunter eine Satyrmaske über einem spiralartig verzierten Blatt. Die Darstellung solcher Köpfe, so hatte es ihm die Direktorin erklärt, war ein wichtiges Motiv für die Kelten. Sie hatte es Schädelkult genannt, da für die Kelten der Kopf als Sitz des Lebens von ganz besonderer Bedeutung war. Den Griff des Kannendeckels fand Castello eher niedlich, ein Pferdchen mit einem menschlichen Gesicht, die Ohren groß und aufrecht.

Ein großer Teil der Leihgaben stammte, wie der Vogel, aus Marseille. Das Bildnis aus Stein eines Druiden hatte es Castello ebenfalls angetan. Der Druide, ein hoher Priester der Kelten, trug eine Blattkrone auf dem Kopf. Diese Blätter stellten angeblich Misteln dar, eine besonders heilige Pflanze.

Der Blick des Wachmanns wanderte nach links. Castello schluckte schwer und fuhr sich unwillkürlich mit seiner Rechten an den Hals. Halluzinierte er? Vor zwei Stunden war das Exponat doch noch in der Vitrine mit der Leihgabe aus einem anderen Fürstengrab gewesen. Ein Goldring aus Hochdorf in Deutschland. Nicht glatt, sondern elegant in sich gewunden. Ein außergewöhnlicher Torques. Und ein Original. Pures Gold. Hoch versichert und unter besonderen Vorsichtsmaßnahmen angeliefert. Und in einer Art kleinem Hochsicherheitstrakt aus Panzerglas untergebracht. Vor zwei Stunden hatte er ihn auf seinem Monitor herangezoomt. Er war nicht mehr da! Nur die Hinweistafel, die an der Wand anzubringen war, lag dort.

Schweiß brach Castello aus allen Poren. Der Halsring war geraubt worden, das Geräusch von vorhin war keine Einbildung gewesen. Jemand hatte es geschafft, sämtliche Sicherheitsvorkehrungen zu überwinden, in das Untergeschoss zu gelangen, die Vitrine zu öffnen und den Torques zu entwenden.

Castello bekam weiche Knie, er musste sich an die Wand lehnen. In seinem langen Leben als Polizist war er zu so manchem Einbruch gerufen worden, hatte so manchen Dieb überführt. Auch Räuber, die in Juwelierläden eingedrungen waren, dreist die Glaskästen mit ihrem kostbaren Inhalt ausgeräumt und nicht selten die Inhaber oder Kunden mit Waffen bedroht hatten, ihnen wertvollen Schmuck und Uhren auszuhändigen. Aber das hier, das war einzigartig.

Castello atmete tief ein und aus. Ruhe bewahren. Vielleicht war der Dieb noch im Haus. Wann hatte er das Geräusch gehört? Vor zehn Minuten, fünfzehn? Oder hatte der Dieb den Halsring erst aus der Vitrine genommen, als er auf seinem Routinegang sich dem Souterrain näherte? Wie lange war er jetzt hier im Untergeschoss? Endlich wich die Lähmung, die sich seiner Glieder und seines Gehirns bemächtigt hatte. Er musste Alarm schlagen und dem Einbrecher hinterherjagen. So viele Wege, aus dem Museum zu kommen, gab es nicht.

Castello rannte los, die Treppe hinauf. Er nahm ein Scharren wahr, ein Kratzen irgendwo im Erdgeschoss, wo sich der Kassenraum, die Garderoben und Toiletten sowie der kleine Buchladen befanden. Wie war das nur möglich gewesen? Während seiner Dienstzeit? Hatte sich der Dieb vielleicht in der Toilette eingesperrt? War von dort aus zu seinem Beutezug aufgebrochen? Castellos Schritt wurde immer schneller, er rannte, er keuchte. Ein schmerzhaftes Stechen erfüllte seine Brust, er bekam kaum noch Luft. Der Schmerz breitete sich aus, zog in die Arme, in den Nacken, presste alle Luft aus seinen Lungen, seinem Körper heraus. Er stolperte, stürzte mit den Knien auf den obersten Treppenabsatz. Ein neuer Schmerz durchfuhr ihn. Doch er war nicht vergleichbar mit dem, der in seinem Oberkörper tobte.

Vincent Castello bemühte sich, sich aufzurappeln, stemmte sich mit den Händen auf den Boden, kroch auf allen vieren in den Bereich, in dem die Schleusen waren, die den Besuchern erlaubten, diese heiligen Hallen zu betreten oder zu verlassen. Schweiß tropfte auf den Boden, mischte sich mit dem Speichel, der ihm aus dem Mund lief, als er versuchte, endlich wieder tief ein- und auszuatmen. Vergeblich, der Atem stockte ihm im wahrsten Sinne des Wortes.

Nicht aufgeben, nicht aufgeben, schnapp ihn dir, Castello, alter Junge. Und mit dem Gedanken, kläglich versagt zu haben, brach Vincent Castello endgültig auf dem kühlen Boden zusammen.

Kapitel 3

Mathilde hatte Rachid um kurz vor acht am *Hôtel de Police* in der Avenue Pierre Gamel abgesetzt und war zum Palais de Justice weitergefahren. Rachid musste zu einem Meeting nach Lyon und würde erst am nächsten Tag wieder in Nîmes sein. Sie parkte in der Tiefgarage gegenüber dem altehrwürdigen ehemaligen Zugang zum Justizgebäude. Ihr Weg führte nicht direkt zum Haupteingang, sondern sie nahm sich die Zeit, bei der Bronzestatue des Matadors El Nimeño vorbeizuschlendern, ihm mit einem kurzen Gruß zuzunicken, denn mit dieser kleinen imaginären Begegnung begann grundsätzlich ein guter Tag für sie.

Die Restaurierungsarbeiten an der antiken Arena waren weiter vorangeschritten. Stück für Stück erstrahlten die mächtigen Steine nach ihrer Sandstrahlreinigung hell und sauber. Dabei fragte sich Mathilde, wie oft wohl der Stein eine solche Prozedur ertragen konnte, bis er vollends weggestrahlt worden war. Ihr jedenfalls gefiel die Arena besser mit der Patina des Alters.

Bruno, der Wachmann, der um diese Zeit im Gerichtsgebäude Dienst hatte, fragte Mathilde nach dem werten Befinden, und Mathilde ihrerseits erkundigte sich nach Brunos Frau, die vor ein paar Wochen ihr fünftes Kind geboren hatte. Die Richterin sang vor sich hin, als sie die Treppe ins erste Obergeschoss nahm, wo sich ihr Büro befand. Christine saß im Vorzimmer und ordnete Akten, die sie gleich Mathilde aushändigen würde.

»*Bonjour*, irgendwelche Neuigkeiten, Christine?«, fragte Mathilde gut gelaunt.

Christine schüttelte den Kopf. »Das Übliche. Seit dem Drama im Sommer hatten wir nichts wirklich Spektakuläres mehr. Allerdings können Sie wahrscheinlich gerne auf Mord und Totschlag verzichten. In den blauen Mappen liegen zwei Fälle, die Sie vielleicht interessieren werden. Lebrun und Hugo. Beide sind wieder auf freiem Fuß gewesen und erneut straffällig geworden. Man könnte meinen, die Leute lernen nichts dazu. Und das hier können Sie gleich mitnehmen. Es ist wohl eilig. Juge Demongeot bittet Sie, noch einmal drüberzuschauen. Nächste Woche soll der Prozess eröffnet werden. Es ist diese Erpressergeschichte aus Alès.«

Sie hielt Mathilde einen dünnen gelben Ordner hin, den diese ergriff.

»Ich sehe es mir gleich an, danke Christine. Würden Sie mir bitte eine Tasse Ihres unvergleichlichen Kaffees vorbeibringen?«

Mathilde verschwand in ihrem Arbeitszimmer und öffnete das Fenster. Als sie am Morgen Château de Boncourt verlassen hatten, war bereits ein leichter Wind aufgekommen und hatte sich an die Arbeit gemacht, die Wolken, die sich in der Nacht über die Sterne gelegt hatten, zu vertreiben. Der Himmel verhieß nun einen strahlenden Tag. Der Sommer, der *la Canicule*, als die Temperaturen bis zu zweiundvierzig Grad erreicht hatten, war lange Vergangenheit und bald wieder Zukunft. Schon jetzt befürchtete man eine Wasserknappheit nie gekannten Ausmaßes, und die ersten Regulierungen zum Wassersparen wurden angemeldet bis hin zum Verbot neuer Swimmingpools. Die Touristen, die bald die ersten warmen Frühlingstage im Süden verbringen würden, waren zurzeit noch spärlich gesät, und die Stadt gehörte weitgehend den Einheimischen.

Mathilde schnappte sich eine *Gauloise Blonde* aus ihrem Zigarettenetui mit den bunten Punkten und zündete sie an. Ein tiefer Zug, das Gesicht der Sonne entgegengestreckt, in wenigen Minuten ein erster Schluck Bürokaffee, und der Arbeitstag konnte beginnen. Ihr Blick fiel auf den gläsernen Reklamekasten an der Ecke der Rue de l'Aspic, in dem ein großes Plakat Werbung für die neue Ausstellung im *Musée de la Romanité*, dem Antikenmuseum, machte.

Les Gaulois – notre héritage, nos ancêtres. Die Gallier – unser Erbe, unsere Ahnen. Die Gallier, das keltische Volk, das das heutige Frankreich besiedelt hatte. Insofern waren alle Gallier Kelten, aber nicht alle Kelten Gallier. Mathilde musste schmunzeln. Dann war es wohl erblich bedingt, dass sie, seitdem sie rauchte, keiner anderen Zigarette als der *Gauloise*, der Gallierin, etwas abgewinnen konnte.

Sie kniff die Augen zusammen und studierte das Plakat. Es zeigte ein Ausstellungsstück, das Mathilde schon vor ein paar Jahren beeindruckt hatte. Kurz nach der Eröffnung des Museums hatte die Belegschaft des Palais de Justice ihren Betriebsausflug eben dorthin unternommen, zumal im dazugehörigen Restaurant ein Sternekoch seine Küche eröffnet hatte, dessen Kreationen man nach dem Museumsbesuch hatte testen wollen.

Damals war der antike Fund erstmals gezeigt worden. Es war die Büste eines keltischen Kriegers, geschaffen im siebten bis sechsten Jahrhundert vor Christus. Mathilde konnte sich auch deswegen so gut daran erinnern, da die Mutter von Christine in Sainte-Anastasie lebte, wo man den Krieger mit dem markanten Gesicht und dem imposanten Kopfschmuck entdeckt hatte.

Noch bevor die junge Frau, die die Gruppe durch das Museum führte, etwas dazu erklären konnte, hatte Christine schüchtern die Hand gehoben und erzählt, wie ihre Mutter beeindruckt aus dem Badezimmerfenster im Obergeschoss ihres Hauses die Ausgrabung stundenlang verfolgt hatte, war der Krieger doch direkt hinter ihrem Haus bei Kanalarbeiten aus der Erde geborgen worden.

Mathilde nahm einen tiefen Zug, und ihre Gedanken wanderten zurück ins Museum. Erstaunt hatte die Museumsmitarbeiterin Christines Worten gelauscht. Ihre Mutter hatte sich dann ein paar Tage später an die Gruppe der Archäologen herangewagt und nachgefragt, was man denn dort nun gefunden hätte. Bereitwillig hatte sie Auskunft erhalten, und ihr wurde sogar ein Foto auf einer Digitalkamera präsentiert, das das gute Stück bis ins Detail zeigte.

Was wie ein riesiges Kopftuch auf dem Haupt des Kriegers aussah, war ein Helm, jedoch nicht aus Bronze oder Eisen, sondern vielmehr aus mit Wolle gepolstertem Leder. Daran waren, so die Vermutung der Archäologen, dekorativ Hörner angebracht, die vielleicht sogar aus Gold oder Silber gefertigt gewesen waren. Ähnliche Büsten waren im Mittelmeerraum entdeckt worden, die alle, zusätzlich zum Helm, einen auffälligen Brustschild mit Schulterträgern besaßen. Dieser war beim Krieger in Nîmes mit Pferdemotiven dekoriert. Wahrscheinlich handelte es sich bei solchen Bildnissen um reale Personen aristokratischer Herkunft, die als Helden oder Ahnen verehrt worden waren und somit einen außergewöhnlichen Platz in der Gesellschaft eingenommen hatten.

Alle hatten gespannt Christines Worten gelauscht und nach ihrem kleinen Fachvortrag applaudiert.

Mathilde kehrte in die Gegenwart zurück. Apropos Christine. Wo blieb sie denn mit dem Kaffee? Mathilde rauchte ihre Zigarette zu Ende, entsorgte den Stummel im Abfallkorb, schloss das Fenster und wandte sich der Akte des Kollegen Demongeot zu. In diesem Augenblick öffnete sich die Tür. Christine betrat das Büro, doch der erhoffte Kaffeeduft blieb aus.

»Mathilde, es ist etwas passiert. Sie erinnern sich doch sicher an Vincent Castello? Ein Cousin meiner Mutter.«

»An Ihre Mutter habe ich eben gedacht. Und natürlich, Brigadier Castello. Und er ist mit Ihnen verwandt? Ist er nicht mittlerweile in Pension? *Mon Dieu*, Christine, Sie sind ja leichenblass. Setzen Sie sich. Was ist denn geschehen?«

Christine ließ sich schwer auf den Stuhl gegenüber von Mathildes Schreibtisch fallen. Tränen schossen ihr in die Augen, und Mathilde reichte ihr ein Papiertaschentuch aus ihrer Schreibtischschublade, das Christine dankend annahm.

»Vincent war schon seit drei Jahren in Pension. Irgendwann ist ihm zu Hause die Decke auf den Kopf gefallen, und er wollte etwas dazuverdienen. Wenn Alicia, seine Frau, in Rente geht, wollten sie reisen. Sie haben auf ein Wohnmobil gespart. Er hat einen Job bei *Sécurité et plus* angenommen, und die haben ihn im *Musée de la Romanité* eingesetzt. Es hat ihm unheimlich viel Spaß gemacht. Er war ganz beseelt von der antiken Geschichte seiner Heimatstadt.« Mit jedem Satz hatte Christine schneller gesprochen. Jetzt sank sie in sich zusammen, schniefte und schnäuzte sich.

Natürlich hatte Mathilde registriert, dass ihre Sekretärin von Castello in der Vergangenheit gesprochen hatte. Er war also offenbar verstorben. Schlimm, aber warum ging es Christine nur so an die Nieren? Castello war ein Cousin ihrer Mutter, demnach kein ganz enger Verwandter. Da musste mehr dahinterstecken. Sie schwieg und wartete ab, bis Christine sich wieder gefasst hatte.

»Es muss heute in der späten Nacht passiert sein. Als seine Ablösung kam, war Vincent tot. Er lag im Foyer des Museums, hinter den Schleusen zu den Ausstellungsräumen. Er hatte einen Herzinfarkt.« Erneut schluchzte Christine, und ein zweites Taschentuch wanderte über den Schreibtisch.

Mathilde ahnte, dass die Geschichte damit nicht zu Ende war. Ein Herzinfarkt bei einem Mann im Alter von Vincent war allerdings nichts Ungewöhnliches.

»Das tut mir unendlich leid, Christine«, sagte sie mitfühlend.

»Das war noch nicht alles.« Christine holte tief Luft. »Wie es aussieht, war er hinter jemandem her. Einem Dieb, genauer gesagt. Ein wertvolles Exponat ist aus einer Vitrine verschwunden. Ein goldener Halsring, der aus einem deutschen Museum für die Ausstellung zur Verfügung gestellt worden ist. Wahrscheinlich hat ihn das alles immens aufgeregt, sein Herz blieb einfach stehen. Vielleicht hatte er ja eine Herzschwäche, von der er gar nichts geahnt hat.«

Mathilde nickte. »Das kommt vor. Aber woher wissen Sie das alles schon? Es ist eben mal ...«, sie schaute auf ihre Armbanduhr, »... Viertel vor neun.«

»Monsieur Leclerc, der Vincent ablösen sollte, hat sofort einen Notarztwagen gerufen. Aber es war schon zu spät. Die Museumsdirektorin, Madame Jacquemot, ist ebenfalls umgehend eingetroffen. Sie hat dann den Diebstahl bemerkt und vermutet, Vincent könnte hinter dem Dieb her gewesen sein, und vor Aufregung, wie gesagt, das Herz ... Sie hat Vincents Frau informiert. Und die hat meine Mutter informiert. Unsere Familie ist nicht groß.«

Christine war ins Stottern geraten. Mathilde bemerkte ein leichtes Zögern in der Stimme, als die Sekretärin langsam weiterredete.

»Ich weiß nicht, ob das überhaupt möglich ist, Mathilde. Meine

Mutter hat mich angerufen und im Namen von Vincents Witwe gebeten, Sie zu fragen, ob Sie das in die Hand nehmen könnten. Sie weiß, dass ich für Sie arbeite. Also, den Fall zu übernehmen. Ich meine, was ich sagen will: Könnten Sie dafür sorgen, den Commandant und Ihre Leute zu bitten, diesen Dieb zu fassen? Er ist schuld am Tod von Vincent, und bei Ihnen wäre die Untersuchung in den besten Händen. Schließlich war Vincent ein Kollege, nicht wahr?«

Mathilde erhob sich und ging um den Schreibtisch herum.

»Kommen Sie, Christine.« Die Sekretärin stand ebenfalls auf, und Mathilde schloss die Frau in ihre Arme, drückte sie fest an sich.

»Versprochen, wir werden uns darum kümmern. Im Augenblick haben wir keinen Fall, der unsere gesamte Zeit in Anspruch nehmen würde. Vincent Castello ist jetzt unser Fall. Wir werden herausfinden, was in der letzten Nacht geschehen ist. Und werden alles daransetzen, den Täter zu ermitteln. Sollte er noch im Museum gewesen sein und womöglich mitangesehen haben, was mit Vincent passiert ist, bekommen wir ihn zusätzlich wegen unterlassener Hilfeleistung dran.« Sie schob Christine ein Stück von sich weg. »In Ordnung?«

»Ja. Ich, wir, danken Ihnen. Wenn Sie sich dieses Dramas annehmen, wissen wir, alles, was möglich ist, wird getan.«

»Gut, ich werde den Commandant, Felix und Coralie informieren. Unsere bewährte Truppe.« Mathilde zwinkerte Christine aufmunternd zu. »Kennen Sie die genaueren Umstände des Diebstahls? Wohl eher nicht, vermute ich mal.«

Die Sekretärin schüttelte den Kopf. »Ich weiß nur, dass dieser wertvolle Goldring verschwunden ist. Wie der Dieb reinkam, ob er alleine gehandelt hat, auf welchem Weg er wieder aus dem Museum raus ist, ich hab keine Ahnung. Die Polizei ist wohl noch vor Ort und sucht nach Spuren, meinte meine Mutter. Vielleicht sind sie aber auch schon wieder abgerückt.«

»Ich kümmere mich um alles. Jetzt bräuchte ich meinen Kaffee, Christine, alles andere überlassen Sie mir. Ich werde mich umgehend mit der Museumsleitung in Verbindung setzen und, wie gesagt, die besten Leute der *Police nationale* von Nîmes auf den Fall ansetzen und veranlassen, dass Vincents Leiche von Alain Regis untersucht wird. Ein Herzinfarkt, das ist eine erste Einschätzung des Notarztes. Aber wir wollen doch auf Nummer sicher gehen, ob da nicht noch mehr ist, ob die Person, die sich mit ihm im Museum aufgehalten hat, nicht auch direkt für seinen Tod verantwortlich gewesen sein könnte.«

Christine schauderte. »Sie glauben, er hat ihn vorher zusammengeschlagen oder Ähnliches?«

»Ich glaube gar nichts, Christine, aber ich will es sicher wissen. Und wenn einer einen Hinweis auf eine solche Tat findet, dann ist es Alain.«

Christine wollte noch etwas sagen, doch dann nickte sie nur zustimmend und verließ das Büro. Bald zog der Duft von frisch gebrühtem Kaffee in Mathildes Arbeitszimmer.

Kapitel 4

Eine halbe Stunde später hatte Mathilde bereits die ersten Schritte unternommen. Sie hatte Christine nach Hause geschickt, damit sie sich zusammen mit ihrer Mutter um Vincents Witwe kümmern konnte, und Capitaine Renault, der mit seinen Leuten als Erster im Museum gewesen war, darüber informiert, dass sie die Untersuchungen leiten würde. Der Capitaine hatte sich erstaunt gezeigt, doch als Mathilde ihm erklärte, dieser Fall sei ein sehr persönlicher, hatte der Mann keine Einwände erhoben. Das Wenige, das man nach der ersten Spurensicherung hatte, würde man umgehend den Kollegen weiterleiten.

Als Mathilde am *Musée de la Romanité* eintraf, war es Viertel nach zehn. Eine Traube von Menschen hatte sich davor versammelt, die Einlass begehrten. Das Museum öffnete unter normalen Umständen um zehn, doch heute herrschten alles andere als normale Umstände. Eine junge Polizistin redete geduldig auf die Leute ein, die entweder verständnisvoll umkehrten oder aus der Entfernung dann neugierig beobachteten, was sich vor dem Museum abspielte. Ein paar Superneugierige versuchten sogar, hinter das gelb-schwarz gestreifte Absperrband zu gelangen, um sich dann die Nase an der Glasfront platt zu drücken, um einen Blick ins Innere zu erhaschen. Erst als die Polizistin sie laut aufforderte, das zu unterlassen, trollten sie sich.

Wie immer ärgerte sich Mathilde über solche Gaffer. Doch diese Spezies würde wohl nie aussterben. Sie begrüßte die Polizistin, die für sie das Absperrband anhob.

»Madame le Juge, Capitaine Renault erwartet Sie bereits. Die Leiche ist allerdings schon abtransportiert worden. Es tut uns verdammt leid um unseren Kollegen. Hoffentlich wird das Schwein gefasst, der das zu verantworten hat.« Die Frau wurde rot. »Ähm …«

»Schon gut, Brigadier. Ich kann Sie verstehen. Aber vielleicht sollten wir Unterstützung dazubitten. Da hinten ist schon wieder jemand hinter die Absperrung gelangt. Ich werde drinnen Bescheid sagen. Man soll Ihnen einen Kollegen nach draußen schicken.«

»*Bonjour*, Madame le Juge.«

Mathilde drehte sich um. Lieutenant Felix Tourrain war eingetroffen.

»*Bonjour*, Lieutenant. Gut, dass Sie da sind. Wo ist Coralie?«

Felix schlüpfte ebenfalls unter dem Absperrband hindurch und reichte Mathilde zur Begrüßung die Hand.

»Coco ist schon bei unserem Doc. Regis hat Rachid unterwegs angerufen, er wird die Untersuchung von Vincent Castello vorziehen.« Das sonst meist fröhliche Gesicht des Polizisten war ernst. »Wir alle haben ihn gemocht. Er ist übrigens derselbe Jahrgang wie Alain Regis. Die beiden kennen sich von der Schule. Als er erfahren hat, wer eingeliefert wird, hat er seinen Tagesplan sofort über den Haufen geworfen. Und Rachid hat Coco gebeten, der Obduktion beizuwohnen.«

Mathilde nickte zufrieden. »*Bon*, dann wollen wir mal hören, was uns Capitaine Renault zu sagen hat.«

Die beiden Ermittler betraten das lichtdurchflutete Foyer, das von einer großen gewundenen Treppe in die oberen Etagen dominiert wurde. Graue Töne und Metall verliehen dem Eingangsbereich eine elegante Kühle. Unter die Treppe duckte sich der Kassenbereich, der unbesetzt war. Die Zugänge zu den oberen Geschossen und in das Souterrain waren abgesperrt. Capitaine Renault, den Mathilde als erfahrenen und kollegialen Polizeibeamten zu schätzen wusste, war in ein Gespräch mit einer kleinen korpulenten Frau vertieft. Ihr Kostüm wirkte derangiert, und aus dem dunklen Haarknoten, der im Nacken wie ein kleines pelziges Tier saß, hatte sich eine Strähne gelöst. Mathilde und Felix grüßten gleichzeitig, und die beiden drehten sich um.

»*Bonjour*, Madame le Juge.« Capitaine Renault trat mit ernster Miene zu Mathilde und reichte ihr die Hand.

»Lieutenant Felix Tourrain«, stellte Mathilde ihren Partner vor, dem Renault zunickte.

Zögernd trat die Frau im dunkelblauen Kostüm zu der kleinen Gruppe. Mathilde registrierte, dass sie offenbar geweint hatte. Ob wegen des toten Wachmanns oder des verschwundenen Goldrings, vermochte sie jedoch nicht einzuschätzen. Vielleicht wegen beidem.

Capitaine Renault trat ein Stück zu Seite. »Wir reden gleich«, flüsterte er Mathilde und Felix zu.

»Sie übernehmen jetzt diesen Fall?«, fragte die Frau. »Ich bin Aurore Jacquemot, die Leiterin des Museums. Schrecklich, ganz furchtbar, was hier passiert ist. Der arme Monsieur Castello. Er war so ein interessierter und loyaler Mann.« Sie zog ein Taschentuch aus der Rocktasche und schnäuzte sich.

Also doch Tränen wegen Castello, dachte Mathilde.

»Und der Halsring, ein goldener Torques, eine Leihgabe, weg, verschwunden, geraubt. Ich weiß gar nicht, wie ich das meinen Kollegen in Deutschland erklären soll«, sagte sie mit zitternder Stimme. »Er ist versichert, ja, aber von unschätzbarem Wert. *Mon Dieu*, ich sehe ihn schon eingeschmolzen vor mir, unwiederbringlich dahin. Ein Stück unserer Historie, unserer Vergangenheit, unserer Ahnen.« Ihre Stimme brach, und sie schaute wie Hilfe suchend an die Decke des Foyers.

Bis jetzt hatten Mathilde und Felix keinen Ton von sich gegeben. Nun ergriff Mathilde das Wort.

»Wollen wir vielleicht in Ihrem Büro weiterreden? Vielleicht wären eine Tasse Tee oder ein Kaffee eine gute Idee. Wir sind in zwanzig Minuten bei Ihnen, und Sie erzählen uns alles: über diesen Halsring, über die Sicherheitsmaßnahmen in Ihrem Museum, über die Ausstellung und darüber, wer Ihrer Meinung nach ein Interesse an dem antiken Stück haben könnte.« Sie lächelte der Museumsdirektorin aufmunternd zu.

»Ja, nun, dann erwarte ich Sie in meinem Büro.« Madame Jacquemot zeigte auf einen Bereich hinter dem Museums-Café, in dem sich die Räume der Verwaltung befanden, verabschiedete sich von Capitaine Renault und ging mit schweren Schritten davon, wobei sie, als verstünde sie die Welt nicht mehr, permanent den Kopf schüttelte.

»Capitaine Renault, Ihre Leute sind noch in der Ausstellung im Untergeschoss zugange?«

Renault bejahte. »Viel haben wir bisher nicht zu berichten. Die Kriminaltechnik ist bald fertig. Es gibt keinerlei Einbruchspuren. Entweder hat der Dieb einen Schlüssel gehabt, oder er hat sich irgendwo im Haus versteckt und auf den richtigen Moment gewartet, sich diesen Goldring zu schnappen. Natürlich wimmelt es auf den Toiletten nur so von Fingerabdrücken. Dass er sich dort aufgehalten hat, war unser erster Gedanke, und was Besseres haben wir auch nicht zu bieten. Die Toiletten sind die einzigen Räume, die nicht kameraüberwacht sind.« Der Polizist verstummte.

»Schauen wir uns zuerst an, wo man Vincent Castello gefunden hat, dann gehen wir hinunter«, schlug Mathilde vor. »Wir verschaffen uns einen ersten eigenen Überblick. Auf unsere Leute von der Kriminaltechnik können wir getrost verzichten, Ihre Mannschaft wird erstklassige Arbeit leisten. Im Übrigen danke ich Ihnen, dass Sie uns den Fall so unkompliziert überlassen. Es handelt sich immerhin um eine ziemlich spektakuläre Geschichte.«

Renault lächelte dünn. »Das kann man wohl sagen. Aber wenn es für Sie und Ihr Team ein persönlicher Fall ist, treten wir gerne zurück. Sie informieren mich, wenn das Obduktionsergebnis vorliegt?«

Mathilde nickte. »Natürlich.«

Sie verharrten an der Stelle, an der Vincent Castello gestorben war. Mathilde wurde schwer ums Herz, als sie auf den Boden starrte. Castello hatte zwischen dem Zugang ins Untergeschoss und der gewundenen Treppe, die in die oberen Ausstellungsräume führte, sein Leben ausgehaucht. Sie ließ ihren Blick nach oben gleiten.

»Eine doppelte Wendeltreppe, die Architektin hat sich vom Entwurf Leonardo da Vincis für die Treppe von Schloss Chambord inspirieren lassen«, tat Felix kund, der Mathildes Blick gefolgt war. Ein ganz klein wenig Normalität in diesem Moment der allgemeinen Trauer.

Die Richterin und der Capitaine blickten den Lieutenant verblüfft an. Felix wurde ein wenig rot. »Habe ich zufällig aufgeschnappt.«

Renault räusperte sich und zeigte auf den Boden.

»Hier ist er entweder zusammengebrochen oder von dem Einbrecher gestoppt, gestoßen oder niedergeschlagen worden.« Er zeigte auf einen Fleck auf dem Boden. »Vincent Castello hatte eine Kopfwunde. Wie sie zustande kam, ist noch unklar. Wir haben allerdings keine Waffe, mit der sie ihm zugefügt worden sein könnte, gefunden. Vielleicht hat der Täter aber auch eine Taschenlampe oder ein Stemmeisen benutzt. Die Obduktion wird uns hoffentlich Klarheit bringen.«

»Ein Stemmeisen?«, fragte Felix. »Ist mit so was die Vitrine, oder wo immer der Ring drinlag, aufgebrochen worden?«

Capitaine Renault hob die Brauen. »Nein.« Dann lächelte er entschuldigend. »Irgendwie stellt man sich einen Dieb, der in ein Museum einbricht, ein wenig vor wie *Le Chat* in diesem Film mit Grace Kelly. Dunkle Kleidung, ein Rucksack mit den notwendigen Utensilien, geschmeidig wie eine Katze. Aber nein, es wurde kein Stemmeisen benutzt. Aber wir wissen nicht, ob er nicht noch andere Beute machen wollte und von Vincent Castello gestört worden ist. Und vielleicht hätte er dazu ein Stemmeisen gebrauchen können. Reine Spekulation, und die gehört natürlich nicht hierher«, fuhr er dann fort. »Gehen wir hinunter, Sie werden es sehen.«

Die Wandlampen, die den Weg ins Untergeschoss auf geheimnisvolle Weise beleuchteten, ließen die Schatten der drei Personen an der gegenüberliegenden Wand tanzen. Auf den letzten Stufen kamen ihnen zwei Kriminaltechniker entgegen, die eben ihre weißen Kapuzen vom Kopf zogen. Eine Frau, deren Lippen pink in ihrem dunklen Gesicht schimmerten, wandte sich an Renault.

»Wir sind fertig, Hugo. So wie es aussieht, ist außer dem Ring nichts weggekommen, es wurde auch nicht versucht, ein weiteres

Exponat mitgehen zu lassen. Alles unauffällig. Und der Dieb hat null Spuren hinterlassen, soweit wir das beurteilen können. Hier unten ist einfach nichts.«

Capitaine Renault schüttelte missmutig den Kopf. »Ein absoluter Profi. Schickt mir den Bericht und eine Kopie davon an ...« Er schaute Mathilde an.

»Die Kopie bitte an Commandant Rachid Bouraada«, ergänzte Mathilde. »Er wird die Ermittlungen leiten.«

Die beiden Spurensicherer sahen fragend zu Renault.

»Das ist so in Ordnung, Madame le Juge de Boncourt und Kollege Bouraada übernehmen mit ihrem Team, eine persönliche Geschichte zwischen ihnen und dem Wachmann.«

»*Bon*, wenn das so ist. Heute Nachmittag liegt er bei Bouraada auf dem Tisch. Viel wird sowieso nicht drinstehen«, meinte der zweite Techniker, zuckte mit den Schultern und verabschiedete sich mit einem Winken, seine Kollegin im Schlepptau.

Renault, Mathilde und Felix durchquerten den ersten Ausstellungsraum, in dem eine Zeittafel und eine Karte darüber informierten, von wo die Kelten gekommen waren, wo sie gesiedelt hatten und in welchen Zeitraum. An einer Wand, die aussah, als wäre sie mit dunkelrotem Samt bezogen, stand ein Exponat, das Mathilde kannte. Der Krieger, der das Ausstellungsplakat zierte. Fotos von Ausgrabungen hingen gegenüber, dazwischen Vitrinen, die noch leer waren oder Tongefäße und Fibeln, mit denen die Gewänder zusammengehalten worden waren, enthielten.

Der angrenzende Raum war schwarz ausgekleidet, er war den Opferriten und Grablegungen der keltischen Oberschicht gewidmet. Mathildes Blick glitt zum Modell einer Grabkammer. Sie entdeckte einen winzigen Wagen, Miniaturgeschirr. Auf einem Bett lag eine Frau in einem weißen Gewand, die Arme über der Brust gekreuzt, der Zopf, zu dem ihr Haar geflochten war, lag über dem rechten Arm. Es war die Grabkammer einer Fürstin aus Reinheim in Deutschland, wie Mathilde einer kleinen Hinweistafel entnehmen konnte. Die kleine Szenerie berührte sie. Sie wandte sich der daneben stehenden, nicht sehr großen Glasvitrine auf einem Unterbau aus Holz zu, aus der der kostbare Torques verschwunden war.

Stumm betrachteten die drei Ermittler das angeblich sichere Behältnis aus Panzerglas. Keine Schramme war zu sehen, keine Risse, nichts. Der Kasten war unversehrt.

Renault zeigte mit dem Finger darauf. »Deshalb hat man den Halsring bereits in die Ausstellung gebracht. Angeblich absolut einbruchsicher.«

»Und wie hat er den Goldring dann da rausbekommen?« Felix umrundete die Vitrine, bückte sich und zeigte auf eine Ecke. Er pfiff durch die Zähne. »Sie ist gesichert durch ein Schloss, aber es ist ein Schloss ohne Schlüssel. Sehen Sie hier, Madame le Juge. Eine supermoderne Sicherheitslösung.«

»Stimmt, die Technologie ist für diese Ausstellung erstmals hier im Museum eingeführt worden. Die Leihgeber aus Deutschland haben darauf bestanden, sagte mir Madame Jacquemot. Sonst hätten sie ihre Schätze nicht rausgerückt. Nur genutzt hat es nicht viel.«

»Und wie funktioniert es?« Mathilde begutachtete das Schloss.

»Ein Transponder ersetzt den konventionellen Schlüssel. Wird ein berechtigter Transponder in einer gewissen Reichweite an das Schloss gehalten und der Drucktaster des Transponders betätigt, öffnet sich das elektronische Schloss. Das bedeutet, für diese Vitrine muss der Dieb einen besessen haben.«

»Das heißt, er hat ihn gestohlen, man hat ihm den Transponder gegeben, oder er ist einer der Museumsangestellten«, folgerte Felix.

»So sieht es aus, Sie haben die Wahl. Allerdings sind nicht alle Exponate auf diese Weise gesichert. Einige der Vitrinen verfügen über konventionelle Schlösser, die Büste des Kriegers im ersten Raum beispielsweise ist durch einen Alarm vor Diebstahl geschützt. Sobald man sie nur berührt, schrillt er los.«

»Und wo ist der Transponder jetzt?«, fragte Mathilde.

Capitaine Renault gab ein Brummen von sich. »Den hat die Museumsleitung an sich genommen, er lag in der leeren Vitrine.

Jetzt ist er bei meinen Leuten von der Spurensicherung. Sie bekommen ihn. Allerdings dürften am wenigsten die Fingerabdrücke des Diebes zu erwarten sein.«

Renault, Mathilde und Felix zuckten zusammen, als plötzlich eine vierte Person im Raum stand. Niemand hatte sie kommen hören. Mathilde kam nicht umhin, den Mut der Frau in puncto Modefragen zu bewundern. Das dunkelblonde Haar lag wie eine Krone auf dem Kopf, die aus einem Zopf zusammengerollt war. Eine bunt schillernde Tunika reichte bis weit über die Hüften, war gegürtet mit einem Strick, wie Mathilde ihn aus der Landwirtschaft kannte. Die Beine steckten in karierten Wollleggins, die Füße in plüschigen goldfarbenen Ballerinas.

»*Pardon*, ich wollte niemanden erschrecken.« Die Frau rückte sich eine riesige Brille mit runden Gläsern auf der Nase zurecht. »Madame le Juge, wäre es Ihnen möglich, nach oben zu kommen? Madame Jacquemot erwartet Sie dringend. In einer halben Stunde wird jemand von der Versicherung kommen. Ein Drama, ein absolutes Drama. Wenn Sie mich bitte nach oben begleiten würden. Madame Jacquemot weiß nicht, wo ihr der Kopf steht.«

Bittend streckte die Frau die Hände aus, als wolle sie Mathilde ins Büro der Direktorin führen.

»Natürlich, Madame …?«

»Ah, wie unhöflich von mir. Maximiliane Chapelet, ich bin die stellvertretende Leiterin. Mir obliegt das Ganze.« Jetzt streckte sie die Arme weit von sich und breitete sie in einer allumfassenden Geste aus. »Und der schwerste Gang steht uns noch bevor. Wir müssen Klaus benachrichtigen. Klaus Gruber. Aus seinem Museum stammt der Goldring. Eine Tragödie.«

Madame Chapelet hatte die letzten Worte geflüstert.

»Felix, wenn Sie bitte mit unserem Kollegen den Rundgang durch die Ausstellung beenden würden. Einfach nur, um sich einen Eindruck zu verschaffen. Dann sichten Sie bitte die Überwachungsvideos und fragen in der Verwaltung nach einer Liste sämtlicher Mitarbeiter, einschließlich Reinigungspersonal, Wachleute, Personal im Café, im Museumsshop und so weiter. Madame

Chapelet, bei wem kann mein Kollege solche Informationen erhalten?«

Capitaine Renault räusperte sich. »Die Liste haben wir bereits angefordert.«

Madame Chapelet nickte bestätigend. »Ja, sie sollte inzwischen fertig sein. Kommen Sie zu mir, ich werde sie Ihnen geben, Lieutenant. Zimmer 2.2., der Verwaltungstrakt hinter dem Café. Madame le Juge, wir müssen jetzt aber.«

Renault verabschiedete sich von Mathilde, die mit der unglücklichen Madame Chapelet kaum Schritt halten konnte.

Kapitel 5

»Wie lange dauert es, eine solche Ausstellung zu konzipieren?«, fragte Mathilde, um Madame Chapelet abzulenken.

Die Frau, die vorauseilte, blieb stehen und wartete, bis Mathilde an ihrer Seite war. Erst jetzt bemerkte Mathilde, dass Madame Chapelet sie, trotz der flachen Plüschballerinas, um ein paar Zentimeter überragte. Mit ein wenig Schminke, einer vorteilhafteren Brille oder Kontaktlinsen und einer aufrechteren Haltung hätte diese Frau durchaus auch eine Modelkarriere starten können. Mut zu verrückter Kleidung hat sie ja, fuhr es Mathilde durch den Kopf.

»Etwa drei Jahre«, riss die stellvertretende Direktorin Mathilde aus ihren Betrachtungen. »Und das ist eigentlich keine lange Zeit. Allein die Anfragen an die Museen, deren Exponate uns interessieren, dauern ewig. Bis man sie dann so weit hat und sie uns ein Okay geben, pff, da braucht man Nerven. Und dann geht es los mit den Dingen wie Transport, Versicherung und, und, und. Doch nach dieser Geschichte … Ich befürchte, eine Ausstellung mit solch exquisiten internationalen Stücken bekommen wir so schnell nicht wieder auf die Beine.«

Plötzlich hielt die Frau an, und Mathilde wäre fast auf sie aufgelaufen.

»Was sag ich denn da. Auf die Beine bekommen. Ich muss immerzu an den Anblick von Monsieur Castello denken. Er wird nie mehr auf die Beine kommen.« Sie zog ein Papiertaschentuch aus ihrem Gewand und betupfte sich die Augen. »Das hier ist mein Büro.« Madame Chapelet zeigte auf eine Tür. »Ich kann es immer noch nicht glauben, dass der Transponder einfach so aus meinem Büro geklaut wurde. Wie dreist muss dieser Dieb gewesen sein?«

»Wo hatten Sie ihn aufbewahrt? Konnte sich jemand einfach Zutritt in ihr Büro verschaffen?«, fragte Mathilde.

Madame Chapelet wurde ein wenig rot. »Der Transponder lag in meiner Schreibtischschublade. Die schließe ich nur selten ab. Abgeschlossen ist allerdings meine Bürotür, wenn ich das Museum verlasse. Aber während der Arbeit? Da schließe ich nicht ständig beim Verlassen ab. Warum auch? In diesem Trakt des Hauses halten sich normalerweise nur die Leute auf, die hier auch etwas zu suchen haben.« Sie zuckte mit den Schultern. »So, da wären wir. Das ist das Büro von Madame Jacquemot, direkt neben meinem. Ich muss einige Telefonate führen, Sie entschuldigen mich?«

Mit diesen Worten klopfte die Frau kurz an eine Tür und ließ Mathilde stehen.

»Kommen Sie herein, Madame le Juge«, ertönte die Stimme der Direktorin. Mathilde schob die Tür auf. Hinter einem eleganten Schreibtisch aus Glas erwartete sie Madame Jacquemot. Neugierig sah sich Mathilde um. Eine Seite des Büros wurde vollkommen von Bücherregalen eingenommen, die, gut gefüllt, bis unter die Decke reichten. Moderne Strahler waren auf sie und den Schreibtisch gerichtet. Hinter diesem hingen zwischen zwei Fenstern Fotografien des Museums, von der Grundsteinlegung mit den Honoratioren der Stadt Nîmes und der Architektin Elizabeth de Portzamparc, über drei Bauphasen, während denen das Museum ohne seine auffällige Hülle dastand, über die Anbringung derselben bis hin zum fertiggestellten Gebäude.

Madame Jacquemot rollte mit ihrem Schreibtischstuhl ein Stück zurück, erhob sich und ging zu einer schlichten Anrichte aus dunklem Holz, auf der ein hochmoderner Kaffeeautomat und mehrere Becher standen. Fragend sah sie zu Mathilde.

»Gerne, schwarz, stark.«

»Genauso nehme ich ihn auch«, erwiderte die Direktorin mit einem gepressten Lächeln. Die Maschine gab ein keuchendes Geräusch von sich, und schon lief das dunkle Gebräu in einen weißen Keramikbecher, den das Krokodil und die Palme, an der es angekettet war, zierte, das Wahrzeichen der Stadt Nîmes. Krokodil und Palme symbolisierten das von Cäsar Augustus besiegte Ägypten und waren in ganz Nîmes an den verschiedensten Orten zu entdecken.

Madame Jacquemot reichte Mathilde den Kaffee und bedeutete ihr, in der Besprechungsecke Platz zu nehmen. Das Büro erinnerte Mathilde an ihren eigenen Arbeitsbereich im Palais de Justice.

Die beiden Frauen setzten sich, und die Museumsleiterin schob sich eine Haarsträhne, die sich aus ihrem Knoten gelöst hatte, hinter das rechte Ohr.

»Madame le Juge, Sie sehen mich in einem, wie soll ich sagen, aufgelösten Zustand. Niemals hätte ich damit gerechnet, einen solch schlimmen Tag erleben zu müssen. Vincent Castello tot, die kostbare Leihgabe aus Deutschland geraubt. Ich hoffe, Sie bringen mir den Torques wieder wohlbehalten zurück und klären den Tod des Wachmanns auf. Ich habe schon überlegt, ob ich meinen Rücktritt von diesem Posten anbieten soll, aber das wäre doch sich feige aus der Verantwortung stehlen, nicht wahr?«

Mathilde nippte an ihrem Kaffee und enthielt sich einer Antwort, die die Direktorin wohl auch kaum erwartet hatte, denn sie fuhr übergangslos fort.

»Ich habe mit meinem Kollegen Klaus Gruber telefoniert. Natürlich ist er fassungslos, aber er hat meinen Kopf auf den Schultern gelassen. Das Sicherungssystem, mit dem der Halsring vor einem Diebstahl geschützt werden sollte, stammt eigentlich aus seinem Museum, er hat darauf bestanden. Wie der Dieb an den Transponder gekommen ist, ich weiß es nicht.« Sie zuckte hilflos mit den Schultern. »Maximiliane Chapelet, meine Stellvertreterin, hatte ihn in ihrer Obhut. Sie hat die Ausstellung konzipiert. Der Halsring ist erst vor zwei Tagen in die Vitrine gelegt worden. Vorher war er hier in einem Tresor.«

»Das heißt, der Dieb muss gewusst haben, wie die Vitrine gesichert ist und dass der Transponder bei Madame Chapelet im Zimmer liegt. Allerdings ist ihre Tür nicht immer abgesperrt, wenn sie während der Arbeit einmal das Büro verlässt, sagte Madame Chapelet.«

Madame Jacquemot blies die Backen auf und ließ die Luft mit einem lauten *Pff* entweichen. »Maximiliane ist sehr gewissenhaft, es muss ein kleiner Moment der Unachtsamkeit gewesen sein. Wir sind doch alle nur Menschen. Trotzdem …« Die Direktorin sackte in sich zusammen. »… dieser Ring ist einzigartig. Das heißt, es gibt einige dieser Goldtorques, aber dieser hier ist besonders fein gearbeitet, eine Schlange, die sich um ihn herumwindet, ist mit einer Kunstfertigkeit eingraviert, die ihresgleichen sucht. Wir können nur hoffen und beten, dass er nicht schon eingeschmolzen worden ist und man ihn zu Geld gemacht hat.«

Die Frau stand unvermittelt auf, ging zu ihrem Schreibtisch und kam mit einer Mappe zurück, der sie ein Foto entnahm, das sie vor Mathilde auf den Tisch legte.

»Das ist er. Prachtvoll, nicht wahr?«

»Wunderschön«, entfuhr es Mathilde. »Aber wie hat man ihn um den Hals bekommen, die Enden stoßen ja nahezu aneinander?«

»Er wurde nicht von einer Person getragen. Natürlich könnte man ihn dehnen, um ihn anlegen zu können. Er könnte zerbrechen. Doch das wäre ein Sakrileg.« Sie fuhr sich unbewusst an die Kehle. »Zum Tragen gab es Torques aus weniger wertvollen Materialien, breit gebogen oder mit Schließen. Denken Sie nur an die Skulptur des Sterbenden Galliers, dieser Krieger hat einen um den Hals. Es ist überhaupt ein Symbol für Krieger oder, wenn der Ring beispielsweise aus Silber ist, für eine hochgestellte Persönlichkeit. Aber dieser Ring hier ist eine Weihegabe an eine Gottheit gewesen. Er wurde zufällig bei Drainagearbeiten entdeckt.« Die Museumsleiterin seufzte tief. »Ich bin nur froh, dass Gruber die beiden anderen Exponate aus seinem Haus nicht zurückgefordert hat. Eine Weinkanne und eine Pferdchenfibel. Auch die Kanne ist ein einzigartiges Stück.«

Mathilde leerte ihren Becher. »Sie sagten eben, Sie hoffen, der Ring sei noch nicht eingeschmolzen worden. Gibt es vergleichbare Diebstähle, bei denen so etwas passiert ist?«

»Ja und nein. In Deutschland ist vor einiger Zeit eine riesige

Goldmünze gestohlen worden. Die Täter hat man gefasst, aber die Münze, sie hatte ein Gewicht von mehr als hundert Kilo, ist wohl zerkleinert und eingeschmolzen worden. Damals waren Sicherheitsmängel im Museum verantwortlich, dass es so weit kommen konnte. Die Diebe hatten leichtes Spiel. Und dann zuletzt der Raub von mehreren Hundert keltischen Goldmünzen. Auch hier wurde das Sicherheitssystem überlistet, die Münzen sind weg, und bis heute gibt es keine Spur von ihnen. Der Materialwert ist nicht das Besondere, was für uns zählt, ist der ideelle Wert. Ein Stück unserer europäischen Kultur, unserer Vergangenheit ist unwiederbringlich verloren. Aber was sage ich da? Wir haben ein Menschenleben zu beklagen. Und das wiegt so viel schwerer als alles andere.«

Auf dem Schreibtisch klingelte ein Telefon.

»Sie entschuldigen?«

Madame Jacquemot erhob sich und nahm den Anruf entgegen.

»*Bonjour.* Danke, dass Sie so schnell kommen konnten. Ich bin in meinem Büro, Sie kennen ja den Weg. Bis gleich.« Sie legte auf. »Der Versicherungsagent«, teilte sie Mathilde mit versteinerter Miene mit.

Mathilde stand ebenfalls auf und reichte der Museumsdirektorin die Hand. »Wir warten die Ergebnisse der Kriminaltechnik ab und machen uns dann umgehend an die weitere Arbeit. Wir werden nochmals auf Sie zukommen, sobald wir die Liste der Mitarbeiterinnen und Mitarbeiter, die in irgendeiner Form für das Haus zuständig sind, erhalten haben. Das geht vom Reinemachedienst bis in die oberste Etage.«

»Ich verstehe. Sie schließen demnach nicht aus, jemand aus unseren Reihen könnte an dem Diebstahl beteiligt gewesen sein?«

»Wir ziehen alles in Betracht. Ich kann mich vage an den Prozess wegen des *Maple Leaf*, dieser Goldmünze, die Sie eben erwähnt haben, erinnern. Ein spektakulärer Prozess, er betraf Mitglieder eines arabischen Clans in Berlin. Einer der Angeklagten war ein Wachmann, wenn ich mich recht erinnere.«

Mathilde wurde schmerzhaft bewusst, dass sie auch Vincent Castello nicht unbedingt als Mittäter ausschließen durften, obwohl sie sich das im ersten Moment nicht wirklich vorstellen konnte. Sie räusperte sich.

»Wir werden Sie natürlich benachrichtigen, sobald wir das Ergebnis der Leichenschau von Vincent Castello haben.«

Madame Jacquemot errötete. »Halten Sie mich nicht für kaltherzig, Madame le Juge. Der Tod von Vincent hat uns alle wirklich tief getroffen. Wie ich schon sagte, er wiegt schwerer als der Diebstahl des Goldrings.«

Es klopfte an der Tür. »Das wird Monsieur Rousseau sein, der Mann von der Versicherung«, murmelte die Direktorin und rief dann mit lauter Stimme: »Kommen Sie bitte herein.«

Mathilde und Monsieur Rousseau grüßten sich mit einem kurzen Nicken, und Mathilde schloss die Tür hinter sich. Im gleichen Augenblick verließ Felix das Zimmer von Madame Chapelet. Er wedelte mit einem Umschlag.

»Eine ganz schön lange Liste«, ließ er verlauten. »Und die Überwachung lässt uns ziemlich im Stich. Auf den Videos ist jemand im Ausstellungsraum zu sehen, aber es ist nicht mehr als ein Schatten. Unsere Kriminaltechnik wird es sich genau anschauen. Aber ich habe da wenig Hoffnung. Der Dieb kannte die toten Winkel, dessen bin ich mir sicher. Er hat es geschickt verstanden, sie zu nutzen. Er muss die Kamerapositionen genauestens studiert haben.«

»Hm, warten wir es ab. Ich bin gespannt, was uns Alain Regis zu verkünden hat. Er müsste jetzt bei der Obduktion sein. Gut, dass Rachid morgen früh wieder da ist. Ich werde das Gefühl nicht los, dass hinter dieser Geschichte mehr steckt als ein einfacher Raub.«

»Wie kommen Sie auf die Idee, Madame le Juge?«

Felix hielt Mathilde die Tür auf, die zurück in den Empfangsbereich führte.

»Jemand, der so raffiniert ist, sich den Transponder beschafft, um an diesen Halsring zu kommen, ist auch so schlau, andere Sicherheitssysteme zu überwinden. Und es ist schon einiges an Kostbarkeiten unten ausgestellt. Warum hat er nur den Goldring mitgenommen?«

»Vincent hat ihn gestört. Der Torques war alles, was er auf die Schnelle mitnehmen konnte«, mutmaßte Felix.

Mathilde schüttelte den Kopf. »Das könnte sein, aber ich glaube es nicht. Der Dieb kannte das Versteck des Transponders, wusste, wie er anzuwenden ist, er konnte sich im Museum bewegen, ohne wirklich entdeckt zu werden, und genauso verschwinden. Nein, er hatte es allein auf diesen Goldring abgesehen. Er ist übrigens kein Schmuckstück, das man um den Hals trägt. Er ist eine Opfergabe an eine keltische Gottheit gewesen.«

Felix schlug mit der flachen Hand auf die Mappe. »Das bedeutet dann wohl, es ist jemand gewesen, dessen Namen wir auf dieser Liste finden. Denn wer von außerhalb hätte das alles wissen können?«

»Felix, so schlimm, wie es ist, aber auch Vincent Castello gehört in den Kreis dieser Verdächtigen. Er wird Zugang zu allen Räumen gehabt haben. Aber irgendetwas in mir weigert sich, das zu glauben.«

Kapitel 6

Alain Regis, Coco Mollard und Claudette Lenôtre, die Assistentin des Gerichtsmediziners, hatten sich um den Obduktionstisch versammelt. Das Aufnahmegerät, das von der Decke hing, war aktiviert, und Regis begann voller Ruhe mit der Autopsie von Vincent Castellos Leiche. Im Hintergrund ertönte leise Musik. Die Stimme des Arztes schien in Cocos Ohren fast sanft.

»Vincent Castello, einundsechzig Jahre, weiß, einhundertsechsundsiebzig Zentimeter, vierundachtzig Kilogramm.« Es folgte der Ernährungszustand. Regis musste sich räuspern. Die Augen der Assistentin wanderten in Richtung Flur, wo ein Wasserspender vor der Wand stand. Regis schüttelte den Kopf und fuhr mit seiner Untersuchung. fort »Die Leichenstarre ist voll ausgeprägt, Vincent Castello ist seit mindestens sechs Stunden tot, der genaue Todeszeitpunkt wird noch einzugrenzen sein.«

Coco, die schon einigen Obduktionen beigewohnt hatte, fiel auf, dass der Gerichtsmediziner nicht, wie üblich, »der Verstorbene« sagte, sondern den Toten mit seinem Namen nannte.

»Narbe auf dem rechten Handrücken, offenbar eine alte Brandverletzung, Operationswunde unterhalb des linken Knies.« Der Blick des Arztes wanderte langsam über den Brustkorb. »Auffällige Druckstellen mittig des Brustbeins.«

Er wandte sich dem Kopf des Toten zu. »Oberflächliche Kopfwunde am rechten Schläfenbein«, diktierte er, um dann den Zustand von Gebiss und Zähnen zu dokumentieren. Nach der äußeren Untersuchung griff er nach dem Skalpell, das Claudette Lenôtre ihm reichte.

Coco konnte sich noch an das erste Mal erinnern, als sie mit zusammengepressten Lippen und großen Augen der Öffnung eines Leichnams während ihrer Ausbildung beigewohnt hatte. Es war weniger schrecklich gewesen, als sie es sich vorgestellt hatte. Und es waren die Jungs gewesen, die den Sektionsraum verlassen mussten. Die weiblichen Polizeianwärter hatten tapfer durchgehalten. Allerdings war es eine »harmlose« Leiche gewesen. Keine, die schon tagelang irgendwo gelegen hatte, keine Wasserleiche, kein Brandopfer und vor allem kein Kind. Dieser Kelch war bis jetzt an Coco vorübergegangen, und sie hoffte inständig, dass es auch so blieb.

Das knirschende Geräusch der Säge, die den Schädel öffnete, riss die junge Polizistin aus ihren Gedanken. Regis entnahm das Gehirn, legte es in eine Schale und wog es. Dann öffnete er den Brustkorb und den Bauchraum und gab eine Art zufriedenes Brummen von sich. Die Organe, die Regis entnahm, waren altersgemäß unauffällig bis auf das Herz. Es folgten eine Reihe von Fachbegriffen, gesprochen ins Mikro, wie Endokard und Myokardinfarkt. Coco ahnte, dass Alain Regis letzten Endes damit einen Herzinfarkt diagnostizieren würde, der zum Tod von Vincent Castello geführt hatte. Sie horchte auf, als der Arzt im weiteren Verlauf seiner Untersuchung den Bruch des Brustbeins feststellte. Das konnte nur bedeuten, auf den Brustkorb war in irgendeiner Form Druck ausgeübt worden.

Nachdem die Assistentin Gewebeproben der Organe entnommen hatte, setzte sie sie vorsichtig zurück in Castellos Körper und nähte die Schnitte wieder zu.

Alain Regis wandte sich an Coco. »Den detaillierten Obduktionsbericht bekommt ihr so schnell wie möglich. Wenn nicht eine große Überraschung auf mich wartet, kann ich euch jedoch jetzt schon sagen: Die Todesursache war ein Herzinfarkt. Die kleine Kopfwunde spielt keine Rolle, die hat er sich beim Sturz zugezogen. Sie ist nur oberflächlich. Vincent Castellos Herz war vorgeschädigt, er hätte aber, wenn er dies und das beachtet hätte, noch lange damit leben können. Nur war die Aufregung über das, was passiert ist, zu viel für ihn. Wir sprechen also von einem Herzinfarkt. Trinken wir einen Kaffee? Dann erzähle ich mehr.«

Der Arzt legte seine Arbeitskleidung, Handschuhe, Kappe und Mundschutz ab, warf alles in einen Korb, desinfizierte sich die Hände und öffnete einladend die Tür.

In aller Ruhe brühte er in seinem Arbeitszimmer einen Kaffee auf. Das Gerät zischte wütend, als wolle es mit aller Gewalt die Arbeit boykottieren. Doch dann tropfte langsam der Kaffee durch einen Filter in eine Kanne, die schon längst einmal hätte gespült werden müssen. Coco setzte sich wie eine gehorsame Schülerin auf einen unbequemen Stuhl vor dem Schreibtisch, nahm den Kaffee entgegen, den Regis in einer *bol* mit abgeplatztem Rand servierte, während er sich einen Becher füllte. Coco musste unwillkürlich schmunzeln, als sie entzifferte, was auf dem Becher stand. *La mort ne m'aura pas vivant – Der Tod wird mich nicht lebend erwischen.* Von wem stammte dieser Satz?

»Einer der vielen schlauen Sätze von Jean Cocteau«, brummte Alain Regis, als er Cocos Blick bemerkte. Er schaufelte drei Löffel Zucker in seinen Kaffee, rührte um und trank einen ersten Schluck.

Coco wartete geduldig ab, legte die Hände um ihre *bol* und nippte an dem starken Getränk.

»*Alors*, dann will ich Sie nicht länger auf die Folter spannen, Coralie. An dem Herzinfarkt gibt es keinen Zweifel, aber das sagte ich ja bereits. An der Stelle, an der Vincent zusammenbrach, hat er ihn ereilt. Es ging wirklich ganz schnell. Er hatte keine Chance. Vielleicht, wenn er innerhalb der nächsten fünf Minuten in eine Fachklinik gekommen wäre. Ich habe nicht darauf geachtet, aber gibt es im Museum einen Defibrillator? Es wäre interessant zu wissen, ob jemand versucht hätte, ihn einzusetzen.«

Verdutzt sah Coco den Arzt an. »Gibt es darauf einen Hinweis?«

»Nein. Ich sagte, hätte. Gibt es nicht. Aber jemand hat versucht, Vincent Castello wiederzubeleben. Als Erstes würde ich in einem solchen Fall zu einem solchen Gerät greifen. Aber der Laie weiß meist nicht damit umzugehen. Der Mensch, der Castello Erste Hilfe geleistet hat, machte es auf die herkömmliche Methode, indem er mit einer Herzdruckmassage versucht hat, sein Herz wieder zum Schlagen zu bringen. Und diese Person hat einen ganz enormen Druck ausgeübt.«

»Das gebrochene Brustbein«, kommentierte Coco.

Der Arzt nickte. »Es kommt nicht selten vor, dass bei einer Herzmassage Rippen zu Bruch gehen. Und bei jedem fünften solchen Einsatz auch das Brustbein. Das war bei Vincent der Fall. Jemand hat alles darangesetzt, den Mann nicht sterben zu lassen. Euer Dieb war offenbar, trotz seiner verbrecherischen Ader, ein guter Samariter. Oder hat es zumindest versucht. Es sei denn, es stellt sich heraus, dass eine dritte Person in dieser Nacht im Museum war, die versucht hat, sein Leben zu retten. Aber das herauszufinden, ist eure Aufgabe.«

Coco stellte ihre Kaffeeschüssel ab und strich sich nachdenklich die Haare aus der Stirn.

»Was aber nicht ausschließt, dass Vincent Castello und der Dieb sich gekannt haben. Im schlimmsten Fall sogar, dass Castello mit ihm gemeinsame Sache gemacht hat«, bemerkte sie bitter.

Der Arzt überlegte einen Augenblick. »Nein, ausschließen kann man es nicht. Aber ich kannte Vincent quasi mein Leben lang. Ich kann es mir beim besten Willen nicht vorstellen. Aber auch dieser Frage nachzugehen, ist euer Job.«

Kapitel 7

Bernard Jalabert war wieder ein freier Mann. Mit einem kleinen Koffer, der genau das enthielt, was er vor zweiundvierzig Monaten und drei Tagen abgegeben hatte, stand er vor den Mauern des *Centre pénitentiaire* in Villeneuve-lès-Maguelone, zehn Kilometer südlich von Montpellier, dem Gefängnis, in dem die Verurteilten mit einer Haftstrafe von mehr als zwei Jahren einsaßen. Dass man ihn früher entlassen hatte, lag nicht nur an seiner guten Führung und einer positiven Prognose für die Zukunft, sondern vor allem an der Situation der Strafanstalten. Die Gefängnisse waren landesweit maßlos überbelegt. Die Haftanstalt in Béziers platzte aus allen Nähten, weswegen man einen Teil der Insassen nach Villeneuve-lès-Maguelone überführt hatte, was die Situation in Béziers vielleicht entspannte, aber zu unhaltbaren Zuständen in dem anderen Gefängnis führte. Neunhundertvierzig Häftlinge saßen hier ein, wo nur Platz für sechshundertsiebzehn Insassen eingeplant war. Und so hatte man eine Auswahl getroffen, und er hatte zu den Glückspilzen gehört, die nun wieder den Duft der Freiheit schnuppern durften.

Suchend sah sich Jalabert um und sog dabei die Luft ein, die so ganz anders roch und schmeckte als die zwischen den Mauern der Einrichtung, in die ihn damals die Untersuchungsrichterin Mathilde de Boncourt gebracht hatte. Seine Frau war mit achtzehn Monaten besser weggekommen. Die Mundwinkel des ehemaligen Arztes – seine Approbation hatte man ihm entzogen – verzogen sich verbittert, als er daran dachte, wie dieser algerische Commandant, dieser Bouraada, mit seinem Pack ihre Wohnung gestürmt hatte, gerade als sie Aminata hatten wegschaffen wollen. Hatte das

Mädchen es in den Jahren nicht gut bei ihnen gehabt? Was hätten andere junge Dinger aus – wo war Aminata noch mal her gewesen? Aus Mauretanien? – darum gegeben, so leben zu können. Ein Bett, Mahlzeiten, im Haushalt anpacken und ab und zu dem Hausherrn oder einem seiner Freunde einen kleinen Dienst erweisen. Wäre sie in ihrem Heimatland, in dieser Familie arm wie die Kirchenmäuse, groß geworden, wäre sie früher oder später sowieso auf dem Strich von Nuakchott gelandet. Nach außen hin hatte er Reue gezeigt, doch in Wirklichkeit war sich Jalabert keiner Schuld bewusst. Und Aminata konnte schon lange keinen Schaden mehr anrichten. Bevor sie weitere Menschen belasten konnte, war sie ganz plötzlich verstorben. Plötzlich und unerwartet, wie man so sagte.

Nachdem seine Frau entlassen worden war, hatte sie ihn alle vier Wochen besucht. Sie hatte den Aufenthalt im *Maison d'arret* in Nîmes erstaunlich gut überstanden, obwohl die Verhältnisse in diesem Gefängnis noch katastrophaler waren als bei ihm.

»Die Zustände sind unglaublich. Und niemand tut etwas dagegen. Unschuldige Bürger beschuldigen und aburteilen, in den Knast schicken. Aber nicht dafür sorgen, dass man dort einigermaßen menschenwürdig leben kann. Kannst du dir das vorstellen, Bernard, einundfünfzig Frauen zusammengepfercht, wo eigentlich nur Platz für vierundzwanzig ist? Das entspricht einer Belegungsrate von zweihundertzwölfeinhalb Prozent. *Zweihundertzwölf!* Ein Skandal. Was bin ich froh, endlich draußen zu sein. Und du hast es auch bald geschafft.«

Dass das Ehepaar Jalabert selbst zu solchen Verhältnissen in den Gefängnissen beigetragen hatte, wäre ihm nie in den Sinn gekommen. Kurz hatte Bernard Jalabert sogar mit dem Gedanken gespielt, auf die unhaltbaren Zustände mit Nachdruck aufmerksam zu machen, sogar den Europäischen Gerichtshof für Menschenrechte in Straßburg anzurufen, um eine Beschwerde wegen unmenschlicher Bedingungen zu führen. Unter seinen Mithäftlingen hatte er sogar Werbung gemacht, sich seiner Beschwerde anzuschließen. Schließlich stünden für 69964 Häftlinge nur 60701 Plätze in den Gefängnissen Frankreichs bereit. Ein Unding. Ein

Skandal. Doch niemand hatte sich dafür interessiert. Allerdings musste er dann lesen, die Politik habe ihre Konsequenzen aus den Überbelegungen gezogen und ein neues modernes Gefängnis im südlichen Gebiet von Nîmes geplant. Hundertfünfzig Millionen Euro sollte es kosten und 2027 fertiggestellt sein. Nun, das würde ihn nicht mehr weiter kratzen.

Verdammt, wo blieb seine Frau denn nur? Es wurde allmählich ungemütlich. Ein kalter Wind fegte durch die Avenue du Moulin de la Jasse, der dichte Regenwolken zusammentrieb. Was war denn das für ein beschissener Frühlingstag? Wenn er doch nur ein Handy hätte. Dann könnte er Alexandrine anrufen. Vielleicht sollte er ihr entgegengehen, dann würde ihm wärmer. Außerdem fühlte er sich von dem merkwürdigen Wachturm aus, der wie ein riesiger Nistkasten auf der Mauerecke thronte, beobachtet.

Jalabert stapfte los, ein schmaler Weg führte entlang der D185 in Richtung Zentrum. Er hatte ihr doch gesagt, dass er um 18:30 Uhr entlassen würde. Eine total beschissene Zeit. Irgendwie war alles beschissen. Warum entließ man die Leute nicht am Vormittag oder wenigstens am frühen Nachmittag? *Merde*. Aufmerksam registrierte er jeden einzelnen Wagen, der ihm entgegenkam. Doch der dunkelblaue Peugeot seiner Frau war auch nach einem halben Kilometer Fußmarsch nicht aufgetaucht.

Plötzlich hupte hinter ihm ein Auto. Na endlich. Nur, warum kam sie aus der entgegengesetzten Richtung? Egal, Hauptsache, sie war da. Jalabert blieb stehen. Das war nicht seine Frau, doch der Wagen hielt neben ihm am Straßenrand. Die Scheibe glitt auf der Beifahrerseite herunter.

»Monsieur Jalabert, Bernard Jalabert?«

Er nickte. Wer war das denn?

»Sehr gut, ich dachte schon, ich hätte Sie verpasst. Ich war direkt am Gefängnis, und man sagte mir, Sie seien bereits draußen. Das heißt, Alexandrine hat mir natürlich gesagt, dass man Ihnen um 18:30 Uhr die lang ersehnte Freiheit wiedergibt.«

Alexandrine? Woher kannte diese Person, die so fröhlich aus dem Wagen strahlte, seine Frau?

»Sie hätte Sie ja selbst informiert, aber ohne Handy … Und als sie die Gefängnisverwaltung erreicht hat, waren Sie schon ausgeflogen. Na hopp, steigen Sie ein. Dann sind Sie bald wieder zu Hause.«

»Warum ist meine Frau nicht selbst gekommen, um mich abzuholen?«, fragte Jalabert, halb erleichtert, halb misstrauisch.

»Oh, entschuldigen Sie. Ich bin vor einem halben Jahr in die Wohnung unter Ihnen gezogen. Hat Alexandrine denn nichts von mir erzählt? Nun, das spielt jetzt ja keine Rolle, sie kann Sie auf jeden Fall nicht abholen. Sie kennen den Winkel auf dem Boden, an dem die beiden Flügel des Einfahrtstores anhalten? Nun, beide Flügel standen offen, Alexandrine eilte hindurch, übersah den Winkel, blieb hängen und fiel auf die Knie. Sie hat sich eine ordentliche Prellung zugezogen und kann nicht Auto fahren. Also hat sie mich gebeten, Sie einzusammeln. *Et voilà*, da bin ich.«

»Typisch für meine Frau. Da ist sie schon mal drübergefallen und hat sich dabei die Hände aufgeschürft. Dann vielen Dank für diesen Service.«

Bernard Jalabert öffnete die Beifahrertür, legte seinen Koffer auf den Rücksitz und stieg ein. Im Wagen war es mollig warm. Er streckte die Beine aus und musterte den Fahrer genauer. Das Gesicht sagte ihm nichts, aber wenn er erst seit einem halben Jahr im selben Haus wohnte, konnte das auch nicht sein. Er streckte die Hand zur Begrüßung aus.

»Nochmals vielen Dank, das ist sehr freundlich von Ihnen, Monsieur …?«

»Philipp Carné.«

»Monsieur Carné …« Jalabert zögerte einen Augenblick, dann fragte er: »Sie wissen, warum ich im Gefängnis war? Hat Alexandrine mit Ihnen darüber gesprochen?«

Philipp Carné blies die Backen auf, während er den Blinker setzte und Gas gab. Er stieß hörbar die Luft aus und verzog das Gesicht.

»Pff, wegen so einer Lappalie. Haben die nichts Besseres zu tun, als jemanden für mehrere Jahre wegen eines Kavaliersdeliktes einzubuchten? Kein Wunder, wenn unsere Gefängnisse überfüllt sind. Steuerhinterziehung im niedrigen sechsstelligen Bereich. Ich wusste überhaupt nicht, dass es dafür eine so hohe Strafe gibt. Aber Alexandrine sagte mir, man hätte an Ihnen ein Exempel statuieren wollen, weil Sie das Geld ins Ausland geschafft haben. Nun, jetzt haben Sie Ihre Strafe ja abgesessen.«

Jalabert schluckte. Seine Alexandrine. Von ihrem Aufenthalt in einer Zelle in Nîmes hatte sie dann ganz sicher auch nichts erzählt. Merkwürdig. Also hatte niemand aus der Nachbarschaft Monsieur Carné alles brühwarm erzählt?

»Sie fühlen sich wohl in unserer Straße?«, fragte Jalabert.

»Ja, nett und ruhig. Allerdings bin ich nicht oft in meiner Wohnung. Es war der pure Zufall, dass ich heute zu Hause war, als Alexandrine Hilfe brauchte. Ich bin Vertreter für Büromöbel und in ganz Europa unterwegs. Insofern kenne ich außer Ihrer Frau kaum jemanden, um nicht zu sagen, eigentlich niemanden.«

Jalabert nickte unmerklich. Kein Wunder, dass Carné niemals etwas von den wahren Gründen seines Gefängnisaufenthaltes erfahren hatte.

»Nun, jetzt kennen Sie auch meine Wenigkeit. Vielleicht setzen wir uns mal auf ein Glas Wein zusammen, das würde mich freuen.«

»Gerne, doch morgen muss ich schon wieder los. London, die größte und wichtigste Büromöbelmesse in Europa.«

Mittlerweile hatten sie den Ort schon fast hinter sich gelassen, als Monsieur Carné plötzlich abbremste.

»Wissen Sie was? Das mit einem Glas Wein gefällt mir. Es gibt hier in der Nähe dieses Naturreservat von Estagnol. Und dort ist ein hervorragender Winzer. Château d'Exindre. Dort machen wir kurz halt, ist ein winziger Umweg, aber der lohnt sich. Und wenn wir uns nach London wiedersehen, köpfen wir ein paar Flaschen. Was sagen Sie dazu?«

Bernard Jalabert hätte gerne darauf verzichtet, wäre lieber auf direktem Weg nach Hause gefahren worden. Doch wie konnte er den nett gemeinten Vorschlag dieses freundlichen Mannes ablehnen?

»Gerne, eine gute Idee.«

Philipp Carné wendete, fuhr zurück, und schon bald wies ein Schild auf die *Réserve naturelle nationale de l'Estagnol* hin. Jalabert konnte sich nicht erinnern, jemals dort gewesen zu sein. Mittlerweile hatte leichter Regen eingesetzt, der Himmel war von schwarzen Wolken bedeckt. Obwohl die Sonne erst in einer Stunde allmählich untergehen würde, brach der Abend bereits dunkel herein. Von dem Naturreservat nahm Jalabert kaum etwas wahr. Gestrüpp, ein holpriger Weg, den der Wagen elegant meisterte. Wenn es hier irgendwelche besonderen Tiere oder Pflanzen gab, so war heute nichts davon zu sehen.

»Sollten wir hier nicht nach links abbiegen? Da war doch ein Schild mit dem Hinweis auf das Château. Und außerdem ist ab hier der Weg nur für Fahrzeuge des Reservats frei. Überhaupt ist es verboten, einfach so hier einzudringen. Haben Sie das nicht eben gelesen?« Jalabert streckte den Arm aus und zeigte nach links. Als ob er sich jemals von irgendwelchen Verbotsschildern hatte beeindrucken lassen, dachte er bei sich selbst. Ein merkwürdiges Gefühl machte sich in seiner Magengegend breit.

»Ach, was Sie nicht sagen. Ich habe es übersehen. Und hier zu wenden, ist kaum möglich. Wir fahren einfach weiter, der Weg macht eine Art Schleife, wir kommen also trotzdem zu unserem Ziel.«

Philipp Carné pfiff fröhlich vor sich hin. »Bevorzugen Sie weiß oder rot? Ich für meinen Teil bin für einen süffigen Roten. Die Weine, die in Okzitanien produziert werden, stehen ganz oben auf meiner Liste. Wie gesagt, ich komme ja viel herum, aber es geht doch nichts über einen guten Tropfen aus der Heimat.«

»Ähm, Sie wollten doch auf diesem Weg bleiben. So kommen wir nie bei diesem Château an«, unterbrach Jalabert den Redefluss Carnés, als dieser auf einen noch schmaleren Weg einbog.

»Abkürzung. Keine Sorge. Ach herrje, was war das denn, haben Sie das auch bemerkt? Wir sind über irgendetwas drübergerumpelt. Das war doch ein Tier, ein Hase, vermute ich mal. Hoffentlich hab ich ihn nicht erwischt. Der Wagen ist nur gemietet. Steigen wir aus und schauen nach.«

Carné drückte auf einen Knopf, und das satte Brummen des Motors erstarb. Jalabert hatte zwar nichts gesehen, gehört oder gespürt, aber er konnte jetzt nicht einfach im Auto sitzen bleiben. Er schnallte sich ab, während Carné bereits ausgestiegen war.

»Und, haben Sie einen Hasen erwischt?«

»Ja, armer Kerl, aber sehen Sie selbst«, ertönte Philipp Carnés Stimme vor dem Wagen.

Jalabert trat vor die Motorhaube und sah sich suchend um.

»Da, unter dem Auto.«

Jalabert ging in die Knie und spähte unter den Wagen. Der Stromstoß, der durch seinen Körper schoss, ließ ihn nach hinten auf den Rücken fallen. Bewegungsunfähig lag er da wie eine Schildkröte, die versehentlich auf ihrem Panzer gelandet war.

»Was war das?«, wollte er schreien, doch kein Ton kam über seine Lippen. Entsetzt starrte er den Mann an, der vor ihm stand und ihn zynisch anlächelte.

Kapitel 8

Veronique Lagarde war es fast nicht möglich, die Schar ihrer Viertklässler zusammenzuhalten. Hinten wurde getrödelt, vorn rannten einige voraus, und weder ihre Anweisungen, zusammenzubleiben, noch dieselbe Aufforderung des Rangers, der sie und ihre Klasse mit den Schönheiten des Naturreservats vertraut machen wollte, trugen irgendwelche Früchte.

»In diesem Alter sind sie einfach kaum zu bändigen«, seufzte die junge Lehrerin. »Ich muss mich entschuldigen.«

»Das macht nichts. Warten Sie, gleich haben wir die Truppe zusammen. Nur noch ein paar Meter.«

Der Ranger, der in seiner grünen Hose und dem grün-grau gefleckten Blouson nahezu perfekt mit der Landschaft verschmolz, blieb stehen.

»Kenzo, wirst du wohl zurückkommen. Wo willst du denn hin?«, schrie Veronique hinter einem groß gewachsenen Jungen her, der sich als Anführer einer kleinen Gruppe von vier Mitschülern gerade in die Büsche schlug. »Es ist verboten, vom Weg abzuweichen. Marsch, sofort zurück.«

Der Ranger schüttelte amüsiert den Kopf und stellte sich breitbeinig ans Ufer des Sees, der von dicht wachsenden Rohrkolben gesäumt war.

»Alle mal herhören. Wer noch nie ein weißes Krokodil gesehen hat, sollte sich jetzt herbemühen. Es taucht nur alle vier Jahre auf, um seine Eier hier im Schilf abzulegen.«

Die Mitteilung, ein weißes Einhorn mit goldener Mähne würde gleich entlang des Weges traben, hätte kein größeres Staunen hervorrufen können. In kürzester Zeit hatten sich Veroniques Schülerinnen und Schüler um sie herum geschart, und sogar Kenzo kam mit rotem Kopf angerannt, seine Kumpel im Schlepptau.

»Was, wo, wo ist es? Wann kommt es? Kann man es streicheln?«, quiekte seine Klassenkameradin Leonie und sah gespannt zum See hin. Die letzte Frage entlockte Kenzo ein spöttisches Lächeln.

»Versuch's nur, Leonie, dann ist dein zartes Händchen mit einem Happs im Maul des Tieres verschwunden.«

»Ruhe bitte, *messieurs, mesdemoiselles.* Sie vertreiben uns noch das scheue Tier.« Der Ranger zwinkerte Veronique vergnügt zu. Sein Plan hatte funktioniert. Solange die Kinder auf das weiße Krokodil warteten, das es in hundert Jahren nicht geben würde, konnte er der Bande ein wenig über das Naturschutzgebiet erzählen.

»Wie ihr seht, stehen wir hier an einem Gewässer, einem kleinen Teich, dem *Estagnol.* Das kommt von dem okzitanischen Wort *l'Estanhol*, und das heißt nichts anderes als kleiner Teich. 1975 wurde das Gebiet zu einem Naturreservat erklärt. Das ganze Terrain umfasst achtundsiebzig Hektar. Ein Fußballfeld hat im Schnitt circa null Komma sieben Hektar, also ist diese Fläche etwa so groß wie zehn Fußballfelder. Vielleicht nicht das größte Naturreservat, aber reich an Biodiversität. Sagt euch das etwas?«

Allgemeines Kopfschütteln. Noch lauschten sie dem Ranger, doch der eine oder andere Blick schielte schon wieder neugierig zu den Rohrkolben in Erwartung des Spektakels.

»Nun, wir haben hier viele verschiedene Tierarten und Pflanzen«, fuhr der Ranger fort. »Zugvögel lassen sich bei uns nieder auf dem Weg in wärmere Gefilde, verschiedene Entenarten wie die Krickente, die Tafelente, die Stockente oder die Löffelente überwintern hier. In den Schilfgürteln leben Wasserrallen, Braunkehlchen, Schnurrbartdrosseln, Dommeln und Reiherarten.«

Der Ranger zeigte mit weit ausladender Geste auf den Uferbereich. Doch bis auf ein Geräusch, als wäre ein kleines Tier ins Wasser gehüpft, war nichts wahrzunehmen.

»Und wo sind die ganzen Viecher?« Kenzo schaute sich Beifall heischend um.

»Kenzo.« Veronique Lagarde warf ihrem Schüler einen tadelnden Blick zu. Doch der Ranger winkte ab.

»Nun, diese Viecher, wie du sie nennst, haben sich verzogen, versteckt. Das ist normal. Dieser Bereich, in dem wir uns aufhalten, ist der, der für Besucher freigegeben ist. Das wissen die Tiere. Und so leben sie in den weiter weg liegenden Uferbereichen, wo sie ihre Ruhe haben.«

»Vor allem vor solchen Dummschwätzern wie dir«, verkündete Leonie und knuffte Kenzo in die Seite.

»Aber, wenn die Tiere so scheu sind, warum traut sich denn dann das Krokodil in unsere Nähe?«, fragte ein Junge, dessen rote Haare wie Stacheln von seinem Kopf abstanden.

»Du bist so ein Idiot, Daniel. Das war doch nur ein Vorwand, ein fauler Trick, um uns hierherzulocken. Stimmt doch?« Kenzo warf dem Ranger einen unsicheren Blick zu.

»Stimmt, hat aber funktioniert.« Der Mann verzog keine Miene. »So, nun geht's weiter am Ufer entlang. In etwa hundert Metern biegt der Weg ab. Dahinten, wo dieses Wäldchen anfängt. Dort steht eine Hinweistafel, die euch über die Pflanzen aufklärt, die uns auf dem Weg begegnen. Ich werde euch dann im Detail mit ihnen bekannt machen. Dann mal los, aber bitte an der Tafel auf die Letzten warten. Und kein Geschrei.«

Kenzo und Gefolge ließen sich das nicht zweimal sagen, liefen ausgelassen los und verschwanden, ohne an der Tafel haltzumachen, in dem kleinen Wald.

Veronique wollte eben losbrüllen, doch der Ranger schüttelte den Kopf. »Lassen Sie nur, die kommen nicht weit. Der Zugang zu dem Lehrpfad ist gesperrt, ohne mich kommt da niemand rein. Die werden gleich wieder umkehren und ganz brav auf uns warten.«

Plaudernd setzten die beiden Erwachsenen ihren Weg fort, während der Rest der vierten Klasse der *École Primaire Les Asphodèles* in Vendargues sich mehr oder weniger um die beiden scharte.

Ein plötzlicher Schrei ließ alle zusammenzucken. Es folgten ein infernalisches Geheul und Hilferufe. Dann kam Leonie vollkommen aufgelöst aus dem kleinen Wald gestürzt. Sie stolperte, fiel hin, der Ranger war mit einem Satz bei dem Kind, hob es auf und stellte es wieder auf die Beine. Das Mädchen rannte erneut los und warf sich Veronique in die Arme, während der Ranger losstürmte.

»Was ist passiert, Leonie? Wo sind die anderen? Hat Kenzo mal wieder was angestellt?«

Die anderen Kinder verfolgten die Szene stumm und mit großen Augen. Die aufgeregte Stimme des Rangers ertönte. »Madame Lagarde, behalten Sie die Kinder bei sich. Und ihr, sofort hier raus.« Die Stimme überschlug sich.

»Leonie, was ist dahinten los?« Die Lehrerin kniete sich vor das vollkommen aufgelöste Kind.

Das Gesicht des Mädchens war leichenblass, die Augen weit aufgerissen. Sie schluchzte, dann stammelte sie: »Kenzo hat es entdeckt. Wir sind dann alle hin. Es ist doch verboten, hier seinen Müll abzuladen. Stimmt doch? Kenzo hat gesagt, da hat jemand einfach seine Kleider hingeschmissen. Wir wollten sie aufheben und dem Ranger bringen. Aber dann …«

Im nächsten Moment fing das Mädchen an, wie am Spieß zu schreien. Gleichzeitig kehrte der Ranger mit Kenzo und zwei weiteren Kindern aus dem Wäldchen zurück. Er hielt ein Mädchen an der Hand, die beiden Jungs schlichen verstört neben ihm her.

Als er die Lehrerin erreicht hatte, legte er Kenzo die Hände auf die Schultern. »Kenzo, du kümmerst dich um deine Freunde. Ihr geht alle zusammen zurück zum Bus. Das schaffst du, mein Junge, ich verlasse mich auf dich.«

Kenzo nickte stumm.

Dann wandte sich der Ranger an Veronique Lagarde. »Madame Lagarde, ich muss die Polizei benachrichtigen. Die Kinder haben eine leblose Person entdeckt. Mehr kann ich noch nicht dazu sagen. Ich werde hierbleiben. Wenn Sie mit den Kindern zurück zum Schulbus gehen würden. Warten Sie dort bitte auf die Polizei. Ich habe keine Ahnung, ob man die vier, die diesen schrecklichen Fund gemacht haben, hier befragen wird oder ob Sie mit Ihren Schülern gleich zurückfahren können. Aber ich denke, es ist besser, Sie warten, bis die Polizei eintrifft.« Seine Stimme wurde zum Flüstern. »Die armen Kinder. Sie stehen komplett unter Schock.«

Er sah zu Kenzo und seinen Freunden, die sich jetzt eng an ihre Lehrerin schmiegten, während der Rest der Klasse stumm und verschreckt einen Halbkreis um die kleine Gruppe bildete.

Der Ranger trat näher an Madame Lagarde heran.

»Die Leiche hat keinen Kopf mehr, glaube ich. Ich habe keine Ahnung, ob die Kinder es bemerkt haben«, wisperte er ihr ins Ohr.

Kapitel 9

Mathilde saß mit Felix und Coco in ihrem Büro. Es war fast Mittag, und das weitere Vorgehen musste geplant werden. Rachid war in der Nacht aus Lyon zurückgekehrt und hatte in seinem Appartement übernachtet. Eigentlich sollte er jetzt dabei sein, doch sein Platz war leer.

»Hat der Commandant gesagt, um was es geht?«

Die beiden jungen Polizisten schüttelten die Köpfe.

»Wir waren gerade auf dem Weg zu Ihnen, als der Anruf kam. Er ist dann sofort los, hat nur gesagt, er meldet sich, sobald sich alle ganz sicher sind. Keine Ahnung, was er damit gemeint hat, aber er ist, wie man so schön sagt, Hals über Kopf aus dem Büro«, teilte Felix mit.

»Gut, dann machen wir schon mal weiter mit unserem Einbruch.«

Auf dem runden Besprechungstisch lag eine Schachtel mit *Madeleines*, doch niemand hatte wirklich Lust, bei dem zarten Gebäck zuzugreifen. Der Schock über den Tod eines ehemaligen Kollegen saß tief. Christine hatte sich den Tag freigenommen. Mathilde hatte sie bereits darüber informiert, was bisher bekannt war, inklusive des Obduktionsergebnisses.

»Fassen wir zusammen, was wir bis jetzt sicher wissen oder zu wissen glauben.« Mathilde schlug den Schnellhefter auf, in dem sämtliche Notizen zusammengefasst waren. Noch waren es nur spärliche Informationen.

»Alles deutet darauf hin, dass sich der Dieb auskannte. Auch wenn die Ausstellung bisher nicht eröffnet ist, war es möglich, ins Untergeschoss zu gelangen, um sich mit den Gegebenheiten, einschließlich der speziellen Sicherung der Vitrine, vertraut zu machen. Ebenso musste er Kenntnis davon gehabt haben, wo der Transponder aufbewahrt wurde. Er lag in der Schreibtischschublade von Madame Chapelet, der stellvertretenden Direktorin des Museums und Kuratorin der Ausstellung. Ganz schön fahrlässig, würde ich meinen, ihn nicht in einen Tresor zu packen. Die Direktorin hat erstaunlich gelassen darauf reagiert, dass Madame Chapelet womöglich weder Tür noch Schublade abgesperrt hatte. Andererseits hat nur das Fachpersonal dort Zutritt.«

»Oder angemeldete Gäste, darf man vermuten«, warf Felix ein.

»Davon ist auszugehen«, bestätigte Mathilde. »Nun, zuletzt wurde der Transponder vor drei Tagen benutzt, als der Halsring in die Vitrine kam. Der Transponder wurde zurückgelegt und im Laufe der nächsten Stunden entwendet. Es wurde sonst nichts gestohlen. Sei es, weil man es nur auf dieses Exponat abgesehen hatte, sei es, dass man gestört worden ist, beispielsweise durch ein Geräusch, das Vincent Castello verursacht hat. Die Überwachungskameras im Untergeschoss haben ebenso funktioniert wie in allen anderen Räumen. Lediglich die Toiletten sind von der Überwachung ausgenommen. Und dort hat sich unser Dieb wahrscheinlich aufgehalten, bis seine Zeit gekommen war. Renaults Spurensicherung konnte den Abdruck eines Schuhs ausmachen.« Sie seufzte. »Genauer gesagt ist es die Kante der linken Sohle, hilft uns also kaum weiter. Das ist leider alles, was wir an Spuren haben. Mehr oder weniger null.«

Mathildes Magen grummelte. Sie hatte zum Frühstück nur eine Tasse Kaffee getrunken. Sie zog die Kekspackung zu sich und nahm eine *Madeleine*, biss die Hälfte ab. Auch Felix griff nun beherzt zu. »Mit etwas Süßem im Bauch kann ich besser nachdenken«, erklärte er und nahm sich ein zweites Stück Gebäck.

»Felix, Sie haben die Kameraaufzeichnungen studiert.«

Der Angesprochene schluckte den letzten Happen hinunter. »Der Dieb ist zu sehen, circa siebzig Sekunden lang. Er taucht auf, öffnet ungeniert die Vitrine, greift sich den Halsring, verstaut ihn in der Tasche eines weiten Mantels, legt den Transponder in die

Vitrine und verschwindet. Allerdings ist nicht auszuschließen, dass es sich um eine Frau gehandelt hat. Aber bleiben wir bei *dem* Dieb. Er trägt eine klassische Sturmhaube, nur Öffnungen für die Augen, er ist schwarz gekleidet, schlank, etwa einen Meter achtzig groß. Er ist schnell, geschickt, geschmeidig, geradezu katzenhaft. All das hätte Vincent ebenfalls gesehen, wenn er vor den Monitoren gesessen hätte. Aber der Täter hat die Zeit genutzt, als Castello auf seinem Rundgang durch die Ausstellungsräume war. Und nicht nur das. Er wusste, wo die Überwachungsmonitore sind, wo die toten Winkel und wie man den Alarm überlistet. Wir haben keine einzige Aufzeichnung, die uns weiterhilft. Der Dieb war dreist, perfekt informiert und absolut kaltschnäuzig.«

Coco ergriff das Wort. »Null Aufzeichnung, alles bis ins kleinste Detail geplant. In der Tat, dreist. Und man sieht nicht, von wo er in den Ausstellungsraum im Souterrain gelangt ist?«

»Nicht wirklich. Einmal huscht er durchs Foyer nach unten. Dann gibt es einen toten Winkel, den er ausgenutzt hat, und als er den Ring aus der Vitrine nahm, schien es ihm fast egal, ob man ihn sieht oder nicht.«

Seine Kollegin nickte. »Das passt.«

»Was passt?« Felix schnappte sich eine weitere *Madeleine.*

»Ich komme gleich dazu. Aber es ist interessant, was du eben gesagt hast, Felix. Das mit der klassischen Sturmhaube. Auch die dunkle Kleidung. Natürlich macht es Sinn, nicht in einem schreiend bunten Hawaiihemd einen solchen Raub zu begehen, aber es mutet doch tatsächlich wie in einem Film an. Auch was du über seine Bewegungen sagst, katzenhaft, geschmeidig. Ich musste spontan an Maurice Leblancs Figur des Diebes Arsène Lupin denken. Er hat ebenfalls spektakuläre Beute gesucht und mitgehen lassen. Ich habe gestern Abend verschiedene Artikel über Kunstraub in der letzten Zeit im Internet herausgesucht und studiert. Dabei bin ich auf eine ziemlich spannende These eines Schweizer Versicherers gestoßen. Danach ist ein Raub in dieser Form eine Art Mutprobe. Denn den Goldring, so wie er ist, über einen Hehler verkaufen zu wollen, wird schwierig. Gut, einschmelzen ist eine

Option. Aber der reine Goldwert hält sich doch in Grenzen, sind wir doch mal ehrlich. Der Typ von der Versicherung spricht bei einer solchen Tat von einer Demonstration der kriminellen Potenz. Und merkwürdigerweise hätten solche Diebe, also die, die eine spektakuläre Tat begehen, in unserer Kultur durchaus ein positives Image, das, wie er sagt, ich zitiere, ›für den trickreichen, intelligenten Connaisseur, der das System austrickst‹, gilt. Und damit sind wir wieder bei Arsène Lupin«, schloss Coco ihren kleinen Vortrag.

Mathilde runzelte die Stirn und dachte nach.

»Das heißt, wir sollten nach ähnlich spektakulären Raubzügen Ausschau halten. Und es bedeutet, der Täter hatte tatsächlich nie vor, ein weiteres Stück mitgehen zu lassen?«

Coco nickte eifrig. »Ja, dafür, dass wir es mit einem modernen Arsène Lupin zu tun haben, spräche auch der Wiederbelebungsversuch. Vincent Castellos Herz war vorgeschädigt, nur wusste er das nicht, das hat uns seine Frau bestätigt. Die Jagd nach dem Einbrecher hat sein Herz aussetzen lassen, er ist an diesem Herzinfarkt gestorben. Doch der Dieb, es kommt niemand anderes dafür infrage, hat versucht, ihn ins Leben zurückzuholen. Er ist erst dann aus dem Museum, als er feststellen musste, dass die Herzdruckmassage Vincent nicht hat retten können.«

»Du wirst ihn jetzt aber nicht heroisieren wollen?«, brummte Felix zwischen zwei Bissen. »Er ist und bleibt ein Verbrecher, und ohne diesen Diebstahl wäre Vincent noch am Leben.«

Coco wurde rot. »Du hast vollkommen recht, Felix. Ich wollte eigentlich nur damit sagen, wir müssen nach einem solchen Typ von Verbrecher suchen. Schau, die Diebe, die in Manching in Deutschland die Goldmünzen gestohlen haben oder diese Riesengoldmünze in Berlin, das waren mehrere Täter, sie gehörten einer Bande an, Clanmitglieder der übelsten Sorte. Doch wir haben hier einen Einzelgänger, der mit allen Wassern gewaschen ist. Ich bin davon überzeugt, dass er nicht versuchen wird, den Ring zu Geld zu machen. Dieser Torques ist eine Trophäe, da bin ich ganz bei der These aus der Schweiz. Die geht sogar so weit zu sagen, die Kunst – und dieser Ring ist ein Kunstwerk – sei eine der letzten Domänen des Religiösen in unserer Gesellschaft. Wer Kunst besitzt, der berühre das Göttliche.«

»Puh, das ist aber ganz schön dick aufgetragen.« Felix hob zweifelnd die Augenbrauen.

Mathilde hatte bis jetzt geschwiegen. Sie lehnte sich in ihrem Stuhl zurück.

»Ich finde diesen Ansatz gar nicht so schlecht«, meinte sie dann. »Wir gehen von einem Einzeltäter aus, der sich ganz in der Art eines Arsène Lupin mit allen Details vertraut macht und keine Spuren hinterlässt. Vincent hat mit der Sache nichts zu tun. Und diese These des Schweizers trifft auf den Torques zu. Immerhin wurde der Halsring einer Gottheit geopfert, der ganze Ausstellungsraum ist der Religion und den Opferriten der Kelten gewidmet. Dieser Diebstahl ist nicht mit einem normalen Einbruch in ein Einfamilienhaus zu vergleichen. Die Frage ist: Behält der Dieb den Schmuck selbst, oder war es vielleicht eine Auftragsarbeit, und das antike Stück landet demnächst in einer Privatsammlung. Nun, halten wir uns ran, wenn wir den Ring wiedersehen wollen.«

Mathilde klappte den dünnen Ordner zu, als ihr Handy mit schrägen Klängen einer sehr merkwürdig interpretierten Marseillaise einen Anruf von Rachid Bouraada verkündete.

»*Salut*, Rachid, wir sind mit der ersten Besprechung eben fertig geworden«, begann sie. Ihr Gesicht, über das eben noch ein Strahlen gezogen war, verdüsterte sich zusehends. »Das ist unser Fall, Rachid, ganz gleich, wo man die Leiche gefunden hat«, sagte sie nach wenigen Minuten, in denen sie aufmerksam und kommentarlos gelauscht hatte. »Bis später.«

Sie legte ihr Handy auf den Tisch und schien einen Moment zu brauchen, um sich zu sammeln. Felix und Coco warteten gespannt ab.

»Bernard Jalabert ist tot.«

»Ein natürlicher Tod, oder hat ihn jemand im Gefängnis getötet? Kinderschänder erleiden schließlich nicht selten einen tödlichen Unfall im Knast«, ließ sich Felix mit einer ersten Reaktion vernehmen.

»Weder noch. Das heißt, er ist, wie es aussieht, ermordet worden, aber nicht während seiner Haft. Die hat er unbeschadet überstanden. Nein, eine Gruppe von Kindern hat seine Leiche heute Vormittag in einem Naturreservat gefunden.« Mathilde holte tief Luft und kratzte sich am Kopf. »Jalabert ist vorzeitig entlassen worden. Allerdings konnte er seine Freiheit nicht lange genießen. Nur wenige Stunden später war er tot.«

Coco hatte stumm dem Dialog gelauscht und dann Mathilde fixiert. »Bernard Jalabert. Er war Ihr Fall. Sie haben ihn wegen Sklaverei und Missbrauch hinter Gitter gebracht.«

Mathilde seufzte. »Ja, ihn und seine Frau. Damals hat mich nach der Urteilsverkündung fast eine Kugel ins Jenseits befördert.« Unbewusst strich sie sich über ihren Oberschenkel. Das beherzte Eingreifen des Wachmanns Bruno Garcia vor dem Palais de Justice hatte ihr das Leben gerettet, als das Projektil eines Attentäters eine Arterie zerfetzt hatte.

»Und dieser Jalabert ist kurz nach seiner Entlassung ermordet worden?«

»Ja, sieht ganz so aus. Es muss ein furchtbarer Schock für die Kinder gewesen sein, als sie seine Leiche fanden. Rachid sagt, die Kleinen haben Gott sei Dank nicht bemerkt, dass Jalaberts Kopf nicht auf seinen Schultern saß. Der Mörder hat ihn geköpft, und bis jetzt hat man den Kopf nicht gefunden. Der eigentlich zuständige Richter, Juge Pelletier aus Montpellier, hat sofort an mich gedacht und mich gebeten, den Fall zu übernehmen.« Mathilde rieb sich über die Augen. »Und ich werde natürlich nicht ablehnen.«

Kapitel 10

»Coco bleibt also weiter mit den Kollegen am Diebstahl im Museum dran?«

Mathilde nickte und zog den Reißverschluss ihrer Jacke nach oben. Sie fröstelte. Der Anblick von Jalaberts kopfloser Leiche hatte ihr zugesetzt. Ein solcher Mord war ihr noch nicht begegnet.

»Das sind wir Castellos Familie schuldig. Ich möchte nicht den Eindruck erwecken, ein solch spektakulärer Mord sei uns wichtiger als der Raub im Museum und der Tod des Wachmanns. Der Ansatz von Coco ist nicht schlecht. Sie ist bereits auf ein weiteres Delikt in einem kleinen Museum in Chartres gestoßen, der unserem nicht unähnlich ist. Ein antikes Exponat wurde entwendet. Die Vitrine wurde nicht aufgebrochen, sondern einfach angehoben. Sie war nicht einmal gesichert. Eine Fibel ist weg. Mehr hat Coco bisher nicht. Vielleicht liegt sie mit ihrer Idee eines modernen Arsène Lupin gar nicht so falsch. Der Dieb stiehlt sich rein, schnappt sich ein Ausstellungsstück, fertig. Es kommt einem wirklich fast wie eine Mutprobe vor.«

Rachid legte Mathilde den Arm um die Schulter, als erneut ein leichtes Zittern durch ihren Körper ging. »Nur haben wir einen toten Wachmann, einen ehemaligen Kollegen zu beklagen. Ich werde mich ebenfalls darum kümmern«, sagte er ernst.

Mathilde lehnte sich an ihren Freund. Dann griff sie in die Jackentasche und beförderte ihr Zigarettenetui heraus.

»Die hab ich jetzt nötig. Du hast natürlich recht. Es erleichtert uns die Sache nicht gerade, dass man den Täter wohl nicht direkt für Vincents Tod verantwortlich machen kann.«

Rachid gab Mathilde Feuer.

»Wo mag nur der Kopf abgeblieben sein?«, fragte sie zwischen zwei Zügen. »Ich sehe ihn noch vor mir, also den ganzen Jalabert, wie er mit seiner Frau dahockt, süffisant lächelt und glaubt, er käme mit einem Freispruch davon. Er hatte die Rechnung ohne Aminata gemacht. Das arme Kind. Sie hat ihren Mut mit dem Leben bezahlt. Diese ganze Drecksgeschichte. Ich brauch dir ja nicht zu erzählen, dass der Mord an Jalabert unter allen Umständen mein Fall ist. Sehr kollegial von Pelletier, ihn mir zu übergeben. Ich bin gespannt, was die Kriminaltechnik bereits entdeckt hat. Und vor allem würde ich zu gerne das Gesicht unseres Gerichtsmediziners sehen, wenn er Jalaberts Leiche auf dem Tisch hat.«

»Glaubst du, der Mord hat etwas mit dem damaligen Missbrauchsprozess zu tun?«

Rachid und Mathilde gingen zu ihrem Wagen. Mathilde nahm einen letzten Zug, drückte die Zigarette auf einem Stein aus und verstaute sie in ihrer kleinen Aschenbecherbox, die sie immer dabeihatte. Sie zuckte ratlos mit den Schultern.

»Irgendwie liegt es doch nahe, oder? Jemand aus der alten Seilschaft, der Angst hat, Jahre später entlarvt zu werden? Ein ehemaliger Mithäftling, der glaubt, Jalabert wäre zu gut davongekommen? Du weißt doch, wie sie mit Kinderschändern im Gefängnis verfahren. Zuerst werden wir uns mit Jalaberts Frau unterhalten. Vermutlich weiß sie mittlerweile Bescheid, Pelletier wollte sich darum kümmern. Ich gehe davon aus, dass sie ihren Mann nach ihrer Entlassung regelmäßig im Knast besucht hat. Vielleicht hat er ihr irgendetwas erzählt, er sei bedroht worden oder Schlimmeres. Ich hoffe, Regis hat sich Jalaberts bis morgen Vormittag angenommen, und Felix wird erste Informationen aus dem Gefängnis haben.« Sie hakte sich bei Rachid ein, als das Handy des Commandants klingelte.

»*Bonjour*, Monsieur le Juge. Ja, wir sind auf dem Weg zu Alexandrine Jalabert. Ihre Leute haben ihr gesagt, was passiert ist? Wie hat es die Witwe aufgenommen? Das ist verständlich. Nun, dann hoffen wir, dass sie sich bis dahin einigermaßen beruhigt hat. Merci.« Rachid beendete das Gespräch und öffnete Mathilde die Wagentür.

»Sie steht unter Schock, sagt Pelletier. Er hat zwei seiner Leute hingeschickt. Ein Arzt musste kommen und ihr etwas zur Beruhigung geben. Jetzt ist eine Nachbarin, Madame Reichman, bei ihr. Merkwürdig, sie leben immer noch unter derselben Adresse. Man würde doch meinen, wenn man ein solches Verbrechen begangen hat und dafür im Gefängnis landet, meidet man die frühere Umgebung.«

»Eher umgekehrt, die frühere Umgebung meidet dich«, meinte Mathilde trocken und schnallte sich an. »Die Wohnung muss ja dann leer gestanden haben, solange beide einsaßen. Ich komme nicht darüber hinweg, dass wir damals nur Jalabert und seine Frau wirklich überführen konnten. Nun, den eigentlichen Drahtzieher hatten wir dann auch und dieses widerliche Paar Klein zu guter Letzt ebenfalls. Aber wie viele dieser Dreckschweine uns durch die Lappen gegangen sind. Denk nur an die Liste, die uns am Ende überhaupt nichts genutzt hat. Alle darauf hatten Alibis vorzuweisen.« Ein Schmerz fuhr durch Mathildes Bein. Normalerweise kündigte sich so ein Wetterwechsel an, doch dieses Mal schien es ihr, als ob die Erinnerung ihn wachgerufen hätte.

Eine halbe Stunde später hatten sie Jalaberts Wohnung erreicht.

»Scheint sich noch nicht rumgesprochen zu haben. Alles ruhig, keine Presse«, konstatierte Rachid.

Das Haus lag in einer ruhigen Straße in einem Vorort von Nîmes, in dem die Ein- und Zweifamilienhäuser und schicken Appartements der Besserverdienenden lagen.

»Hier, Jalabert, steht sogar auf der Klingel. Petit unten, Reichman oben.« Mathilde drückte auf einen Messingknopf.

»Ja?« Es rauschte in der Sprechanlage, als eine weibliche Stimme ertönte.

»Commandant Bouraada, *Police judiciaire*, Madame le Juge de Boncourt. Wir wollen bitte Madame Jalabert sprechen.«

»Einen Augenblick.«

Rachid und Mathilde stiegen die Stufen aus dunklem Granit ins erste Geschoss hinauf. Kurz öffnete sich die Tür zur unteren Wohnung, wurde jedoch sofort wieder geschlossen.

»Madame oder Monsieur Petit ist neugierig geworden«, flüsterte Rachid.

Sie wurden bereits an der Wohnungstür erwartet. Eine resolut wirkende Mittfünfzigerin stemmte beide Hände in die Hüften. Sie trug ein sackartiges Kleid, das über und über mit bunten Papageien bedruckt war. Es reichte bis zu den Knöcheln, darunter lugten die nackten Füße hervor. Jeder Zehennagel wies eine andere Nagellackfarbe auf. Bunt war auch die Kopfbedeckung, die wie ein schillernder Turban auf ihrem Kopf saß.

»Ich bin Madame Reichman, die Nachbarin.« Sie legte den Kopf in den Nacken. »Von oben. Der Arzt war bei Alexandrine Jalabert und hat ihr ein Beruhigungsmittel gegeben. Sie schläft aber nicht. Ich würde mich dann in meine Wohnung zurückziehen.«

»Wir werden es Madame Jalabert ausrichten. Sie wohnen schon länger hier im Haus?«, fragte Mathilde.

Madame Reichman, die bereits auf der ersten Treppenstufe stand, drehte sich um. »Sie wollen sicherlich wissen, ob ich die Vergangenheit der Jalaberts kenne. Ja, tu ich. Aber was will man machen. Als ich die Wohnung im letzten Jahr von den Erben der Vorbesitzerin gekauft habe, hat mir deren Neffe davon erzählt. Seine Tante hatte ja von alldem, was sich damals zugetragen hat, nichts mitbekommen. Die alte Dame war, als das arme Ding dort eingezogen ist, schon über neunzig. Schwerhörig obendrein. Die Wohnung war spottbillig. Offenbar war das Interesse daran nicht sonderlich groß, und ich habe zugeschlagen. Und ich bin keine Freundin von Madame Jalabert, wenn Sie das glauben sollten, und ihrem Mann weine ich keine Träne nach. Ihn habe ich nie kennengelernt.«

»Sie haben also nicht viel zu tun mit Madame Jalabert?«, wollte Mathilde wissen.

»Gott bewahre, *bonjour, bonsoir*, das war's auch schon. Als das

Polizeiauto vor der Tür stand, habe ich mich natürlich ein wenig gewundert. Dann habe ich den Schrei aus der Wohnung gehört, bin raus und nach unten. Sind Ihre Leute nicht ein wenig besser ausgebildet? Eine Todesnachricht zu überbringen, da muss man doch ein gewisses Fingerspitzengefühl haben. Weil dem nicht so war, habe ich mich um meine Nachbarin gekümmert. Wenn das dann alles war. Ich muss noch mit dem Hund raus.«

Sie nickte den beiden Ermittlern zu und lief leichtfüßig die Treppe hinauf.

»Sehr offen, die Dame. Und erstaunlich wenig neugierig. Ich hätte erwartet, sie würde alles über den Mord an ihrem Nachbarn wissen wollen.« Rachid klopfte an die Wohnungstür, die nur angelehnt war, und schob sie auf.

»Madame Jalabert, Commandant Bouraada und Madame le Juge de Boncourt. Wir kommen jetzt rein.«

Keine Antwort.

»Ich bin gespannt, wie sie uns empfängt«, flüsterte Mathilde. »Wir haben sie schließlich hinter Gitter gebracht. Grauenvoll, wenn ich daran denke, was sich hier hinter der gutbürgerlichen Fassade abgespielt hat. Am liebsten würde ich einfach auf dem Absatz kehrtmachen.«

Rachid fasste sie sanft an der Schulter. »Mathilde, es ist jetzt unser Fall. Wer weiß, was wir aus der Vergangenheit alles zutage fördern. Klar, wir haben sie in den Knast gebracht. Aber dann wird sie auch wissen, wie gut wir sind und den Mörder ihres Mannes durchaus aufspüren können«, flüsterte er mit einem Anflug von Ironie zurück.

»Madame Jalabert?«, rief er nun laut.

»Ich bin im Wohnzimmer.« Die Stimme der Frau zitterte.

Mathilde und Rachid gingen durch den Flur, der hellgelb gestrichen war. Auf einem barock anmutenden goldfarbenen Wandtischchen stand eine Jardiniere, aus der künstliche weiße Rosen quollen. An den beiden langen Wänden hingen ein ebenfalls vergoldeter Spiegel und eine venezianische Maske. Hinter einer Tür auf der linken Seite warfen die beiden einen kurzen Blick in die

Küche, gegenüber stand die Tür zum Wohnzimmer offen. Hier dominierten ebenfalls Goldtöne. Goldfarbene samtige Kissen auf weißen Polstermöbeln, goldgerahmte Ölbilder. Madame Jalabert lag auf einer weiß-golden gestreiften Récamiere, an deren Kopfende ein dreibeiniger Tisch stand, darauf ein Handy, ein leeres Glas und eine Karaffe. Aus der Blisterpackung mit Beruhigungsmitteln fehlten zwei Tabletten.

»Sie zwei sind die Letzten, die ich erwartet hätte«, begrüßte Madame Jalabert sie mit einer nun erstaunlich kräftigen Stimme. Sie richtete sich auf. »Ohne Sie wäre Bernard nie ins Gefängnis gekommen, dann wäre das alles nicht passiert.«

Sie bot ihnen keinen Platz an, und Rachid und Mathilde blieben vor dem Sofa stehen, sahen auf die Frau herab.

Wären Sie beide nicht solche Verbrecher, wäre das alles auch nicht passiert, hätte Mathilde gerne geantwortet, aber sie hielt ihre Zunge im Zaum.

»Madame Jalabert, wir können nicht ausschließen, dass die Vergangenheit Ihres Ehemannes der Grund für seine Ermordung war«, konterte Rachid stattdessen diplomatisch. »Er ist gestern Abend aus dem Gefängnis von Villeneuve-lès-Maguelone entlassen worden. Nur kurze Zeit später war er tot.« Rachid überlegte kurz, wie weit er etwas über den Zustand der Leiche preisgeben sollte. Dass der Kopf abgetrennt und verschwunden war, musste eine gewisse Bedeutung haben, eine Bedeutung, die sich vielleicht Madame Jalabert erschloss. Doch bevor er auf diesen Umstand zu sprechen kommen konnte, ergriff die Witwe das Wort.

»Natürlich hat es etwas damit zu tun. Bernard war ein guter Mann, wir haben uns um Aminata gekümmert, als wäre sie unsere Tochter. Die Tatsachen sind einfach verdreht worden, und wir haben Jahre im Gefängnis verbüßt, unschuldig.«

Mathilde musste an sich halten. Dieselbe Leier wie vor Jahren, als die Jalaberts uneinsichtig und von ihrer Unschuld überzeugt auf der Anklagebank gesessen und bis zuletzt gehofft hatten, einen Freispruch zu erhalten oder zumindest mit einer Bewährungsstrafe davonzukommen. Sie atmete tief ein und aus, schwieg aber.

»Was denken Sie wohl, wie man Bernard dort zugesetzt hat. Beinahe wäre er vergewaltigt worden. Zustände, unfassbar. Glauben Sie, in der Zeit, als ich in Nîmes einsaß, hätte man auch nur ein Wort mit mir gesprochen? Wie eine Aussätzige hat man mich behandelt. Das Ganze ist doch ein Komplott gegen uns, damals und heute. Alle stecken unter einer Decke, Sie, die Mithäftlinge, die Wärter, der Gefängnisdirektor. Ich war quasi schon auf dem Weg, Bernard abzuholen, als er mich anrief und mir mitteilte, aus technischen Gründen … bah, was soll denn das gewesen sein? Gingen die Türen nicht auf, oder was? Aus technischen Gründen könne Bernard erst heute entlassen werden. Und das Nächste, was ich höre …« Sie schluckte schwer. »Bernard, mein geliebter Mann sei tot, ermordet. Ich kann Ihnen sagen, wer dafür infrage kommt. Antoine Fleurot. Er ist vor einer Woche rausgekommen, er hat Bernard das Leben zur Hölle gemacht, alle aufgestachelt, immerzu gegen ihn gehetzt. Und keiner hat was dagegen unternommen. Er hat Bernard auf dem Gewissen, er hat ihn getötet. Er hat zigmal angekündigt, er würde ihn einen Kopf kürzer machen. Kümmern Sie sich darum, nehmen Sie ihn fest!« Madame Jalaberts Stimme überschlug sich.

Mathilde und Rachid sahen sich perplex an.

»Der Gefängnisdirektor hat Sie kontaktiert und Ihnen mitgeteilt, Ihr Mann werde erst heute entlassen?« Rachid kratzte sich am Kopf.

»Hab ich doch eben gesagt. Allerdings hab ich da so meine Zweifel. Das muss Fleurot gewesen sein, damit ich nicht komme und Bernard abhole. Auf was warten Sie also? Er hat übrigens, kaum dass er draußen war, vor meiner Tür gestanden. Ich habe die Polizei benachrichtigt, aber glauben Sie, jemand hätte das ernst genommen?«

»Fleurot hat Sie bedroht?«

Madame Jalabert zögerte kurz. »Nicht direkt. Er stand einfach da und ist, als ich gedroht habe, die Polizei zu rufen, wieder verschwunden.«

»Der Mann hat ganz sicher vor Ihrer Tür gestanden? Woher kennen Sie Fleurot?«

»Hören Sie mal, glauben Sie, ich bin verrückt, zweifeln Sie an meinem Verstand? Bernard hat ihn mir gezeigt, als ich ihn besucht habe, und mir erzählt, wie er unter Fleurot zu leiden hat und dass sich niemand darum kümmert. Natürlich war er es. Und jetzt gehen Sie. Ich brauche meine Ruhe.«

Sie erhob sich von ihrem Sofa, schwankte leicht, fasste sich jedoch sofort wieder.

»Ich werde hinter Ihnen abschließen. Ich fühle mich bedroht. Vielleicht bin ich das nächste Opfer von Fleurot.«

Mathilde und Rachid blieb nichts anderes übrig, als Madame Jalabert in den Flur zu folgen. Sie öffnete die Wohnungstür.

»Madame Jalabert, wir werden Sie weiter befragen müssen«, setzte Mathilde an, doch die Witwe schob sie mit erstaunlich kräftigem Druck nach draußen. Die Tür schloss sich mit einem lauten Knall hinter ihnen.

»Was hältst du davon? Dann wären unsere Ermittlungen schnell beendet, wenn dieser Fleurot tatsächlich Jalaberts Mörder ist. Und seine Drohung: ›Ich mach dich einen Kopf kürzer …‹«

Rachid zog skeptisch die Augenbrauen hoch. »Dem Satz würde ich keine allzu große Bedeutung beimessen. Einen Kopf kürzer machen kann einfach nur so dahergesagt gewesen sein. Trotzdem werden wir ihn uns vorknöpfen. Ich bin gespannt, was der Gefängnisdirektor dazu zu sagen hat. Zu den Morddrohungen gegenüber Jalabert und dieser angeblichen Verschiebung der Haftentlassung.«

Mathilde sah auf ihre Armbanduhr. »Das können wir eventuell schon gleich klären. Felix ist vielleicht noch dort.«

»Ich versuche, ihn zu erreichen«, stimmte Rachid zu. Er zog sein Handy aus der Hosentasche. »Zu spät. Felix ist schon weg. Er hat geschrieben, bei dem Gespräch sei nicht viel herausgekommen. Alain Regis hat sich ebenfalls gemeldet. Er wird sich Jalaberts Leiche morgen Vormittag um zehn annehmen. Wollen wir beide hin?«

Mathilde lächelte. »Es gibt Schöneres, was ich mit dir erleben möchte, aber ja. Doch zuerst sollten wir bei Antoine Fleurot vorbeischauen. Wenn er noch heute Abend gesteht, können wir morgen früh ausschlafen.«

Kapitel 11

»Ihr haltet mich ganz schön auf Trab«, begrüßte Alain Regis Mathilde und Rachid am nächsten Tag vor dem Sektionsraum. »Seid ihr mit dem Einbruch im Museum schon weitergekommen?«

Der Arzt öffnete die Glastür, ohne eine Antwort abzuwarten, hielt sie auf und wies die beiden Ermittler mit einer einladenden Geste hinein. Claudette Lenôtre nickte ihnen zu. Sie stand abwartend neben dem Tisch, auf dem Jalaberts Leiche auf ihre gründliche Untersuchung wartete.

»Na, dann wollen wir mal. Wisst ihr, dass dies meine erste Leiche ohne Kopf ist? Abgetrennte Hände, Füße, ganze Arme oder Beine, das habe ich schon alles gehabt. Aber kopflos? Eine echte Premiere. Und der Kopf? Immer noch keine Spur?«

»Nein, nichts. Es sieht so aus, als hätte der Mörder ihn eingepackt und mitgenommen. Ein paar Blutspuren neben dem Torso, sonst nichts«, teilte Rachid mit.

Mit einer Handbewegung forderte Alain Regis seine Assistentin auf, das weiße Tuch wegzuziehen, das die Leiche verhüllt hatte. Mathilde entfuhr ein leiser Schrei, während die beiden Männer und Claudette Lenôtre lediglich hörbar die Luft ausstießen.

»Ich habe Jalabert ja schon da draußen liegen sehen, aber hier auf deinem Tisch wirkt es erheblich grausamer als inmitten der ganzen Pflanzen«, erklärte Mathilde.

»Du brauchst dich doch nicht zu entschuldigen, Mathilde«, brummte der Arzt. »Uns lässt der Anblick auch nicht kalt, obwohl es sich bei Jalabert um einen Verbrecher der übelsten Sorte handelt. Ob wir es mit einem Racheakt für seine Untaten zu tun haben?«

»Wir wissen es nicht mit Sicherheit, aber im Moment scheint

manches darauf hinzuweisen«, antwortete Rachid vage. Sie hatten am Abend zuvor ihren ersten Verdächtigen, Antoine Fleurot, nicht unter der im Polizeicomputer gespeicherten Adresse angetroffen. Die Wohnung hatte schon längst einen neuen Mieter gefunden, von Fleurot fehlte jede Spur. Ob im Gefängnis sein neuer Aufenthaltsort bekannt war, würde sich herausstellen, wenn Felix mit Etienne Dreyfuss, dem Direktor der Haftanstalt, sprach.

»Nun, vielleicht werden wir etwas finden, was eure Hinweise untermauert.« Der Arzt schaltete sein Mikrofon ein und begann mit den üblichen ersten Routineuntersuchungen. Bei Gewicht und Körpergröße zögerte er eine Sekunde. »Er ist natürlich schwerer und länger gewesen«, sagte er ernst. Dann umrundete er zweimal den Tisch, ging in die Hocke, besah sich den Körper von allen Seiten.

»Wir werden heute ein wenig anders vorgehen«, entschied er dann. »Ich möchte zuerst die Halswunde von allen Seiten betrachten und ihn erst dann aufschneiden. Wenn ich die Untersuchung abgeschlossen habe, könnt ihr euch eigentlich wieder verziehen, der Rest der Autopsie ist reine Routine. Sollte sich eine Überraschung ergeben, werde ich mich umgehend melden.«

Mathilde und Rachid verfolgten gespannt, wie der Arzt die Halswunde säuberte, fast unsichtbare Partikel in Probengefäße füllte, diese verschloss und Claudette reichte, die sie in einen Metallständer ordnete und beschriftete.

Nach einiger Zeit richtete er sich auf und nahm seine Schutzbrille ab. »Wäre nicht schlecht, wenn ich bald den Kopf hätte. Er würde hoffentlich das bestätigen, was ich im vorläufigen Untersuchungsergebnis festhalte. Der Kopf ist vom Rumpf mit einem Schlag abgetrennt worden. Hierfür kommt kein Messer infrage, eher eine Machete oder ein Schwert, scharf, sehr scharf. Die Wundränder sind sehr glatt. Der Schlag ist von rechts nach links ausgeführt worden. In den Wundrändern sind trotzdem winzigste Reste von Fasern, am zweiten Halswirbel, wie es aussieht, finden sich winzige Metallpartikel, die vielleicht eine Einordnung der Waffenlegierung zulassen.«

»Drehen wir ihn um, Claudette.«

Mit geübten Griffen wuchteten die beiden Mediziner den Körper auf den Bauch. Noch bevor sich der Arzt dem Hals widmen konnte, fiel der Blick aller Anwesenden auf Bernard Jalaberts rechte Wade.

»Na hoppla, was ist das denn? Hast du das beim Entkleiden bemerkt?«

Claudette lief rot an und schüttelte den Kopf. Die sonst mehr oder weniger stumme Assistentin fing an zu stottern. »Nein, wie denn auch? Er lag doch auf dem Rücken.«

»Entschuldige, natürlich. Nun, was haben wir denn da? Jemand hat ihm ein Zeichen in die Wade geritzt. Es besteht aus drei miteinander verbundenen Spiralen.« Alain Regis sah auffordernd zu seiner Assistentin, die ihm in stummem Verstehen ein Maßband reichte. »Zwei Spiralen mit einem Durchmesser von eins Komma zwei Zentimetern, die dritte misst einen Zentimeter. Das Zeichen ist unregelmäßig, jedoch nicht sehr tief eingeritzt, die Haut weist an dieser Stelle kaum eine Blutung und keine Entzündung auf. Die Einritzung dürfte nicht älter als vierundzwanzig Stunden und vermutlich post mortem sein. Das Bein werde ich mir intensiver anschauen«, schloss der Arzt seine Untersuchung ab. »Allerdings begegnet uns dieses Zeichen nicht zum ersten Mal, nicht wahr, Claudette? Schaust du es dir bitte einmal genauer an?«

»Was hat es zu bedeuten?«, fragten Mathilde und Rachid wie aus einem Mund.

»Das ist euch in eurer gesamten Laufbahn noch nicht untergekommen?«, staunte Alain Regis, ohne direkt die Frage zu beantworten. »Claudette«, forderte er seine Assistentin auf, Licht in die Unwissenheit der beiden Ermittler zu bringen.

Claudette Lenôtre setzte sich eine Lupenbrille auf und beugte sich dicht über Jalaberts Wade. »Hm.« Sie warf einen letzten Blick darauf, legte die Brille wieder zurück und räusperte sich. »Nun, ich schätze, das ist nicht eingeritzt worden, sondern, nun, eher gestempelt. Wie ein Brandzeichen, aber ohne Hitze. Ein Gegenstand in Form dieses Zeichens wurde mit Gewalt auf die Wade gedrückt.« Claudette spitzte die Lippen und überlegte kurz. »War vor acht, neun Monaten. Wir hatten eine Frau hier auf dem Tisch, sie war Opfer eines missglückten Sexspiels innerhalb einer BDSM-Community. Nun, in dieser Szene gilt das als Zeichen für die Grundsätze, die innerhalb der Praktiken herrschen, das sind Sicherheit, Gesundheit und gegenseitiges Einverständnis. Unser Opfer hatte es auf dem Oberarm tätowiert. Wir haben ein wenig gebraucht, um zu erfahren, was das Zeichen aussagt. Es heißt übrigens Triskele. *Die* Triskele.«

»Danke für den Vortrag, Claudette. Vielleicht hilft es euch ja weiter.« Alain Regis hatte während Claudettes Erläuterungen seinen Fotoapparat gegriffen und Aufnahmen von der Triskele gemacht.

»Bernard Jalabert hat einem Sado-Maso-Club angehört?« In Mathildes Stimme schwang Ungläubigkeit mit.

»Vielleicht werden solche Spielchen auch hinter Gefängnismauern praktiziert. Und Jalabert war Teilnehmer.« Rachid konnte seine Skepsis nicht verbergen. »Ich frage mich, warum wurde das Symbol dann erst in Jalaberts Bein geritzt, als er sterben musste? Als Hinweis auf seine sexuellen Vorlieben? Er hat sich an jungen Mädchen vergangen, aber dass Sado-Maso im Spiel gewesen sein könnte, davon war und ist uns nichts bekannt.«

»Nun, dann müsst ihr wohl in Jalaberts Vergangenheit eintauchen. Seine Frau weiß vielleicht mehr darüber. Oder einer seiner Mithäftlinge? Das ist alles, womit ich euch im Moment dienen kann.« Alain Regis hob wie entschuldigend die Schultern. »Aber ich habe eben etwas entdeckt. Claudette, du hast es auch gesehen?«

Die junge Frau nickte und zeigte auf eine Stelle zwischen den Schulterblättern. Sie reichte unaufgefordert ihre Lupenbrille Rachid, der die Stelle genauer betrachtete. Er reichte die Brille an Mathilde weiter.

»Was ist das?«, fragte sie.

»Das, meine liebe Mathilde, ist der Hinweis darauf, dass unsere Leiche, bevor man sie geköpft hat, wehrunfähig gemacht wurde. Diese beiden winzigen Löchlein sind entstanden, als zwei Projektile eines Tasers mit ihren Widerhaken dort eingedrungen sind. Rachid, du musst es wissen. Die Widerhaken sind über Drähte mit dem Taser verbunden, und bei Kontakt mit dem Hautgewebe fließt Strom durch den Körper. Jalabert fiel um, und der Mörder konnte mit ihm machen, was er wollte. Da haben wir doch bereits einiges für euch, was euch, wie man sieht, einigermaßen ratlos zurücklässt. *Alors*, wir machen dann mal mit unseren Untersuchungen weiter, nicht wahr, Claudette? Wenn ihr bleiben wollt, gerne, aber wie gesagt, das, was jetzt kommt, ist reine Routine.«

»Nein, nein, wir gehen schon. Wir sollten keine Zeit verlieren. Ich befürchte, an diesem Fall werden wir ganz schön zu knabbern haben.«

»Das mag sein, meine liebe Mathilde. Sobald die Proben, die ich von den Knochenrändern gesammelt habe, untersucht sind, bekommt ihr die Ergebnisse.«

Der Gerichtsmediziner widmete sich wieder seiner Arbeit. Mathilde und Rachid waren entlassen. Schweigend kehrten sie zum Wagen zurück. Mathilde zog am Griff der Beifahrertür.

»Was? Keine Zigarette? Was ist los?«, fragte Rachid lächelnd und drückte auf die Fernbedienung. Die Türen öffneten sich, doch Mathilde stieg nicht ein.

»Ich fühle mich total benebelt«, seufzte sie. »Eine Leiche ohne Kopf, Spuren eines Tasers im Nacken, diese merkwürdige Spirale, diese Triskele auf der Wade, Jalabert vielleicht im Sado-Maso-Milieu unterwegs gewesen, ein Mithäftling, der ihn offenbar bedroht hat und im Moment unauffindbar ist, ein fingierter Anruf bei Jalaberts Frau, die sich nun ebenfalls bedroht fühlt. Was in drei Teufels Namen hat das alles zu bedeuten?«

Rachid trat auf Mathilde zu und nahm sie in den Arm. »Um das herauszufinden, *chérie*, sind wir da.«

Kapitel 12

Etienne Dreyfuss wischte sich den Schweiß von der Stirn. Seine Arbeit als Gefängnisdirektor war nie einfach gewesen. In einem Jahr würde er pensioniert werden, seit vierundzwanzig Jahren verrichtete er diesen Job in der Haftanstalt von Villeneuve-lès-Maguelone. Er hatte Revolten erlebt, Zellen, die in Brand gesetzt worden waren, Hungerstreiks, Randale, Vandalismus, Suizidversuche, von denen zwei gelungen waren, Angriffe auf Aufseher und Mithäftlinge, Drogenschmuggel innerhalb des Gefängnisses und, und, und. Doch das, was sich in den letzten Stunden ereignet hatte, war ein neuer Höhepunkt in seinem Leben als Direktor dieser Einrichtung.

Bernard Jalabert war ein unauffälliger Insasse gewesen. Ein paar seiner Jungs hatten dem Kinderschänder zu Anfang das Leben nicht gerade leicht gemacht. Aber soweit Dreyfuss wusste, war Jalabert nie wirklich zu Schaden gekommen. Und kaum entlassen, schnitt ihm jemand den Kopf ab. Und jetzt saß dieser rothaarige Lieutenant schon zum zweiten Mal vor seinem Schreibtisch und löcherte ihn mit Fragen, über die er nur staunen konnte. Sein Magen schmerzte, er spürte das dringende Bedürfnis, sich auf die Toilette zu setzen und all den Ärger mitsamt Darminhalt das Klo herunterzuspülen.

Dreyfuss strich sich müde über die Stirn, zog ein Taschentuch aus der Hosentasche und wischte sich den Schweiß ab.

»Wie oft muss ich es Ihnen denn noch sagen, niemand hat Madame Jalabert benachrichtigt. Niemand hat ihr gesagt, ihr Mann würde erst am nächsten Tag entlassen. Technische Probleme, so ein Blödsinn. Das war eine Finte, jemand hat die Frau von hier ferngehalten, damit Jalaberts Mörder freie Bahn hat. Aber das wissen Sie ja selbst. Und die Überwachungskameras geben nichts her. Jalabert geht eine Zeit lang auf und ab, schaut auf die Uhr, schaut nach oben, nach links, nach rechts, dann verlässt er den Einzugsbereich unserer Überwachung und läuft seinem Mörder wahrscheinlich direkt in die Arme. Hätte Madame Jalabert nur einmal hier angerufen, um sich zu vergewissern, wir hätten es geklärt, und nichts wäre passiert. Und außerdem sind wir nicht für das verantwortlich, was passiert ist. Falls Madame oder sonst jemand auf die Idee kommt, mir daraus einen Strick drehen zu wollen.«

Dreyfuss hatte sich in Rage geredet. Sein Kopf war knallrot, und er rang nach Luft. Mit der rechten Hand lockerte er seine Krawatte und öffnete den obersten Knopf seines Hemdes, das unter den Achseln nasse Flecken zeigte.

»Monsieur Dreyfuss, niemand will Ihnen an den Karren fahren. Allerdings erhebt Madame Jalabert schwere Anschuldigungen gegen Antoine Fleurot. Diesen müssen wir nachgehen, das verstehen Sie doch.«

Der Gefängnisdirektor sank in sich zusammen. »Natürlich, logisch. Was Jalabert seiner Frau erzählt hat, ich kann es nicht unterschreiben. Gut, Fleurot war derjenige, der versucht hat, andere gegen Jalabert scharfzumachen, Sie wissen, was ich meine. Er wurde gemobbt, so etwas bleibt nicht aus, geschubst, mal eine Ohrfeige beim Vorbeigehen, ein Tritt, mal in sein Essen gespuckt, aber mehr ist nicht passiert, jedenfalls nicht, dass ich wüsste.«

»Sie sind der Direktor dieser Anstalt, da darf ich doch davon ausgehen, dass Ihnen nichts entgeht und Sie über sämtliche Vorkommnisse informiert werden«, antwortete Felix, dem natürlich bewusst war, was sich hinter den Gefängnismauern abspielte.

Dreyfuss rang sich ein schmallippiges Lächeln ab. »Träumen Sie weiter, Lieutenant. Sie glauben doch nicht im Ernst, dass man mich über jeden noch so kleinen Furz informiert. Ich wiederhole, Fleurot hat sich, solange er hier drin war, nicht mehr zuschulden kommen lassen als der eine oder andere auch. Was da draußen dann abgegangen ist, entzieht sich meiner Kenntnis, dafür bin ich nicht verantwortlich«, wiederholte er.

»Sie wollen also sagen, Sie könnten sich durchaus vorstellen, dass sich Fleurot Jalaberts angenommen hat?«

»Hä? Nein, natürlich nicht. Das wollte ich nicht sagen. Jetzt drehen Sie mir doch nicht die Worte im Mund herum, Lieutenant. Warum fragen Sie übrigens Fleurot nicht selbst. Er hat bereits zum Ende seiner Haftstrafe angefangen, als Freigänger für die Spedition Cargofrance als Fahrer zu arbeiten. Aber das wissen Sie bereits.«

»Dort war er aber nicht. Er ist lediglich die ersten drei Tage nach seiner Entlassung von Montpellier nach Lyon und wieder zurückgefahren. Spanplatten. Und genau an dem Tag, als Jalabert ermordet wurde, tauchte er nicht auf. Keiner weiß, wo er abgeblieben ist.«

»Da kann ich Ihnen leider auch nicht weiterhelfen. Fleurot hat seine Strafe abgesessen, ist ein freier Mann.«

»Würden Sie ihm einen Mord zutrauen?«

Felix' Frage kam unerwartet. Dreyfuss zögerte.

»Ich kann nicht in die Menschen hineinschauen. Fleurot war wegen bewaffneten Raubüberfalls bei uns. Allerdings hat es sich um eine Spielzeugwaffe gehandelt, die nur täuschend echt aussah. Er hätte aber niemanden damit umbringen können. Er hatte die eine oder andere Schlägerei, aber dabei ist nie jemand zu Schaden gekommen, das heißt, es ist nie jemand lebensgefährlich verletzt worden. Warum also sollte er einen solchen Hass auf Jalabert empfinden? Wenn es sich bei einem der Mädchen, an denen sich Jalabert vergangen hat, um Fleurots Tochter gehandelt hätte, dann würde ich meine Hand nicht ins Feuer legen. Aber so … Ich sehe keine Veranlassung, aber wie gesagt, ich kann in die Menschen, auch wenn ich sie hier in Gewahrsam habe, nicht hineinblicken.«

Die beiden Männer schwiegen einen Moment. Dann ergriff Felix wieder das Wort. »Schauen Sie sich das bitte einmal an. Sagt Ihnen dieses Symbol etwas?« Er legte dem Direktor ein Foto der Triskele von Jalaberts Wade hin, das Claudette angefertigt und ihnen geschickt hatte.

Dreyfuss setzte sich eine Lesebrille auf und studierte das Foto ausgiebig. Er lehnte sich in seinem Bürostuhl zurück. »Eine Triskele. Und wenn Sie mir schon ein Bild eines Beins hinlegen, darf ich davon ausgehen, es handelt sich um das Bein von Jalabert?«

»In der Tat. Das Symbol ist ihm, wie unser Gerichtsmediziner ausgeführt hat, post mortem dort hineingedrückt worden, mit einer Art Stempel. Sie kennen dieses Zeichen also?«

Felix' Gegenüber kratzte sich an der Wange. »Lieutenant, mir ist in meinem Leben schon so manches begegnet. Wir haben hier Diebe, Triebtäter, Mörder. Nicht, dass ich behaupten würde, Anhänger dieser Szene seien zwangsläufig unter den beiden letzteren Gruppen von Insassen, nein, das ganz sicher nicht. Aber ja, das Symbol kenne ich. Es bedeutet …« Er reichte Felix das Foto zurück.

Felix winkte ab. »Wir wissen, was es aussagen soll. Aber hatte Fleurot etwas mit dieser Szene zu tun, früher vielleicht?«

Dreyfuss zuckte hilflos mit den Schultern. »Davon ist mir nichts bekannt. Was er vor und nach seinem Aufenthalt so getrieben hat, welche Präferenzen er hat, ich weiß es nicht.« Er stockte. »Aber da fällt mir etwas ein. Antoine bekam in den letzten Monaten Besuch von einer Frau. Sie hatten sich über einen Briefkontakt kennengelernt. Wir haben ihre Personalien natürlich aufgenommen. Vielleicht kann sie Ihnen weiterhelfen. Einen Moment.« Dreyfuss hob sein Telefon ab. »Pascal, die Frau, die Fleurot besucht hat, kannst du mir bitte sagen, um wen es sich handelte?« Der Direktor wartete und trommelte mit einem Stift auf seinem Schreibtisch. Dann notierte er etwas, bedankte sich und legte auf. »Dominique Levasseur, hier ist ihre Adresse in Lunel. Es tut mir leid, daran hätte ich natürlich eher denken können. Vielleicht ist Fleurot bei ihr untergeschlüpft.«

Er schob Felix ein Blatt Papier zu, das dieser kurz studierte und einsteckte.

»Darf ich noch einmal kurz das Foto sehen?« Erneut studierte Dreyfuss es genau. »Ich kann mich nicht erinnern, ob die Triskele bei den Liebhabern dieser speziellen Szene geritzt, gestempelt oder tätowiert sein soll. Sie wird doch eher wie ein Schmuckstück getragen, oder? Nun, ich weiß es nicht. Ich weiß, dass sie existiert, aber wie genau das abläuft, puh, das ist nicht das Gebiet, in dem ich mich auskenne.« Er lächelte gequält. »Langer Rede, kurzer Sinn, es kommt mir einfach merkwürdig vor.«

»Uns nicht weniger«, seufzte Felix. »Ich danke Ihnen für Ihre Zeit. Sollte Ihnen noch etwas einfallen ...«

»Ja, ja, ich weiß, dann werde ich mich bei Ihnen melden.« Dreyfuss schälte sich aus seinem Stuhl, eindeutig erleichtert, seinen Gast endlich wieder loszuwerden.

Kapitel 13

Felix fuhr nach kurzer Absprache mit Rachid direkt zu der Adresse in Lunel, die Dreyfuss ihm aufgeschrieben hatte. Blöcke mit viergeschossigen Gebäuden reihten sich aneinander, dazwischen ungepflegte Grünstreifen. Dominique Levasseur wohnte im zweiten Stock, der Name war auf ein Stück Papier gekritzelt, das über das des Vormieters geklebt worden war und sich mittlerweile wieder halb abgelöst hatte. Felix klingelte, die Tür sprang wenige Sekunden später auf.

Im Treppenhaus roch es nach gebratenem Fisch. Felix stieg die Treppe hinauf, an der Wohnungstür erwartete ihn eine Frau in den Vierzigern in einem gestreiften Morgenmantel, den sie mit beiden Händen über der Brust zusammenhielt. Die Haare hingen strähnig bis auf die Schultern, das Gesicht war verquollen. Ob durch Schlaf, Alkohol oder Drogen, konnte Felix nicht beurteilen.

»Madame Levasseur?«

»Steht doch unten an der Klingel. Oder haben die Rotzlöffel es schon wieder abgerissen?«, erwiderte die Frau mit heiserer Stimme.

»Madame Levasseur, kann ich für einen Moment reinkommen?«

»Nein, können Sie nicht. Um was geht's denn? Sie sind ein Flic.«

Felix beeilte sich, seinen Dienstausweis zu zücken, den er der Frau vor die Nase hielt.

»Hab ich mir's doch gleich gedacht. Wird aber auch so langsam Zeit. Die Anzeige habe ich vor zwei Tagen gemacht. Aber wenn unsereins mal was hat, interessiert es doch kein Schwein.« Sie zog die Nase hoch. »Aber nett, dass Sie sich extra herbemühen«, fügte sie mit ironischem Unterton hinzu.

»Sie haben das Verschwinden von Antoine Fleurot angezeigt?« Dann hat er hier wohl gewohnt, fuhr es Felix durch den Kopf.

»Hä? Antoine verschwunden? Ich war wegen meiner Handtasche auf der Wache, sie ist mir vorletzte Woche einfach aus der Hand gerissen worden, und weg war der Bengel. Wieso Antoine, was ist mit ihm?« Misstrauisch zog Madame die Brauen zusammen.

»Kann ich nicht vielleicht doch reinkommen, wir sollten das nicht auf dem Flur besprechen«, versuchte Felix es erneut.

»Nix da. Sie bleiben, wo Sie sind. Oder haben Sie etwa einen Durchsuchungsbefehl?«

Durchsuchungsbeschluss, wollte Felix schon korrigieren. Aber was sollte es. »Nein, ich will Ihnen lediglich ein paar Fragen stellen. Wir sind auf der Suche nach Antoine Fleurot, wir brauchen ein paar Auskünfte von ihm.«

»Sie sind also der große Fragensteller, wie war noch mal Ihr Name, Tourrain?«

Felix nickte. Madame war eine harte Nuss. Unruhig trat er von einem Fuß auf den anderen.

»Nun, was wollen Sie wissen, ich hab nicht den ganzen Tag Zeit«, lenkte sie plötzlich ein.

Erleichtert zog Felix seinen kleinen Notizblock aus der Jackentasche. »Antoine Fleurot ist vor über einer Woche aus dem Gefängnis von Villeneuve-lès-Maguelone entlassen worden. Sie haben ihn dort mehrmals besucht? Woher kennen Sie sich?«

»Meine Schwester ist mit einem seiner Cousins, Fred, befreundet, der hat eine Autowerkstatt, hält sich aber von Antoine fern. Nur ist Blut ja dicker als Wasser. Als Antoines Entlassungstermin näher rückte, fragte Fred meine Schwester, ob sie eine Bleibe für ihn wüsste, bei ihm könne er nicht wohnen, seine Frau sähe das nicht gerne. Wegen der Kinder und so. Nun, Antoine hat für die Zeit nach seiner Entlassung eine Bleibe gesucht und ich einen Untermieter. In die alte Wohnung konnte er nicht mehr zurück, die wurde während seines Aufenthaltes im Hotel Excelsior natürlich neu vermietet. Ich hatte ein Zimmer frei. Also nicht das, was Sie jetzt denken. Ich bin keine Nutte oder so. Ich arbeite an der Kasse bei Castorama, bin aber krankgeschrieben.« Demonstrativ hustete sie. »Meine Schwester sagt, Antoine sei eine ehrliche Haut.«

Felix runzelte die Stirn, kommentierte den Satz jedoch nicht weiter.

»Ich war dann drei oder vier Mal im Gefängnis, wollte ihn kennenlernen, mir mein eigenes Bild machen. Dann sind wir uns einig geworden. Er hat einen Job als Fahrer, ist auch in der Nacht unterwegs. Ich hab ihm natürlich seinen eigenen Schlüssel gegeben, er kommt und geht, wann er will. Er nutzt Bad und Küche mit. Hätte ich es irgendjemandem melden müssen, dass er hier wohnt? Ihnen, der Polizei? Das wusste ich nicht. Er hat doch seine Strafe abgesessen.«

»Ja, aber wir sind trotzdem auf der Suche nach ihm. Bei seiner Arbeitsstelle ist er nach drei Tagen nicht mehr aufgetaucht. Wissen Sie, warum? Und wann haben Sie ihn zum letzten Mal gesehen?«

»Keine Ahnung, warum. Er ist mir keine Rechenschaft schuldig, nur die Miete. Und ich war eine Woche bei meiner Schwester in Narbonne. Davor hab ich ihn zuletzt gesehen. War's das jetzt?«

Sie hustete erneut, und Felix trat einen Schritt zurück. Jetzt kam der heikle Punkt seiner Befragung. Er zog das Foto von Jalaberts Bein hervor und hielt es Madame Levasseur hin.

»Sagt Ihnen dieses Symbol etwas?«

»Was soll das sein? Ein Bein? Und was sollen die Kringel darauf? *Merde*, ist das Bein von einem Toten? Hat Antoine irgendwas damit zu tun? Suchen Sie ihn deshalb?«

Felix gab keine Antwort und steckte das Foto wieder ein. Wenn ihn sein Gefühl nicht trog, hatte Madame wirklich keine Ahnung, was es mit der Triskele auf sich hatte. Was das Wissen um den Aufenthaltsort Antoine Fleurots anging, war er sich nicht so sicher. Aber mehr war im Moment offensichtlich aus seiner Vermieterin nicht herauszuholen.

»Sie wollen nicht antworten? Gut, dann kann ich mich jetzt wohl wieder ins Bett legen. Hier draußen hole ich mir noch den Tod. Und was meine Handtasche angeht, wäre ich Ihnen und Ihren Kollegen sehr verbunden, wenn man sich auch bei einer einfachen Frau die Mühe machen würde, einem solchen Diebstahl nachzugehen. Immerhin hatte ich gerade Geld abgehoben, zweihundert Euro waren drin. Und ein wertvolles Feuerzeug. Aber das interessiert ja kein Schwein.«

Ohne einen weiteren Gruß drehte sie sich um und verschwand in ihrer Wohnung.

Felix verließ das Haus. Das Klingelschild war nun komplett abgerissen und lag auf dem Boden. Vor Madame Levasseur hatte N. Said hier gewohnt. Felix zuckte mit den Schultern, hob das Stück Papier auf, pappte es wieder an, doch es wollte nicht mehr halten. Er sah sich um. Weit und breit kein Mülleimer oder Papierkorb. Er knüllte es zusammen und steckte es in die Hosentasche, gerade als sein Handy klingelte. Rachid.

»Felix, wir haben eine weitere Leiche ohne Kopf. *Grotte des Fées.* Oberhalb der Rue de Sauve. Wenn du bei Madame fertig bist …«

Kapitel 14

Felix wählte für die Strecke von Lunel zur *Grotte des Fées* den schnellsten Weg über die A9. Nach fünfundzwanzig Minuten hatte er die Autobahnabfahrt erreicht. Auf der N106 ging es geradewegs durch Nîmes bis zur Rue de Sauve. Der Verkehr hielt sich in Grenzen. Am Chemin de Camplanier bog er ab, sein Ziel, die Feengrotte, lag nur wenige Meter entfernt am Impasse Puech du Buis. Zwei Einsatzfahrzeuge und der Wagen des Kriminaltechnikers Marius standen vor Ort. Felix entdeckte einige Meter entfernt den dunkelroten alten Seat von Alain Regis.

Die Grotte lag inmitten eines kleinen Waldes an den Hängen des *Serre du Buis* und war im achtzehnten Jahrhundert während der Religionskriege zu einem geheimen Treffpunkt der Protestanten geworden, bis ein Verräter die Gruppe von mehr als vierhundert Personen, Frauen, Männer und Kinder, hatte auffliegen lassen. Die meisten von ihnen landeten im Gefängnis, ihre religiösen Treffen wurden ihnen untersagt und die Höhle gesprengt. 1881 organisierte die *Société d'Étude des Sciences Naturelles* eine wissenschaftliche Erkundung der Höhle, der Eingang wurde freigesprengt. Die auch *Baume des Fées* genannte Grotte wurde mit ihrem sogenannten Vestibül, das dreißig Meter lang und ebenso breit war, einer Reihe von schmalen Gängen und einer einhundert Meter langen und sechs Metern breiten Galerie wieder begehbar gemacht.

Das Gelände war weiträumig abgesperrt. Einige Neugierige – wie gelangten die Leute nur immer in den Dunstkreis der Verbrechen? – standen hinter dem gelb-schwarzen Band und reckten die Hälse. Felix, der offenbar als Letzter zu den Ermittlern gestoßen war, verscheuchte sie. Doch ein Mann blieb beharrlich stehen.

Felix seufzte tief. Bob Boisset, Journalist beim *Midi Libre.* Woher hatte der schon wieder Wind von einem Verbrechen bekommen? Nun, wenn es der normale Bürger erfuhr …

»Boisset. Das gilt auch für Sie. Machen Sie sich vom Acker«, forderte Felix den Reporter auf.

»Nur langsam, Lieutenant. Die Leute haben ein Recht zu erfahren, was so in der Welt und im Speziellen in Nîmes passiert. Die gleiche Truppe wie vorgestern, wie ich sehe. Zumindest haben wir etwas von der kopflosen Leiche bei der Pressekonferenz Ihres Chefs erfahren. Commissaire Pages ist ja nicht ganz so wortkarg wie Madame le Juge oder der Commandant. Nun, Truppe identisch, auch der Mord vergleichbar?«

Felix hob abwehrend die Hände. »Boisset, wir wissen noch nicht einmal, ob es sich um einen Mord handelt. Und jetzt verduften Sie, Sie werden es früh genug erfahren.«

Er wedelte mit den Armen, als wolle er ein unliebsames Insekt verscheuchen. Boisset zog sich ein wenig zurück, blieb dann aber stehen und beobachtete das Geschehen von Weitem, während Felix sich dem tiefen Grotteneingang näherte, in dem man gerade so stehen konnte.

»*Salut,* Rachid, Madame le Juge.« Er schüttelte den beiden die Hand. Marius, der Kriminaltechniker, war noch mit zwei Kollegen dabei, den Ort des Geschehens zu untersuchen, während die Leiche bereits in einem Leichensack eingepackt war. Der Reißverschluss war noch nicht hochgezogen. Der Gerichtsmediziner war nirgendwo zu sehen.

»Kein Kopf«, konstatierte Felix. »Habt ihr ihn irgendwo gefunden?«

»Nein, keine Spur von ihm. Scheint ebenfalls direkt mitgenommen worden zu sein.«

»War der Mann hier joggen?« Felix zeigte auf die Bekleidung. Der Tote trug ein ärmelloses T-Shirt mit dem Aufdruck eines Baumarktes, Shorts, kurze blaue Socken und Laufschuhe. »Meint ihr, es handelt sich um ein zufälliges Opfer, das vorbeikam und seinem Mörder in die Arme lief? Wissen wir schon, wer er ist?«

»Wohl eher nicht zufällig. Er trug eine Bauchtasche. In ihr haben wir einen Umgebungsplan gefunden, die Grotte ist nicht nur genau eingezeichnet, sondern auch mit einem handschriftlichen Kreuz versehen. Daneben stehen Datum und eine Uhrzeit. Vorgestern um neun Uhr dreißig hat er hier offenbar eine Verabredung gehabt, die für ihn tödlich endete«, teilte Mathilde Felix mit.

»Aber das ist nicht ohne Risiko, jemandem hier aufzulauern und ihn zu enthaupten. Immerhin stehen einige Gaffer hier herum, das heißt, es ist nicht eben ein unbelebter Ort. Und …« Felix runzelte die Stirn »… ist das nicht ziemlich altmodisch? Eine Karte mit einem eingezeichneten Kreuz? Heutzutage bekommt man Koordinaten auf sein Handy geschickt oder eine digitale Karte, in der ein Treffpunkt markiert ist.«

»Da hast du recht. Allerdings haben wir kein Handy bei ihm gefunden, nur eine Visitenkarte. Etienne Plessis, er war Fotograf. Seine Assistentin sagte uns, er sei zu einer Verabredung wegen einer Location für Hochzeitsfotos unterwegs gewesen. Wo genau, wusste sie nicht. Er habe sein Handy immer dabeigehabt, auch als er losgelaufen sei. Sein Atelier ist eine halbe Stunde für einen geübten Läufer von hier entfernt. Wie er den Auftrag bekommen hat, konnte die Frau uns nicht sagen, wahrscheinlich kam er mit der Post. Sie arbeitet im Atelier dreimal die Woche und ist bei den meisten Fototerminen dabei. Daher ist ihr auch nicht aufgefallen, dass er seit zwei Tagen nicht in seinem Studio gewesen ist. Und da er alleine lebt, hat ihn auch niemand vermisst. Plessis hat sich ganz offensichtlich bei der Wahl des Treffpunkts nichts dabei gedacht. Und was das mögliche Publikum angeht, der Zugang zum ersten Gang der Grotte hinter dem Vestibül, wo der Tote lag, ist eigentlich gesperrt. Es haben sich dort ein paar Felsbrocken gelöst. Es ist reiner Zufall, dass ein Speläologe, der sich das Ausmaß anschauen wollte, die Höhle im hinteren Bereich betreten hat. Sonst wäre die Leiche vielleicht wochenlang nicht entdeckt worden. Da hinten steht der Mann.« Rachid wies auf eine Bank, die fast von Gebüsch überwuchert worden war

Ein Mann saß dort, bekleidet mit einer khakifarbenen Hose und einem gelben Poloshirt, darüber eine ärmellose Weste, die mit aufgesetzten Taschen geradezu übersät war. Ein Helm lag vor seinen Füßen auf dem Boden und irgendein Werkzeug, das Felix aus der Entfernung nicht identifizieren konnte. Neben dem Höhlenforscher saß Alain Regis und redete auf den Mann ein.

»Er steht unter Schock, weigert sich aber, sich in ein Krankenhaus bringen zu lassen. Regis versucht, ihm gut zuzureden«, informierte Rachid seinen Kollegen.

In diesem Augenblick stand Alain Regis auf und kam mit schweren Schritten auf sie zu, dicht gefolgt von dem Kriminaltechniker Marius, der die Kapuze seines weißen Overalls vom Kopf zog und die Handschuhe einsteckte.

»Er ist zur Vernunft gekommen. Ich werde ihn mitnehmen und ihn zum Krankenhaus begleiten«, verkündete der Gerichtsmediziner und begrüßte Felix mit Handschlag.

»*Bonjour*, Felix«, grüßte Marius. An alle gewandt sagte er: »Wir sind so weit fertig. So ein Dreck, keine Spur vom Kopf und noch weniger Spuren, was hier passiert sein mag. Nichts, keine brauchbaren Schuhabdrücke, das Wenige, was wir gefunden haben, wird schnellstens untersucht. Ein paar Zigarettenstummel, zwei Präservative, eine leere Coladose, der übliche Müll eben. Nichts, was euch weiterhilft. Na, dann mach ich mich mit meinen Leuten wieder auf den Weg.«

Marius nickte allen zu, man verabschiedete sich, und der Kriminaltechniker verließ als Erster mit seinem Team den Schauplatz des Verbrechens.

»Magere Ausbeute«, konstatierte Mathilde trocken.

»Vielleicht bei Marius, aber wir können doch nicht klagen.« Der Gerichtsmediziner ergriff wieder das Wort. »Was unser junger Freund noch nicht weiß: Wir haben auf der rechten Wade erneut dieses Symbol. Auch hier ist es post mortem ins Fleisch hineingedrückt worden. Und das Opfer ist, wie Jalabert, mit einem Taser außer Gefecht gesetzt worden.«

»Der Täter hinterlässt uns also seinen Absender, vielleicht sogar eine Botschaft. Allerdings sind wir mit dem Sado-Maso-Kram bisher nicht weitergekommen. Wir haben die Kollegen von der Sitte gebeten, in den einschlägigen Communitys nachzufragen, ob es jemanden gibt, der einen solchen Stempel vielleicht schon einmal verwendet oder wenigstens gesehen hat. Bis jetzt ohne Erfolg. Und die Halswunde? Wir sind noch gar nicht dazu gekommen, Ihr Urteil darüber zu hören«, wandte sich Rachid an den Arzt.

»Ebenfalls wie bei Jalabert. Eine Art Schwert, ein sauberer Schlag, und der Kopf war ab. Was ich an Details entdecke, offenbart sich mir aber erst auf dem Seziertisch.« Regis gab zwei Mitarbeitern ein Zeichen, den Leichensack zu schließen und im Leichenwagen zu verstauen.

»Ich mache mich umgehend an die Arbeit. Aber das Wichtigste wisst ihr ja bereits. Hoffen wir, dass es bei dieser zweiten Leiche bleibt, sonst habt ihr es bald mit einem Serienmörder zu tun.«

Das Auto des Gerichtsmediziners und der Leichenwagen fuhren davon, gefolgt von einem der Einsatzfahrzeuge. Rachid hatte der Besatzung grünes Licht gegeben, zum Präsidium zurückzukehren. Das Handy des Commandant klingelte. Er nahm das Gespräch an und wandte sich ein wenig zur Seite, während er telefonierte. Gleichzeitig blickte er zu Mathilde und Felix und hob den rechten Daumen.

»Was bedeutet das?«, wollte Felix wissen.

»Rachid hat den Namen von der Visitenkarte durchgegeben. Das Atelier ist zwar in Nîmes, aber mehr wissen wir nicht. Wahrscheinlich hat er Näheres erfahren.«

»Plessis, Plessis. Irgendwas hat da vorhin schon bei mir geklingelt.« Felix presste die Lippen zusammen und dachte nach.

»Bei mir ebenfalls«, bestätigte Mathilde. »Ein Klingeln, mehr aber nicht. Ah, Rachid ist fertig. Nun, was haben wir über Plessis?«

Rachids Gesicht war ernst. »Das ist nun über zehn Jahre her. Plessis war damals in diese Kinderpornografiesache involviert. Ihm sind Fotos angeboten worden, er hat es der Polizei gemeldet. Hunderttausende von Fotos wurden sichergestellt. Es gab zig Verhaftungen. Die meisten sind schon wieder draußen. Da saß keiner länger als achtzehn Monate, es ging ja lediglich um die Verbreitung.« Rachid versah mit bitterer Miene das Wort »lediglich« mit Lufthäkchen. »Plessis geriet allerdings ebenfalls ins Visier der Ermittler, aber er hatte offenkundig mit der Sache nichts zu tun. Ein gewisser Beigeschmack bleibt trotzdem.«

»Wie das?«, fragte Mathilde.

»Nun, er verdient sein Geld nicht nur durch sein Fotostudio, er ist auch Mitherausgeber einer Zeitschrift mit Namen *Nuits noirs*. Sexgeschichtchen, viel nackte Haut, aber auch Partnerbörsen für Gleichgesinnte, unter anderem aus der BDSM-Szene. Insofern haben wir bei ihm zumindest eine eindeutige Verbindung zum Symbol der Triskele, im Gegensatz, soweit wir wissen, zu Jalabert. Was allerdings außer Zweifel steht: Diese beiden Morde hängen irgendwie zusammen.«

Erneut klingelte Rachids Handy.

»Coco? Was gibt's bei dir Neues?« Er lauschte gespannt, legte auf und steckte kopfschüttelnd sein Telefon weg.

»Obwohl alle gewarnt sind, ist offenbar heute in den Morgenstunden ein weiteres Exponat aus dem *Musée de la Romanité* verschwunden.«

Die drei waren mittlerweile an ihren Autos angekommen. Wie aus dem Nichts tauchte plötzlich Bob Boisset aus dem Gebüsch auf. Er zog den Reißverschluss seiner Hose hoch und zuckte entschuldigend mit den Schultern in Richtung Mathilde. Doch dann wurde er wieder ganz der investigative Journalist.

»Was habe ich da gehört? Ein weiterer Einbruch in unserem schönen neuen Museum? Und Sie kümmern sich um beide Fälle? Einbruch und Mord? Haben sie etwa miteinander zu tun?«

Er stand jetzt mit verschränkten Armen zwischen den beiden Wagen, als wolle er verhindern, dass ihm seine »Beute« entkam.

»Bob, Sie wissen doch, wir äußern uns nicht zu laufenden Ermittlungen. Gedulden Sie sich bis zur Pressekonferenz.« Mathilde lächelte ihn entwaffnend an. In der Vergangenheit hatte der Mann ihnen tatsächlich den einen oder anderen Hinweis gegeben, der die Ermittlungen vorangebracht hatte. Boisset war ein fähiger

Kopf, und man musste sich mit ihm gut stellen, hatte er seine Ohren doch überall.

»Nun, wenigstens einen kleinen Tipp? Die beiden Fälle, die hängen zusammen? Daher das Traumteam Madame le Juge, Bouraada, Tourrain und Mollard?«

Rachid schaltete sich ein. »Bob, wir wissen Ihren Einsatz zu schätzen. Aber ein Zusammenhang zwischen den beiden Morden und den Einbrüchen? Nein, der besteht nicht.«

»Das werden wir noch sehen«, antwortete der Journalist mit dunkler Stimme. Es hörte sich an wie eine düstere Prophezeiung.

Kapitel 15

Als Coco Mollard am Nachmittag zu Mathilde, Rachid und Felix stieß, fassten sie zunächst für sie die Ereignisse des Vormittags und den aktuellen Stand der Ermittlungen zusammen. Dann war die junge Polizistin mit ihrem Bericht an der Reihe.

»*Sécurité et plus* hat umgehend auf Wunsch der Museumsdirektorin das Wachpersonal aufgestockt. Heute Vormittag ist pünktlich wieder geöffnet worden, man hat sämtliche Museumsbesucher eingehend kontrolliert, Taschen und Rucksäcke mussten wie gehabt abgegeben werden. Die Toiletten wurden diskret beobachtet, und ein Wachmann mit Hund sollte für zusätzliche Sicherheit sorgen, dies aber erst mit Einbruch der Dunkelheit. Nun, so weit kam es erst gar nicht.«

»Aber wie ist das möglich? Und was genau ist weggekommen?« Felix biss krachend in ein Sandwich, dass die Krümel nur so flogen. Coco hatte auf dem Weg zu Mathildes Büro für alle belegte Baguettes mitgebracht. Er putzte sich ein wenig Mayonnaise, die in seinem Mundwinkel klebte, mit einer Papierserviette ab.

»Die Beute ist bei Weitem nicht so spektakulär wie der goldene Halsring. Es handelt sich um eine Maskenfibel, ein ziemlich kleines Ding. Madame Chapelet beschrieb sie als gerade mal knapp zweieinhalb Zentimeter groß. Wartet, ich habe ein Foto, das für den Ausstellungskatalog gemacht wurde.« Sie legte das Bild auf den Besprechungstisch. »Man nennt so etwas eine Maskenfibel, weil sie hier oben wie ein Kopf geformt ist. Mund, Nase, Augen.«

»Und das am Kopf, sind das Hörner?« Felix tupfte mit einem fettigen Finger auf einen Punkt oberhalb der Stirn. Hochrot im Gesicht befreite er das Foto mithilfe seines Papiertuches von der

Mayonnaise. »Pardon, kommt nicht wieder vor«, entschuldigte er sich.

»Nein, das sind keine Hörner, auch wenn es danach aussieht. Das sind die Augenbrauen, sie sind nach oben zu zwei kleinen hornartigen Zöpfchen gedreht. Aber mach dir nichts draus, Felix, ich habe ebenfalls sofort an Hörner gedacht. Und der Gedanke ist gar nicht so falsch. Die Maske ist eine Art Zwitter, ein menschliches Angesicht, aber diese Pseudohörner sollen an einen Widder erinnern. Madame Chapelet sagte, es sei eine Anlehnung an den Zeus-Ammon, einen griechischen Gott, der Widderhörner trägt.«

»Zeus sagt mir was, aber Ammon, nie gehört«, ließ sich Rachid vernehmen. Die anderen nickten bestätigend. Keine Ahnung, wer Ammon war.

Felix warf einen begehrlichen Blick auf Cocos Baguette, von dem sie die Hälfte abgebrochen hatte. Sie grinste und schob ihm die andere Hälfte zu. »Hier. Extra nicht abgebissen. Ich hab doch gewusst, dass du nicht satt wirst.«

»So, Leute, zurück an die Arbeit«, mahnte Rachid seine beiden Mitarbeiter. »Aus welchem Material besteht die Fibel?«

»Bronze. Damit bei Weitem nicht so wertvoll wie der Torques. Sie ist ideell von Wert, weil sie so selten ist. Eine keltische Fibel, die an einen griechischen Gott erinnert. Reich werden kann ein Dieb mit dem Stück nicht. Auf dem Kunstmarkt bringt sie, weil sie schon etwas außergewöhnlicher ist, vielleicht vierhundert, fünfhundert Euro, mehr nicht. Ein reines Sammlerstück.«

»Und was weiß man über den Raub an sich? Gibt es wenigstens Kameraaufzeichnungen, die die Ermittlungen weiterbringen?«, fragte Mathilde.

Mit einer geheimnisvollen Miene zog Coco einen Pappordner aus ihrer Umhängetasche und legte ihn auf den Tisch. Alle Augen richteten sich gespannt darauf. Sie tippte ein paarmal mit dem rechten Zeigefinger auf die Mappe.

»Jetzt rück schon raus mit der Sprache, Coco. Für Kunstpausen, um die Spannung zu erhöhen, bin eigentlich ich zuständig«, feixte Felix und grinste breit.

»Nun, ich fange am besten ganz von vorne an. Nach dem ersten Diebstahl sind alle Sicherheitsvorkehrungen überprüft worden, wie ihr wisst. Ein Mitarbeiter von *Sécurité et plus*, Francis Leclerc, der Vincent Castello eigentlich ablösen sollte, wurde speziell für den Bereich der neuen Ausstellung abgestellt, das heißt, er schob richtiggehend Wache, als der zweite Diebstahl geschah. Er hat mir gesagt, der Tod seines erfahrenen Kollegen sei ihm schwer an die Nieren gegangen. Er hätte sich am liebsten zu einem Supermarkt oder Autohandel versetzen lassen, doch sein Chef hatte gemeint, gerade jetzt müsse er Flagge zeigen. Nun, das ist leider ziemlich in die Hose gegangen. Auf den Bildern der Überwachungskamera kann man erkennen, dass nur eine Minute, nachdem Leclerc das Magazin, in dem die Exponate verwahrt werden, bis sie in der Ausstellung präsentiert werden, verlassen hat, der Dieb sich an der Tür zu schaffen macht und den Raum betritt. Die Kamera ist übrigens ganz neu installiert worden, vorher war keine drin, weil dieser Raum nur für das Fachpersonal zugänglich ist. Man sieht den Täter zunächst nur von hinten. Dunkle Hose, dunkler Pulli. Dann zieht er aus der Hosentasche eine Sturmhaube und eine dünne Jacke, streift sie in Sekundenschnelle über, dreht sich um, das Gesicht ist nicht mehr zu erkennen. Er hebt den Deckel eines großen Kartons, greift hinein, steckt was in die Tasche und ist schon wieder draußen. Als das alles bemerkt wird, sind keine zwei Minuten vergangen, aber der Mann verschwunden. Unglaublich, mit welcher Kaltschnäuzigkeit das Ganze ablief.«

Coco holte tief Luft, die anderen sahen sie sprachlos an.

»Und Leclerc hat nichts davon bemerkt?«

»Nein. Keiner hat etwas gesehen. Wie der Dieb in den Bereich gelangt ist, wissen wir noch nicht. Vielleicht mit der Putzkolonne am frühen Morgen. Das versuchen die Kollegen gerade herauszufinden, ob unter dem Personal jemand neu dabei war.«

»Diese Chuzpe könnte das bestätigen, was Coco schon gemutmaßt hat. Dieser Dieb ist ein Abenteurer, einer, der die Herausforderung liebt, und jetzt, wo das Museum besser gesichert ist, hat er sich gesagt: Ich werde es euch zeigen.«

Mathilde nickte Felix zustimmend zu. »Ein moderner Arsène Lupin, in der Tat. Und haben Sie, nach dem Raub der Fibel in Chartres und dem zweiten Diebstahl in unserem Museum, noch etwas entdeckt? Weitere Raubzüge, die auf das Konto unseres Phantoms gehen könnten?«

»Allerdings. Rennes, Nemours in der Île de France, Montpellier, Les Lucs-sur-Boulogne in der Vendée, Aiguillon im Lot et Garonne, überall fanden in den letzten beiden Jahren Ausstellungen zu den Kelten statt. Und in jedem Museum wurde etwas gestohlen. Immer eine Kleinigkeit. In der Lokalpresse wurde jeweils darüber berichtet, aber es gab bisher keinen Zusammenhang zwischen den Diebstählen. Der größte Coup war jedenfalls der Halsring aus unserem Museum. Ich habe Fotos der entwendeten Exponate angefordert.«

Rachid unterbrach Coco. »Gibt es eine Täterbeschreibung in einem oder allen Fällen?«

Coco schüttelte den Kopf. »Nein. Der Täter ist, wie Madame le Juge es ausgedrückt hat, ein Phantom. Und noch wissen wir nicht, ob es sich immer um denselben handelt. Aber das Prozedere ist zumindest in einem Punkt identisch. Niemand hat etwas gesehen, der Diebstahl fällt erst später auf, und, wie eben schon gesagt, es sind Kleinigkeiten. Für das Museum und die Wissenschaftler von großem Wert, aber nichts, was sich auf dem Markt für viel Geld veräußern ließe. Vielleicht stiehlt sich jemand seine Privatsammlung zusammen. Auf jeden Fall ist der Dieb informiert, wann und wo eine Ausstellung gezeigt wird, was natürlich keine große Schwierigkeit ist. Kurzes Suchen im Internet, und schon weiß er, wo er als Nächstes zuschlagen kann. Aber das ist nicht alles, was ich mitgebracht habe.«

Coco klappte endlich ihre Mappe auf und legte einige Fotos auf den Tisch. Sie zeigte auf das erste Bild.

»Das hier ist aus Les Lucs-sur-Boulogne. Ein Amulett aus einem Knochen.« Das Amulett war rund, ein kleiner Zollstock neben dem Anhänger zeigte an, dass es etwa fünf Zentimeter im Durchmesser maß. Es war künstlich mit vielen kleinen Löchern versehen worden.

»Das ist aus Montpellier. Ebenfalls eine Fibel, diese Brosche hat die Form eines Pferdchens. In Aiguillon ist ein irdenes Gefäß entwendet worden. Aber das Stück hier aus Rennes …« Coco schob das letzte Foto in die Mitte des Tischs »… das ist ein kultischer Gegenstand. Ein Messer. Und schaut, was hier in die Schneide eingraviert ist. Man sieht es nicht sehr deutlich, aber wenn man es weiß … Es ist ein wichtiges keltisches Symbol.«

»Eine Triskele«, rief Felix verblüfft. »Sieht doch so aus wie das Symbol auf den Beinen unserer beiden Opfer.«

Das Foto wanderte von Hand zu Hand.

»Kein Zweifel, das sind die drei Spiralen. Gut gemacht, Coco.«

Die junge Polizistin errötete. Ein Lob vom Chef.

»Coco, darf ich das Foto mit dem Knochenamulett noch einmal sehen?«, bat Mathilde. »Und haben Sie zu dem Stück nähere Informationen?«

Felix und Rachid schauten sich fragend an.

»Ja, einen Moment.«

Während Mathilde das Bild intensiv betrachtete, blätterte Coco in ihren Unterlagen.

»Hier. Es stammt aus dem ersten Jahrtausend vor Christus und wurde um den Hals getragen. Da steht, die Scheibe wurde postmortal aus einer Schädeldecke herausgeschlagen, rundgeschliffen und poliert.«

Mathilde lehnte sich in ihrem Stuhl zurück.

»Zwei Tote, denen jeweils der Kopf fehlt, auf ihren Waden diese Triskele, also nicht nur ein Symbol in der Sado-Maso-Szene, sondern zunächst einmal ein Symbol keltischen Ursprungs. Und dieses Amulett ist aus einem Teil eines Schädels herausgeschnitten worden. In meinem Kopf geistert der Begriff Schädelkult herum.« Sie musste unwillkürlich über das unbeabsichtigte Wortspiel grinsen, wurde aber sofort wieder ernst. »Wir hatten während unseres Betriebsausflugs das *Musée de la Romanité* kurz nach seiner Eröffnung besucht. Da muss das Wort erwähnt worden sein.«

Kapitel 16

Mathilde und ihr Team hatten noch lange darüber diskutiert, wie die Morde und die Diebstähle doch in Zusammenhang gebracht werden könnten und was es mit dem geheimnisvollen Schädelkult auf sich hatte, über den Felix Einträge aus dem Internet beisteuerte. Die Kelten waren tatsächlich Anhänger gewesen. Doch diese Quellen gaben zu wenig her. Man musste die Fachleute im Museum dazu befragen. Felix hatte sogleich angeboten, Sabine einzubeziehen, und sie angerufen. Doch die Restauratorin hatte abgewunken, Schädelkult sei absolut nicht ihr Fachgebiet. Daraufhin machte Rachid einen Termin mit Madame Jacquemot für den nächsten Vormittag um neun Uhr aus, man habe noch einige Fragen. Den Schädelkult erwähnte er nicht. Der Fall mit den beiden geköpften Opfern musste eventuell in einem anderen Licht betrachtet werden, auch wenn dies im Moment mehr eine Idee als eine Spur mit handfesten Hinweisen war.

Am nächsten Morgen saßen Mathilde und Rachid bei einem schnellen Frühstück mit Kaffee und Toastbrot, als die schräge Marseillaise aus Mathildes Handy erklang.

»Es ist *grand-père*. Hoffentlich ist nichts passiert.« Normalerweise meldete sich Odile telefonisch bei ihr, um zu fragen, ob genügend Vorräte da wären, oder um anzufragen, wann sie und Rachid denn endlich mal wieder zum Essen kämen. Doch Rémy rief nur an, wenn es wirklich wichtig und unvermeidbar war.

»O nein, diese Schlingel«, war das Erste, was Mathilde von sich gab. »Wo haben sie es her? Nein, ich komme. Nein, nein, das ist schon in Ordnung, ich bin sozusagen aus ermittlungstechnischem Interesse unterwegs. *À bientôt.*«

Mathilde legte ihr Handy auf den Tisch. »Das glaubst du jetzt nicht. *Grand-père* ist fertig mit den Nerven. Das Terrain, wo vor ein paar Jahren die Weinfelder aufgelassen worden sind, könnte archäologisch untersucht werden, befürchtet er.« Sie konnte sich ein Grinsen nicht verkneifen. »Professionell archäologisch, versteht sich, und das, weil drei Raubgräber einen archäologischen Schatz entdeckt haben, glauben sie zumindest. Ich fahre kurz zum Château, um meinen Großvater zu beruhigen und mir den Fund anzuschauen.«

Rachid trank seinen letzten Schluck Kaffee. »Raubgräber?« Er lächelte verschmitzt. »Heißen diese drei vielleicht Sébastien, Noah und Arthur?«

»Gut kombiniert, Watson. Du hast es ganz zu Recht bis zum Rang eines Commandant geschafft, mein liebster Rachid. Philippe hat vor Jahren einen hochwertigen Metalldetektor angeschafft. Die Jungs sind seit Tagen damit unterwegs, so genau wussten sie ja nicht, wo damals die Trinkschale entdeckt worden ist. Sie haben bereits eine stattliche Sammlung von Kronkorken, ein Hufeisen und diverse Teile eines uralten Pflugs zusammengetragen. Gestern Nachmittag hat das Gerät mal wieder gepiept, die drei haben gebuddelt und sind auf einen Schatz gestoßen. Sie haben ihren Fund in Odiles Waschküche gründlich gereinigt und stundenlang im Internet nach einem vergleichbaren Teil gesucht. Und nun glauben sie, ein keltisches Schwert oder zumindest den Rest davon gefunden zu haben. Rémy wird die Entdeckung umgehend melden, aber ich soll sie mir vorher ansehen. Ich kann nachfühlen, dass *grand-père* hofft, es handelt sich nur um eine platt gewalzte Konservendose. Die Jungs hüten ihren Schatz wie ihren Augapfel. Es durfte niemand ein Foto davon machen, geschweige denn, ihn anfassen.«

Mathilde wurde ernst. »Aber, wenn es wirklich so alt ist, wie die drei vermuten oder hoffen, dann führt wahrscheinlich kein Weg dran vorbei, dass bei uns gegraben wird. Du musst leider alleine ins Museum. Ich versuche, in einer Stunde wieder zurück zu sein.« Sie drückte Rachid einen Kuss auf den Mund, schnappte ihre Tasche und war weg.

In der Nacht waren die Temperaturen stark gefallen. Hatte man gestern noch glauben können, der Frühling mit sommerlicher Wärme stünde vor der Tür, so hatte der *Tramontane*, der aus dem *Massif Central* seine eiskalte Luft bis zum Mittelmeer transportierte, alle, die schon leicht bekleidet die Straßen bevölkerten, eines Besseren belehrt. Nun war der Himmel wie aus blauem Glas, keine Wolke weit und breit. Mathilde zog sich ihren Schal fest um den Hals, als sie aus ihrem grünen Peugeot-Cabrio ausstieg und auf das Schlossportal zuging. Erstaunt registrierte sie, dass Martins Wagen ebenfalls in der Auffahrt stand.

»Gut, dass du kommst«, begrüßte Odile sie in der Eingangshalle. »Die Jungs sind total aus dem Häuschen, während dein Großvater bereits die gesamte Jahresernte unter Baggern und den Händen eifriger Archäologen verschwinden sieht.« Die Haushälterin umarmte Mathilde. »Hast du gefrühstückt?«, fragte sie mütterlich streng.

»Aber ja, mach dir um mich mal keine Sorgen.« Sie drückte der alten Frau drei Küsschen auf die Wangen. »Wo stecken unsere Schatzgräber denn?«

»Sie sind mit deinem Großvater und Martin in der Bibliothek. Martin ist gekommen, weil die Jungs im Internet einen Text auf Deutsch entdeckt haben, den sie nicht verstehen. Angeblich wäre genauso ein Schwert in dem Artikel abgebildet. Pff, Schwert. Ich will ja niemanden enttäuschen, aber für mich sieht es aus wie ein platt gewalztes Stück Blech. Es ist viel zu dünn für ein Schwert, finde ich. Mit dem Teil hast du Haus und Hof ganz sicher nicht verteidigen können. Nun, ich mach mich mal an die Arbeit und packe ein paar Vorräte für dich ein.«

»Ach, Odile, ohne dich würden wir glatt verhungern.« Mathilde schälte sich aus ihrer Jacke, warf sie mit dem Schal auf einen Stuhl und marschierte in die Bibliothek, wo sie die vier vorfand, ihre Köpfe über irgendetwas gebeugt.

Ihr Großvater saß in seinem Ohrensessel, die beiden Labradore zu seinen Füßen. Die Hunde blieben liegen, wedelten lediglich mit den Schwänzen. Offensichtlich wollten sie ihr Herrchen in diesem Gemütszustand nicht verlassen. Doch Rémy erhob sich, schüttelte nur den Kopf und flüsterte: »Diese Verrückten. Gut, dass du da bist.« Er küsste seine Enkelin auf die Wangen.

»Ah, Mathilde. Wir haben den Text gerade übersetzt.«

Martin begrüßte Mathilde mit zwei Küsschen, nahm sie an der Hand und zog sie zum Schreibtisch. Die Zwillinge und Sébastien hoben nur kurz den Kopf und strahlten Mathilde an.

Als Erster ergriff Noah das Wort. »Mathilde, ich werde Archäologe, und das ist mein erster großer Fund«, krähte er stolz.

»*Unser* Fund.« Sein Bruder boxte ihn auf den Arm.

»Genau, unser Fund. Und wenn ich mit der Schauspielerei aufhöre, werde ich auch Archäologe«, gab Sébastien bekannt.

»Lasst mal sehen, ihr drei Archäologen, was habt ihr denn da?«

»Also erst mal das hier.« Sébastian legte ein verdrecktes rundes Teil auf den Tisch. »Wir haben es noch nicht sauber gemacht. Es könnte eine … Noah, was hast du gesagt, was es sein könnte?«

»Eine Ringfibel. Habe ich im Internet gefunden. Aber das ist nichts gegen unseren echten Schatz.«

Er gab den Blick auf den Schreibtisch frei. Auf roten Samt gebettet, der nach Mathildes Einschätzung verdächtig nach einem Stück des Vorhanges aussah, der die Fenster in Viviennes Appartement zierte, lag ein Stück … Ja, was für ein Stück? Wohl aus Metall, platt, sogar etwas löchrig.

»Erstaunlich, welche Vorstellungskraft die drei haben«, sagte Martin. »Es sieht ja nicht direkt wie ein Schwert aus. Die Spitze fehlt, das etwas dickere Ende da, könnte ein Knauf gewesen sein und dazwischen, nun, äh, das müsste dann die Schneide sein, zwar ziemlich verbogen und gefaltet und zusätzlich gedrückt, aber mit ein wenig Fantasie könnte man es für ein keltisches Kurzschwert halten. Ein ziemliches kurzes Kurzschwert.«

Rémy gab ein Stöhnen von sich, dem die Hunde ein leises Jaulen folgen ließen.

»Schau hier, das hat Noah im Internet entdeckt. Der Fachartikel ist auf Deutsch, ich habe ihn für die Jungs übersetzt.«

Martin hatte den Artikel ausgedruckt. Eine Zeichnung auf der ersten Seite zeigte die Umrisse eines Schwertes. Sie hatte nach Mathildes Dafürhalten allerdings keine große Ähnlichkeit mit dem Fund der drei Schatzsucher.

»Und was haben wir hier nun genau?« Mathilde tippte mit dem Zeigefinger auf die ausgedruckten Blätter.

»Ich erkläre es«, posaunte Arthur. »Das ist ein Schwert, das im Jahr 1891 gefunden wurde. Es ist besonders wegen seiner Verzierung, was bedeutet, man hat es nicht für den Kampf benutzt, weißt du, dann wären die Verzierungen sofort kaputtgegangen. Es war Teil von Grabbeigaben, steht da.«

Erneut stöhnte Rémy auf. »Nicht auch das noch. Ein keltischer Friedhof auf unserem Land.«

»Schau, auf der Vorderseite dieser goldene Punkt, die Sonne, und hier eine Mondsichel. Und das da auf der Rückseite …«

Mathilde hielt den Atem an.

Arthur fuhr aufgeregt fort. »… das ist ein Halsring, schau dir das nur an, und wieder die Sonne, sie hat die Form einer Spirale. Martin, wie nennt man das?«

»Triskele, in dem Artikel schreiben sie, sie stehe für die Unendlichkeit.«

»Und die ist auf unserem Schwert auch drauf.« Sébastien zeigte feierlich auf einen Fleck auf dem Schatzfund.

Mathilde musste sich beherrschen, um nicht laut zu stöhnen. Sie beugte sich darüber. Mit etwas gutem Willen konnte man eine Art Kringel sehen. Verfolgte sie dieses Symbol etwa? Das gab es doch überhaupt nicht. Ein keltisches Schwert auf dem de Boncourt'schen Grund und Boden. Nein, das war eindeutig ein Zufall zu viel.

»Hm«, sagte sie nur.

»Aber ja, schau doch nur genau hin. Ganz genau. Du musst es doch erkennen. Es ist nur ziemlich kollidiert, deswegen sieht es so zerfressen aus«, rief Noah voller Eifer.

Mathilde verkniff sich ein Lachen. Der Junge stand vor ihr wie ein kleiner Schulmeister.

»Korrodiert«, verbesserte Martin.

»Du hast gesagt, dieses hier aus Deutschland war eine Grabbeigabe und aufgrund der Verzierung kein Kampfschwert?«, ging sie dann doch auf den Fund aus Deutschland ein.

»Nun, die Fachleute schreiben hier, es sei für ein übliches Kampfschwert zu kurz und für einen Dolch zu lang. Und es ist zu leicht. Es handelt sich am ehesten um eine Prunkwaffe oder ein Standessymbol eines adligen Kelten«, antwortete Martin.

Rémy gab ein Grunzen von sich. »Auch noch ein Fürstengrab, das sie bei uns ausbuddeln werden. Na, dann passt es ja wenigstens zum Château.«

Mathilde ging zu ihrem Großvater und legte ihm tröstend die Hand auf die Schulter. »Warten wir doch erst einmal ab, was es zu dem Schwert unserer Schatzsucher zu sagen gibt. Was meinst du, Martin?«

Martin zog die Schultern hoch. »Genau, warten wir es ab. Ein Vorschlag: Wir geben es Sabine. Sie wird uns bald sagen können, was mit der Schale ist, und sie kümmert sich auch um euer Schwert. Einverstanden?«, schlug er diplomatisch vor.

»Och nööö, müssen wir es etwa hergeben?« Sébastien war bereits den Tränen nahe.

»Wenn ihr genau wissen wollt, was es ist, dann leider ja. Und wenn es wirklich ein Schwert ist, dann könnt ihr stolz auf euch sein. So einen Schatz findet man nur ganz, ganz selten«, versuchte Mathilde, Sébastiens Schmerz ein wenig zu lindern.

»Das heißt, wir bekommen es nicht zurück?«, empörte sich Noah.

Mathilde schüttelte bedauernd den Kopf. »Nein, wenn es tatsächlich ein antikes Stück ist.« Sie faltete den roten Samt über den Fund und nahm es vorsichtig in die Hand. »Felix wird es Sabine geben. Und wer weiß, vielleicht wird ein Museum es ausstellen, und dann steht darunter ›Fundort Château de Boncourt‹. Das ist doch auch etwas.«

»Dann macht es doch gar keinen Spaß, weiter auf Schatzsuche zu gehen.« Arthur schniefte und zog die Nase hoch. »Und was ist damit?« Er steckte seine Hand in die Hosentasche und beförderte einen kleinen Gegenstand heraus.

»Nein, Arthur!«, schrie sein Zwillingsbruder, doch es war bereits zu spät.

»Das ist sicher eine wertvolle Münze. Die lag direkt dabei. Das ist der Beweis, dass wir was Altes entdeckt haben. Da, das soll Sabine sich ebenfalls anschauen. Wenn ihr dann nicht überzeugt seid …«, meinte er trotzig.

Mathilde wickelte den Fund in ein Papiertaschentuch und steckte ihn ein.

»Dann finden wir eben andere Beweisstücke. Los, Männer, wir suchen weiter, wir suchen das Grab des Fürsten.« Sébastien riss die Arme hoch und brach in ein wahres Triumphgeheul aus, das die Zwillinge sofort ansteckte.

»Genau, wir entdecken das Fürstengrab.« Mit Geschrei stürmten die drei aus der Bibliothek.

Rémy schob sich aus dem Sessel. »Fürstengrab, so ein Unsinn. Kommt, ihr Hunde, wir wandern durch die Weinfelder, solange sie noch da sind.« Er verabschiedete sich von Mathilde und Martin. An der Tür drehte er sich noch einmal um. »Andererseits ist es doch ein faszinierender Gedanke, vielleicht auf die Überreste eines keltischen Vorfahren zu stoßen.« Er lächelte schief und zog die schwere geschnitzte Holztür hinter sich zu.

Mathilde ließ sich auf das Sofa vor dem Kamin fallen und klopfte auf die Sitzfläche neben sich.

»Setz dich, ich hab noch ein paar Fragen. Es ist total verrückt. Du wirst es nicht glauben, wir haben zurzeit einen Fall, der uns offenbar in die geheime Welt der Kelten führt. Du hast vorhin die Triskele erwähnt. Was hat es eigentlich genau mit diesem Symbol auf sich? So wie ich dich kenne, hast du dich doch garantiert schon schlaugemacht. Und jetzt mal ganz ehrlich. Ist das wirklich ein Schwert?«

Martin rieb sich das Kinn. »Mit der Triskele kann ich dir ein wenig weiterhelfen. Aber das Schwert … Ich hab da so einen leisen Verdacht. Doch bevor ich dazu komme, ihr denkt alle an Mélisandes Einladung zum Barbecue? Sie ist schon total aufgeregt und freut sich auf euch. Und nun zu deiner Frage.«

Kapitel 17

Während Mathilde sich von Martin über das Symbol der Triskele aufklären ließ – natürlich hatte er sich bereits einiges Wissen darüber angeeignet –, saß Rachid im Büro von Madame Jacquemot.

Die Direktorin hatte sich offenbar Verstärkung an die Seite geholt. Als Rachid das Büro betrat, saßen sie, eine weitere Frau und ein Mann um einen Besprechungstisch, jeder vor sich eine Tasse und in der Mitte des Schreibtischs ein Korb mit butterduftenden Croissants.

Die Direktorin erhob sich und begrüßte den Commandant. »Wir haben uns noch nicht kennengelernt. Was hier aussieht wie in Kaffeekränzchen, ist eine echte Krisensitzung. Nehmen Sie doch Platz. Einen Kaffee?«

Rachid nickte und gesellte sich zu den anderen, die sich vorstellten. Madame Chapelet, die Stellvertreterin der Direktorin, und Hugo Girac, Historiker und ebenfalls einer der Kuratoren der Ausstellung. Der Mann überragte Rachid um einen halben Kopf, war gebaut wie ein riesiger Bär, sein dichtes Haar war ergraut, obwohl Rachid ihn nicht älter als Anfang fünfzig schätzte. Sein dichter Bart war akkurat geschnitten, und aufmerksame dunkle Augen blitzten hinter der randlosen Brille hervor.

»Kommen wir zur Sache«, eröffnete Madame Jacquemot das Gespräch. »Es ist schlimm, schlimmer als schlimm. Das zweite Objekt gestohlen, nur wenige Tage vor unserer Ausstellungseröffnung. Ich habe Hugo Girac dazugebeten. Er ist einer der besten Keltenspezialisten unseres Landes. Hugo, du kannst dir auch keinen Reim darauf machen, warum gerade diese beiden Stücke weg sind?«

Der Mann überlegte nicht lange. »Der Goldreif besitzt einen gewissen Wert, ist aber kaum zu Geld zu machen, wenn er nicht eingeschmolzen wird.« Bei diesem Satz zuckten alle Museumsleute zusammen.

»Und die Fibel?«

»Eine Grabbeigabe wie viele. Sie stammt aus Roquepertuse, östlich von Aix-en-Provence. Die Funde sind zu einem großen Teil in Marseille im *Musée d'Archéologie Méditerranéenne* ausgestellt. Von dort haben wir einige Exponate bekommen, auch erheblich wertvollere. Den Ring zu stehlen war nicht so einfach, der Transponder war notwendig, ohne ihn hätte der Dieb die Vitrine mit roher Gewalt zerstören müssen. Die Fibel lag noch im Depot. Ich hatte sie erst einen Tag zuvor dort abgelegt. Die Nadel war abgebrochen. Zwei Grabbeigaben, eine wertvoller, die andere weniger, die eine aus Deutschland, die andere aus Frankreich, ich sehe da keinen Zusammenhang.«

»Ja, nun, es waren beides Grabbeigaben, das ist doch schon ein Zusammenhang«, fuhr die Direktorin dazwischen.

»Meine liebe Aurore, es sind fast alles Grabbeigaben, unsere Exponate«, brummte Girac und rollte mit den Augen.

»Gibt es nur diesen einen Transponder?«, fragte Rachid unvermittelt.

Madame Chapelet zuckte zusammen. »Nein, es gibt zwei. Wir wären ja nie mehr an die Vitrine gekommen, wenn meiner verschwunden wäre. Daher hat Aurore ebenfalls einen.«

Die Direktorin nickte. »Allerdings. Und der ist sicher verwahrt«, meinte sie dann spitz.

Ihre Stellvertreterin bekam einen roten Kopf. Doch bevor sie reagieren konnte, ergriff Rachid wieder das Wort. »Und keiner der Leihgeber hat eines der Stücke zurückgefordert?«

Die Direktorin seufzte. »Nein, niemand. Wir haben mit jedem Einzelnen telefoniert und konnten sie überzeugen, dass nichts mehr wegkommt. Nach dem Torques. Und jetzt das. Wir haben erneut jeden kontaktiert. Amüsiert war niemand, aber es bleibt dabei, wir können alles zeigen. Zwei unserer Leihgeber waren besonders nachsichtig mit uns, ihnen wurden in den letzten Jahren ebenfalls Exponate gestohlen.«

»Ach, das wusste ich gar nicht. Wer denn, wo denn?« Hugo Girac beugte sich interessiert vor.

»Les Lucs-sur-Boulogne und Rennes, das Amulett, diese Schädelplatte, du kennst sie, und aus Rennes ein Ringgriffmesser, beides kultische Opfergaben.«

Rachid schwieg dazu. Es erstaunte ihn ein wenig, dass sich nicht mehr Diebstähle unter den Fachkollegen herumgesprochen hatten.

Girac kratzte sich am Bart. »Da fällt mir ein, in Nemours ist doch vor einigen Jahren auch was gestohlen worden. Im Moment lässt mich mein Gedächtnis im Stich, aber ich komm gleich drauf, was es war. Nun ganz gleich, auf jeden Fall war die Fibel das Letzte, was hier wegkam. Wir haben die Sicherheitsvorkehrungen noch einmal verstärkt. Aurore hätte am liebsten in jeden Raum und vor jede Tür einen Zerberus gesetzt.« Er lächelte die Direktorin an. »Aber so ein Untier hätte natürlich unsere Besucher abgeschreckt. Kennen Sie den Zerberus, Commandant Bouraada? Ein wahrhaft abschreckendes Geschöpf. Dämon der Grube, heißt es übersetzt. Ein dreiköpfiger Hund, der den Eingang zur Unterwelt bewacht. Kein Lebender darf rein und kein Toter raus.« Er lachte jetzt schallend. »Zu köstlich der Gedanke.«

»Was du nicht alles köstlich findest«, sagte die Direktorin mit saurer Miene. »Nun, auf jeden Fall haben Ihre Kollegen keinen einzigen Hinweis entdeckt, der uns weiterhelfen kann. Weder, wo das Diebesgut gelandet ist, auch nicht, wer seine Finger im Spiel hat. Ob es vielleicht derselbe ist, der die anderen Museen beraubt hat? Der Gedanke kommt mir erst jetzt, soweit ich weiß, gab es dort nie eine Festnahme, geschweige denn, dass die Beute wieder aufgetaucht ist. Maximiliane, wenn Sie das mal bitte überprüfen würden. Rufen Sie bei den Kollegen an, und haken Sie nach. Ich will das Ergebnis zügig auf meinem Schreibtisch haben.«

Maximiliane Chapelet öffnete schon den Mund, schloss ihn wieder und presste die Lippen zusammen. Rachid entging nicht, dass es ihr offenbar missfiel, so vor den Augen anderer herumkommandiert zu werden. Er räusperte sich und erklärte den Anwesenden, die Polizei sei ebenfalls auf diese Idee gekommen, und in der Tat gäbe es auch in Montpellier, Nemours, Les Lucs-sur-Boulogne oder Rennes keine Spuren oder brauchbare Ergebnisse.

»Dann hat sich das Herumtelefonieren ja wohl erübrigt. Sind wir jetzt hier fertig, ich habe noch einiges zu tun.« Madame Chapelet erhob sich aus ihrem Sessel. Sie schien keine Antwort zu erwarten, verabschiedete sich förmlich von Rachid, nickte ihrer Chefin und ihrem Kollegen zu und verließ das Büro.

»Hoppla, die hast du aber ganz schön verärgert, meine liebe Aurore«, verkündete Hugo Girac mit einem dröhnenden Lachen. »Ich werde dann ebenfalls mal wieder meiner Arbeit nachgehen, es sei denn, Sie haben noch Fragen?«, wandte sich der Historiker an Rachid, während er aufstand.

»Die hätte ich. Ganz speziell zu den Kelten. Sie waren kunstfertig, sie waren kriegerisch und mussten sich letztendlich doch den Römern beugen, das ist das, was ich weiß. Wenig, ich gebe es zu.«

Girac setzte sich wieder hin. »Dann schießen Sie mal los. Sie haben doch eine Waffe dabei?« Er lachte wiehernd über seinen Witz.

»Jetzt lass doch mal gut sein, Hugo. Nun, Commandant, was wollen Sie wissen. Und warum?«, fügte die Direktorin mit gerunzelter Stirn hinzu.

»Wir haben zwei Tote, bei denen ein solches Zeichen gefunden worden ist.« Rachid erklärte nicht, an welcher Körperstelle, er legte lediglich ein Blatt Papier mit einer Zeichnung der Triskele auf den Tisch.

»Ach, interessant, das hat man bei zwei Toten gefunden? Eine Triskele. Aber die Toten haben doch nichts mit den Diebstählen zu tun? Oder glauben Sie, sie waren die Täter?« Aurore Jacquemot hatte zur Begutachtung der Zeichnung ihre Lesebrille aufgesetzt, die sie wieder zurück auf ihr Haar schob.

Seufzend zog Hugo Girac das Stück Papier zu sich. »Jetzt lass da mal bitte den Fachmann ran«, raunzte er. »Nur weil du die Chefin bist, hast du noch lange keine Ahnung davon.«

Rachid konnte nur staunen. Der Umgangston der Museumsleute untereinander ließ doch sehr zu wünschen übrig.

Die Direktorin wollte schon etwas erwidern, als Rachid mit einer kleinen Handbewegung um Aufmerksamkeit bat. »Wenn Sie mir ein wenig zu diesem Symbol erklären könnten, Monsieur Girac.«

Der Historiker lehnte sich in seinem Sessel zurück und faltete die Hände über dem Bauch. Aurore Jacquemot stöhnte leise und flüsterte hörbar: »Das kann dauern«, was ihr einen bösen Blick Giracs einbrachte. Dann schloss er für einen Moment konzentriert die Augen und begann mit seinem Vortrag.

»Die Triskele stammt ursprünglich aus dem Griechischen und bedeutet Dreibein. Es gibt zahlreiche Abbildungen, in denen eine ähnliche Formation wie diese drei Spiralen als laufende Beine dargestellt sind. Finden Sie heutzutage übrigens mit einem Kopf in der Mitte auf der Flagge Siziliens. Die Spiralform wird dann zu einem der markanten Symbole unserer Kelten. Schauen Sie mal genau hin, Commandant, je länger Sie hinschauen, desto stärker haben Sie das Gefühl, das Symbol sei in Bewegung. Nicht?«, fragte er, als Rachid stumm blieb.

»Nun, ja, einige sehen es, andere nicht. Diese drei Spiralen bedeuten aber nicht nur Bewegung, sondern sie stehen auch für die drei Welten, die gegenwärtige Welt, die andere Welt, also die der Ahnen und Götter, und dann als Drittes die himmlische Welt, sprich Sonne, Sterne und Planeten. Am häufigsten treffen wir die Triskele auf den britischen Inseln an. Newgrange, sagt Ihnen das was? Wahrscheinlich nicht.«

Aurore Jacquemot rollte mit den Augen. Ich habe es Ihnen doch gesagt, schien sie Rachid signalisieren zu wollen. Doch Girac, der dies sehr wohl registriert hatte, blieb davon vollkommen unbeeindruckt.

»Eine keltische Grabstätte in Irland. Überhaupt ist es ein Symbol, das aufgrund seiner drei Spiralen etwas Magisches in sich birgt. Die Drei, die magische Zahl. Verstehen Sie? Vergangenheit, Gegenwart und Zukunft, oder Geburt, Leben und Tod, oder Körper, Geist und Seele oder dann im Christentum die Heilige Dreifaltigkeit. Nun, das in aller Kürze. Hilft es Ihnen weiter?«

»Das weiß ich nicht«, antwortete Rachid wahrheitsgemäß. »Können Sie sich vorstellen, warum man dieses Symbol einem Toten mitgibt?« Er schaute fragend in die Runde.

»Ich wohl am wenigsten«, antwortete Aurore Jacquemot spitz.

»Ich habe es doch nicht so gemeint, Kindchen.« Girac legte seine behaarte Hand auf den Arm der Direktorin, die Rachid nur wenig jünger schätzte als ihren Kollegen. Sie schüttelte sie ab wie ein lästiges Insekt.

Girac überlegte nicht lange. »Weil die Triskele, wie ich eben ausführte, den Ablauf des Lebens symbolisiert. Die Menschen werden geboren, leben, sterben. Eine Sichel.« Das letzte Wort rief der Historiker geradezu triumphierend.

»Was meinst du damit, Hugo? Die Triskele soll eine Sichel symbolisieren? Davon habe ich noch nie etwas gehört«, ließ sich die Direktorin verdutzt vernehmen.

»Aber nein, dummes Zeug. Die Sichel, es war eine Sichel, oder zumindest ein Rest davon, der in Nemours gestohlen wurde. Das war eine ziemlich ärgerliche Sache. Wissen Sie …«, Girac wandte sich direkt an Rachid, »… Torques findet man immer wieder. Vielleicht nicht solche spektakulären Exemplare wie der, der gestohlen worden ist, und auch Fibeln tauchen regelmäßig auf. Aber diese Sichel wäre, wenn es sich tatsächlich um eine handelt, etwas ganz Besonderes. Ich für meinen Teil war, bin skeptisch. Ich kenne nur Fotos davon, hätte auf den Rest eines verbogenen Kultmessers getippt, aber die Kollegen in Nemours sind davon überzeugt, eine Sichel zutage gefördert zu haben. Sind Ihnen die Druiden ein Begriff? Jetzt sagen Sie bloß nicht Miraculix. So stellt man sich wohl einen Druiden vor. Aber es steckt sehr viel mehr dahinter. Allerdings hantiert dieser Comic-Druide mit einer Sichel. Und ein solches Werkzeug soll als Grabbeigabe entdeckt worden sein. Wie gesagt, ich glaube nicht daran. Aber wäre es eine Sichel, so hätten wir den einzigen Hinweis darauf, dass es sich bei diesem Grab um das eines Druiden gehandelt haben könnte. Und dann war sie weg, die angebliche Sichel.«

»Das ist ja alles ganz interessant, mein lieber Hugo. Aber das führt doch jetzt etwas zu weit. Wir alle haben ganz sicher etwas anderes zu tun, als deinen Vorträgen zu lauschen. Wenn es also recht ist, würde ich unsere kleine Konferenz nun gerne beenden. Commandant, hatten wir sonst noch etwas zu besprechen?«

Madame Jacquemot stand bereits vor Rachid und streckte ihm die Hand zum Abschied hin. »Falls Sie etwas über die Druiden erfahren wollen, mein Kollege nimmt sich ganz sicher die Zeit, Ihnen in seinem Büro ein wenig über sie zu erzählen.«

Damit komplimentierte die Direktorin die beiden Männer vor die Tür.

»Nun, Commandant, haben Sie ein wenig Zeit, um etwas über die geheimnisvollen Druiden zu erfahren? Wussten Sie, dass Sie auch Menschenopfer darbrachten? Von wegen von morgens bis abends einen Zaubertrank anrühren.«

Rachid, der eigentlich zurück ins Präsidium wollte, zögerte keinen Moment und folgte Hugo Girac in sein Büro.

Kapitel 18

Rachid war wirklich gespannt, was Hugo Girac ihm über die Druiden erzählen konnte. Das wenige, was er über sie wusste, hatte er vor wohl mehr als zwanzig Jahren in einem Kinofilm gesehen. *Vercingétorix: La Légende du druide roi. Vercingetorix, die Legende des Druidenkönigs.* Aber da war ganz sicher viel Fantasie im Spiel gewesen. Er wollte nun wissen, was es tatsächlich mit diesen geheimnisumwitterten Männern auf sich hatte.

Auf dem Weg zu Giracs Büro rannte ein Mann Rachid und den Historiker fast um. Wie blind war er auf sie zugestürzt, bremste erst im letzten Moment ab, wobei ein Stapel Bücher, die er im Arm trug, auf den Boden polterte. Seine Jeans waren über den Knien durchlöchert, ein grob gestrickter Pullover hing wie ein Sack um seinen schmächtigen Oberkörper. Das lange dunkle Haar war im Nacken zu einem Zopf zusammengefasst. Er starrte sie durch eine eckige Brille mit schwarzer Rahmung an.

»Pardon, hab Sie nicht gesehen.« Er bückte sich, hob mithilfe von Rachid seine Bücher wieder auf und eilte davon.

Girac schüttelte den Kopf. »Man hält es kaum für möglich, aber dieser Mann ist *der* Spezialist für die Römerzeit. In ganz Europa«, fügte er mit Betonung hinzu. »Und das in seinem Alter. Noch keine vierzig. Ein Glücksgriff für unser Haus. Allerdings bevorzugt er es, auf Grabungen zu sein und Vorträge zu halten. Aber Madame Jacquemot ist sehr, sehr nachsichtig mit ihm.«

Er zwinkerte Rachid verschwörerisch zu. »Wenn Sie wissen, was ich meine.«

Rachid konnte sich denken, was Girac damit andeuten wollte.

Der Historiker öffnete die Tür zu seinem Büro und hielt sie

einladend auf. »Setzen Sie sich, mein Lieber. Nach dem Kaffeekränzchen nehme ich gerne etwas Stärkeres zu mir. Für Sie wohl eher nicht? Ich meine, von wegen, im Dienst.«

»Wenn Sie ein Wasser für mich hätten.«

Girac zog aus seiner Schreibtischschublade eine Flasche Cognac und ein Glas, das er fast zur Hälfte füllte. Aus einem Schrank nahm er eine Flasche Wasser und einen Pappbecher, beides stellte er vor Rachid ab, der sich auf einen Stuhl vor dem Schreibtisch gesetzt hatte.

Girac trank einen Schluck, schüttelte sich ein wenig. Rachid machte sich auf einen weiteren ausschweifenden Vortrag gefasst.

»Die Druiden, ein spannendes Thema. Und eine Sichel wäre tatsächlich ein archäologischer Beweis für ihre Existenz. Nicht, dass Sie mich falsch verstehen, es gab sie, diese weisen Männer, römische Quellen erzählen es uns, aber es gibt eben keinen greifbaren Beweis. Das gestohlene Artefakt, also diese angebliche Sichel, war aus Eisen. Somit durchaus praktisch, um Misteln von den Bäumen zu schneiden. Das haben die Druiden gemacht, kennen Sie aus den Asterix-Comics. Eine Sichel aus Gold, wie man sie den Druiden andichtet, wäre dafür absolut unbrauchbar gewesen. Viel zu weich. Als Kultobjekt vielleicht, aber nicht als Werkzeug. Aber ich schweife ab.«

Rachid füllte den Becher und genoss das erfrischende Wasser.

»Ich fange am besten von vorne an und versuche, es für einen Laien verständlich zu erklären, in Ordnung?«

»Ja natürlich.«

»Druiden sind letztendlich Priester, Priester einer nicht minder geheimnisumwitterten Religion. Aber nicht Priester, wie man sie heute so findet. Nein, sie waren gleichzeitig Naturwissenschaftler und Philosophen, Lehrende und Rechtsprechende. Sie hatten Kenntnis von den Sternen, ihren Bahnen, der Größe der Erde, über die Natur der Dinge, über die Macht und Majestät der unsterblichen Götter, und sie vermittelten dies alles der Jugend, so schreibt Cäsar. Die Ausbildung eines Druiden dauerte zwanzig Jahre, und nichts wurde schriftlich festgehalten. Leider. Sonst wären wir ein wenig schlauer«, seufzte Girac.

»Es gibt tatsächlich überhaupt nichts Schriftliches?«, fragte Rachid erstaunt.

»Doch, man hat die griechische Schrift genutzt, aber nur für Geschäftliches oder Privates, nie für Dinge, die die Religion betreffen.«

»Und was hat es mit diesen Misteln auf sich?«

»Sie preschen ja ganz schön voran, Commandant. Aber ich gewähre Ihnen diesen kleinen Exkurs. Plinius der Ältere hat uns überliefert, dass Misteln und Eichen heilige Pflanzen waren und kein Opfer dargebracht wurde ohne Eichenlaub. Und in oder auf den Eichen wachsen die Misteln, wenn Sie so wollen, sind es Schmarotzer. Heilige Schmarotzer.« Girac lachte wiehernd, wurde aber sofort wieder ernst. »Plinius setzt die Druiden übrigens mit Magiern gleich. Und Misteln scheinen, nach Plinius, sehr selten gewesen zu sein. Und je seltener, desto kostbarer, desto heiliger. Plinius spricht in seinem Bericht von einem Opfer und einem Festmahl. Der Druide in weißem Gewand, womit wir wieder bei Miraculix wären, schneidet die Mistel mit einer goldenen Sichel ab. Dann werden Opfertiere geschlachtet, die den Göttern übergeben werden. Nur das mit der goldenen Sichel, habe ich ja bereits gesagt, das funktioniert nicht. Sie muss aus einem härteren Metall gewesen sein.«

»Also fanden diese Opferungen in Eichenwäldern statt. Und was war Zweck dieses Opfers?«

»Wie ich schon sagte. Es gibt keine schriftlichen Statements der Druiden. Was wir wissen, wissen wir durch die Geschichten anderer. Ich sagte auch nicht, dass man in den Wäldern opferte, es gab andere heilige Orte, die dafür infrage kamen. Zum Beispiel dort, wo Gewässer in der Nähe sind.«

Rachid gab sich mit der Antwort zufrieden, machte sich gedanklich seine Notizen. »Vielleicht wollten sie die Götter einfach nur gnädig stimmen, für die nächste Ernte, für einen Krieg oder für ihre Toten im Jenseits«, sinnierte er.

Girac hob erstaunt den Kopf. »Da sprechen Sie einen interessanten Punkt an, Commandant. Das meiste an Aussagen haben uns die Römer hinterlassen. Cäsar, Plinius. Von Cäsar erfahren wir, der Kern der Lehren der Druiden sei die Seele, die nicht stirbt, sondern nach dem Tod von einem Körper in den anderen wandert. Reinkarnation.« Er kicherte plötzlich. »Angeblich war dieser Glaube so stark, dass es den Kelten erlaubt war, Kredite erst im nächsten Leben zurückzuzahlen. Nun, so wird es zumindest kolportiert. Gibt ja, habe ich das schon gesagt, nichts Schriftliches von ihnen.«

Rachid gewann langsam den Eindruck, dass er nicht gerade viel über die Druiden erfuhr. Es gab keine schriftlichen Quellen, nichts Archäologisches, rein gar nichts. Doch hatte Girac vorhin von Menschenopfern gesprochen. Das war der Punkt, der ihn am meisten interessierte.

Als hätte der Historiker seine Gedanken gelesen, fuhr der nun fort. »Sehr spannend und durch römische Quellen belegt, die trotz aller Vorsicht durchaus einen Funken Wahrheit beinhalten, sind die Berichte über Opferrituale. Ich spreche dabei von Menschenopfern.«

Hugo Girac legte eine Kunstpause ein. Seine Worte hatten ihre Wirkung bei Rachid nicht verfehlt.

»Menschenopfer. Interessant.«

Der Historiker lächelte. »Bei Menschenopfern werden die Leute hellhörig. Ist ja auch ein zu grausames Thema, nicht wahr? Einerseits gehörten die Druiden ganz sicher zu den gebildetsten Mitteleuropäern ihrer Zeit, andererseits besaß ihr Kult zum Teil einen geradezu mörderischen Aspekt. In den antiken Quellen ist die Rede von Scheiterhaufen, in denen Verbrecher oder Kriegsgefangene zu Ehren der Götter verbrannt wurden. Besonders grausam, was Cäsar in seinem *De bello Gallico* berichtet. Einige Stämme fertigten riesige, hohle Standbilder, in die sie die Menschen lebend steckten, um sie dann in Brand zu setzen. Ich merke, die Vorstellung bereitet Ihnen Unbehagen.«

In der Tat konnte Rachid seine Abscheu nicht verbergen.

»Aber es kommt noch schlimmer. Vielleicht handelt es sich bei den Schilderungen Cäsars um eine Art Gräuelpropaganda, aber wir haben hier in unserem schönen Frankreich eine archäologische Stätte, die einen schaudern lässt.«

Girac schien seinen Exkurs in die grausame Welt des keltischen Opferkultes geradezu zu genießen.

»Archäologen sind vor Jahren in Ribemont-sur-Ancre auf einen eigenartigen Todeskult gestoßen, der ein, nun, wie soll ich sagen, Faible für menschliche Schädel aufweist. Sie sind überall gewesen, an Hauseingängen, in den Häusern, ja man benutzte sie sogar als Trinkgefäße.«

Rachid öffnete den Mund und schloss ihn wieder.

»Da sind Sie sprachlos, Commandant. Und nichts geschah ohne die Druiden. Oder nehmen wir Gournay-sur-Aronde. Keine siebzig Kilometer von Ribemont-sur-Ancre oder Paris entfernt. Das war 1977. Ein Kultplatz mit einem Tempel mit quadratischem Grundriss wurde entdeckt. Davor ein Portalbau, der mit menschlichen Schädeln geschmückt war. Doch das ist nichts im Vergleich zu Ribemont-sur-Ancre. Auch hier war der Eingangsbereich mit Menschenschädeln verziert. Man fand angrenzend mehr als zehntausend menschliche Knochen, aber keinen einzigen Kopf, die Schädel wurden anderweitig verwendet, wie gesagt. Diese Knochen gehörten zu enthaupteten Körpern, die man an der Luft mumifizieren ließ, sie anschließend auf einem Holzgerüst befestigte und zur Schau stellte. Wenn sie so wollen, antike Schaufensterpuppen, nur ohne Kopf. Aber wenn Sie Näheres zum Schädelkult wissen wollen, empfehle ich Ihnen, sich mit Marc Garimond in Marseille in Verbindung zu setzen. Es gibt nichts, was er darüber nicht wüsste.«

Während Rachid sich noch über das eben Gehörte seine Gedanken machte, brach Girac erneut in lautes Gelächter aus. Rachid sah ihn befremdet an.

»Commandant, auch ich finde diese Rituale grausam, aber wissen Sie, was mir gerade durch den Kopf geht?« Bei diesen Worten lachte er erneut lauthals. »Das Druidentum erfreut sich heutzutage allergrößter Beliebtheit. In Großbritannien ist es gar als Religion anerkannt. Diese modernen Druiden, diese Esoteriker, um nicht zu sagen Spinner, mit ihrem ökopazifistischen Gedankengut, das sie den alten Druiden gerne andichten, die alten Priester würden sich wahrscheinlich vor Lachen ausschütten. Aber, ich habe bemerkt, dass Sie diesem Teil meiner kleinen Vorlesung besonders aufmerksam gelauscht haben.«

»Nun, es ist überaus spannend gewesen. Sie haben einige der Fragen, die ich mir gestellt habe, beantwortet. Allerdings will ich Ihnen nicht noch mehr von Ihrer kostbaren Zeit rauben. Ich würde mich dann verabschieden.«

Rachid hatte den Eindruck, dass sein Gegenüber eine ausführlichere Antwort auf seine letzte Bemerkung erwartet hätte. Doch dann erhob sich Girac und reichte ihm zum Abschied die Hand.

»Wenn Sie intensiver in das Thema einsteigen wollen, melden Sie sich einfach.«

Vor dem Museum verharrte Rachid einen Augenblick nachdenklich. Intensiver in das Thema einsteigen. Vielleicht würde das ja notwendig werden. Die Triskele, die abgeschlagenen verschwundenen Köpfe. Die Kelten und der Schädelkult. Druiden, die bei jeder Opferung anwesend sein mussten, vielleicht selbst sogar Hand an ihre Opfer gelegt hatten. Versuchte der Mörder von Jalabert und Plessis, das Opferritual eines Druiden nachzuahmen?

Kapitel 19

Frédéric Saint Genez schaute zum wiederholten Mal auf die Wanduhr über dem Regal mit den Gesundheitstees. Salbei gegen Husten, Kamille für den Magen, Brennnessel für die Harnwege, Pfefferminze bei Erkältungen. Die Klassiker, und es wurden immer mehr. Die Leute verlangten Mittelchen, die auf natürlichem Weg für ihre Gesundheit sorgen sollten. Er erinnerte sich gut an den Streit vor ein paar Jahren, als an der Universität Lille die Entscheidung fiel, den Diplomkurs für Homöopathie im Studienjahr 2018/2019 auszusetzen. Es gäbe keine Studie, die die Wirksamkeit von homöopathischen Mitteln nachweisen könne. Die Verfechter dieser Richtung seien, wie in der Tageszeitung *Le Figaro* berichtet wurde, als Scharlatane und Betrüger und die angewendeten Mittel als Fake-Medizin bezeichnet worden. Ihm war es gleich gewesen, er hatte Salze und Globuli gegen dies und für das bestellt und immer gute Geschäfte damit gemacht.

Allerdings hatte ihm damals der Sinn nach etwas ganz anderem gestanden, und er hatte seinen Kopf gerade noch so aus der Schlinge ziehen können. Wäre er nicht gewarnt worden … Er rechnete nach. Dann würde er wahrscheinlich immer noch irgendwo hinter verschimmelten Mauern schmoren. Die Warnung eines hochrangigen Freundes, der leider nicht mehr unter ihnen weilte, hatte ihn gerade rechtzeitig erreicht, um sich ein Alibi zu verschaffen. Er wohnte angeblich einer Wahlkampfveranstaltung seines Parteifreundes Jules Macon bei. Macon hatte es nur zu gerne bestätigt, und dieser Untersuchungsrichterin war nichts anderes übrig geblieben, als die Kröte zu schlucken.

Erneut ging sein Blick zu der Wanduhr, ein Geschenk einer

Pharmafirma. In sieben Minuten würde er schließen. Seine Apotheke in Maugio, einer kleinen Stadt östlich von Montpellier, warf ordentliche Einnahmen ab. Es war ihm schwergefallen, einen Nachfolger dafür zu suchen, gerne ging er eigentlich nicht in Rente. Aber er hatte noch so viel vor. Nun hatte er jemanden, der seine Apotheke übernehmen würde. Ein junger Mann, gerade mal dreißig Jahre alt. Mit dem Geld, das ihm die Übernahme einbrachte, würde er sich ein paar schöne Jahre machen. Isabelle, seine geschiedene Frau, erwartete zwar ebenfalls ein ordentlicher Batzen, aber es würde genug übrig bleiben.

Sein Blick wanderte zum Trottoir vor der Apotheke. Es sah nicht so aus, als würde in den nächsten Minuten jemand kommen. Aber man wusste ja nie. Wenn er jetzt schon abschloss, klopfte garantiert eine Minute später doch jemand an die Tür. Vielleicht würde er nur einen Tee mitnehmen, vielleicht aber auch ein Rezept einreichen, auf dem ein Medikament für mehrere Hundert Euro verschrieben worden war. Und das würde er nur ungern Madame Bekommtdenhalsnichtvoll mit ihrer Pharmazie am Marktplatz überlassen.

Sooft er heute schon auf seine Uhr geschaut hatte, so oft hatte er, wenn niemand zu bedienen war, einen Blick in den *Midi Libre* geworfen. Ungläubig hatte er heute Morgen die Schlagzeile registriert, Monsieur J. sei nach seiner Entlassung aus dem Gefängnis von Villeneuve-lès-Maguelone Opfer eines brutalen Mordes geworden. Er hatte sich sofort mit Julien Ledoux in Verbindung gesetzt. Der Anwalt hatte seine Kanzlei in Montpellier und war bestens vernetzt. Er hatte ihm seinen Verdacht bestätigt. J. war niemand anderes als Bernard Jalabert. Mehr wisse er allerdings bis jetzt nicht.

Er hatte dann versucht, Jalaberts Witwe zu erreichen, doch entweder war sie nicht da, oder sie nahm kein Gespräch an. Es war letztendlich auch egal. Jalabert war tot, war eisern und schweigsam geblieben, hatte nie die Namen derjenigen genannt, die ihrem Kreis angehört hatten. Das musste man ihm lassen. Wahrscheinlich wäre er mit weniger Jahren davongekommen, wenn er geredet hätte.

Zwanzig Uhr. Kein Kunde hatte mehr Einlass begehrt. Frédéric Saint Genez zog eine Schublade auf und nahm den Schlüssel heraus. Dann löschte er das Licht im hinteren Raum, ging zur Glastür und schloss von innen ab. Er betätigte zwei Schalter links der Eingangstür, die Lichter der Deckenlampen und an den Regalen erstarben. Der wohlverdiente Feierabend rückte näher. Der Apotheker zog seinen Kittel aus und hängte ihn sorgfältig auf einen Bügel am Kleiderständer neben der Toilette im hinteren Teil des Hauses.

Er überlegte kurz, ob er jetzt einen Happen bei Karim oder doch lieber im *Les Amis des Pêcheurs* zu sich nehmen sollte. Während er darüber nachdachte, ob Fleisch oder Fisch, klopfte es plötzlich an der Glastür. Er zuckte zusammen. Weniger vor Schreck, denn es kam durchaus vor, dass jemand nach zwanzig Uhr auf die Idee kam, ein Rezept einlösen zu wollen. Aber das lehnte er strikt ab. Die Pharmazie in der Nähe der Arena hatte heute Notdienst. Auch wenn er den Kollegen eigentlich nicht das Schwarze unter den Nägeln gönnte, so war es eine Art Ehrenkodex, den er sich selbst auferlegt hatte, nach Schließung seiner Apotheke denen, die den Notdienst machten, nicht den Umsatz zu mindern. Er tat so, als hätte er nichts gehört.

Draußen hämmerte nun jemand an die Tür. Saint Genez wurde sauer. Es war zwar Sicherheitsglas, aber wusste man so genau, ob es bei dermaßen kräftigen Schlägen nicht doch bersten konnte? Er ging in den Verkaufsraum zurück. Vor der Tür stand ein Mann, das Gesicht direkt vor dem Glas. Als er bemerkte, dass sich in der Apotheke etwas tat, trat er einen Schritt zurück und hämmerte erneut entschlossen auf die Tür ein.

»He, was soll das? Hören Sie auf! Wenn Sie etwas brauchen, die Apotheke bei der Arena hat noch geöffnet. Gehen Sie dahin«, schrie Saint Genez erbost und wollte sich eben wieder umdrehen, als er registrierte, dass der Mann kein Rezept vor die Glastür hielt, sondern ein Exemplar des *Midi Libre*, aufgeschlagen auf der Seite mit dem Artikel über Bernard Jalabert. Saint Genez kannte den Mann nicht, der nun wie wild mit seinem freien Arm gestikulierte.

Der Apotheker öffnete das kleine Fenster, das für die Medikamentenübergabe im Notdienst in die Tür eingelassen war.

»Monsieur Saint Genez, es ist wichtig, wir müssen hierüber sprechen. Sie und ich sitzen im selben Boot, was Jalabert geschehen ist, kann auch uns passieren.«

Saint Genez schwankte zwischen Ärger und Neugierde. Was meinte der Mann damit? Dass sie Opfer eines Mordanschlags werden könnten? Warum? Nach einigem Zögern schloss er die Tür auf und ließ den Mann herein.

»Wer sind Sie, und was haben Sie mir zu sagen?«, fragte er misstrauisch.

»Wollen wir uns vielleicht setzen. Und wenn Sie ein Glas Wasser für mich hätten. Ich hab mich ziemlich abgehetzt, um zu Ihnen zu kommen, bevor Sie schließen. Nun, Sie sind ja superpünktlich. Aber egal, nun bin ich ja hier.«

Saint Genez nickte zustimmend. »In Ordnung. Kommen Sie mit nach hinten. Kannten Sie Monsieur Jalabert? Oder warum nimmt Sie die Nachricht von seinem Tod mit? Und vor allem, was heißt, das, was ihm widerfahren ist, könnten auch wir erleiden. Sie meinen, Sie und mich?«

Der Apotheker war ins Hinterzimmer vorangegangen, der Mann folgte ihm. Saint Genez räumte ein paar Zeitschriften von einem Stuhl.

»Setzen Sie sich. Und dann sagen Sie mir, was Sie zu sagen haben. Aber ich habe nicht ewig Zeit.« Er ging zum Waschbecken, nahm ein umgedrehtes Glas und ließ Leitungswasser hineinlaufen.

Gleichzeitig hörte er das Rascheln von Papier, und die Stimme des Mannes sagte dicht hinter ihm: »Nein, Sie haben tatsächlich nicht ewig Zeit.«

Kapitel 20

Er musste sehen, dass er so schnell wie möglich das Land verließ. Für die Flics war er Verdächtiger Nummer eins. Er konnte sich gerade noch so vom Acker machen, als der Polizist sich Zutritt zur Wohnung von Dominique verschafft hatte. Okay, der rothaarige Knirps hatte geklingelt. In diesem Moment hatte er gewusst, dass man ihn wegen des Mordes an Jalabert auf dem Kieker hatte.

Jeder im Gefängnis hatte mitbekommen, wie er Jalabert all die Jahre, in denen er zusammen mit ihm im Knast war, schikaniert hatte. Das ging vom Zischen in dessen Ohr – »Ich mach dich alle« – bis hin zu körperlichen Misshandlungen. Nie etwas Gravierendes, Jalabert wäre nicht gestorben, aber er hatte ihm ziemliche Schmerzen zugefügt. Das war das Mindeste, was er für die Kinder, denen Jalabert etwas angetan hatte, tun konnte.

Der Direktor hatte ihn einmal zur Rede gestellt, halbherzig, wie es ihm vorkam. Und dabei war es geblieben. Sein Plan war es gewesen, Jalabert nach seiner Entlassung pausenlos zu beobachten und ihn noch eine ganze Weile für seine Verbrechen büßen zu lassen. Denn das, was sie Jalabert aufgebrummt hatten, reichte in seinen Augen bei Weitem nicht aus. Anonyme Drohungen, zerstochene Reifen, vielleicht das eine oder andere kleinere Zufügen körperlicher Gewalt. Mehr nicht. Und jetzt war das Schwein tot, und er hatte noch nicht einmal etwas damit zu tun.

Dominique hatte ihn gewarnt, die Polizei sei hinter ihm her. Es sei zu gefährlich, weiterhin bei ihr zu wohnen, da hätten sie ihn ruckzuck am Schlafittchen. Also hatte er sich eine neue Bleibe gesucht. Es war zwar nachts noch ziemlich kalt, aber mit dem Schlafsack ging es einigermaßen. Die alte Ruine auf dem Feld, in dem Sonnenblumen heranwuchsen, war ehedem vielleicht ein Unterschlupf für Schafhirten gewesen. Er wusste es nicht, ob hier überhaupt jemals Schafe geweidet hatten. Aber für ein Bauernhaus war die steinerne Ruine zu klein, sie bestand nur aus einem einzigen Raum.

Bald würden bessere Zeiten kommen, wenn er endlich das Geld hätte. Dominique bekäme einen kleinen Anteil davon, noch wusste sie jedoch nichts von ihrem Glück. Er würde sich mit dem Rest aus dem Staub machen und irgendwo die Sonne und schöne Frauen genießen. Bali schwebte ihm vor, obwohl er nichts über die Insel wusste. Er hatte auf einem Prospekt einmal eine Tänzerin gesehen, sie hatte ihm gefallen.

Als er sich Jalabert an die Fersen geheftet hatte, stellte er erstaunt fest, dass den Mann außerhalb der Gefängnismauern niemand erwartete. Er hatte damit gerechnet, dass seine Frau, dieses Dreckstück, ihn abholen würde. Aber nichts. Für diesen Tag hatte er keinen festen Plan gehabt, er wollte einfach nur sehen, wie Jalabert seinen ersten Tag in Freiheit genoss. Denn es wäre sein vorerst letzter Tag gewesen, den er genießen würde. Und nun war alles anders gekommen.

Das Auto, das neben Jalabert gehalten hatte, war ihm unbekannt gewesen, nicht jedoch der Typ, der drinsaß und den gerade eben Freigelassenen einlud, in den Wagen zu steigen. Er hatte sich absolut keinen Reim darauf machen können, daher war er den beiden so unauffällig wie möglich mit seinem Roller gefolgt. Zunächst sah es danach aus, als würde Jalabert nach Hause gefahren. Kannten sich die beiden etwa? Eine unbändige Wut übermannte ihn, als er sich vorstellte, dieser Mann könne ebenfalls zu diesem Sauhaufen von Pädophilen gehören. Er würde es herausfinden, und dann würde er ihn entweder anonym anzeigen, was vermutlich nicht viel brächte, denn die steckten doch alle unter einer Decke. Besser, er ließe ihn, wie Jalabert, leiden. Wie, wusste er noch nicht.

Erstaunt registrierte er, wie das Auto plötzlich abbog. Wo sollte es hingehen? Er verlangsamte das Tempo, konzentrierte sich auf den Wegweiser. Es war ein Naturschutzgebiet, in dessen Richtung der Fahrer sein Auto steuerte. Er musste verlangsamen, Abstand zu dem vorausfahrenden Auto gewinnen. Davor hatte er auf der Straße immer eines oder mehrere Fahrzeuge zwischen seinem Zielobjekt und sich selbst gelassen, aber auf dem immer unwegsameren Gelände, das nur sie beide befuhren, war dies unmöglich gewesen.

An einer Tafel, die ganz offensichtlich eine Zeichnung des geschützten Terrains zeigte, hatte er angehalten, ein roter Punkt informierte ihn über seinen Standort. Er musste sich neu orientieren und versuchen einzuschätzen, wie der Wagen jetzt wohl weiterfahren musste, um nicht irgendwo in einer Sackgasse zu landen, an einer Stelle im Reservat, von der aus eine Weiterfahrt nicht möglich war.

Er entschloss sich, seinen Roller im Gebüsch versteckt stehen zu lassen. Quer durch die Büsche und Bäume am Ufer eines kleinen Sees entlang, könnte er zu Fuß laufen und dabei immer in der Nähe des Autos bleiben. Kurz entschlossen hatte er seinen Plan in die Tat umgesetzt, hörte das Brummen des Motors in gleichmäßiger Entfernung.

Dann herrschte ganz plötzlich Ruhe. Die Dunkelheit hatte zugenommen, und mithilfe der Taschenlampe seines Handys war er dem schmalen Pfad gefolgt, auf dem er sich hoffentlich dem Auto ein gutes Stück nähern würde. Er hatte den richtigen Riecher gehabt. Nur wenige Meter entfernt stand der Wagen, die Scheinwerfer warfen ein ruhiges Licht auf die Umgebung vor dem Fahrzeug. Er kauerte sich hinter einen mächtigen Baum. Was er sah, gab ihm zunächst Rätsel auf.

Jalabert kniete auf dem Boden. Was hatte er vor? Ein plötzlicher Schauer lief ihm über den Rücken, am liebsten hätte er kehrtgemacht, doch er musste wissen, was da vor sich ging. Trotz des merkwürdigen Gefühls in seinen Eingeweiden beobachtete er gefesselt, was nun geschehen mochte. Der Fahrer des Wagens hatte sich auf den knienden Jalabert zubewegt. Und dann war alles rasend schnell gegangen. Der Typ hatte etwas in der Hand, was im Licht des Scheinwerfers glänzte, er glaubte, eine Art Sirren zu hören, und dann kniete Jalabert auf einmal ohne Kopf da. Der Schädel lag neben ihm, dann kippte der Mann einfach um.

Jalabert war vor seinen Augen geköpft worden. Ihm wurde schlecht. Der Brechreiz war ganz plötzlich gekommen, sodass er befürchtete, sich gleich auf die eigenen Füße kotzen zu müssen. Er hatte die Hand vor den Mund gehalten und war so schnell und leise wie möglich rückwärts ins Unterholz gekrochen, wo ein Schwall bitterer Brühe auf einem Bett aus Moos landete. Er hatte gewartet, bis der Motor gestartet wurde. Der Wagen fuhr weg. Mit zitternden Beinen hatte er sich der Stelle genähert, wo Jalabert gestorben war. Der Mörder hatte ihn etwas an die Seite gezerrt. Suchend hatte er sich umgeschaut, der Kopf war nirgendwo zu sehen. Dann war er auf zitternden Beinen zu seinem Roller gelaufen, immer wieder hatte er die Ohren gespitzt. Doch die Motorgeräusche erstarben nach einiger Zeit.

Dominique war nicht zu Hause gewesen. War auch besser so. Nie und nimmer hätte er ihr erklären können, warum seine Nerven blank lagen. Nach drei Flaschen Bier hatte dann sein Plan Formen angenommen. Der Mann würde für sein Schweigen zahlen müssen, und er, Antoine Fleurot, würde bald ein Leben in Saus und Braus führen.

Und jetzt stand er da und wartete. Noch fünf Minuten. Er würde den Mann treffen, der ihm dieses Leben ermöglichen musste. Einen Mörder. Bei diesem Gedanken durchzuckte es ihn heiß. Er hatte keinerlei Vorkehrungen getroffen. Hätte er nicht eine Art Geständnis, irgendeine Aussage bei einem Notar oder so hinterlegen sollen, nach dem Motto: Erst öffnen, wenn ich, Antoine Fleurot, nicht mehr am Leben bin? Oder wenigstens mit jemandem darüber sprechen? Aber nein, das war nicht möglich. Irgendein Knastkumpel von früher würde ganz sicher einen Teil des Erpressergeldes für sich beanspruchen. Und an großzügigem Teilen war er nicht interessiert.

Erneut schaute er auf seine Uhr, blickte sich dann suchend um. Wo, verdammt noch mal, blieb er denn?

Zum wiederholten Mal tastete Antoine mit seiner Hand unter

seinem Blouson nach dem Totschläger, den er vorsichtshalber mitgenommen hatte. Nicht, dass der Typ tatsächlich auf dumme Gedanken kam. Nicht mit ihm. In der Nähe schrie ein Vogel auf. Antoine zuckte zusammen. Ganz plötzlich juckte es ihn am ganzen Körper. Der Typ schien ein echter Naturliebhaber sein. Der Mord an Jalabert im Naturschutzreservat. Und ihn hatte er an das Flüsschen Capoulière bestellt. Hier war keine Menschenseele zu sehen. Nur das stete Rascheln, Krächzen, Flöten und was die Viecher sonst so von sich gaben, war zu hören.

Antoine hatte ihn nicht kommen gehört. Während er noch geradeaus starrte, bohrte sich ein scharfer Gegenstand von hinten zwischen seine Rippen. Sein Körper drehte sich um die eigene Achse, er ging in die Knie. Ungläubig sah er dem Mann, der sich entspannt über ihn beugte, ins Gesicht. Er wollte etwas sagen, doch aus seiner Kehle drang nur ein Gurgeln, aus seinem Mund quoll Blut. Bevor ihm die Sinne schwanden, glaubte er zu hören, wie sein Mörder ein Wort flüsterte. Es klang wie *Pardon*.

Kapitel 21

Juge Edmond Pelletier reichte Capitaine Meunier zur Begrüßung die Hand. Es war kurz nach acht Uhr am Morgen. Das Team der Kriminaltechnik war bereits dabei, wieder einzupacken, die Leiche lag zum Abtransport in einem Zinksarg, der ins gerichtsmedizinische Institut von Montpellier gebracht werden sollte.

»Capitaine Meunier. Bitte wundern Sie sich nicht über meine Frage, aber trug die Leiche ihren Kopf auf den Schultern?«, wollte der Untersuchungsrichter vom ermittelnden Polizeibeamten wissen, noch bevor Capitaine Meunier ihn mit den ersten Untersuchungsergebnissen vertraut machen konnte.

Meunier zog erstaunt die Augenbrauen hoch. »Soll das ein Scherz sein? Natürlich hatte der Tote seinen Kopf noch. Warum fragen Sie?«

Pelletier seufzte tief. »Dann werde ich mich um den Fall kümmern. Also, was haben wir?« Er rieb sich die Hände.

Meunier ließ nicht locker. »Was hat es denn nun mit der Frage nach dem Kopf auf sich? Hat der Mord an Fleurot etwas mit den beiden kopflosen Leichen zu tun?«

»Nein, ganz offensichtlich nicht. Gott sei Dank. Er hat ja schließlich noch seinen Kopf. Ich habe einfach einen Zusammenhang konstruiert, weil Fleurot mit Jalabert eingesessen hat. Und Jalabert ist tot, unser erstes Opfer ohne Kopf. Das heißt, nun nicht mehr unser Opfer, sondern das meiner Kollegin, Madame le Juge de Boncourt. Sie hat damals Jalabert hinter Gitter gebracht, ich habe den Fall an sie abgegeben. Die zweite Leiche ohne Kopf passt zu der ersten, der Fall liegt auch in Nîmes. Ich hatte befürchtet, dass Madame le Juge Fleurot dazubekommt, eben weil es diese

Verbindung zu Jalabert gibt, aber wie es scheint, Sie werden mich gleich aufklären, haben die Taten nichts miteinander zu tun. Weil eben der Kopf noch da ist.« Pelletier tippte sich an seinen Schädel.

»Verstehe. Beide Morde mit kopflosen Leichen werden von den Kollegen in Nîmes untersucht. Mir soll's recht sein«, brummte der Capitaine, der den Worten Pelletiers nur schwer hatte folgen können.

Der Untersuchungsrichter schüttelte bedauernd sein Haupt. »Hier irren Sie leider, Capitaine. *Drei* Leichen ohne Kopf. Sie haben noch nichts davon gehört?«

Capitaine Meunier schob das Kinn vor. »Nein. Wer? Wann? Wo?«

Pelletier seufzte tief. »Die Apotheke an der Rue Peyre Blanque in Maugio. Die Putzfrau hat die Wache informiert. Sie hat ihren Arbeitgeber tot in einem Hinterzimmer entdeckt. Das war heute früh gegen sechs Uhr. Die Ärmste steht unter Schock. Ein Wunder, dass sie überhaupt dazu in der Lage war, die Polizei zu alarmieren.« Pelletier hob bedauernd die Schultern.

»Sie wollen damit sagen, der Apotheker war kopflos?«

»Kopflos, in der Tat. Und der Schädel war nirgendwo zu finden. Genau wie bei Jalabert und Plessis, einfach weg, verschwunden. Wahrscheinlich eingepackt und mitgenommen, eine Art Trophäe, schätze ich. Aber welche Bewandtnis es damit hat, das, wie gesagt, klären hoffentlich die Kollegen in Nîmes. Nun, Capitaine, was haben Sie denn für uns? Ah, und bevor ich es vergesse, hat unsere Gerichtsmedizinerin irgendeine Besonderheit entdeckt? Eine Art Tattoo oder dergleichen?«

»Ja. Ist das wichtig?«

Pelletier sog tief die Luft ein, sein ganzer Körper schien sich zu verkrampfen. »Was, und wo genau?«

»Ein Löwenkopf auf dem rechten Oberarm und ein Adler mit ausgebreiteten Schwingen auf dem Oberkörper.«

Pelletier stieß die Luft wieder aus. »Sehr gut.«

»Ach ja, hätte ich fast vergessen. Aber das Tattoo war ziemlich klein.«

Der Untersuchungsrichter atmete wieder tief ein. »Und was war das?«

»Ein Herz auf der linken Hüfte.«

»Ein Herz. Na, das ist doch eine gute Nachricht. Damit bleibt Fleurot bei uns.«

Capitaine Meunier verzog leicht verärgert das Gesicht. »Können Sie mir vielleicht netterweise erklären, was es mit diesen Tattoos auf sich hat? Und warum spielen sie eine so große Rolle?«

»Nun, die kopflosen Leichen hatten ein Symbol auf den Waden, kein wirkliches Tattoo, mehr eine Art Brandzeichen, einen Stempel. Wir hatten es bei Jalabert entdeckt, und die zweite Leiche hatte ein identisches.«

»Und der Apotheker?«

»Der auch. Irgendein geheimnisvoller Firlefanz. Sollen die anderen sich darum kümmern. Capitaine, was können Sie schon über die Tatwaffe sagen? Er ist erstochen worden?«

Meunier nickte. »Ein Stich zwischen die Rippen, von hinten wohl mit rechts ausgeführt. Ein direkter Treffer. Fleurot war binnen weniger Sekunden tot.«

»Gut, dann schicken Sie mir alles, was Sie haben, ins Büro. Ich werde derweil Madame le Juge in Nîmes darüber informieren, dass sie einen weiteren Toten zu betreuen hat.«

Die beiden Männer verabschiedeten sich voneinander, Pelletier stieg in seinen Wagen und brauste davon.

Fünf Minuten später hatte er seine Kollegin aus Nîmes am Telefon.

»Madame le Juge de Boncourt. Ich hätte da was für Sie. Einen toten Apotheker. Er fällt in meinen Zuständigkeitsbereich. Aber, wenn ich Ihnen sage, dass er keinen Kopf mehr hat und seine Wade dieses Zeichen aufweist, dann denke ich, überlasse ich ihn Ihnen. Der Name des Opfers? Frédéric Saint Genez. Ich würde Ihnen gerne die ersten Ergebnisse der Ermittlung zukommen lassen.«

Schweigend lauschte Pelletier dem, was seine Kollegin ihm zu dem dritten Opfer zu berichten hatte.

»Sie sagen, Frédéric Saint Genez gehörte damals zu Ihren Verdächtigen im Fall dieser Pädophilengeschichte?«, rief er erstaunt aus. »Und das war vor drei Jahren? Da saß ich noch am Berufungsgericht in Nantes. Was Sie da erzählen, verleiht diesen Fällen eine ganz neue Dimension, würde ich behaupten. Ich denke, wir sollten uns einmal darüber unterhalten. Passt es Ihnen heute Abend? Ich habe in den nächsten Tagen ziemlich viel um die Ohren, und heute Abend bin ich sowieso in Nîmes im Tanztheater. Wir könnten uns vorher auf ein Glas Wein treffen. Das passt? Wunderbar. Ich freue mich, Sie persönlich kennenzulernen, Madame le Juge.«

Kapitel 22

Mathilde hatte sich mit ihrem Kollegen aus Montpellier um achtzehn Uhr dreißig vor dem *Grand Café de la Bourse*, einem zentral gelegenen beliebten Lokal gegenüber der Arena von Nîmes, verabredet. Hier nahm sie, wenn es ihre Zeit zuließ, einen Mittagsimbiss ein oder traf sich am Abend mit Kollegen auf ein Glas Wein. Vom Lokal waren es keine fünf Minuten bis zum Theater von Nîmes an der Place de la Calade, wo der Untersuchungsrichter eine Stunde später eine Tanzaufführung besuchen wollte. Sie hatte bereits zwei Gläser Rosé bestellt und hielt nun Ausschau nach ihrem Kollegen. »Sie können mich gar nicht übersehen«, hatte er am Telefon gesagt. »Ich trage einen Smoking und eine rote Fliege.«

Als Pelletier sie angerufen und über den Tod Saint Genez' informiert hatte, war sie im ersten Moment sprachlos gewesen. Der Ermordete war, wie Jalabert, Bestandteil der Ermittlungen zum Pädophilenring, die sie letztendlich nach Belgien und zur Überführung eines der Haupttäter geführt hatten. Der Apotheker hatte damals zum Kreis der Verdächtigen gehört, ihm war aber aufgrund eines angeblich wasserdichten Alibis nichts nachzuweisen gewesen. War es Zufall, dass nun auch Saint Genez auf diese Weise ermordet, ja geradezu hingerichtet, worden war? Wohl kaum. Aber wie passte der Fotograf Plessis dazu? Er hatte mit diesem Ring, soweit Mathilde wusste, und ihre Nachforschungen waren damals akribisch durchgeführt worden, nichts zu tun gehabt. Und jetzt hatten sie natürlich überprüft, um jeden Zusammenhang mit damals auszuschließen, wo er sich vor drei Jahren oder davor aufgehalten hatte. Zu der Zeit, als die Ermittlungen und Prozesse liefen, lebte er auf Mayotte, einem der französischen Übersee-Departements.

Mathilde reckte den Hals. Wo blieb ihr Kollege denn? Er war mittlerweile zehn Minuten über der Zeit, ihr Glas war schon halb leer und der Rosé von Pelletier wahrscheinlich weit entfernt von genüsslichen kühlen Temperaturen. Dann endlich erspähte sie den Mann im Smoking. Mit federnden Schritten eilte er an ihren Tisch.

»Madame de Boncourt, verehrte Kollegin, bitte entschuldigen Sie die Verspätung. Ich musste bis in die tiefsten Tiefen des Parkhauses, alles ist voll. Ist es in Ordnung, wenn wir das *Juge* weglassen? Darf ich Sie Mathilde nennen? Dann plaudert es sich einfacher. Das heißt, wenn wir unser Gespräch überhaupt Plauderei nennen können.« Er lächelte sie schief an, wurde sofort wieder ernst und rückte seine rote Fliege zurecht.

»Gerne, Edmond.« Mathilde blieb sitzen, und der Richter beugte sich zu ihr zur Begrüßung herab.

»Sehr gut. Ich hatte gehofft, dass Sie meine Bitte am Telefon, mir einen eiskalten Rosé zu ordern, nicht vergessen würden. Nun, eiskalt wird er dank eines überfüllten Parkhauses nun nicht mehr sein. Dann *Cin Cin*.«

Die beiden prosteten sich zu.

»Welches Stück schauen Sie sich heute Abend an? Klassisches Ballett?«, fragte Mathilde zur Eröffnung ihres Gesprächs und betrachtete den Mann, der seinen Stuhl neben ihren gerückt hatte, von der Seite. Sie wusste, dass Pelletier auf die Fünfzig zuging, doch er hatte sich ein jugendliches Aussehen bewahrt. Braune Augen, deren Blick etwas melancholisch auf sie wirkte, dunkelblondes, kurz geschnittenes Haar, das sich an den Schläfen lichtete, schlanke Hände, die soeben das Weinglas abstellten.

Pelletier wischte sich mit einer Papierserviette die Oberlippe ab. »Nein. Zum Ballett trage ich eine rosa Fliege. Heute Abend hat Ana Morales eine neue Flamenco-Performance. Dazu trage ich Rot. Passend zu ihrem roten Kleid«, sagte er ernst.

Mathilde hatte das Plakat gesehen. Ana Morales war dabei, den Flamenco zu revolutionieren. Von der Tradition in die Moderne, hieß es. Weg mit den Volants und Rüschen an den Kleidern, weg mit den Blumen im Haar, nur der reine Tanz zählte, keine Ablenkung war erlaubt. So ganz anders als Santana Carmona, hatte Mathilde gedacht und sich seufzend an einen ihrer letzten spektakulären Fälle erinnert. Eine junge aufstrebende Flamencotänzerin war während der Proben in der antiken Arena ermordet worden.

Als könne er ihre Gedanken lesen, sagte Pelletier: »Das war eine ganz schön knifflige Geschichte, die Sie in die Welt des Flamencos entführt hat. Ich war eben aus Nantes gekommen und habe den Fall ein wenig verfolgt. Sie sind eine hervorragende Ermittlungsrichterin, Mathilde. Ich bin froh, die Leichen ohne Kopf bei Ihnen in guten Händen zu wissen. Der Apotheker ist schon von Docteur Regis untersucht worden?«

Pelletier hatte direkt veranlasst, den Leichnam von Saint Genez nach Nîmes ins gerichtsmedizinische Institut bringen zu lassen.

Mathilde schüttelte den Kopf. »Alain Regis versucht zwar, immer alles möglich zu machen, aber so schnell schafft er es dann doch nicht. Er ist eben erst mit der Untersuchung von Etienne Plessis fertig geworden. Dasselbe Prozedere wie bei Jalabert. Man hat ihn mithilfe eines Tasers bewegungsunfähig gemacht und mit einem einzigen Hieb geköpft. Die Triskele auf der Wade, wie mit einem Stempel eingestanzt. Und Plessis ist etwa sechsunddreißig Stunden, eher etwas weniger, vor Jalabert getötet worden.«

Überrascht hatte sich Mathilde die Nachricht des Gerichtsmediziners angehört. Der Mord an Plessis war also offenbar der Initialmord gewesen. Genau die Person, die am wenigsten in das engere Umfeld von Jalabert und Saint Genez passte.

»Morgen früh wird Alain Regis Saint Genez obduzieren. Ich schätze, unser Gerichtsmediziner wird zu dem Ergebnis kommen, dass wir es mit ein und derselben Person zu tun haben, die für die Morde infrage kommt. Allein das Zeichen der Triskele auf Saint Genez' Wade spricht schon dafür.«

Pelletier nippte an seinem Rosé. »Die Triskele. Regelrecht eingestanzt in die Beine der Männer, sagten Sie. Ich habe mir natürlich meine Gedanken über dieses Symbol gemacht. Es ist in der Sado-Maso-Szene gebräuchlich. Ob Täter und/oder Opfer dort zu suchen sind? Ob sie sich dort kennengelernt haben? Jalabert und Saint Genez gehörten nach dem Stand Ihrer damaligen Ermittlungen einem Pädophilenring an. Ich will nicht behaupten, dass diese Szene und die der Sado-Maso-Praktiken etwas miteinander zu tun haben, aber vielleicht sind sie weg von den Kindern, hin zu Erwachsenen, die sich freiwillig drangsalieren lassen. Sie müssen nur noch herausfinden, ob Plessis selbst kein Unbekannter in der Szene war.« Der Richter runzelte nachdenklich die Stirn. »Saint Genez wäre auf jeden Fall ein Kandidat. Alleinstehend, geschieden. Es gibt niemanden, der ihm nahesteht, Auskunft über seine Vorlieben geben könnte. Er beschäftigte in der Apotheke eine Kraft dreimal die Woche. Eine ältere Frau. Sie sagte, der Mann sei eine arme, einsame Seele gewesen. So steht es in dem Bericht, den Sie erhalten werden.«

»Das ist ein Ansatzpunkt, Edmond, dem wir uns ebenfalls widmen werden. Darf ich?«

Mathilde hatte ihre Zigaretten in der Blechschachtel mit den bunten Punkten aus der Handtasche gezogen und hielt sie Pelletier hin.

»Natürlich, aber danke nein, ich rauche nicht. Der Wein ist mein Laster. Apropos Wein. Ich habe gehört, Sie entstammen einem unserer besten Weingüter im Languedoc.« Der Richter verzog das Gesicht zu einem Grinsen. »Aber das ist nicht unser Thema. Ich werde Sie die Tage anrufen. Gerne würde ich zu einer Verkostung vorbeikommen. Nun, zurück zu unseren Fällen. Also der Triskele messen Sie eine Bedeutung in diesem Zusammenhang bei?«

Mathilde zuckte nur mit den Schultern. »Wir dürfen sie auf keinen Fall außer Acht lassen.«

Pelletier nickte bestätigend. »Sie ist bestimmt nicht zufällig auf die Waden der Opfer gekommen. Vielleicht hat jemand einen Hass auf die Menschen, die sich in solchen Szenen tummeln. Es als normal betrachten, sich gegenseitig zu züchtigen, Ketten anzulegen oder sonst was. Nun, Sie und Ihre Leute werden es herausfinden, davon bin ich überzeugt. Der Täter – wir gehen davon aus, dass es sich um einen Mann handelt, nicht wahr? – nun der Täter hat keine Ahnung, mit wem er sich da eingelassen hat. Ihre Erfolgsquote ist geradezu legendär.« Er prostete Mathilde zu, die Pelletiers Kompliment mit einem Lächeln annahm. »Heute Morgen hatte ich allerdings schon die Befürchtung, ich müsste Ihnen eine weitere Leiche übergeben. Aber zu Ihrem Glück trug er noch seinen Kopf zwischen den Schultern und hatte außer ein paar Tattoos keinen weiteren Körperschmuck aufzuweisen. Der Tote hieß Antoine Fleurot. Er saß mit Bernard Jalabert im selben Gefängnis.«

Mathilde sah ihn überrascht an und drückte ihre Zigarette aus, die sie erst zur Hälfte geraucht hatte. »Antoine Fleurot ist tot? Wir sind auf der Suche nach ihm. Er war unser Hauptverdächtiger. Angeblich hat er Jalabert im Gefängnis drangsaliert und ihm angedroht, ihn fertigzumachen. Und nun ist er selber tot? Wo hat man ihn gefunden? Wie ist er zu Tode gekommen? Er ist also nicht enthauptet worden?«

»Nein, ich sagte es ja. Eine Frau, die ihren Hund am Morgen ausgeführt hat, fand ihn. Das heißt, es war der Hund. Capitaine Meunier war mit seinen Leuten vor Ort. Von ihm können Sie alle Einzelheiten erfahren. Fleurot ist in der Gerichtsmedizin von Montpellier. Es war meine erste Frage an den Capitaine, ich habe die Leiche von Fleurot selbst nicht gesehen, ob er seinen Kopf noch hat und es auf der Wade ein Symbol gibt. Beides war nicht der Fall. Fleurot war ein schwerer Junge, er hat sich ganz sicher nicht wenige Feinde gemacht. Er war in Drogengeschäfte verwickelt, Autoschiebereien in den Osten Europas. Wir gehen davon aus, dass wir in dieser Richtung unseren Mörder suchen müssen.«

Mathilde leerte ihr Glas. »Wie ist er ermordet worden?«

»Das genaue Obduktionsergebnis steht noch aus. Aber es war ein Stich in den Rücken, quasi sofort tödlich. Geldbörse mit etwas Bargeld und Ausweis waren in seiner Hosentasche. Es wird daher kein Raubmord gewesen sein. Wie gesagt, wir tippen auf das organisierte Verbrechen.«

Pelletier sah zu der großen Uhr im Eckturm des *Lycée Alphonse Daudet* auf der gegenüberliegenden Seite neben der Arena.

»Mathilde, ich muss nun leider los. Wir bleiben in Verbindung. Erstens wegen unserer Fälle, und zweitens wegen des Weins. Ich melde mich die Tage bei Ihnen. Bitte halten Sie mich auf dem Laufenden. Das Obduktionsergebnis von Fleurots Leiche lasse ich Ihnen zukommen, wenn Sie wollen.«

Pelletier erhob sich und reichte Mathilde die Hand.

»Danke, das wäre sehr freundlich. Viel Vergnügen mit Ana Morales.«

»Das werde ich haben.«

Pelletier wandte sich um und ging in Richtung Theater. Mathilde blickte ihm nachdenklich hinterher. Sie würde sich mit Capitaine Morel in Verbindung setzen. Diese Frau kannte wie keine andere die BDSM-Szene. Und doch wurde diese Spur in ihrem Kopf überlagert von der Triskele als keltischem Symbol. Martin hatte ihr die Bedeutung der Triskele in der keltischen Kultur erklärt. Doch warum tauchte sie jetzt und hier, Jahrhunderte nach dem Ende der keltischen Kultur, so plakativ auf den Beinen der Ermordeten auf?

Kapitel 23

»Jalabert, Saint Genez, beide enthauptet, und nach dem Ergebnis der gerichtsmedizinischen Untersuchung ist davon auszugehen, dass dieselbe Tatwaffe benutzt worden ist. Wie auch bei Plessis. Saint Genez weist im Übrigen ebenfalls Spuren auf, die ein Taser hinterlassen hat. Allerdings werden wir auf die Zusammensetzung des Metalls verzichten müssen, da ist nichts zu holen. Es handelt sich um eine verdammt scharfe Waffe, das ist die einzige Aussage, die wir bekommen haben.«

Mathilde hatte sich mit Felix und Coco in ihrem Büro verabredet. Rachid würde später dazustoßen, er hatte eine Aussage bei Gericht zu machen. Sie hatte die Akten, die vor drei Jahren im Fall des Pädophilenrings angelegt worden waren, vor sich liegen. Coco, die damals noch nicht zum Team gehört hatte, begann einen ersten Ordner durchzublättern.

»Ich würde das Material hier gerne mitnehmen und mich damit vertraut machen. Immerhin spielten damals zwei unserer Opfer eine Rolle in den Ermittlungen«, bat sie.

»Natürlich. Sie sind der Beweis dafür, wie man gegen Windmühlenflügel anrennen kann. Ich werde Sie schon einmal kurz mit den wesentlichen Fakten vertraut machen, die den Bogen schlagen von da …«, Mathilde zeigte auf die Ordner, »… bis zu unseren aktuellen Fällen. Bis auf Jalabert und seine Frau haben wir niemanden vor Gericht bringen können. Die Notizen eines jungen Mädchens, das vom *Pont du Gard* in den Tod gestürzt war – das heißt, wir sind davon überzeugt, dass man sie heruntergestoßen hat –, waren nur auf den ersten Blick nützlich gewesen. Die Personen, die wir anhand der Beschreibungen ausfindig gemacht hatten, erhielten auf wundersame Weise Alibis, die durch nichts anzufechten gewesen waren. Das Ehepaar Klein, das eines der Mädchen wie eine Sklavin gehalten hatte, konnte seinen Kopf aus der Schlinge ziehen, ein Verdächtiger hat angeblich Selbstmord verübt. Ich habe noch nie so an unserem Beruf gezweifelt, an der Gerechtigkeit, wie damals. Den Rest kennen Sie. Dieser Autounfall in Belgien hat dann dazu geführt, dass zumindest ein Teil des Rings gesprengt werden konnte. Nur waren die Männer, deren Namen Sie in den Ermittlungsakten finden werden«, Mathilde klopfte auf einen der Ordner, »nicht unter ihnen. Und nun ist einer von ihnen, Saint Genez, tot. Jalabert gehörte zwar ebenfalls dazu, war jedoch bereits rechtskräftig verurteilt. Er und seine Frau haben bis zuletzt eisern geschwiegen, wer außer ihnen zu dieser widerwärtigen Gruppe gehörte.«

»Plessis finden wir aber nicht in diesen Akten«, stellte Coco fest.

»Nein, er war nie einer unserer Verdächtigen. Dass er sich als Mitherausgeber dieses Schmuddelheftes auch im Pornomilieu bewegte, schließt es zwar nicht unbedingt aus, aber er passt von seiner ganzen Vergangenheit nicht dazu. Außerdem hielt er sich in dieser Zeit vorzugsweise außerhalb Frankreichs, auf Mayotte, auf. Wir sollten vorsichtshalber, trotz der identischen Vorgehensweise in den drei Fällen, in zwei verschiedene Richtungen ermitteln.«

Felix, der bis jetzt geschwiegen hatte, hob die Brauen. »Inwiefern?«

»Juge Pelletier hat ebenfalls die Frage aufgeworfen, ob die Männer vielleicht mittlerweile der Sado-Maso-Szene zugeordnet werden können. Die Triskele würde dazu passen. Aber sie wäre der einzige Hinweis. Und vielleicht wäre es die Erklärung für eine Verbindung zu Plessis. Wir müssen herausfinden, ob die drei sich dort getummelt haben.«

Coco schaute skeptisch in die Runde. »Ich weiß nicht so recht. Natürlich müssen wir alles in Erwägung ziehen, aber wann hätte Jalabert dort Einzug halten können? Er saß jahrelang im Gefängnis. Das müsste also davor gewesen sein. Sie haben intensiv gegen ihn und seine Frau ermittelt, das müsste Ihnen doch irgendwie untergekommen sein, Madame le Juge.«

Mathilde seufzte tief und schielte auf ihre Zigaretten, die auf ihrem Schreibtisch lagen. »Da liegt in der Tat das Problem, Coralie. Deswegen habe ich alle Akten kommen lassen. Nirgendwo der kleinste Hinweis auf eine Verbindung von Jalabert in diese Szene. Wir werden seine Frau befragen müssen. Wahrscheinlich wird sie uns gleich an die Luft setzen, wenn wir ihren geliebten, nun toten Ehemann jetzt auch noch in diese Ecke drängen. Aber es muss sein. Das werde ich mit dem Commandant übernehmen. Wir kennen die Frau am besten, sie kann uns nichts vormachen. Was Plessis angeht, habe ich bereits mit Capitaine Morel Kontakt aufgenommen. Es gibt niemanden, der besser in diese Szene hineinblicken kann als sie. Ihre jüngere Schwester ist vor ein paar Jahren bei einem Unfall ums Leben gekommen.« Mathilde setzte das Wort Unfall mit den Fingern in Lufthäkchen. »Ihr Partner hat sie stranguliert, während er sie in Seile hängen wollte. Bondage. Seitdem gibt es niemanden in Nîmes, der besser Bescheid weiß als sie. Wir hätten sie schon früher gefragt, aber sie war im Urlaub und nicht zu erreichen. Wenn sie die Namen mit der Szene in Verbindung bringen kann, dann ist das unser Weg, wenn nicht, dann nicht.«

»Aber das wäre doch schnell zu klären, oder?« Coco schürzte die Lippen.

»Coco, man merkt, dass du vom Dorf kommst.« Felix knuffte seine Kollegin lächelnd in die Seite. »Nein, das hab ich jetzt nicht so gemeint, aber es ist so, die Leute geben sich Namen, oft weiß keiner, wer dahintersteckt. Daher ist es gar nicht so einfach. Jalabert, Saint Genez, Plessis, diese Namen sagen womöglich niemandem etwas, weil sie in der Szene Riri, Fifi und Loulou heißen.«

Coco errötete, musste dann aber doch schmunzeln.

»Natürlich, daran habe ich gar nicht gedacht. Sollen wir mit Capitaine Morel zusammenarbeiten? Und im Übrigen sind die Neffen von Donald Duck viel zu putzig, ihre Namen möchte ich mir da gar nicht vorstellen«, fügte sie mit einem kleinen Grinsen in Richtung Felix hinzu.

Mathilde schüttelte den Kopf, ging aber auf die kleine Plänkelei nicht ein.

»Nein, Capitaine Morel wird ihre Arbeit bestens erledigen, und dann sehen wir weiter. Jalabert und Saint Genez, Plessis klammern wir kurz aus, sind zwei meiner Kandidaten. Ich möchte, dass Sie sich die Liste der Verdächtigen von vor drei Jahren vornehmen. Was machen diese Personen heute? Fahren Sie bei ihnen vorbei, fragen Sie sie, ob sie sich bedroht fühlen. Vielleicht schweben sie tatsächlich in Gefahr. Vielleicht hat der Mörder es auf die Männer und Frauen abgesehen, die damals in diesem Pädophilenring aktiv waren. Ich werde mich um Plessis kümmern, jeden Punkt in seiner Vergangenheit umkrempeln, vielleicht haben wir ihn damals nur übersehen. Seine Beschreibung taucht nicht in den Notizen des Mädchens auf, sein Name wurde nach den Festnahmen in Belgien nicht genannt, aber das will nichts heißen.«

Felix und Coco nickten zustimmend.

»Dann nehmen wir uns die Akten zusammen vor«, überlegte Coco. »Ich habe einen ganz neuen Blick darauf, und du kennst dich mit allen Details aus und kannst meine Fragen beantworten.«

»Gute Idee. Wir machen uns umgehend an die Arbeit«, stimmte Felix zu, als sein Handy klingelte. Er zuckte mit den Schultern.

»Eine offizielle Nummer«, erklärte er.

»Gehen Sie nur ran, wir sind hier so weit fertig. Das heißt, ich wollte mit Ihnen noch über einen Punkt sprechen. Die Triskele, sie ist zugleich vor allem ein keltisches Symbol gewesen und daher … aber ich warte, bis Felix sein Telefonat beendet hat«, sagte Mathilde und begann, die Akten in eine große Tasche zu packen.

Felix ging zum Fenster und nahm das Gespräch an.

»Ah, *salut*, Jojo. Was? Wann habt ihr sie reinbekommen? Vor einer Stunde? Nein, nein, das ist vollkommen in Ordnung. Ja, ich war damals mit an dem Fall dran. Gut, dass du dich daran erinnert hast. *Merci.*« Er legte auf und sah ungläubig zu den beiden Frauen.

»Das gibt's jetzt nicht. Eleonore Klein ist von ihrem Mann vermisst gemeldet worden.«

Mathilde ließ sich zurück auf ihren Stuhl fallen. »Wer war das eben am Telefon? Was ist genau passiert?«

»Wer ist Eleonore Klein?«, fragte Coco.

»Eleonore Klein war eine unserer Hauptverdächtigen.« Felix zeigte auf die Tasche mit den Akten. »Aus ihrem Haus verschwand das Mädchen, das vom *Pont du Gard* gestürzt ist. Das Mädchen, das die Aufzeichnungen hinterlassen hat, anhand derer wir ein paar Namen ausfindig machen konnten, die Namen, denen wir beide jetzt nachgehen werden. Eleonore Klein hat sich gestern mit einer Freundin getroffen, und sie ist nicht nach Hause zurückgekehrt. Jojo hat Kleins Anzeige entgegengenommen. Wir kennen uns von unserer Ausbildungszeit. Er hat sich an die Ermittlungen erinnert. Jojo sagte, Auguste Klein fürchte um das Leben seiner Frau.«

Kapitel 24

Wie hatte sie nur so naiv sein können. Ein Anruf von Madeleine hatte genügt, und sie war mit wehenden Fahnen aus dem Haus. Ihr fiel schon seit Monaten die Decke auf den Kopf. Seit Auguste die Kanzlei aufgegeben hatte, saß er den ganzen Tag herum, nörgelte hier, nörgelte da. Ihre Aufforderung, er möge sich doch vielleicht um den Garten kümmern, ignorierte er ganz einfach. Auguste hatte, bis auf seine Neigungen, keine Hobbys gehabt. Und jetzt war er in dem Alter, in dem ihn noch nicht einmal mehr ein ausschweifendes Leben interessierte. Sie dagegen war aktiv wie eh und je. Zumindest, was die sportliche Seite anging.

Als ehemalige Weltklasseskiläuferin hatte sie bis heute in jeder Form von körperlicher Anstrengung Befriedigung gefunden. Im Winter lief sie weiterhin Ski, in der Zeit, in der es an Schnee mangelte, schwamm sie, drehte ihre Laufrunden, spielte Tennis. Um Auguste aus dem Haus zu locken, hatte sie sogar mit dem Golfen begonnen, ein Sport, den sie gemeinsam hätten ausüben können. Aber auch dafür war ihr Gatte nicht zu begeistern. Er saß den ganzen Tag im Haus, erledigte die Einkäufe und kontrollierte die Putzfrau. Nie hätte sie gedacht, dass Auguste sich so würde gehen lassen.

Heute Morgen war es besonders schlimm gewesen. Er hatte in der Küche eine Schranktür geöffnet und ein Wasserglas herausgenommen. Mit interessierter Miene hatte er das Glas gegen das Fenster gehalten und eine Schliere entdeckt.

»Sieh dir das an. Vollkommen verschmutzt.« Er hatte ihr das Glas vor die Nase gehalten. Sie konnte außer einem feinen Streifen, der sich wohl in der Geschirrspülmaschine auf das Glas geheftet hatte, nichts entdecken. Sie hatte es ihm abgenommen, mit einem frischen Tuch darüber poliert und es ihm wieder in die Hand gedrückt.

»Besser so?«

Er hatte etwas gemurmelt, was sie nicht verstand, und dann begonnen, ein Glas nach dem anderen aus dem Schrank zu holen. Die Gläser, die Gnade vor seinen Augen fanden, stellte er nach links, die, die angeblich nicht sauber waren, nach rechts.

»Das kann sich Mandisa gerne mal anschauen. Eine Sauerei ist das. Du erwartest Gäste und stellst ihnen so etwas hin? Da wird nachgearbeitet. Ich möchte keinen Fleck mehr darauf sehen.«

Dann hatte er sich an das Besteck gemacht. Gabeln, Löffel, Messer wurden inspiziert. Es war ihr irgendwann zu blöde geworden, und sie hatte sich mit einem Buch in ihr eigenes Arbeitszimmer gesetzt. Nur nicht mehr diese vorwurfsvolle Visage sehen müssen. Als das Telefon klingelte, kam ihr das wie gerufen. Sie nahm ab, ohne groß auf das Display zu schauen.

»Eleonore, ich bin's, Madeleine.« Es folgte ein Hustenanfall. »Nicht wundern, ich habe einen Halskatarrh. Also hatte, bin nur noch heiser, aber nicht mehr ansteckend. Wie geht's Auguste?«

»Ah, du hast ja lange nichts von dir hören lassen. Und so was schimpft sich ›Freundin‹. Auguste geht's gut, und mir geht er auf die Nerven, seitdem er Pensionär ist. Wo hast du gesteckt?«

»In Italien. Da hab ich mich beim Nichtstun erkältet.« Wieder drang das Hustengeräusch an Eleonores Ohren.

»Du hörst dich nicht gut an, total heiser, aber irgendwie hat sie was, diese rauchige Stimme.«

»Danke für das Kompliment. Ich wollte fragen, ob du Lust hast, mit mir einen Kaffee zu trinken. Allerdings bin ich nicht sonderlich mobil. Du müsstest mich zu Hause abholen.«

Eigentlich war dies Eleonore schon fast wieder zu viel. Sich jetzt in den Wagen zu setzen, von Saint-Laurent-d'Aigouze bis nach Bellegarde zu fahren, Madeleine abholen, ein Café ansteuern und sie dann wieder nach Hause karren. Aber alles war besser, als mit Augustes Aktivitäten konfrontiert zu werden.

»Gut, ich ruf dann an, wenn ich mit dem Wagen da bin.«

»Das ist nicht nötig. Warte einfach an der Straße, ich komme runter. Um halb drei?«

»Halb drei, ich versuche, pünktlich zu sein.«

Das Mittagessen mit Auguste schien kein Ende zu nehmen. War ihr das vorher nie aufgefallen, wie pedantisch er war? Sie hatte zwei Handvoll Crevetten in heißes Olivenöl geworfen, ein wenig Knoblauch, gewürfelte Tomaten, dazu Nudeln. Fertig. Der Knoblauch war ihm zu braun, die Tomaten zu matschig, die Crevetten hatten noch ihren gut gefüllten Darm, die Nudeln waren ihm zu bissfest.

Erleichtert griff sie um Viertel vor zwei nach ihren Autoschlüsseln.

»Bin gegen sechs wieder zu Hause«, rief sie in Richtung Küche, wo Auguste die Vorräte inspizierte. Was war abgelaufen, was war noch zu gebrauchen.

»*Chérie*, pass auf dich auf.« Er streckte den Kopf in den Flur, in der Hand eine Thunfischkonserve. »Du weißt, was mit Bernard und Frédéric passiert ist, ich werde das Gefühl nicht los …« Er sprach nicht weiter.

»Auguste, ich treffe mich mit Madeleine. Ein Kaffee, ein Stück Kuchen, ein Glas Sekt, ein wenig plaudern. Was bitte, soll da passieren?«

Eleonore teilte die Ängste ihres Mannes nicht. Auguste hatte von einem ehemaligen Kollegen von den beiden Morden erfahren. Vielleicht kam seine Unruhe von daher, von der Angst, ihm oder ihr könnte es an den Kragen gehen. Aber warum? Die Sache mit dem Kind war Schnee von gestern. Obwohl der Ring quasi gesprengt worden war, hatte man ihnen bis heute nichts nachweisen können. Sie galten als unschuldig. Gut, Saint Genez hatte ebenfalls seinen Kopf aus der Schlinge ziehen können. Eleonore musste bei diesem Vergleich lächeln. Nun war er nicht mehr da, dieser Kopf. Auch das hatte Auguste hinter vorgehaltener Hand erfahren.

Vielleicht sollten sie in der Tat ein wenig vorsichtiger sein. Wenn es an der Tür klingelte, einen Blick auf die Kamera werfen, nicht im Dunkeln alleine ausgehen, bis der Täter gefasst sein würde. Oder sich einen scharfen Hund anschaffen. Egal. Jetzt würde sie mit Madeleine ein paar amüsante Stunden verbringen und das Thema Hund heute Abend vielleicht an Auguste herantragen.

Sie stieg in ihren Bentley, das Automatiktor glitt auf, und Eleonore rauschte davon. Sie war fünf Minuten zu früh in der Rue des Colibris. Sie stellte den Motor ab und hielt nach ihrer Freundin Ausschau. Noch war Madeleine nirgendwo zu sehen. Eleonore musterte die moderne Wohnanlage, in der Madeleine wohnte. Sie hatte ihre Villa verkauft, nachdem ihr Mann gestorben war, und sich eine kleine, aber sehr schicke Wohnung zugelegt. Mit dem Geld, das übrig geblieben war, es musste fast eine Million Euro sein, genoss sie das Leben, reiste durch die Welt. Ein neidischer Stich durchzuckte Eleonore, das würde ihr auch gefallen. Doch Auguste lebte. Und eine Scheidung kam nicht infrage. Sie würde ihren Mann überleben, dessen war sie sich sicher. Aber dann wäre sie eine uralte Frau, befürchtete sie. Und ob sie dann noch ans Reisen denken würde?

Es klopfte an die Scheibe der Fahrerseite, und Eleonore schrak aus ihren Gedanken. Madeleine. Dick eingemummelt in einen Wollschal, eine riesige Sonnenbrille vor den Augen und ein Schal von Hermès auf dem Kopf. Sie bedeutete Eleonore, ihr die Tür zu öffnen.

»*Bonjour*, Madeleine, steig doch ein, warte, ich mach dir die Beifahrertür auf.«

Doch Madeleine reagierte nicht wie erwartet. Sie streckte die Hand aus, und Eleonore wusste in dem Augenblick, als ihr ein wohlbekannter stechender Geruch in die Nase drang, dass sie einen Fehler gemacht hatte.

Kapitel 25

»Eigentlich sehr idyllisch hier.«

Mathilde und Rachid hatten den Dienstwagen auf dem Parkplatz neben den Fahrzeugen der *Gendarmerie nationale,* der Kriminaltechnik und einem Leichenwagen abgestellt. Von hier führte ein schmaler Pfad in einen Wald. Die Sonne schien durch die immergrünen kleinen Blätter der Steineichen.

»Ja, es scheint alles so friedlich. Wusstest du, dass Steineichen typisch für die mediterrane Flora sind?« Mathilde hob ein gezacktes, elliptisches Blatt vom Boden auf und hielt es Rachid hin.

»Nein, wusste ich nicht. Ich dachte, Eichen wachsen überall.« Er nahm das Blatt, zwirbelte den kleinen Stiel zwischen seinen Fingern und ließ es wieder zu Boden segeln.

»Eichen schon, aber unsere Eichen sind was Besonderes. Sie sind immergrün, die anderen werfen das Laub ab. Die *Forêts de Chêne vert* sind eben ganz außergewöhnlich.«

Rachid runzelte für einen Moment die Stirn, sagte aber nichts und marschierte mit Mathilde weiter.

Aus der Entfernung drangen Stimmen an ihre Ohren.

»Unser Mörder liebt es, seine Opfer an lauschigen Plätzchen zu töten und abzulegen«, sagte er dann. »Und es hat keine vierundzwanzig Stunden gedauert, vom Zeitpunkt, an dem Monsieur Klein seine Frau als vermisst gemeldet hat, und dem Fund der Leiche.«

»Der Mörder wollte, dass wir sie bald finden, sonst hätte er nicht anonym auf der Polizeiwache angerufen«, meinte Mathilde. »Zumindest ist es einem harmlosen Wanderer erspart geblieben, über Madame Klein zu stolpern. Unser Kollege von der Gendarmerie hat zwar auch einen gehörigen Schreck bekommen, doch er war wenigstens darauf vorbereitet, eine Frau ohne Kopf hier zu finden.«

Sie erreichten das schwarz-gelbe Absperrband. Rachid hob es hoch, damit Mathilde darunter durchschlüpfen konnte.

Die Szene glich der, die sie bereits in der *Grotte des Fées* angetroffen hatten. Sie hatten Marius beigeordert, der dabei war, mit seinem Team nach Spuren zu suchen, und es war zu erwarten, dass sie, wie zuvor, mehr oder weniger nichts Verwertbares entdecken würden. Ein Mann in dunklen Jeans und einem T-Shirt, das seine Oberarmmuskeln betonte, kam auf Mathilde und Rachid zu. Er hob grüßend die Hand.

»Yves Robert. Wir haben die Leiche bereits eingepackt.« Er zeigte auf einen Rollwagen, auf dem der Leichensack festgeschnallt war. »Lieutenant Tonelli, der die Tote nach dem Hinweis gefunden hat, rief uns sofort an, schon als er sich mit seiner Kollegin auf den Weg hierher gemacht hat. Wir waren etwa zeitgleich vor Ort. Ihr Techniker hat mich gebeten, dass wir mit dem Abtransport warten, bis Sie da sind. Wenn das in Ordnung ist, bringen wir sie direkt nach Nîmes, Docteur Regis erwartet uns bereits. Ich soll Ihnen von ihm ausrichten, er würde sich umgehend an die Arbeit machen. Wollen Sie noch einen Blick auf die Tote werfen? Das heißt, erkennen werden Sie nicht viel, der Kopf ist ja weg. Verschwunden. Hab ich noch nie erlebt. Aber Ihr Kollege von der Kriminaltechnik sagte, es sei nicht die erste Leiche dieser Art. Na hoffentlich bleibt es die letzte, war kein schöner Anblick.«

Der Leichenbestatter hatte ohne Punkt und Komma geredet. Die Situation hatte ihn wohl mehr mitgenommen, als er zugeben würde.

»*Merci*, wir schauen sie uns an«, übernahm Rachid nun das Kommando. »Wo sind der Lieutenant und seine Kollegin?«

»Sitzen dahinten. Sie warten ebenfalls auf Sie. Ich glaube, es ist ihre erste Leiche, seitdem sie bei der Polizei ist, und dann gleich so was. Warum hat Tonelli sie bloß mitgenommen? Er wusste doch, was sie erwartet.« Der Bestatter schüttelte verständnislos den Kopf. »Na, dann kommen Sie mal mit.«

Ein kurzer Blick genügte Rachid und Mathilde. Der Anblick war ähnlich schockierend wie bei Jalabert und den beiden anderen Opfern. Das klaffende Loch, die Blässe der Haut, darauf die Rötung des Symbols der Triskele, das wie eingebrannt auf der Wade sofort ins Auge sprang.

Rachid nickte. »Danke, Sie können dann los.«

Man merkte dem Mann an, wie erleichtert er war, mit seiner grausigen Fracht diesen Ort verlassen zu können. Er winkte einem älteren Mann zu, der zwischen zwei Bäumen stand und rauchte. »Für meinen Mitarbeiter war es aber auch schon grenzwertig, obwohl er so einiges gewohnt ist«, raunte er den beiden Ermittlern zu. Der Mann trat hinzu, nickte kurz und begann, den Wagen loszuschieben. Miteinander flüsternd rumpelten die beiden Bestatter davon.

»Marius. Was hast du für uns?«

Mathilde und Rachid gingen zu dem Kriminaltechniker, der sich bereits seiner Arbeitskleidung entledigt hatte.

»Na, ihr habt euch ganz schön Zeit gelassen. Wir sind schon fertig mit allem.«

Rachid schnaubte durch die Nase. »Ich musste noch eine Aussage vor Gericht machen und kam gerade aus dem Anhörungssaal, als Mathilde mich anrief. Wir haben uns gleich auf den Weg gemacht. Tut mir leid. Aber nun sind wir ja hier. Nun, was gibt's?«

»Nichts.« Marius presste die Lippen zusammen. »Das heißt, ein wenig mehr als Nichts, aber nicht wirklich viel. Es sieht so aus, als hätte der Mörder sein Opfer hierhergebracht. Sie scheint gelaufen zu sein. Keine Schleifspuren. Und ein Auto kommt nicht bis hierher. Sie hat sich entweder erst gar nicht gewehrt oder war in einem Zustand, in dem sie ihm vollkommen ausgeliefert war. Vielleicht betäubt, nur so viel, dass sie sich noch bewegen konnte. Ich sagte, vielleicht. Regis wird es herausfinden. Das Einzige, was interessant ist, ist das hier.« Marius zeigte auf eine Stelle, an der die Bäume eine Art Halbkreis um eine kleine Lichtung bildeten.

»Dort ist alles platt gedrückt auf einer Fläche von etwa zwei mal zwei Metern. Wir haben keine Blutspuren entdecken können. Der Mörder hat sein Opfer auf eine Plane oder Ähnliches knien lassen, hat sie geköpft und dann wohl den Kopf in die Plane gepackt. Den Körper hat er an derselben Stelle liegen lassen, an der ihn die jungen Kollegen gefunden haben. Bisher haben wir immer nur vermutet, dass er eine Plane oder Ähnliches dabeihatte. Ihr redet am besten selbst mit den beiden. Die junge Frau stand gehörig unter Schock, es geht ihr aber wieder besser, sagt sie. Eine Ärztin war ganz kurz hier, der Bestatter hatte sie informiert. Ihr ist doch tatsächlich schlecht geworden, aber sie hat zumindest noch mit der Kollegin sprechen können, ob sie ihr etwas zur Beruhigung geben soll. Nachdem sie gehört hat, dass die Leiche gleich nach Nîmes gebracht wird, war sie ganz schnell wieder weg. Der Lieutenant hält sich tapfer. Der Anblick wäre schon für altgediente Polizisten ein Schock gewesen …«

»Jalabert ist von Kindern gefunden worden. Das werden die Kleinen ihr Leben lang nicht vergessen. Ich frage mich, ob der Mörder deswegen seine Tat bei der Polizeiwache gemeldet hat. Um zu vermeiden, dass es wieder Kinder sind, die auf eine kopflose Tote stoßen.«

Marius und Rachid sahen Mathilde erstaunt an.

»Ein Mörder mit einem Gewissen?«

»Vielleicht, Rachid. Zumindest mit einem schlechten Gewissen gegenüber Kindern.«

Die drei schwiegen für einen Augenblick. Dann räusperte sich Marius. »Wir machen uns auf den Weg. Ihr braucht gar nicht nach einer Tatwaffe zu fragen. Ist natürlich nicht da. Der Täter bringt sie wahrscheinlich nach Hause, macht sie schön sauber und wartet darauf, sie seinem nächsten Opfer an den Hals zu setzen. Hoffentlich habt ihr den Killer bald, sonst gewöhne ich mich noch an kopflose Leichen.«

Er lächelte schief.

»Cecile, sag den anderen Bescheid, wir fahren. Hier gibt es für uns nichts mehr zu holen«, rief er einer Mitarbeiterin zu, die soeben ein Stativ und eine Kamera in eine große Tasche packte.

Die beiden jungen Polizisten, die Eleonore Klein gefunden hatten, saßen regungslos auf beziehungsweise neben einem Baumstumpf etwa zwanzig Meter von der Stelle entfernt, an der Eleonore Klein sterben musste. Rachid und Mathilde verabschiedeten sich von Marius und wandten sich den Kollegen zu.

»Bleiben Sie nur sitzen«, sagte Mathilde zu der jungen Frau, die sich vom Baumstumpf aufrappelte und mit zitternden Knien stehen blieb.

»Lieutenant Thomas Tonelli und Sous-Lieutenant Amelie Berger, *Gendarmerie nationale* Bellegarde, mon commandant«, begrüßte der junge Polizist Mathilde und Rachid.

»Commandant Bouraada, das ist Madame le Juge de Boncourt, wir ermitteln in allen Fällen der kopflosen Leichen.«

Der Lieutenant nickte. »Ich weiß. Nachdem der Anrufer gesagt hat, wo wir die Leiche finden, hat meine Kollegin«, er zeigte auf die junge Frau, »gleich vermutet, die Leiche könnte zu der Reihe gehören, mit der die *Police nationale* in Nîmes beschäftigt ist. Daher hat der Chef sich auch umgehend bei Ihnen gemeldet, als wir hier ankamen und sich bestätigt hat, dass der Anruf kein Witz war.«

Die junge Polizistin nickte. »Ich verfolge das alles seit dieser ersten Leiche, dem Mann, der aus dem Gefängnis kam und kurz darauf ermordet worden ist. Jalabert.«

»Sie haben schnell geschaltet, Sous-Lieutenant«, lobte Rachid. Die Polizistin wurde rot.

»Sie sagten eben, *der* Anrufer. Es handelte sich um einen Mann?«, wandte er sich dann an Tonelli.

»Nein. Also, ich weiß es nicht. Es klang dumpf, als würde sich jemand ein Tuch vor den Mund halten. Ich kann nicht ausschließen, dass es vielleicht auch eine Frau war.«

»Und was sagte die Person genau?«, wollte Mathilde wissen.

»Eleonore Klein sei tot. Wir würden sie in einem Waldstück am *Canal des Costières* unterhalb des Circuit de Pichigu finden. Das ist diese Motocross-Rennstrecke. Sie ist zurzeit geschlossen. Das bedeutet, dort herrscht null Betrieb. Circa einhundert Meter in den Wald hinein. Und die Person hat gemeint, wir sollen uns beeilen, der Frau fehle der Kopf. Genau. ›Erschrecken Sie nicht, der Kopf fehlt.‹ Das war alles. Ich habe, nachdem die Person aufgelegt hat, zuerst gedacht, es wäre ein Scherz. Ich habe es Amelie gesagt, und sie hat sofort geschaltet. Wir sind in den Wagen und losgedüst. Und dann haben wir sie gefunden und zuerst unseren Chef angerufen. Der hat, obwohl es eigentlich sein Zuständigkeitsbereich ist, mit Nîmes telefoniert, die haben die Techniker geschickt, wir die Ärztin und unseren Leichenbestatter angerufen, und dann sind Sie gekommen. Wahnsinnig, wie schnell alles gegangen ist. Das ist keine dreieinhalb Stunden her, seitdem wir anonym informiert worden sind. Ihr Kollege von der Spurensicherung meinte, auch die anderen Tatorte wären klinisch sauber gewesen?«

Rachid zuckte mit den Achseln. »So kann man sagen. Unser Mörder ist sehr gewissenhaft und hinterlässt keine Spuren, obwohl das Enthaupten nicht gerade unblutig vonstattengeht. Sie haben sicher den Anruf auf Band«, kam er wieder auf die aktuelle Ermittlung zurück.

Der Lieutenant bekam einen hochroten Kopf. »Nein«, presste er schließlich hervor. »Eigentlich werden die automatisch aufgenommen, aber das funktioniert schon seit ein paar Tagen nicht mehr. Wir haben ja nie große Geschichten. Ein Hund, der entlaufen ist, ein Blechschaden auf dem Parkplatz eines Supermarktes. Wir haben nie darauf geachtet, ob es funktioniert. Erst als Amelie es noch mal abhören wollte, haben wir festgestellt, dass da nichts ist.«

Rachid holte bereits tief Luft, doch Mathilde kam ihm zuvor. »Da kann man also nichts machen. Bitte übergeben Sie trotzdem das Band unserer Kriminaltechnik. Ist Ihnen sonst etwas aufgefallen? Ein Akzent?«

»Nein, tut mir leid. Es ging alles so schnell.« Der Polizist hob hilflos die Hände.

»Dann fahren Sie jetzt zurück zu Ihrer Einheit. Wir kümmern uns um alles Weitere«, befahl Rachid.

»Erfahren wir, wie es weitergeht?«, fragte Sous-Lieutenant Berger. »Es ist ja fast auch unser Fall.«

Rachid musste lächeln. »Wir werden Sie wissen lassen, wenn sich etwas Neues ergibt.«

»Komm, Amelie, der Chef wird uns schon erwarten und wissen wollen, was los war.«

Die junge Polizistin zögerte einen Moment.

»Dieses Zeichen auf dem Bein des Opfers. Hat das irgendetwas zu bedeuten? Hatten es auch die anderen? Es kam mir so frisch vor, wie vor Kurzem erst eingebrannt, oder so.«

Rachid rieb sich mit der Hand übers Gesicht. »Wir befürchten, dass es das Markenzeichen unseres Mörders ist. Neben seiner Art zu töten«, antwortete er dann.

Die beiden Polizisten nickten sich zu, als wollten sie sagen: Wir haben es geahnt. Dann grüßten sie militärisch und verschwanden auf dem Pfad.

Kapitel 26

»Die beiden haben recht. Verdammt kurze Zeit vom Anruf bis jetzt, als wir als Letzte den Tatort verlassen haben. Der Mörder hat Eleonore Klein hergebracht, alles für den Mord vorbereitet, ist zur Tat geschritten, hat den Kopf eingepackt, in die Plane oder was auch immer er dazu benutzt, den Körper wieder abgelegt und dabei keine Spuren hinterlassen. Die, die es vielleicht gab, dürfte er beseitigt haben, er geht gewissenhaft und penibel vor«, resümierte Rachid auf dem Weg zum Auto.

»Er wollte, dass die Leiche schnell entdeckt wird. Der Gedanke, dass wir es mit einem Mörder zu tun haben, der es niemandem zumuten will, die kopflose Eleonore unerwartet zu entdecken, lässt mich nicht los«, sagte Mathilde.

»Vielleicht treibt er ein Spiel mit uns. Er findet Gefallen daran, die Polizei zu informieren. ›Schaut her, kaum habe ich gemordet, schon führe ich euch zum Tatort. Ist das nicht nett von mir? Ich lass euch rankommen, bin euch aber immer einen Schritt voraus.‹« Rachid öffnete die Beifahrertür, und Mathilde stieg ein.

Er startete den Motor. »Kannst du dich an unseren Besuch bei den Kleins damals erinnern? Ich habe nie so widerwärtige Menschen kennengelernt. Und jetzt müssen wir Auguste Klein auch noch unser Beileid aussprechen.«

Mathilde legte ihre Hand auf Rachids Rechte. »Das gehört nun mal dazu. Zuerst Jalabert, dann Saint Genez, jetzt sie. Wenn nicht Plessis ebenfalls auf diese Art getötet worden wäre, gäbe es keine Zweifel, dass die Morde ganz eng mit unseren Ermittlungen von damals zusammenhängen. Er passt da einfach nicht rein, es muss einen anderen Zusammenhang geben. Und an die Sado-Maso-Geschichte glaube ich irgendwie nicht. Warten wir ab, was Capitaine Morel herausfindet.« Sie biss sich auf die Unterlippe. »Wo ist diese verdammte Verbindung? Bisher nur die Enthauptung und die Triskele. Du hast übrigens noch gar nicht berichtet, was dein Gespräch im Museum gebracht hat.«

Rachid setzte den Blinker, und sie fuhren vom Parkplatz.

»*Forêts de Chêne vert*, Wälder der grünen Eiche. Wir reden später darüber. Und du wirst mir sagen müssen, ob ich etwas überspannt bin.«

»Wie, überspannt?« Mathilde hob erstaunt die Brauen. Rachid hatte überhaupt nicht auf ihre Frage reagiert.

»Das erzähle ich dir bei einem Glas Wein. Es hat im Augenblick auch nichts direkt mit unseren Ermittlungen zu tun. Antoine Fleurot ist also ebenfalls tot«, wechselte er unvermittelt das Thema. »Ist das nicht ein zu merkwürdiger Zufall?«

Mathilde hatte Rachid auf dem Weg zum Fundort von Eleonore Kleins Leiche von ihrem Gespräch am Vorabend mit ihrem Kollegen Edmond Pelletier erzählt.

»Das schon. Aber es sieht so aus, als wäre Fleurot in irgendwelche dubiosen Geschäfte, die nach Osteuropa führen, verwickelt gewesen. Pelletier geht der Sache nach. Er war regelrecht erleichtert, es mit einer normalen Leiche zu tun zu haben. Als er mit Saint Genez betraut wurde, war ihm klar, dass das ebenfalls unser Fall sein würde. Und Antoine Fleurot …« Mathilde biss sich auf die Lippen. »Auf den ersten Blick hat er tatsächlich nichts mit unserem Serienmörder zu tun. Sein Kopf ist noch dran, keine Triskele auf dem Bein. Lediglich die Tatsache, dass er mit Jalabert im Gefängnis war und ihm mehrfach gedroht hat, rückt ihn in die Nähe zumindest dieses Opfers. Pelletier und Capitaine Meunier werden uns über ihre Ermittlungen auf dem Laufenden halten. Aber jetzt spann mich nicht so auf die Folter.«

Rachid schüttelte den Kopf. »Später. Jetzt widmen wir uns erst mal Auguste Klein.«

Das Einfahrtstor zur Villa stand offen, doch Rachid parkte den

Wagen demonstrativ an der Straße. Die Leute sollten sehen, dass die Polizei Auguste Klein aufsuchte.

»Ich weiß nicht, wie es dir geht …«, sagte er zu Mathilde, als sie vor der Haustür standen und er klingelte, »… aber ich empfinde kein Mitleid mit ihm. Wenn ich daran denke, was er und seine Frau höchstwahrscheinlich den Mädchen angetan haben. Es kommt mir vor wie eine gerechte Strafe. Aber das bleibt unter uns.«

Mathilde lächelte. »Mir geht es doch genauso.«

Beide hätten Auguste Klein fast nicht mehr wiedererkannt, wie sie später übereinstimmend feststellten. Vor ihnen stand ein alter, gebrochener Mann.

»Ich bin bereits von der Gendarmerie informiert worden, dass man den Wagen meiner Frau gefunden hat. Gibt es mittlerweile eine Spur von ihr?«

Mathilde und Rachid sahen sich an.

»Monsieur Klein, gehen wir ins Haus.«

»Sie sagen mir sofort, was los ist.«

Klein stand mit verschränkten Armen vor ihnen.

»Gut, wir können es Ihnen auch an der Haustür mitteilen. Sie haben von den Morden an Jalabert und Saint Genez gehört? Ihre Frau ist mit großer Wahrscheinlichkeit demselben Mörder zum Opfer gefallen«, erklärte Rachid ruhig. »Können wir vielleicht jetzt hineingehen?«

Klein schloss kurz die Augen, hielt sich am Türrahmen fest. Dann zog er sich in die Diele zurück, machte den beiden Platz einzutreten. »Ich habe von den Morden gehört. Sie kennen ja den Weg ins Wohnzimmer«, sagte er mit zitternder Stimme.

Er zog die Tür zu und folgte Mathilde und Rachid.

»Setzen Sie sich. Zu trinken werde ich Ihnen nichts anbieten. Sagen Sie mir, was passiert ist. Wann kann ich meine Frau sehen?«

»Monsieur Klein, ein anonymer Hinweis hat die Gendarmerie von Bellegarde an den Tatort geführt. Ihre Frau ist in einem Waldstück in der Nähe aufgefunden worden.« Rachid räusperte sich. »Wie die Leichen von Jalabert und Saint Genez wurde sie enthauptet.«

Ein unterdrücktes Schluchzen kam vom Witwer.

»Woher hatten Sie Kenntnis von den Morden an den beiden?«, fuhr Rachid fort.

»Jalabert, das stand in der Zeitung. Mir war sofort klar, um wen es sich handelt, auch wenn man nur J. geschrieben hatte. Und von Saint Genez weiß ich von einem Kollegen in der Justiz.« Er griff sich an den Hals und schluckte schwer.

»Ihre Frau ist mittlerweile in der Gerichtsmedizin. Sobald der Leichnam freigegeben ist, können Sie zu ihr. Monsieur Klein, Ihrer Frau wurde ein Symbol auf eine Wade, wie soll ich sagen, gestempelt? Eine Triskele. Sagt Ihnen dieses Zeichen etwas?«, schaltete sich nun Mathilde in die Befragung ein.

Klein schüttelte verständnislos den Kopf. »Nein, was soll das sein?«

Mathilde ging nicht darauf ein und fuhr stattdessen fort. »Wann haben Sie Ihre Frau zuletzt gesehen, wo wollte sie hin?«

»Das war kurz nach dem Mittagessen, so gegen Viertel vor zwei. Sie wollte sich mit Madeleine Rufus treffen, einer alten Freundin. Madeleine hatte angerufen. Eleonore ist mit dem Bentley weg. Den hat man mit offenen Türen auf einer Parkfläche gefunden. Anhand des Nummernschildes, der Wagen ist auf mich zugelassen, hat man mich kontaktiert.«

»Wo finden wir Madame Rufus?« Rachid zog sein Notizbüchlein aus der Jackentasche.

»Da muss ich einen Moment überlegen. Bellegarde. Irgendwas mit einem Vogel.« Er runzelte die Stirn. »Ja, Bellegarde, Rue des Colibris. Die Hausnummer habe ich nicht. Wie geht es nun weiter? Bekomme ich Personenschutz?« Klein marschierte unruhig zwischen den beiden tiefen Fenstern hin und her, die die Sicht auf einen im Frühlingskleid erblühten Garten freigaben.

»Warum? Fürchten Sie um Ihr Leben?«

»Na hören Sie mal, Commandant. Sie können doch wohl zwei und zwei zusammenzählen«, empörte sich Auguste Klein. »Jalabert saß im Gefängnis wegen Missbrauchsvorwürfen, meine Frau und mich hatten Sie im Visier. Obwohl wir unschuldig waren.

Was, wenn der Täter genauso tickt wie Sie? Uns vorwirft, wir hätten uns an jungen Mädchen vergangen. Den Vorwurf musste sich schließlich auch Saint Genez gefallen lassen.«

»Monsieur Klein, sagt Ihnen der Name Etienne Plessis etwas?« Rachid blieb eine Antwort auf Kleins Frage schuldig.

»Nein. Wer soll das schon wieder sein?«

»Der Name ist Ihnen von Ihrem Kollegen, wie sagten Sie, aus der Justiz, nicht genannt worden?«

Klein runzelte die Stirn. »Nein, nie gehört. Was ist mit dem Mann? Ermordet und geköpft?« Offensichtlich erwartete er diesmal keine Antwort, denn er fuhr übergangslos fort. »Mir ist es egal, was bisher passiert ist. Ich will allerdings nicht so enden. Also, wie sieht das aus mit Personenschutz?«

»Monsieur Klein, wo waren Sie eigentlich heute am Nachmittag?«

»Commandant, jetzt gehen Sie zu weit. Ich soll etwas mit diesen Morden zu tun haben? Mit dem Tod meiner Frau? Sie sind wohl von allen guten Geistern verlassen. Aber wenn Sie es genau wissen wollen, ich war beim Arzt. Fragen Sie nach. Im Wartezimmer saßen mindestens acht Leute, die bestätigen können, dass ich dort war. Und eine Sprechstundenhilfe und der Zahnarzt. Mir ist ein Stück vom Zahn abgebrochen, das musste überkront werden.«

»Die Adresse?« Rachid hielt den Stift schon bereit, diese zu notieren.

Klein brüllte fast, als er den Namen des Zahnarztes und die Adresse kundtat. »Und jetzt lassen Sie mich alleine. Ich habe meine Frau verloren. Sie finden den Weg hinaus.«

»Jetzt brauche ich aber wirklich eine Zigarette«, stöhnte Mathilde, als sie die Villa der Kleins wieder verließen. Sie kramte in ihrer Handtasche, während Rachid die Autotüren öffnete. In diesem Augenblick kam Klein aus der Haustür gestürmt.

»Was ist jetzt mit dem Schutz meiner Person?«, schrie er.

»Wir werden es klären, Monsieur Klein. Bis dahin werden wir in regelmäßigen Abständen die Kollegen bei Ihrem Haus vorbeischicken. Wenn Sie sich bedroht fühlen, rufen Sie an. Und wenn es Ihnen sicherer erscheint, bleiben Sie einfach im Haus. Ihre Villa ist doch ganz bestimmt mit einem Alarmsystem gesichert, nicht wahr?«

Klein warf Mathilde einen vernichtenden Blick zu und zog sich zurück.

»Wir müssen seine Angst ernst nehmen, auch wenn es uns schwerfällt. Jemand hat es auf Mitglieder des Pädophilenrings abgesehen. Zumindest in drei Fällen. Vielleicht ein Angehöriger eines der Opfer. Fleurot war es wohl kaum, aber es gibt sicherlich andere Fleurots auf dieser Welt. Männer oder Frauen, die sich als Racheengel sehen.« Mathilde zündete sich eine *Gauloise Blonde* an, nahm einen tiefen Zug und blies den Qualm ihrer Zigarette durch die Nase wieder aus. »Ich beantrage den Personenschutz. Bis dahin soll alle Stunde jemand am Haus vorbeifahren. Kümmerst du dich darum?«

Rachid nickte, zückte sein Telefon und gab genaue Anweisungen.

»Hier kommen die Kollegen sowieso öfter durch. In diesen Häusern riecht es geradezu nach Reichtum«, brummte er. »Die Kollegen werden ein besonders wachsames Auge auf die Villa von Klein werfen. Sehr mitgenommen hat er auf mich nicht gewirkt.«

»Nein, er war mehr um seine Person besorgt, als dass ihn das brutale Ableben seiner Frau beschäftigt hätte. Merkwürdig. Die beiden scheinen sich sehr auseinandergelebt zu haben.«

»So wie ich mich an Eleonore Klein erinnere, hatte sie schon immer das Sagen in dieser Beziehung. Vielleicht fühlte er sich unterjocht von ihr.«

Mathilde nickte und drückte ihre Zigarette aus. Der Stummel wanderte in ihren Taschenaschenbecher. »Informierst du bitte Felix und Coralie? Morgen früh um acht Treffen in meinem Büro. Dieser Fall hat so viele Facetten. Ich für meine Person habe das Gefühl, mir gleiten sämtliche Fäden ungeordnet aus der Hand, statt dass ich sie zu einem vernünftigen Ganzen zusammenfügen könnte.« Sie seufzte. »Und heute Abend will ich endlich hören, was es im Museum gegeben hat. Du machst ja ein ziemliches Geheimnis draus. Doch zuerst zu Madeleine Rufus. Du siehst, ich kann mich in Geduld üben, wenn mich eine, hoffentlich, spannende Geschichte erwartet.«

»Ach, ist das so?« Rachid lächelte liebevoll und startete den Motor.

Kapitel 27

»Auguste hat mich bereits informiert. Ich bin geschockt, fassungslos, das kann doch alles nicht wahr sein«, piepste Madeleine Rufus mit unnatürlich hoher Stimme, nachdem sie Mathilde und Rachid in ihre Wohnung gebeten hatte.

Flur und Wohnzimmer waren ganz in Cremetönen gehalten. Auf dem hellen Sofa lag eine träge weiße Katze, die kurz missmutig mit dem Schwanz auf das weiche Kissen klopfte, als ihre Besitzerin sie ein Stück zur Seite schob.

Mathilde hatte im Wagen bereits die Personalien von Madeleine Rufus überprüfen lassen. Gegen die Frau lag nichts vor.

»Darf ich Ihnen einen Tee anbieten? Ganz frisch aufgebrüht.«

Mathilde und Rachid lehnten dankend ab. Madame Rufus schenkte sich mit zitternder Hand Tee in eine weiße Porzellantasse. Ein angenehmer Duft von Vanille breitete sich im Raum aus.

»Madame Rufus, woher kannten Sie Madame Klein?«, fragte Mathilde und strich der Katze, neben die die Hausherrin sie platziert hatte, über das Fell. Die Katze schnurrte und blinzelte Mathilde aus smaragdgrünen Augen an.

»Wir haben uns vorletzten Herbst bei einem Vortrag in Nîmes über ayurvedische Ernährung kennengelernt. Eleonore ist, war, eine Frau, die sehr auf ihren Körper, ihre Gesundheit geachtet hat. Ich bin kurz darauf Witwe geworden, ich hatte den Vortrag eigentlich wegen meines Mannes besucht, er hatte Krebs. Wir haben uns angefreundet, sind zusammen ins Theater, zu einem Konzert, waren an zwei, drei Wochenenden zusammen in meinem Ferienhaus in Menton. Eleonore hat mir sehr über die erste schwere Zeit hinweggeholfen. Nachdem ich vor einem halben Jahr in diese Wohnung gezogen bin, haben wir uns ein wenig aus den Augen verloren.«

»Und Sie haben Madame Klein heute nicht angerufen, um sich mit ihr zu verabreden?«

»Aber nein.« Madeleine Rufus nippte an ihrem Tee. »Das habe ich schon Auguste gesagt. Ich habe öfter daran gedacht, mich bei ihr zu melden, aber irgendwie ... Ich habe mittlerweile einen netten Kreis hier in der Nachbarschaft gefunden. Alles Frauen meines Alters. Wir spielen Bridge, gehen zusammen ins Theater. Eleonore wohnt, wenn sie mit dem Auto fährt, eine halbe Stunde entfernt. Und ich fahre nicht gern Auto. Von daher ...« Wieder unterbrach sie sich und nahm einen Schluck.

»Jemand hat Eleonore reingelegt«, fuhr sie dann fort. »In meinem Namen angerufen, sich mit ihr verabredet. Was genau ist denn geschehen? Auguste wollte es mir nicht sagen. Schlimm genug, dass sie tot ist. Ermordet. War es ein ...« Sie wurde rot.

»Nein, Madame Rufus, es war kein Sexualverbrechen«, beantwortete Rachid die ungestellte Frage.

»*Bon Dieu*, also ein Raubmord?«

»Wir können Ihnen darüber keine Auskunft geben. Danke für Ihre Zeit, Madame Rufus.« Rachid hatte sich bereits erhoben, während Mathilde dabei war, die Katze, die es sich mittlerweile auf ihren Oberschenkeln bequem gemacht hatte, sanft auf das Sofa zurückzuschieben.

»Was ich aber nicht verstehe: Wenn jemand anderer Eleonore angerufen hat, was hat sie dann hier vor meiner Wohnung gemacht?«

Rachid starrte Madame Rufus verblüfft an und setzte sich wieder. Mathilde gab den Versuch, der Katze einen neuen Platz zuzuweisen, ebenso erstaunt auf.

»Sie sagen, Madame Klein war hier?«, fragte sie.

»Nun, nicht hier in der Wohnung, aber vor der Tür.« Madeleine Rufus leerte ihre Tasse und goss erneut Tee ein, der immer noch dampfte.

»Das müssen Sie uns genauer erklären.« Rachid legte sein Notizbuch auf den Couchtisch.

»Nun, es war purer Zufall, oder auch nicht«, piepste Madame Klein. »Ich erwartete ein Paket, es sollte mit Colissimo kommen. Daher habe ich aus dem Fenster geschaut zu der Zeit, in der ich den Boten erwartete. Und da sah ich Eleonores Bentley am Straßenrand. Der Wagen ist unverkennbar. Die Felgen, der Wagen hat goldfarbene Felgen in der Mitte mit einem fetten B. Zuerst habe ich mich gewundert, dann aber gefreut, dass Eleonore mich besuchen will. Ich bin nur schnell ins Schlafzimmer und habe mir eine frische Bluse angezogen. Dann bin ich wieder zurück, schaue wieder aus dem Fenster und sehe eben, wie eine Frau auf der Fahrerseite einsteigt. Und das war nicht Eleonore. Ich habe genau hingeschaut und denke, dass sie dann auf dem Beifahrersitz gesessen hat.«

»Einen Moment bitte, Madame Rufus. Die Frau, die sich hinters Steuer gesetzt hat, kann nicht doch Madame Klein gewesen sein?«, vergewisserte sich Mathilde.

»Aber nein, ganz sicher nicht. Sie kennen Eleonore? Sie ist eine elegante Erscheinung, gertenschlank. Und ihre Kleidung, immer der letzte Schrei. Das, was die Frau trug, entsprach ganz und gar nicht Eleonores Stil. Sie hatte einen Schal um den Hals geschlungen, ein Kopftuch auf. Und eine Brille, glaube ich wenigstens.« Madeleine Rufus schloss die Augen. »Oder auch nicht. Aber auf jeden Fall Schal und Kopftuch. Eine merkwürdige Kombination, finde ich. Und die Kleidung. Ebenfalls merkwürdig. Nie würde Eleonore so etwas tragen, nie hätte sie so etwas getragen«, verbesserte sie sich. »Und eine Tasche hievte sie auf den Rücksitz. Genau, bevor sie einstieg, packte sie eine Tasche nach hinten. Wie eine Sporttasche, so von der Größe her. Ich dachte noch, ach, hat sich Eleonore hier mit jemandem zum Sport verabredet? Und ich war dann tatsächlich ein wenig beleidigt, warum sie mir nicht Bescheid gegeben hat, dass sie in der Nähe ist.« Das Piepsen hatte nun einen verärgerten Unterton angenommen. »Nun, wo war ich stehen geblieben?«

Sie griff nach ihrer Tasse, nahm einen Schluck und verzog das Gesicht. »Jetzt ist er vom vielen Reden kalt geworden. Dann ist Rooibos-Vanille-Tee ungenießbar.«

»Madame Rufus. Bitte konzentrieren Sie sich. Welche Kleidung trug die Frau?«

»Eine lange Hose, an die Farbe kann ich mich nicht erinnern. Man hat auch nicht alles von der Hose gesehen. Darüber trug sie eine weite Bluse oder Jacke. Die reichte ihr bis zur Hüfte. Die war blau. Oder grün. Und ich meine, sogar bestickt. Aber das kann ich nicht beschwören.« Plötzlich glitt ein Leuchten über ihr Gesicht. »Wenn ich es mir genau überlege, ich glaube, sie war eine Muslima. Genau. Sie war angezogen wie eine Muslima. Und sie ist mit Eleonores Wagen weggefahren. Und Eleonore saß drin. Ich bin schnell runtergeflitzt. Ich muss gestehen, ich war neugierig. Aber als ich an der Straße war, habe ich nur noch die Rückleuchten des Bentleys gesehen.«

Sie bedankten sich bei Madame Rufus und verabschiedeten sich. Auf dem Weg zum Wagen hielt Mathilde plötzlich inne.

»Lange Hose, weite Bluse oder Jacke. Und wenn sich nun hinter einer solchen Verkleidung ein Mann verborgen hat?«

Kapitel 28

Mathilde deckte den Tisch, während Rachid eine Flasche Weißwein öffnete. Odile hatte dafür gesorgt, dass in den nächsten Wochen immer eine reich gedeckte Tafel auf sie wartete. Terrine vom Hasen mit Haselnüssen, eingelegte Oliven aus der Ernte des Vorjahres, grüner Spargel, in der Art von Antipasto in Olivenöl gebraten und in mildem Essig eingelegt.

Nachdenklich rollte Mathilde eine Olive auf ihrem Teller hin und her. »Glaubst du, eine Frau könnte dazu fähig sein, jemandem den Kopf abzuschlagen?« Sie wartete eine Antwort gar nicht erst ab. »Natürlich ist sie es. Sowohl psychisch als auch physisch«, erklärte sie mit Bestimmtheit und schob sich die Olive in den Mund.

»Es ist zwar nicht die übliche Art für eine Frau zu töten, aber ich gebe dir recht. Wenn das Opfer stillhält und das Mordwerkzeug scharf genug ist, warum nicht. Und nicht zu vergessen, ein Taser hat drei der Opfer bewegungsunfähig gemacht. Bei Eleonore Klein wissen wir es noch nicht.«

»Judith und Holofernes«, sagte Mathilde bestimmt und legte den Olivenkern in eine kleine Schale.

»Judith und Holofernes? Irgendwas klingelt da bei mir. Aber ich glaube, du musst mir auf die Sprünge helfen.« Rachid legte sein Messer quer über den Teller.

»Aber nur, wenn du ebenfalls mit der Sprache rausrückst. Ich möchte endlich wissen, warum ich dich für überspannt halten könnte. Okay, aber zuerst zu meiner Geschichte. Sie ist aus der Bibel, kannst du also gar nicht kennen.« Sie zwinkerte Rachid liebevoll zu. »Die Szene ist von vielen Künstlern gemalt worden.

Holofernes will eine Liebesnacht mit Judith verbringen, der gefällt das gar nicht. Sie macht den Mann betrunken, und mithilfe ihrer Dienerin enthauptet sie ihn. Das heißt, Judith hat eine Helferin gebraucht.« Mathilde runzelte die Stirn. »Und wenn wir ebenfalls nach einer zweiten Person Ausschau halten sollten, die den Mörder unterstützt hat?«

»Ausschließen können wir es nicht. Aber wenn Judith einen Taser gehabt hätte, dann hätte sie auf eine Dienerin verzichten können. Nein, im Ernst. Bei Eleonore Klein haben wir keinen Hinweis auf eine weitere Person. Madame Rufus hat nur von einer Person gesprochen, von der wir nicht mit Sicherheit wissen, ob es wirklich eine Frau war.«

Rachid war aufgestanden. »Mit jedem Mord werden mehr Fragen aufgeworfen«, seufzte er und schaute fragend auf Mathildes Teller.

»Danke, ich bin fertig. Räumen wir zusammen, und dann möchte ich wissen, was dir im Kopf herumspukt.«

Mathilde kuschelte sich auf das Sofa und legte ihre Beine auf Rachids Oberschenkel.

»Jetzt aber raus mit der Sprache. Warum glaubst du, ich könnte dich für *zinzin* halten? Ich befürchte nur, wenn ich dir sage, was in meinem Hirn herumgeistert, wirst du mich für nicht weniger plemplem halten. Oder wir sind ein Stück weiter in unseren Ermittlungen.«

Sie trat Rachid leicht mit ihrem Fuß in den Bauch.

»Wir müssen alles ganz von vorne aufrollen. Mit ganz von vorne meine ich wirklich ganz von vorne. Wobei der Tod von Vincent Castello, so tragisch er ist, in der ganzen Geschichte keine entscheidende Rolle spielt.«

Mathilde verließ ihre gemütliche Position und setzte sich aufrecht hin. »Das hört sich schlimm an. Aber du hast recht. Beginnen wir mit den Diebstählen im Museum.« Es war keine Frage. »Wir sind wegen der Rolle, die die Triskele in der BDSM-Szene spielt, abgelenkt worden von ihrer ursprünglichen Bedeutung für die Kelten.«

»Du bist ein heller Kopf, *chérie.*«

»Was heißt hier ein heller Kopf. Ein rotblonder Kopf. Und der war offenbar etwas vernebelt. Es lag doch schon vor uns. Erinnere dich, was Bob Boisset gesagt, geradezu prophezeit hat. Bob hat die Frage gestellt, ob die Diebstähle und die Morde zusammenhängen. Denk nur an die gestohlenen Artefakte. Es waren immer kultische Gegenstände. Und die Triskele hat höchste kultische Bedeutung. Martin hat es mir ziemlich detailliert erklärt.«

Rachid nickte bestätigend. »Du sagst es. Ich habe mir die Unterlagen von Coco angeschaut. Verschwunden ist unter anderem ein Messer mit einer eingravierten Triskele. Oder dieses Schädelamulett. Wir haben doch den Zusammenhang gesehen, und trotzdem ist uns die Bedeutung wie ein nasser Fisch entwischt.«

»Und wir haben mittlerweile vier fehlende Schädel. Vier Menschen, denen der Kopf mit einem Schwert abgeschlagen worden ist. Auch in diesem Punkt hätten wir weiterdenken und den richtigen Weg einschlagen können. Ich habe dir von dem Fund der Jungs erzählt. Er liegt noch bei Sabine.« Mathilde musste lachen. »Ich bin mir ziemlich sicher, es handelt sich um eine ehemalige Bierdose, Fischkonserve oder Ähnliches. Martin sieht es genauso. Aber dieses Schwert, das in der deutschen Fachzeitschrift abgebildet war, geht mir nicht aus dem Kopf. Die eingeprägte Triskele. Und dann habe ich mich plötzlich an ein Wort erinnert. Es ist damals, als wir eine Führung durch das Museum hatten, erwähnt worden. Schädelkult. Seitdem spukt es bei mir herum. Halt, sag jetzt nichts. Ich weiß, es hört sich total verrückt an.«

Rachid hatte schweigend und mit wachsender Spannung zugehört.

Mathilde sprang vom Sofa auf und schlug sich mit der Hand vor die Stirn. »Schwert, fehlende Schädel, Schädelamulett mit einer Triskele darauf. Und wenn unsere Morde keine klassischen Tötungsdelikte sind, Rachid, sondern kultische Handlungen, Opferungen? Es ist doch alles da, was uns auf eine solche Spur hätte bringen können. Diese blöde Sado-Maso-Geschichte. Das liegt nur daran, weil wir uns damit im einundzwanzigsten Jahrhundert befinden, in der Zeit, in der wir ermitteln. Es hat uns die Augen davor verschlossen, dass das Prozedere des Mörders uns den Weg Jahrhunderte zurück in die Vergangenheit zeigt.«

Mathilde marschierte aufgeregt hin und her. Vor dem Sofa blieb sie endlich wieder stehen und blickte auf Rachid herab, der sie breit angrinste.

»Jetzt sag bloß, du hast dieselbe Idee gehabt? Von wegen überspannt, dann wären wir schon zwei.«

Rachid zog Mathilde auf das Sofa zurück. »In der Tat sind wir schon zwei, zwei, die vielleicht auf der richtigen Spur sind. Und ich schätze, Coco und Felix werden darin mit uns übereinstimmen. Coco hatte uns mit der Auflistung der Diebstähle und den daraus resultierenden Vermutungen doch längst die Augen geöffnet. Wir waren auf dem richtigen Weg. Aber wie du gesagt hast, es ist näherliegend, das Motiv im Hier und Jetzt zu suchen, als an einen Ritualmord zu denken, der so auch vor Hunderten von Jahren verübt worden sein könnte.«

»Und was hat dich plötzlich auf diesen Weg gebracht?« Mathilde erwartete gespannt Rachids Antwort.

»Der Tatort heute, der Steineichenwald.«

»Der Steineichenwald? Wie das denn?«

»Das Gespräch mit Hugo Girac, dem Keltenfachmann des Museums, hat mich darauf gebracht.«

Mathilde angelte nach ihrem Weinglas, während sich Rachid aus einer Karaffe kaltes Wasser in sein Glas goss.

»Er hat mir einen kleinen Exkurs in die historischen Wissenschaften gegeben. Und irgendwann sind wir bei Plinius dem Älteren gelandet. Plinius hat sich zu den Kultbräuchen der Kelten, das heißt zu denen ihrer geistigen Führer, den Druiden, geäußert. Er schrieb, Misteln und Eichen seien heilige Pflanzen gewesen, und kein Opfer sei dargebracht worden ohne Eichenlaub, das heißt, man bevorzugte dafür Eichenhaine, in denen die Misteln wachsen. Die Misteln wurden mit einer goldenen Sichel abgeschnitten. Dann wurden Opfertiere geschlachtet und den Göttern übereignet.«

»Wollte man damit um reiche Ernten bitten oder um einen Sieg über einen Gegner?«, fragte Mathilde stirnrunzelnd.

»Hab ich auch gefragt. Aber dazu ist nichts überliefert, aber es wäre doch naheliegend.«

»Gut, wir haben also diesen Eichenwald. Aber ich kann mich nicht erinnern, irgendwo eine Mistel gesehen zu haben.«

»Nein, wie Girac, das heißt Plinius, sagte, sind sie höchst selten. Aber vielleicht ist einfach der Platz, der heilige Ort, ausschlaggebend für unseren Täter. Immerhin ein Eichenwald.«

Mathilde spielte mit dem Stiel ihres Glases, drehte es in ihrer Hand.

»Und was ist mit den anderen Opfern? Ich muss gestehen, ich habe nie auf die Pflanzen in der Umgebung geachtet. Das sollten wir nachholen.«

»Das werden wir. Aber zumindest bei Jalabert gibt es ebenfalls einen Hinweis darauf, dass der Mörder sich einen für ihn heiligen Ort gewählt hat. Der kleine See, in dessen Nähe Jalabert entdeckt worden ist. Auch Gewässer galten als heilige Orte.«

»Warte einen Augenblick.« Mathilde griff nach ihrem Smartphone und drückte wie wild auf den Tasten herum. Dann legte sie das Telefon vor Rachid auf den Tisch.

»Hier. Ich habe lediglich zwei Suchbegriffe eingegeben. ›Kelten‹ und ›Heilige Stätten‹. Und siehe da, auch Grotten gehörten dazu. Die *Grotte des Fées*. Das heißt, für den Mord an Plessis wurde ebenfalls ein Kultort gewählt. Damit passt er allerdings immer noch nicht in die Reihe Jalabert, Saint Genez und Eleonore Klein mit ihrer Vergangenheit in der Pädophilenszene.« Sie verstummte. »Und was ist mit Saint Genez? Ihn hat man in seiner Apotheke ermordet.« Sie biss sich auf die Unterlippe. »Warte.«

Mathilde nahm erneut ihr Smartphone zur Hand und wählte eine Nummer.

»*Bonsoir*, Edmond. Hier Mathilde de Boncourt. Bitte entschuldigen Sie die späte Störung. Ich rufe wegen Saint Genez an. Es ist wichtig. Der erste Untersuchungsbericht ist schon bei mir? Wunderbar. Aber vielleicht können Sie mir direkt Auskunft geben. Gab es, abgesehen vom fehlenden Kopf und der Triskele, irgendwelche Besonderheiten?«

Mathilde lauschte gespannt, ihr Gesicht glich einem Fragezeichen. Dann bedankte sie sich und legte das Telefon weg.

»Der Mann lag zwischen Teeverpackungen. Zuerst dachten die Ermittler, ein Drogenabhängiger könnte der Täter gewesen sein auf der Suche nach Stoff. Pelletier hatte es detailliert parat, denn es gab nur, obwohl in der Apotheke die verschiedensten Sorten an Tees vorrätig sind, vier Sorten: Birkenblätter, Weißdorn, Holunder und Johanniskraut. Was hat das zu bedeuten?«

Rachid zeigte auf das Smartphone. »Gib die Pflanzen ein. Ich schätze, wir erleben eine kleine Überraschung.«

Mathilde tat, wie ihr geheißen, kombinierte die Namen der Pflanzen mit dem Begriff »Kelten«. Ihr Mund blieb offen stehen.

»Alles heilige Pflanzen der Kelten«, sagte sie dann mit gepresster Stimme.

»Das heißt, unsere vier Opfer sind tatsächlich im weitesten Sinne in Anlehnung an ein keltisches Ritual ermordet worden. Girac hat Menschenopfer erwähnt, und nicht nur das. In den meisten Fällen hat man sie geköpft, die Schädel behalten und ausgestellt. Und die Männer an der Spitze dieses Opferkultes waren die Druiden«, erklärte Rachid und wiederholte für Mathilde das, was ihm der Historiker erzählt hatte. »Erinnerst du dich, als du vor Kleins Haus von Racheengeln gesprochen hast? Vielleicht haben wir es mit einem Rachedruiden zu tun. Wir werden also morgen von vorne beginnen. Felix und Coco haben dann wahrscheinlich die letzten Männer aus dem Notizbuch, das wir damals bei den Kleins entdeckt haben, ausfindig gemacht. Ich gehe davon aus, dass im Moment noch alle am Leben sind, wir hätten sonst davon gehört, wenn erneut eine kopflose Leiche aufgetaucht wäre«, schlug er anschließend vor.

Mathilde biss sich auf den Daumennagel und überlegte. »Ein Rachedruide, total verrückt. Wir sollten nichts, aber auch gar nichts übersehen. Und daher möchte ich gerne die Leiche von Antoine Fleurot auf dem Tisch bei Regis haben.«

Rachid runzelte die Stirn. »Fleurot ist erstochen worden und hat seinen Kopf behalten. Er passt noch weniger als Plessis in diese Reihe.«

»Genau, er passt nicht. Und gerade das macht mich stutzig. Wie soll ich es dir erklären? Der Mörder im Fall der fehlenden Schädel hat einen besonderen Grund, so vorzugehen. Diesen Grund müssen wir finden, dann können wir Plessis einordnen. Aber Antoine Fleurot war dicht an Jalabert dran. Er hat ihn gemobbt, bedroht. Es kann kein Zufall sein, dass er kurz nach Jalabert stirbt. Wir müssen wissen, womit er erstochen worden ist. Stell dir folgendes Szenario vor. Jalabert wird entlassen, Antoines Drohungen waren keine leeren Worte, er will Jalabert auf den Fersen bleiben, ihm in irgendeiner Form, sei es physisch, sei es psychisch, Schaden zufügen. Und jemand kommt ihm zuvor. Er wird Zeuge des Mordes an Jalabert. Und das weiß der Mörder. Antoine muss sterben.«

Mathilde holte tief Luft.

Rachid nickte langsam. »Du könntest recht haben.«

»Rachid, ich spüre es, ich *habe* recht.« Sie schaute auf die Uhr. »Ich werde Juge Pelletier um die Herausgabe der Leiche von Antoine Fleurot bitten.«

Erneut griff sie zu ihrem Smartphone.

»Edmond, entschuldigen Sie, ich bin es schon wieder. Ich habe noch eine Bitte.« Mathilde klärte ihren Kollegen über ihre Überlegungen auf, hörte eine Weile zu und bedankte sich.

»Danke, Edmond. Und morgen früh lassen Sie ihn nach Nîmes bringen. Das ist hervorragend. Ich werde Docteur Regis gleich benachrichtigen. Und gerne können Sie morgen bei mir im Büro vorbeischauen. Ihr Ansatz gefällt mir sehr. *Bonne nuit*, und bis morgen.« Sie lehnte sich auf dem Sofa zurück.

»Uff. Das wäre geschafft. Ich melde Fleurot gleich bei Alain an. Er wird uns vielleicht sogar schon etwas zum Tod von Eleonore Klein sagen können. Das wird ein ganzer Lkw voll unserer besten Rotweine, so viel, wie wir unserem lieben Doktor im Moment zumuten.« Mathilde bedankte sich immer zusätzlich auf ihre Art, wenn Alain Regis die Obduktionen, mit denen sie ihn beauftragte, so schnell wie möglich vornahm, indem sie ihm eine Kiste des besten Jahrgangs der Weine des Châteaus zukommen ließ. Erneut drückte sie ihr Telefon ans Ohr.

»Ah, mein lieber Doktor. Sie haben noch nicht geschlafen? Das ist gut. Morgen bekommen wir das Ergebnis von Eleonore Klein? Nun, wegen ihr rufe ich nicht an. Ich vermute, die Befunde sind bis auf die individuellen Unterschiede identisch mit denen bei den drei männlichen Opfern? Aha, kein Taser im Einsatz? Man hat sie betäubt?« Mathilde wechselte das Telefon vom rechten an das linke Ohr. »Juge Pelletier lässt Ihnen morgen Vormittag die Leiche von Antoine Fleurot bringen. Er ist bereits in Montpellier obduziert worden, also nicht wundern. Ich möchte, dass Sie vor allem die Wunde in seinem Rücken begutachten. Ja, er hat noch seinen Kopf. Uns interessiert, ob es sich um dieselbe Tatwaffe handeln könnte wie bei unseren kopflosen Opfern. Ja, nähere Informationen morgen, ich danke Ihnen, Alain. Und gute Nacht.« Mathilde beendete das Gespräch.

Rachid beobachtete sie gespannt.

»*Alors*, du hast es gehört. Eleonore Klein ist betäubt worden. Das macht natürlich Sinn, wenn das Opfer noch ein Stück transportiert wurde. Die Wirkung des Tasers hält ja nur für wenige Minuten an. Morgen bekommt Alain Fleurot für eine zweite Obduktion. Juge Pelletier war zwar erstaunt, er meinte, seine Gerichtsmedizin würde nichts übersehen, aber er hat sich bereit erklärt, als ich ihm sagte, wir würden eine Verbindung vermuten. Du hast es ja gehört, was ich ihm erklärt habe. Er will mich morgen treffen, er hat ebenfalls eine Theorie aufgestellt, die nicht uninteressant ist, die sich auch an der Pädophilengeschichte von damals orientiert. Allerdings passt auch diesmal der Tote in der *Grotte des Fées* nicht hinein, wie er mir sagte. Pelletier stellt sich die Frage, ob Jalabert, Saint Genez und Eleonore Klein nicht im wahrsten Sinne des Wortes mundtot gemacht worden sind. Man hat ihnen den Kopf abgeschlagen, um sie, bildlich gesprochen, am Reden zu hindern. Ein Exempel zu statuieren, eine Warnung an andere auszusprechen.«

Rachid, der eben fragend die Brauen gehoben hatte, nickte. »Er vermutet also, es könnte Jahre, nachdem wir zumindest einen Teil des Rings ausgehoben haben, immer noch Mitglieder geben. Und niemand von denen sollte auf die Idee kommen, etwas auszuplaudern. Das würde bedeuten, Jalabert und Co. hatten die Absicht, andere aus dem Zirkel zu verraten?« Er überlegte. »Hm, doch kein Rachedruide, sondern einer, der Angst hat, irgendwann wegen seiner Verbrechen aufzufliegen. Hat Pelletier schon tiefer nachgebohrt?«

»Ich weiß es nicht, das hat er mir nicht verraten. Ich werde es morgen hören. Auf uns wartet ziemlich viel Arbeit. Zu dieser Idee könnten uns Felix und Coco vielleicht schon Auskunft geben. Ich bin gespannt, wie weit sie mit den Personen im Notizbuch gekommen sind. Die Sado-Maso-These bleibt vorläufig ganz außen vor, mit ihr haben wir quasi abgeschlossen. Neu ist unsere Idee, einer kultischen Opferung nach Druidenart. An der bleiben wir dran, es sei denn, Pelletier legt uns morgen überzeugend dar, dass seine Überlegung zielführend ist. Aber zurück zu unserer verrückten Idee. Frage: Gibt es heutzutage noch so etwas wie Druiden? Oder Druidinnen? Und was wir bisher sträflich vernachlässigt haben, ist die Frage nach dem Prozedere. Wenn wir schon bei den Druiden und der Form einer kultischen Hinrichtung sind, müssen wir uns die Frage nach der Enthauptung grundsätzlich stellen. Die Waffe dazu muss verdammt scharf sein. Wo kommt sie her? Hat der Mörder damit geübt? Wenn ja, wie? Welche Art von Waffe ist genau benutzt worden?«

Mathilde leerte ihr Glas und gähnte. »Ich werde heute Nacht bestimmt Albträume bekommen. Männer in weißen Gewändern gehen mit Sicheln auf mich los. Wir sollten ins Bett, damit wir morgen klar denken können. Allerdings müssen wir jetzt den Personenschutz für Auguste Klein ausweiten. Ganz gleich, ob Pelletiers Theorie stimmt oder wir einen Druidenrächer als Killer haben, der Mann könnte das nächste Opfer sein. Wir werden morgen noch mal mit ihm reden.«

»Ich werde es umgehend veranlassen.« Rachid wählte schon eine Nummer, die ihn mit dem Präsidium verband.

»Commandant Bouraada. Ich möchte, dass die Überwachung zum Schutz von Auguste Klein ausgedehnt wird. Ein Einsatzfahrzeug steht ab jetzt rund um die Uhr vor seinem Haus. *Merci.*«

Kapitel 29

Christine hatte Mathilde und ihr Team mit starkem Kaffee und Sandwiches versorgt. Zuerst ergriff Rachid das Wort und fasste die Ermittlungsergebnisse zusammen.

»Das bedeutet, wir verlassen die Sado-Maso-Schiene«, folgerte Felix und warf einen Blick auf das letzte belegte Baguette. Als niemand Anstalten machte, zuzugreifen, legte er es auf seine Serviette.

»Ja, in dieser Richtung kommen wir nicht weiter. Vier enthauptete Leichen, vier Opfer mit einer eingestanzten Triskele auf den Beinen, drei Tote, die wir dem uns bekannten Pädophilenring zuordnen können, ein Mann, der damit, soweit wir wissen, nicht in Verbindung gebracht werden kann. Wenn wir nur die beiden offensichtlichen Merkmale, die unsere Opfer verbinden, sehen, dann sind es die Enthauptungen und das keltische Symbol«, schloss Rachid.

»Wir haben gestern ein paar weitere Recherchen angestellt«, übernahm nun Mathilde. »Der Weg führte uns zu den Kelten, ihren Riten und ihren Priestern.«

Sie schwieg einen Moment, wartete die Reaktionen von Felix und Coco ab. Die beiden nickten zu Mathildes Verwunderung eifrig.

»Rachid, würdest du bitte erzählen, was Hugo Girac dazu ausgeführt hat?«

Rachid wiederholte erneut, was er von dem Historiker und Fachmann in Keltenfragen gehört hatte.

Felix und Coco lauschten mit großen Augen wie Kinder, denen man ein Märchen oder eine fantastische Geschichte erzählt. Bevor sie darauf reagieren konnten, ergriff Mathilde wieder das Wort.

»Dazu passen die Diebstähle in unserem Museum und in ganz Frankreich. Sie haben eins gemein, es sind immer Kultgegenstände verschwunden. Am kostbarsten ist der Torques aus dem *Musée de la Romanité*. Er ist eine Grabbeigabe für einen Fürsten gewesen. Der Rest weist auf kultische Handlungen hin, das Schädelamulett sogar auf den Schädelkult der Kelten. Und hier können wir mit unseren verschwundenen Köpfen anknüpfen. Was bezweckt der Täter oder die Täterin? Was hat er mit den Köpfen vor? Eine Art Trophäe? Wo bewahrt er sie auf? Gibt er uns mit der Triskele einen Hinweis? Es ist auf jeden Fall eine Art Signatur. Immer wenn ich glaube, wir hatten noch nie einen solch komplizierten Fall, belehrt uns die nächste Mordserie eines Besseren. Wir haben uns bisher verrannt. Auch die Obduktionen haben uns nicht weitergebracht. Alain Regis geht von einem Rechtshänder aus, drei seiner Opfer hat er mit einem Taser bewegungsunfähig gemacht und dann sein Richtschwert geschwungen. Denn das ist das eigentliche Fazit, mit dem wir uns auseinandersetzen sollten: Unser Mörder hat diese vier Menschen gerichtet. In der Manier eines keltischen Druiden.«

Mathilde goss sich den letzten Tropfen Kaffee ein.

»Wir machen uns also auf die Suche nach einem modernen Druiden. Einem alten Mann mit langem Bart, in einem weißen Gewand mit einer goldenen Sichel«, scherzte Felix.

»So in etwa.« Rachid lächelte. »Das dürfte nicht zu schwierig sein. Nur halten wir Ausschau nach einem Schwert, die Sichel taugt nicht für seine Taten. Es dürfte sich immer um dieselbe Waffe gehandelt haben. Das Ergebnis der Untersuchung der Wunde im Rücken von Antoine Fleurot steht noch aus. Unser Doktor muss bald Nachtschichten eingelegen. Wir liefern ihm die Toten am laufenden Band. Ansonsten erkennen wir bei Antoine Fleurot keine besonderen Auffälligkeiten.« Er holte tief Luft. »Nun zurück zu der Waffe. Es handelt sich um ein Schwert mit extrem scharfer Klinge, der Kopf wurde jeweils mit einem Streich abgeschlagen, soweit unser Gerichtsmediziner. Wir gehen davon aus, dass das Schwert aus Eisen ist, eher kein antikes Stück, sondern eine neuzeitliche Waffe.«

»Damit weicht der Täter aber von seinem keltischen Ritual ab«, warf Felix ein. »Wenn er es schon so genau nimmt, wie ein Druide zu richten, die Opferstätten nach keltischem Ritual aussucht, den Schädel behält, warum nimmt er dann nicht ein wirklich antikes, sprich keltisches Schwert?«

»Weil die Dinger alle nicht mehr brauchbar sind, verrostet«, belehrte ihn Coco. »Erinnere dich, wir haben uns die Museumskataloge bei unseren Recherchen nach den verschwundenen Artefakten durchgesehen. Da waren einige Schwerter abgebildet, und keins davon hätte man benutzen können. Die Waffen, die geopfert worden sind, wurden unbrauchbar gemacht, indem man sie zerbrochen oder gefaltet hat. Die, die bei hochrangigen Personen als Grabbeigaben gelegen haben, waren im Laufe der Jahrhunderte korrodiert. Der Täter musste sich also mit einer neuen Waffe begnügen.« Sie runzelte die Stirn. »Allerdings, wenn er so viel Wert auf Authentizität legt, hat er sich vielleicht ein Schwert, das wie ein keltisches aussieht, aber eine scharfe Klinge hat, herstellen lassen.« Sie strahlte.

»Hervorragend, Coco, dann machen Sie sich an die Arbeit. Wir suchen einen kunstfertigen Schmied, der sich auf die Herstellung solcher Waffen versteht.« Mathilde strahlte ebenfalls. »Ich glaube, wir kommen endlich weiter. Das liebe ich an unserer Arbeit. Sobald wir zusammensitzen, bis die Köpfe rauchen, platzt immer irgendwo ein Knoten. Und was Coralie eben sagte, kann ich nur bestätigen. Nun, was haben wir noch?«, richtete sie ihr Augenmerk wieder auf die Ermittlungen. »Was hat die Überprüfung der Männer aus dem Notizbuch ergeben?« Sie sah gespannt zu den beiden jungen Polizisten.

»Leider überhaupt nichts. Das heißt, Advocat Ledoux ist verstorben. Im letzten Jahr eines natürlichen Todes, er hatte eine Krebserkrankung. Die Familie Laroch-Servan hat ihre Zelte in Frankreich abgebrochen. Sie besitzen seit Jahrzehnten eine Hazienda in Argentinien, dort leben sie hauptsächlich, kehren nur gelegentlich in die alte Heimat zurück. Das letzte Mal waren sie im Dezember vorigen Jahres hier. Alle erfreuen sich bester Gesundheit.«

Mathilde nickte. »Gut. Ich schlage vor, Coralie, Sie kümmern sich wie besprochen um das Schwert. Felix, Ihr nächster Weg führt Sie nach Marseille zu Marc Garimond, dem Fachmann für den Schädelkult. Wir müssen alles wissen. Was hat man mit den Schädeln gemacht? Wie sie aufbewahrt? Gibt es eine besondere Methode des Haltbarmachens? Ich denke da an die Schrumpfköpfe. Wenn man also spezielle Materialien dazu braucht, vielleicht führt uns dieser Weg zu unserem Täter. Wir konzentrieren uns auf die Druiden. Rachid, du solltest noch einmal mit Hugo Girac sprechen. Und ich werde mich mit den modernen Druiden beschäftigen. Wie ich heute früh bei einer ersten kurzen Recherche gelesen habe, sind diese sogenannten Neodruiden vor allem in Irland und im Norden Frankreichs zu finden, im Speziellen in der Bretagne. Aber auch in Nîmes gibt es eine Art Verein, der sich Neokelten nennt. Ansonsten wüsste ich nicht, dass das Neokeltentum in Frankreich als Religion anerkannt ist. Aber für Fragen der Religion habe ich ja meinen ganz besonderen Ansprechpartner. Wenn sich jemand damit auskennt, dann ist es Père Joseph.« Sie klatschte in die Hände. »Ich glaube, ab heute gehen wir in die richtige Richtung.«

»Madame le Juge, Commandant, haben Sie alle ihre Handys leise gestellt?« Christine stand mit fragendem Blick in der Tür.

»Ja, bei vier Telefonen, die permanent klingeln, ist arbeiten und die sieben Sinne zusammenhalten kaum möglich. Hat jemand versucht, uns in dieser Stunde zu erreichen?«, fragte Rachid und zog sein Telefon aus der Jackentasche, um es wieder auf laut zu stellen.

»Allerdings, und es ist dringend.«

Rachid sah auf das Display. »Das bedeutet nichts Gutes«, brummte er und wählte die letzte Nummer, die ihn zu erreichen versucht hatte.

»Theo, was ist passiert?« Rachid hörte einen Augenblick zu, beendete das Gespräch und steckte das Handy wieder ein. Mit ernster Miene blickte er in die Runde.

»Auguste Klein ist verschwunden. Nein, keine Leiche bis jetzt. Er ist einfach weg. Theo hat das Haus im Auge behalten. Er hat sich in einer Bäckerei schräg gegenüber etwas zu essen geholt, musste aber ein wenig warten. Als er bemerkte, wie Klein sein Grundstück mit einer weiteren Person verließ, hat er sich keine großen Gedanken gemacht. Es sah für ihn aus, als seien die beiden befreundet, nicht, als ob Klein unter Zwang mitgegangen wäre. Beide schienen in ein intensives Gespräch vertieft. Sie verschwanden in eine Seitenstraße, und als unser Mann sich endlich entschloss, ihnen doch zu folgen, sah er gerade noch, wie ein dunkler Wagen um die nächste Ecke verschwand. Das war heute Morgen um halb acht. Klein hatte eine Reisetasche dabei.« Rachid kratzte sich am Kinn.

»Ein Freund, der ihn abgeholt hat? Vielleicht hat Klein es vorgezogen, bei jemandem zu wohnen, um nicht alleine zu sein.«

»Und warum ist er dann nicht einfach dorthin gefahren?«

»Keine Ahnung. Dieser, nennen wir ihn Freund, musste ihn vielleicht überreden mitzukommen.«

»Könnte es auch eine Freundin gewesen sein?«, fragte Coco. »Immerhin ist Eleonore Klein von einer Person entführt und vielleicht getötet worden, die eine Frau gewesen sein könnte.«

»Das konnte Theo nicht sagen. Die Person trug einen langen dunklen Mantel und einen Hut. Darin und darunter kann sich alles verbergen. Wir werden eine Fahndung starten. Im besten Fall meldet sich Klein bei uns, im schlimmsten hat er seinen Mörder begleitet.«

Kapitel 30

Mathilde überlegte kurz, bei Père Joseph anzurufen, um ihren Besuch anzukündigen, ließ es dann aber sein. Seitdem sie den Priester kannte, war er immer für sie da, wenn sie seinen Rat brauchte. Es schien so etwas wie eine geheime Verbindung zwischen ihnen zu geben.

Sie begleitete Rachid bis zum Museum. Hugo Girac hatte sich zwar erstaunt gezeigt, was man noch von ihm wolle, er habe wenig Zeit und um halb elf eine Telefonkonferenz mit einem Kollegen aus Irland. Trotz seines vollen Terminkalenders würde er aber den Commandant noch dazwischenschieben.

Mathilde und Rachid wichen einer Horde junger Leute aus, die mit Malblöcken bewaffnet in Richtung *Maison Carrée* strömten. Vielleicht Kunststudenten, die sich an der Wiedergabe des antiken Tempels auf Papier versuchten, vermutete Mathilde. Es war kurz vor zehn, und vor dem *Musée de la Romanité* wartete eine Reisegruppe geduldig auf Einlass.

»Die Suche nach Auguste Klein läuft. Sein Handy ist ausgeschaltet. Hoffen wir, dass er sich wirklich bei einem Freund aufhält. Allerdings verstehe ich nicht, warum er sich nicht bei unserem Kollegen abgemeldet hat. Schließlich war es Klein selbst, der um Schutz gebeten hat«, sagte Rachid und schaute auf seine Uhr.

Mathilde zuckte ratlos mit den Schultern. »Nun, der Kollege war nicht da. Der Freund oder die Freundin haben ihm gut zugeredet, nach dem Motto, na, nun mach schon, hier sitzt du doch auf dem Präsentierteller, und schon hat er alle Bedenken über Bord geworfen, alle Sicherheitsvorkehrungen einfach ignoriert. Wir können nur hoffen, dass es keine Falle war. Aber ich habe kein gutes Gefühl.«

»Wenn es keine befreundete Person war, die ihn begleitet hat, muss es immerhin jemand gewesen sein, dem er vertraut hat«, überlegte Rachid.

»Langer dunkler Mantel, Hut? Weißt du, an was mich so ein Outfit erinnert? An einen Priester. Wer vertraut nicht einem Priester?«, versuchte Mathilde eine Erklärung. »Bei den ganzen Mordopfern, die wir bereits haben, sehe ich allerdings schwarz, dass wir es von einem lebenden Auguste Klein erfahren werden«, ergänzte sie mit düsterer Miene.

Die gläserne Eingangstür glitt auf, und die Museumsbesucher drängelten sich hinein. Mathilde verabschiedete sich mit einem flüchtigen Kuss von Rachid und schlug den Weg zur Kirche *Notre Dame des Enfants* ein.

Nach zwanzig Minuten hatte sie das Gotteshaus erreicht. Ihr erster Weg führte sie zum Friedhof, wo ein Geschwisterpaar begraben lag, dessen Tod und die Aufdeckung der Hintergründe Mathilde und ihr Team einiges, auch emotional, abverlangt hatten. In diesem Fall hatte ebenfalls eine pseudo-religiöse Gemeinschaft eine Rolle gespielt. Eine Sekte, die sich einen religiösen Anstrich gegeben und mehrere ihrer Mitglieder in den Tod geführt hatte. Sie verharrte kurz an dem Grab, auf dem ein Töpfchen mit winzigen Margeriten stand.

Mathilde verließ den Friedhof und zog die schwere Tür der Kirche auf. Ein Frösteln überlief sie. Es war kalt, und an den Wänden blätterte der Putz ab. Kein Geld für eine Instandsetzung, hatte ihr Père Joseph erklärt. Die Kirche hatte in Frankreich keine Steuereinnahmen, sie lebte von Spenden oder, wie hier in der katholischen Kirche, vom sogenannten *dénier d'église*, einem finanziellen Beitrag, der sich am Gehalt eines Kirchenmitglieds orientierte und ein Prozent betrug. Viel konnte das hier nicht sein, denn die Gemeinde gehörte nicht gerade zu den reichsten in Nîmes.

Sie hörte ein Rumoren aus dem Altarbereich und ging nach vorne. Père Joseph stand vor einer Vase, in die er gelb blühende Ginsterzweige ordnete.

»Mathilde«, sagte er ruhig, als er sich umdrehte. Dann steckte er den letzten Zweig in das hohe Gefäß, wandte sich ihr zu und umarmte sie.

»Père Joseph, wie geht es Ihnen?«

»Gut, gut. Mein Rücken schmerzt ein wenig, aber das ist auch schon alles. Trinken wir einen Kaffee?«

»Danke, nein. Mein Koffeinhaushalt ist für heute Vormittag bedient. Wollen wir uns nach draußen setzen? Die Sonne wird Ihnen den Rücken wärmen.«

Sie verließen die Stille des Gotteshauses und nahmen auf der Bank vor dem Pfarrhaus Platz.

»Dich führen die kopflosen Leichen zu mir«, sagte der Priester ohne Umschweife und strich sich mit der Hand über die Narben in seinem Gesicht. »Wäre ich einst nicht schnell genug gewesen, würde ich hier nicht sitzen, mein Kopf wäre nicht mehr auf meinen Schultern.«

Mathilde wusste, dass die Narben von dem Schlag einer Machete herrührten.

»Ja. Diese Morde geben uns große Rätsel auf.« Sie berichtete dem Priester die wesentlichen Fakten, sie vertraute ihm voll und ganz. Außerdem war er an sein Schweigegelübde gebunden. »Und jetzt ist auch noch Auguste Klein verschwunden. Wir hoffen, er ist irgendwo in Sicherheit. Allerdings befürchte ich, dass er in großer Gefahr schwebt, wenn er überhaupt noch lebt. All diese Morde sind nach dem gleichen Schema durchgeführt worden. Die Opfer sind wehrlos, man trennt ihnen mit einem gezielten Schlag den Kopf mit einem Schwert ab. Der Kopf wird mitgenommen. Und auf den Waden der Toten gibt es diese Signatur. Eine Triskele. Anfangs haben wir eine total falsche Spur verfolgt.«

»Wahrscheinlich in der BDSM-Szene.«

Mathilde war nicht im Mindesten erstaunt, dass sich Père Joseph auch hier auskannte.

»Genau. Doch davon sind wir nun weg. Diese Diebstähle aus Museen, in denen Artefakte aus der Keltenzeit ausgestellt worden sind, beschäftigen uns. Es sind immer Objekte, die etwas mit Kulthandlungen zu tun haben. Dann die Enthauptung an sich, sie führt uns zum keltischen Schädelkult. Felix ist dabei, darüber mehr herauszufinden. Weswegen ich aber hier bin, ist die Frage nach modernen Druiden. Welche Funktion erfüllen sie? Bringen sie Opfer dar? Oder sind es einfach nur Spinner, die einer alten Religion anhängen?«

Der Priester überlegte einen Moment. »Nun, als Spinner würde ich sie nicht abtun. Sie glauben an etwas, halten andere Werte hoch wie vielleicht ihre Vorgänger vor Hunderten von Jahren. In meiner Freizeit beschäftige ich mich immer mal wieder mit den Fragen des Glaubens.« Er grinste schelmisch. »Und was es neben unserem Katholizismus noch so alles gibt. Falls du einmal etwas über Voodoo erfahren möchtest, bist du bei mir an der richtigen Adresse. Aber zurück zu deinen Druiden, Mathilde. Brian Verneuil ist ein moderner Druide.«

Erstaunt riss Mathilde die Augen auf. »Sie kennen einen persönlich?«

»Ja, Brian war ursprünglich ein katholischer Priester. Mit allem Drum und Dran. Nur mit dem Zölibat hatte er so seine Probleme. Nach dem zweiten Kind hat er den Beruf gewechselt. Aus dem katholischen Priester wurde ein moderner Druide. Bis es so weit war, haben wir viel miteinander geredet. Es ist ihm nicht leichtgefallen, diesen Schritt zu gehen. Aber wie du weißt, habe ich ein offenes Ohr für alles.«

»Ich habe es gewusst. Wenn mir jemand Auskunft geben kann, und das ohne jegliche Wertung, dann Sie. Nun, was macht den modernen Druiden aus?«

Père Joseph faltete die Hände, als wolle er beten.

»*Alors*, du musst wissen, dass das moderne Druidentum nicht erst eine Erscheinung der letzten Jahrzehnte ist. Begonnen hat das Ganze schon vor mehr als zweihundertfünfzig Jahren. Die Ideen, die zusammenflossen, waren christlicher Natur, aber auch die Freimaurer spielten eine Rolle und natürlich das keltische Ideal. Das alles verband sich zu einer Art Naturreligion. Die, die sich heute Druiden nennen, beschränken wir uns einmal auf Frankreich und Irland, in Frankreich natürlich ganz stark auf die Bretagne, sind Personen, die sich auf unterschiedliche Art und Weise auf die Druiden der Kelten beziehen. Allerdings, und jetzt kommen wir zu deinen Spinnern, glauben nicht wenige von ihnen, Brian einmal ausgenommen, dass die Wurzeln der Druiden in Atlantis liegen. Aber damit schweife ich ab, es ist sicher nicht das, was dich interessiert. Es geht weit in das Mythische hinein. Merlin, der Name sagt dir etwas?«

Mathilde nickte wie eine brave Schülerin.

»Im vermeintlichen Wissen um die alten Druiden ging es aber in den letzten Jahrhunderten drunter und drüber. Die prähistorischen Steine von Stonehenge wurden mit ihnen und der keltischen Religion in Verbindung gebracht, obwohl dazwischen Jahrhunderte liegen. Die Steine sind erheblich älter als jedes Druidentum. Es gründeten sich im achtzehnten und neunzehnten Jahrhundert Orden mit Druidenoberhäuptern, den Erzdruiden, man hielt Versammlungen ab. Diese Erzdruiden hielten sich übrigens für Nachkommen aus uralten nie existenten Druidengeschlechtern. Also genau genommen heutzutage nicht wirklich ernst zu nehmende, nun, sagen wir mal Fantastereien. Es wurden Geschichten erfunden, Bücher geschrieben, die angeblich auf alten keltischen Schriften beruhten, obwohl die Kelten nie etwas Schriftliches hinterlassen hatten.«

»Wie hat man in der Öffentlichkeit auf solche Leute reagiert? Ist man nicht auf die Idee gekommen, den einen oder anderen auf seinen Geisteszustand hin zu untersuchen?«, fragte Mathilde.

»Da denkst du zu modern. Und außerdem handelte es sich um Geheimbünde. Da wurde nicht viel in die Öffentlichkeit getragen. Das heißt, irgendwann im neunzehnten Jahrhundert gingen einige der Druidenzirkel an die Öffentlichkeit, wurden zu einer Art von Wohltätigkeitsorganisationen. Gutes tun und auch darüber reden.«

»Und irgendwann wurde das Druidentum sogar als Religion anerkannt.«

Père Joseph nickte. »Ja, vor etlichen Jahren in Großbritannien. Eine Verbindung von Wohltätigkeitsorganisation und der Verehrung von Naturgottheiten. Und diese Verehrung zeichnet sich durch Kulthandlungen aus. Im Vereinigten Königreich, in der Bretagne oder sonst wo. Ich habe auf jeden Fall nie davon gehört, dass man Tiere oder gar Menschen opfert. Sie singen und tanzen, erfreuen sich an Gottes schöner Natur. Das ist eigentlich schon alles, was ich dir darüber erzählen kann.«

»Und über das Neokeltentum? Sind Sie auch in dieser Thematik bewandert?«

»Nein, ich bin interessiert an vielem, aber nicht allwissend.« Père Joseph grinste breit. »Das ist ein Thema für einen Historiker. Aber die werdet ihr ja sicherlich befragen.«

»Dann zur Triskele. Was könnte sie als Symbol auf unseren Opfern zu bedeuten haben?«

»Da fällt mir eine zufriedenstellende Antwort nicht leicht. Es ist ein Symbol und damit vielleicht in erster Linie nichts anderes als die Signatur des Täters. Andererseits ist die Triskele natürlich ein echtes keltisches Zeichen, nur über die wahre Bedeutung ist man sich wohl nicht so ganz klar. Da gibt es einige Interpretationen. Als Brian seinen, ich nenne es jetzt mal etwas uncharmant, Druidenclub gegründet hat, wollte er ihn tatsächlich ›Triskel‹ nennen. Doch irgendetwas hat ihn davon abgehalten. Sie nennen sich jetzt ›Triquta‹. Ebenfalls ein ehemals keltisches Symbol. Ein Knoten, der heute die Dreifaltigkeit symbolisiert, womit Brian seiner christlichen Herkunft Referenz erweist. Nun, zurück zur Triskele. Ich tendiere zur Reise durch die drei Kreise des Seins. Warte einen Moment, das habe ich nun nicht im Kopf.«

Der Priester zückte sein Handy, gab ein paar Begriffe ein und präsentierte es Mathilde. »Keine Ahnung, wie man es korrekt ausspricht. Aber diese drei Stationen sind Abred oder Evolution, Gwynfyd oder Reinheit und Ceugant oder die Unendlichkeit. Damit würde euer Mörder sagen, dass seine Opfer gereinigt und der Unendlichkeit übereignet worden sind.« Père Joseph gab einen tiefen Seufzer von sich. »Aber mit einer solchen Interpretation lehne ich mich ganz schön weit aus dem Fenster.« Er runzelte die Stirn. »Und ich liege damit wahrscheinlich auch falsch. Denn mit der Unendlichkeit ist letztendlich die Unsterblichkeit der Seele verbunden. Und das kann ich mir nun wiederum doch nicht vorstellen. Ich meine, hat ein Mörder ein solch hehres Ziel? Die Seele seines Opfers der Unsterblichkeit zu übereignen? Ich glaube eher nicht.«

»Wir wissen gar nichts über sein Ziel und sein Motiv.« Auch Mathilde seufzte. Plötzlich gelüstete es sie nach einer Zigarette.

»Darf ich?« Sie deutete mit der Hand an, rauchen zu wollen.

»Natürlich. Ich rauche eine Zigarette mit.«

Mathilde reichte dem Priester ihre Box mit den bunten Punkten.

»Sieht gesünder aus, als es ist«, brummte Père Joseph und zog eine *Gauloise* heraus. Mathilde gab ihnen beiden Feuer, und sie genossen mit geschlossenen Augen die ersten Züge.

»Weiter reicht mein Wissen über die modernen Druiden und Symbole leider nicht. Besuch einfach Brian, er wird dir weiterhelfen. Vielleicht handelt es sich bei eurem Mörder um ein schwarzes Schaf seines Clubs.«

Mathilde hielt inne. »Ein interessanter Gedanke. Ja, ich werde Brian aufsuchen. Sie wissen, wo ich ihn finden kann?«

»Im Zweifelsfall in einem Eichenwald.« Wieder grinste der Priester schelmisch. »Nein, im Ernst. Ich habe seine Adresse. Aber Druiden bevorzugen ganz bestimmte Orte.«

»Ich weiß.« Mathilde blickte nachdenklich zum Himmel, an dem kein einziges Wölkchen zu sehen war. »Unsere Opfer haben wir an einem See, in einer Grotte, in einem Eichenwald und zwischen Teeverpackungen mit Teezusammenstellungen aus heiligen keltischen Pflanzen gefunden.«

Der Priester musste schmunzeln. »Teeschachteln, na so was. Königin Elisabeth die Zweite«, entfuhr es ihm dann plötzlich.

»Sie wollen doch nicht etwa sagen, die Queen sei eine Druidin gewesen?« Mathilde prustete vor Lachen los.

»Doch.« Auch der Priester lachte laut, was in einem Hustenanfall endete. »Entschuldige, ich bin keine Zigaretten mehr gewohnt. Aber ja doch, die Queen, Gott hab sie selig. Sie war Ehrendruidin irgendeiner walisischen Gruppierung. Übrigens, genau wie ihr Sohn, der jetzige König.«

»*Mon Dieu.* Allein diese Vorstellung! Charles in einem weißen Gewand bis auf den Boden, ein goldener Gürtel um die Hüften, wie er sein Volk mit einer Sichel grüßt.« Mathilde lachte Tränen.

»Nun, das wird er wohl eher nicht. Es ist eine Art Ehrenmitgliedschaft. Ich glaube kaum, dass er oder seine Mutter an irgendwelchen Riten teilgenommen haben. Nun, über diese möchtest du ganz sicher auch etwas erfahren. Warte, ich suche Brians Adresse heraus. Und dann muss ich mich leider von dir verabschieden. Heute um vierzehn Uhr haben wir eine Beerdigung. Ich habe einiges vorzubereiten.«

Père Joseph verschwand im Haus und kam mit einem handgeschriebenen Zettel zurück.

»Hier die Adresse und Brians Telefonnummer.«

»Vielen Dank. Sie waren mir eine große Hilfe.« Mathilde umarmte den Priester.

»Ich werde dafür beten, dass nicht noch mehr Menschen diesem Wahnsinnigen zum Opfer fallen«, verabschiedete sich Père Joseph mit ernstem Gesicht. »Denn was immer man sich unter einem modernen Druiden vorstellen mag, ein durchgeknallter eiskalter Killer ist er ganz sicher nicht.«

Kapitel 31

Während Mathilde ihr aufschlussreiches Gespräch mit Père Joseph führte, war Rachid damit beschäftigt, nicht alle fünf Minuten hinauskomplimentiert zu werden. Der Historiker Hugo Girac hatte es eilig, er müsse dringend ein paar Dinge vor seiner Telefonkonferenz recherchieren, ob das Anliegen der Polizei denn nicht bis morgen warten könne. Überhaupt könne man das, was der Commandant wissen wolle, auch im Internet nachlesen. Und habe er ihm nicht schon genug über die alten Druiden und ihre Rituale erzählt? Er könne sich ja nicht extra für ihn etwas aus den Fingern saugen. Er sei ein Keltenforscher, kein Druidenforscher.

Das hatte sich am Tag zuvor für Rachid noch ganz anders angehört. Da war es aus dem Keltenkenner nur so herausgesprudelt. Und so einfach wollte er nicht ohne vielleicht nützliche Informationen das Museum wieder verlassen. Er hatte eine Eingebung. Wenn es moderne Druiden gab, zu denen Mathilde hoffentlich bald Wissenswertes beisteuern konnte, dann sicherlich auch moderne Kelten. Was dieses Wissen ihnen bringen sollte, war ihm zwar nicht so ganz klar, aber …

»Monsieur Girac, wir wissen es sehr zu schätzen, wie viel Ihrer kostbaren Zeit Sie uns opfern. Aber wir haben es mit einem Serienmörder zu tun. Ein weiterer Mensch ist verschwunden. Und wir können nur dann den Täter stellen, wenn wir wissen, wie er tickt. Er tötet, wie ein Druide opfert, er nimmt die Schädel mit, hinterlässt ein keltisches Symbol. Das alles ist kein Zufall. Gibt es Ihres Wissens Gruppen, Clubs oder Ähnliches, die den Kelten nacheifern? In Form ihrer Kleidung, ihrer Rituale, ihrer Kampfweise, dem Gebrauch von Waffen, Sitten, Gebräuchen, Essen, Trinken, Haartracht?«

Jetzt hatte er ihn. Der Keltologe hatte mit immer größer werdenden Augen zugehört.

»Merkwürdig, dass Sie gerade dieses Thema ansprechen. Wir sind dabei, im Rahmen unserer Ausstellung ein Symposium vorzubereiten, das die Keltomanie unserer modernen Zeit betrachten wird. Und all diese Punkte, die Sie aufgezählt haben, werden eine Rolle spielen. Oder haben Sie bereits davon gehört? Ach was, wie könnten Sie. Das Projekt steckt noch in der Planungsphase. Nun, wenn Sie schon einmal unsere Ausstellung besucht haben, haben Sie vielleicht diese große Zeichnung gesehen, wie man sich einen keltischen Krieger vorzustellen hat. Mit Helm und Lanze. Aber das wollen Sie nicht wissen.«

Girac runzelte fragend die Stirn, als erwarte er Zustimmung. Als Rachid nickte, fuhr er fort: »Sie sprechen von der sogenannten Keltomanie unserer Zeit. Diese Art einer, nun ich nenne es auch gerne Keltenideologie, existiert seit dem achtzehnten Jahrhundert. Geradezu schwärmerisch hat man unsere Ahnen betrachtet, die zu der Zeit, als sie Fürsten hervorbrachten und den Römern das Leben schwer machten, in vielen Teilen Europas heimisch waren. Nun, die Kelten, die mit ihrem Führer, ihrem Herrscher in einem festgelegten Territorium siedelten, die gab es so nicht, um das einmal klarzustellen. Sie waren überall. Von weit im Osten Europas bis Spanien. Waren die Kelten in den Betrachtungen der Antike Barbaren, so wandelte sich ihr Ansehen in den folgenden Jahrhunderten. Die Gallier, die Kelten, wurden und werden als unsere Vorfahren erachtet, und, wen wundert's, an ihrem Heldentum, an ihrer Kunstfertigkeit, ihrem Mut und ihrer Überlegenheit, war nicht mehr zu rütteln. Der gallische Hahn, unser Wappentier und Nationalsymbol kommt nicht von ungefähr.«

Der Historiker sah auf seine Armbanduhr. »Tempus fugit, die Zeit flieht dahin. Überspringen wir also die Jahrhunderte, in denen die Keltomanie geradezu blühte, und begeben uns in die Neuzeit. Was ist alles keltisch?«

Erneut machte Girac eine Pause, nickte auffordernd mit dem Kopf. Als Rachid nur mit den Schultern zuckte, schnaufte der Keltologe enttäuscht.

»Ihnen fehlt es an Fantasie. Denken Sie doch nur an karierte Kleidung, Dudelsackmusik, die keltische Harfe, Guinessbier, Feste wie der Tanz in den Mai, Tätowierungen mit dem keltischen Knoten, und schon haben Sie ein buntes Potpourri von Keltomanie in unserer Zeit. All das ist Ihnen gewiss schon aufgefallen, haben Sie gesehen und gehört, all das ist Keltomanie. Es gibt Vereine, die zelebrieren dies geradezu, feiern Beltane, die Nacht zum ersten Mai, und Samhain, was heutzutage als Halloween bezeichnet wird. Keltische Festtage, wobei diese Bezeichnung mit Vorsicht zu genießen ist. Baumhoroskope, Baumkalender, was es nicht alles gibt, was uns die Kelten angeblich vererbt haben. Vieles ist Nonsens, aber erklären Sie das mal den Leutchen, die mit Blütenkränzen auf dem Kopf um einen Baum tanzen, während der Dudelsack gespielt wird. So, *mon Commandant.* Das muss für heute reichen. Befragen Sie das allwissende Internet, da können Sie all das nachlesen, was ich Ihnen auf die Schnelle gesagt habe. Und Sie werden dort auch Adressen finden von Vereinen, die das keltische Brauchtum …« Dieses Wort versah der Historiker mit Lufthäkchen. »… pflegen. Und nicht nur das. Dort tummeln sich auch Druiden, Feen, weise Frauen und sonstige Spinner. *Au revoir*, und viel Erfolg bei der Mördersuche. Ich hoffe, dass Sie den Raub unserer Kulturgüter darüber nicht vergessen«, fügte Girac spitz hinzu und entließ Rachid mit einer ungeduldigen Geste.

Viel war das nicht gewesen, dachte Rachid und fragte sich, ob Mathilde dem Phänomen der Kelten und Druiden und ihren vielleicht tödlichen Ritualen nähergekommen war. Er zog das Handy aus der Jackentasche und klickte ihre Nummer an.

»*Salut, chérie*, bist du unserem Mörder auf der Spur?«

»Nein, nicht wirklich. Ich habe ein interessantes Gespräch mit Père Joseph gehabt. Demnach sind die Neodruiden naturliebend und tanzen in Eichenwäldern herum. Da müsste einer ganz aus der Art geschlagen sein, um zum Mörder zu mutieren. Aber ich habe die Adresse eines Neodruiden, ich werde mich ein wenig mit ihm unterhalten. Wie weit bist du? Hast du Zeit, mich zu begleiten?«

»Ich bin auch nicht weiter als du. Nach der Aussage von Hugo Girac handelt es sich bei den Neokelten um harmlose Spinner in karierten Klamotten und mit einem Dudelsack unter dem Arm. Wo bist du jetzt?«

»Ich wollte zurück zum Palais de Justice und mein Auto nehmen. Der Druide lebt auf einem Hof zwischen Vauvert und Gallican. Du könntest mich am *Jardin de la Fontaine* einsammeln. Ich wäre in zehn Minuten da. Es gibt wohl noch keine Neuigkeiten wegen Auguste Klein?«, schnaufte Mathilde.

»Bist du etwa aus der Puste? Nein, bisher nichts. Die Suche läuft auf Hochtouren.«

»*Bon*. Ja, ich bin flott unterwegs. Und es ist erheblich wärmer, als ich dachte. Eigentlich ein Tag, an dem man nur in der Sonne liegen möchte, ein kühler Rosé dazu und einfach nichts tun. Nun, die Pflicht ruft. Wir sehen uns gleich.«

Kapitel 32

Mathilde und Rachid waren nach einer halben Stunde fast am Ziel. Vor ihnen lag die Petit Camargue. Mathilde hatte sie bei Brian Verneuil angekündigt und ihm bereits am Telefon erklärt, worum es ging. Sie schaute auf ihre Uhr.

»Wir sind zwanzig Minuten zu früh. Fahren wir doch ein Stück bis zum *Étang de Scamandre*, um wenigstens für ein paar Minuten auf andere Gedanken zu kommen.«

»Es geht dir nicht gut.« Es war keine Frage.

»Doch, alles in Ordnung. Aber für einen Moment die Seele baumeln lassen, kann uns beiden nicht schaden«, antwortete Mathilde lächelnd.

Sie parkten auf einem offiziell ausgewiesenen Platz in der Nähe des Naturschutzgebietes. Hand in Hand spazierten sie über den hölzernen Steg, der in den See hineingebaut war. Keine Menschenseele war zu sehen. Mathilde sog die salzige Luft ein, atmete tief ein und aus. Rechts von ihnen erstreckte sich sumpfiges Terrain, auf dem eine kleine Herde von Pferden weidete.

»Das nenne ich mal eine Win-win-Situation. Sieh mal.« Rachid zeigte auf einen Schimmel, auf dessen Rücken ein kleiner Vogel mit spitzem Schnabel saß und das Pferd von Stechmücken oder ähnlichem Ungeziefer befreite. »Er wird satt, und das Pferd wird die lästigen Blutsauger los. Sehr praktisch.«

»Oh, Rachid, schau mal da«, rief Mathilde entzückt. Sie hatte ein Fohlen entdeckt, das, beschützt von seiner Mutter, im Gras lag und sein schwarzes Fell in der Sonne wärmte. »Wenn doch nur die ganze Welt so ruhig und entspannt wäre wie dieses wunderschöne Fleckchen Erde.«

Einen Augenblick beobachteten sie einen dunkelgrauen Jährling, der sich der Mutterstute näherte und anfing, mit den Zähnen an ihrer Mähne zu knabbern.

»Mathilde, die Pflicht ruft. Aber wenn wir das alles hinter uns haben, verspreche ich dir ein verlängertes Wochenende in der Camargue.«

Die beiden umarmten sich kurz und gingen, ein ganz klein wenig leichter ums Herz, zurück zum Wagen.

»Hier geht's rein.« Mathilde zeigte auf ein verwittertes Schild. Gerade so konnte man noch die Aufschrift lesen. *Manade de Blacous.* »Wahrscheinlich eine ehemalige Stierzucht. Verneuil hat den Hof vor drei Jahren übernommen. Er ist nun ganz auf sein Druidentum spezialisiert. Bietet Workshops an, wandert mit Interessierten durch die Natur, sammelt Heilpflanzen. Seine Frau gibt vegane Kochkurse. Alles in allem schlicht und ergreifend ein alternativ lebendes Paar mit zwei Kindern. Menschen, die sich in die Ursprünglichkeit des Lebens flüchten, wie sie so oft in der ländlichen Gegend anzutreffen sind. Wer weiß, wenn die Verneuils den Hof nicht übernommen hätten, wäre er vielleicht schon verfallen. Ein schönes Haus, sieh nur. Wie liebevoll alles arrangiert ist.«

Rachid stellte den Wagen neben einem alten Pick-up ab. Ein Bauerngarten war vor der alten Farm angelegt. Das Haus besaß ein Strohdach, die Mauern waren steinsichtig, die Fenster klein.

»Das Haus hat schon ein paar Jahre auf dem Buckel. Ich schätze, es ist um einiges älter als das von Martin. Sieh nur, die kleinen Fenster. Im Sommer ist es drin herrlich kühl, im Winter dringt die Kälte nicht so ein.« Mathilde setzte ihre Sonnenbrille ab.

Aus dem Haus trat ein großer Mann. Mathilde schätzte ihn auf mindestens einen Meter neunzig. Das dunkle Haar war zurückgekämmt und zu einem Zopf gebunden. Er trug eine blaue Latzhose, ein kariertes Hemd und klobige Gummistiefel.

»Ein Landmann wie aus dem Bilderbuch«, flüsterte Rachid.

Brian Verneuils blaue Augen strahlten, als er seine riesige Hand zur Begrüßung ausstreckte.

»Madame de Boncourt, Monsieur Bouraada.« Er ließ die Titel weg, was aber weder Mathilde noch Rachid störte. »Ich bin gespannt, was Sie genau von mir wollen. Madame hat ja bereits ein paar Andeutungen gemacht. Aber kommen Sie doch rein. Es ist Mittagszeit, und ich werde jetzt essen. Meine Frau hat genügend vorbereitet, damit Sie mitessen können, wenn Sie mögen.«

»Sehr gerne«, entschied Mathilde spontan für sich und Rachid.

Verneuil führte die beiden durch einen schmalen Flur in eine riesige Wohnküche. Ein sechsflammiger Herd, Töpfe und Pfannen an den Wänden aufgehängt, ein Tellerregal, das von oben bis unten mit bunter Keramik bestückt war, zeugten von der Kochleidenschaft von Madame Verneuil, die soeben eine große eiserne Pfanne auf eine der Flammen stellte. Sie wischte sich die Hände an einem Handtuch ab.

»Jacqueline Verneuil, aber nennen Sie mich einfach Jacquie.« Die pausbäckige kleine Frau strahlte sie ebenfalls aus blauen Augen an. »Ich habe ein Omelett zubereitet. Mit Kräutern aus dem Garten und frischen Eiern von unseren Hühnern. Das Brot ist selbst gebacken. Setzen Sie sich doch.«

Mathilde und Rachid nahmen nach der Begrüßung auf einer Holzbank Platz. Brian Verneuil stellte zwei weitere Gläser auf den Tisch und einen Krug mit Wasser.

»Wir haben unsere eigene Quelle. Probieren Sie mal, es schmeckt köstlich, ein ganz klein wenig salzig, aber das macht es gerade so erfrischend.«

»Mmh, wirklich belebend«, bestätigte Mathilde und wischte sich den Mund mit einer Serviette ab.

Das Omelett wurde geviertelt, jeder bekam seinen Teller vor sich hingestellt.

»Herzlichen Dank für Ihre Gastfreundschaft.« Mathilde wischte mit einem Stück Brot ihren Teller sauber und schob es sich in den Mund. »Leider sind wir nicht nur wegen eines wunderbaren Essens hier. Wie ich Monsieur Verneuil schon gesagt habe, wollen wir einiges über das moderne Druidentum beziehungsweise über Rituale, die damit einhergehen, wissen.«

»Sie sagten am Telefon, dass Sie in dem Rahmen in dieser Mordserie ermitteln.« Brian Verneuil leerte sein Glas und machte ein ernstes Gesicht, während seine Frau flink den Tisch abräumte. Dann stand er auf. »Warten Sie einen Moment, ich werde Ihnen ein paar Fotos zeigen. Sie sind während einer Feier im letzten Jahr gemacht worden. Dann können Sie sich ein Bild davon machen, wie unsere, wie Sie es nennen, Rituale ablaufen. Allerdings gehören Enthauptungen nicht dazu.« Es hatte wie ein Scherz geklungen, doch Verneuils Miene blieb ernst.

Eine Minute später kehrte er zurück, ein altmodisches Fotoalbum unter den linken Arm geklemmt, über seinem rechten Arm hing ein weißes Tuch, das er vorsichtig über eine Stuhllehne legte.

»Das Album hat mir mein Mentor geschenkt. Der ehemalige Erzdruide von Guingamp in der Bretagne. Dort habe ich meine Ausbildung absolviert, bevor ich ins Languedoc zurückgekehrt bin und meinen eigenen Zirkel gegründet habe. Es sind Fotos von vor drei Jahren und früher. Ich denke, sie sind sehr aussagekräftig. Sie werden es sehen. Das hier«, er zeigte auf das Tuch, »ist mein Zeremoniengewand. Ganz schlicht, einfach weiß, es wird mit einem Gürtel gebunden. Also nichts Besonderes. Es wird einfach über der normalen Kleidung getragen.«

Verneuil blätterte im Album und zeigte auf ein Foto, auf dem er und zwei weitere Männer zu sehen waren. Sie standen auf Stöcke gestützt und lächelten in die Kamera.

»Das ist Armand, der Erzdruide von Guingamp, das hier sein Sohn Alaric. Das war an Beltane vor fünf Jahren. Ein Jahr zuvor habe ich mich von der katholischen Kirche getrennt, wegen Jacquie.« Er gab seiner Frau einen liebevollen Klaps auf den Arm. »Und es bis heute nicht bereut. Was ich hier mache, wissen Sie bereits. Keine Hexerei, keine Zauberei. Ich bringe den Menschen die Natur näher, sie ist unser größter Schatz. Das ist eigentlich so mein Hauptanliegen. Wir haben auch ein Gästehaus. Der ehemalige Ziegenstall beherbergt vier Fremdenzimmer. Zu uns kommen Menschen, die einfach raus aus ihrem Alltag wollen. Entweder lassen wir sie ganz in Ruhe, oder, wenn sie es wünschen, begegnen wir ihnen, um ihnen Kraft zu spenden durch Wanderungen, durch Gespräche.«

Verneuil suchte ein anderes Foto. »Das bin ich, nachdem man mich zum Druiden ernannt hat.« Auf dem Foto stand Brian Verneuil stolz neben einem Tisch mit zwei Schüsseln. Auf dem Kopf trug er einen Kranz aus Eichenlaub.

»Normalerweise dauert es bis zu zehn Jahren, bis man so weit ist. Aus irgendwelchen Gründen hat man bei mir eine Ausnahme gemacht. Ich denke, weil ich schon einmal ein Priester war. Und so sehr unterscheide ich mich als Druide nicht von meinem alten Beruf. Sehen Sie hier. In den Schüsseln befinden sich Salz, Kohle, Wasser und Weihrauch, sie stehen für die vier Elemente. Und das ist Brot, ein Symbol fürs Teilen.« Er lächelte. »Wir teilen das Brot, der Rest wird an den Fuß einer Eiche gelegt, es ist eine Gabe an die Toten.«

»Darf ich?« Rachid zeigte auf das Album.

»Aber natürlich. Da ist nichts drin, was Sie nicht sehen dürften.« Verneuil schob ihm das Album zu, in dem Rachid blätterte.

»Sie sehen, unsere Rituale sind nicht wirklich aufsehenerregend. Wir sind im Wald, am Wasser, wir werden eins mit der Natur, wir musizieren und gedenken an den acht wichtigsten Festtagen unseres Kalenders der Toten, der Seelen, der Natur, dem Werden und Vergehen. Zum ersten Mai ist die Zeit der Erneuerung, alles wächst und sprießt und gedeiht. Es ist auch die Zeit des Liebens, der Fruchtbarkeit. Freudenfeuer werden entfacht. Sehen Sie, das ist ein Foto unseres Beltanefests im letzten Jahr meines Aufenthaltes in der Bretagne.«

Mathilde zog das Album zu sich. »Ein riesiges Freudenfeuer. Die Flammen scheinen bis in den Himmel zu lodern«, stellte sie fest und gab das Album an Rachid zurück.

»In der irischen Sprache ist Bealtaine der Name für den Monat Mai. Ebenfalls ein wichtiges Fest ist Samhain. Mit ihm gehen wir in den November hinein. Es ist das Gegenteil von Beltane. Nicht das Leben, der Tod steht im Mittelpunkt. In dieser Nacht, sagt man, ist es möglich, die Anderwelt, die Unterwelt, das heißt, die

Welt der Toten zu betreten. Denken Sie an Halloween. Manche hätten es sogar an Beltane geschafft, die Grenze vom Diesseits ins Jenseits zu überwinden, sagen sie. Es ist mir allerdings bisher nicht gelungen.« Erneut zwinkerte Verneuil Rachid und Mathilde zu.

»Haben Sie es denn versucht?«, wollte Mathilde wissen.

»Ja, tatsächlich. Ich habe mich in einen Rauschzustand versetzt. Aber nichts ist passiert. Am nächsten Tag hatte ich Kopfschmerzen. Wissen Sie, auch wenn ich ein Druide bin, so bin ich doch Realist. Wobei ich die Begegnungen anderer Druiden und ihrer Anhänger mit der Anderwelt, von denen sie berichten, nicht unbedingt anzweifeln möchte. Vielleicht bin ich einfach noch nicht so weit.«

Rachid presste die Lippen zusammen und überlegte einen Augenblick. »Wenn ich das recht verstehe, ist Samhain also das Fest der Toten.«

»Wie Allerheiligen?«, steuerte Mathilde bei.

»Ja, im Großen und Ganzen schon«, bestätigte Verneuil.

»Das würde aber doch bedeuten, wenn der Mörder, den wir suchen, streng nach dem Druidenkalender tötet, müsste er sich Ende Oktober an sein Werk machen«, schloss Rachid.

»Hm, eigentlich schon. Es sei denn, er verfolgt ein spezielles Ziel. Er tötet nicht um des Tötens willen, er opfert. Und das ist natürlich auch an Beltane der Fall. Das heißt aber keine Menschenopfer in der heutigen Zeit, verstehen Sie mich nicht falsch. Er opfert, um die Götter, die Natur, zu bitten, das Leben gedeihen zu lassen. Verstehen Sie? Um sie gnädig zu stimmen, beispielsweise für eine gute Ernte. Dann müsste ihr Mörder ein Landwirt sein. Aber was plappere ich da. Es ist nicht zum Scherzen, bitte entschuldigen Sie.«

Madame Verneuil hatte inzwischen einen starken Kaffee gekocht, den sie in dunkelroten *bols* auf den Holztisch stellte. Mathilde und Rachid nahmen das dampfende Getränk gerne an.

Nach einem Schluck Kaffee griff Mathilde den Faden wieder auf. »Ich würde gerne noch einmal allgemein auf das Thema Ritual zurückkommen. Gibt es wesentliche Punkte, über die wir nicht gesprochen haben?«

»Nein, ich denke nicht. Befreien Sie sich von diesen Ritualen. Ich weiß nicht, was Sie erwartet haben. Wir lieben die Natur, pflegen die alten Mythen, treffen uns in regelmäßigen Abständen, um unsere Feste zu begehen. Wir sind normale Menschen, die ein gemeinsames Interesse haben. Mehr nicht. Wie die Pfadfinder oder ein Strickkränzchen. Ich sehe meine Aufgabe darin, andere Menschen dabei zu unterstützen, ihr eigenes Potenzial zu verstehen.« Er klappte das Fotoalbum zu.

»Monsieur Verneuil, eine letzte Frage: Können Sie sich vorstellen, dass ein Druide aus Rache tötet?«

Brian Verneuil schüttelte energisch den Kopf. »Nein, nicht wenn er seinen Druidenstand ernst nimmt. Wir sind Lehrer, Heiler, manche verstehen sich als Geistliche. Wie in der Antike. Doch die Aufgaben der Druiden waren in der Antike erheblich vielschichtiger. Sie brachten die Opfer dar, wir haben bereits darüber geredet, waren die Rechtsprechenden, erlegten die Strafen auf, waren aber auch dazu bestimmt, die Schuldigen zu töten, wenn es das Recht vorsah. Insofern sehe ich in ihrem Mörder, wenn er sich denn als Druide fühlt, was mir sehr missfällt, am ehesten jemanden, der glaubt, über andere richten zu können, bis hin zu der schändlichsten Form des Richtens, indem man einem Menschen das Leben nimmt.«

»Sie schließen damit einen Druiden aus?«

»Nein, das habe ich nicht gesagt. Es mag sein, dass er sich als Druide fühlt, dafür spräche die Enthauptung. Ich kenne keine Details, Sie dürfen sicher auch nicht darüber reden, aber falls der Mörder den Schädel mitgenommen hat, so spräche dies für jemanden, der sich in der Tradition eines antiken Druiden sieht. Denn die haben sich durchaus der Schädel bemächtigt.«

»Monsieur Verneuil, Sie sagten eben, Druiden kommen aus allen Bereichen. Sie können also Bäcker, Polizisten, Ärzte, Immobilienmakler sein.«

Verneuil nickte bestätigend.

»Sie bilden einen Querschnitt aus der Bevölkerung. Das heißt aber, sie könnten nicht nur, wie Sie, ich sage mal pauschal, für das Gute stehen und das Gute tun, sondern auch genau das Gegenteil.«

»Natürlich, das ist möglich.«

»Was passiert, wenn Sie davon Wind bekommen, dass jemand aus Ihrer Gemeinschaft nicht den hehren Prinzipien folgt, wie es sein sollte?«

»Eine solche Person wird ausgeschlossen. Konsequent.«

»Und dann?« Mathilde beugte sich gespannt vor.

»Nun, die Person könnte weitermachen als sogenannter Heckendruide, so nennen wir die Einzelgänger, oder sie fühlt sich der Gemeinschaft grundsätzlich nicht mehr zugehörig und lässt es ganz sein. Ich kenne allerdings nur einen einzigen solchen Fall. Diese Person wurde kein Heckendruide, sondern hat im Nachhinein alles, was wir tun und wofür wir stehen, ins Lächerliche gezogen. Wir seien weit weg von dem wahren Druidentum. Das mag sein, wissen Sie, aber ich möchte die Reaktionen darauf hören, wenn wir zwei weiße, blumenbekränzte Stiere opfern. Wir mussten uns von ihr trennen.«

»Monsieur Verneuil, wer war dieser Mann, den Sie aus Ihren Reihen ausgeschlossen haben?« Rachid hielt die Luft an.

»Nun, wir haben es sehr bedauert, denn diese Person ist ein kluger Kopf. Jemand, der mehr über die Geschichte der Kelten und Druiden weiß als jeder Einzelne von uns. Wir hätten sehr viel länger von diesem Wissen profitieren wollen.« Verneuil seufzte tief, und seine Frau streichelte ihm über die Hand.

»Monsieur Verneuil, Sie sind doch an kein Schweigegelübde mehr gebunden. Also, wer ist dieser Mann?« Rachid musste sich beherrschen, seine Ungeduld nicht zu zeigen.

»Natürlich kann ich Ihnen den Namen nennen. Aber es handelt sich nicht um einen Mann. Sagte ich nicht, dass es auch Druidinnen heutzutage gibt? Ich habe sie bei einem Treffen in Irland kennengelernt. Maximiliane Chapelet, die stellvertretende Direktorin im *Musée de la Romanité.*«

Kapitel 33

»Madame Chapelet ist uns nicht unbedingt eine Erklärung schuldig. Sie ist oder war Druidin. Gut und schön. Aber warum hätte sie uns darüber aufklären müssen?«

Mathilde setzte ihre getönte Brille auf, die Sonne blendete sie. Sie waren auf dem Weg ins Museum.

»Du hast natürlich recht. Aber es sind einfach zu viele Zufälle. Wir nähern uns den Morden nun über diesen Weg an. Druiden sind nicht nur weise Männer, sondern auch Frauen. Warum also nicht opfernde Frauen, Frauen, die Recht sprechen und Recht ausüben. Wir wissen, dass eine Frau die Morde verübt haben kann. Sie hat Zugriff auf die Exponate. Wer sagt uns, dass das Phantom, das auf den Kameraaufzeichnungen zu sehen ist, keine Frau ist? Die Person ist schlank, mittelgroß und ganz in Schwarz gekleidet. Ich erinnere mich, wie Coco von katzenhaften oder geschmeidigen Bewegungen gesprochen hat. Dies kann ebenfalls für eine Frau wie für einen Mann sprechen.«

»*Alors, chercher la femme* nicht ausgeschlossen. Ich bin jedenfalls gespannt, was Madame Chapelet uns zu sagen hat.« Mathilde trat ins Foyer des Museums und schlängelte sich mit Rachid vorbei an den Besuchern zum Bürotrakt. Eine Angestellte lief ihnen hinterher.

»Halt, Sie können hier nicht einfach vorbeilatschen. Kaufen Sie Tickets. Und außerdem ist dieser Bereich für Besucher nicht zugänglich.«

Die Frau trat den beiden Ermittlern mit ausgebreiteten Armen in den Weg.

»Entschuldigen Sie, dass wir einfach an Ihnen vorbeigeprescht sind. Wir sind hier wegen der Diebstähle im Museum und wollen zu Madame Chapelet. Wir kennen den Weg.«

Rachid erwartete, dass die Dame ihnen nun Platz machen würde. Doch die Museumsangestellte blieb wie angewurzelt stehen. »Zu Madame Chapelet? Die ist nicht da.«

»Sie ist nicht im Haus? Hat sie frei? Urlaub?«, fragte Mathilde.

»Nein, weder noch, sie ist einfach nicht da. Monsieur Girac ist schon ganz aus dem Häuschen. Heute sollten die letzten Handgriffe für unsere neue Ausstellung gemacht werden. Sozusagen der Feinschliff. Madame Chapelet wird dringend dazu benötigt. Ich versuche seit Stunden, sie zu erreichen. Aber sie geht nicht ans Handy, und ihre Schwester, mit der sie zusammenwohnt, weiß auch nicht, wo sie steckt. Sie sagte nur, sie sei früh aus dem Haus.«

In diesem Augenblick rauschte die Museumsdirektorin heran. »Was höre ich da? Madame le Juge, Commandant, Sie sind wegen Madame Chapelet hier? Ist ihr etwas zugestoßen? *Mon Dieu*, was ist nur los? Unsere Exponate verschwinden, ein Wachmann ist tot, und jetzt lässt uns auch noch Madame Chapelet im Stich.« Sie stand schnaufend vor Mathilde und Rachid und griff sich mit einer Geste der Verzweiflung an den Hals. »Es ist gut, Nicole, gehen Sie bitte an Ihre Arbeit. Und Sie kommen am besten mit mir.«

Die Direktorin drehte sich um und ging voraus zu ihrem Büro.

»Setzen Sie sich.«

Es klang wie ein Befehl. Mathilde und Rachid hatten bisher keine Möglichkeit gehabt, zu erklären, warum sie überhaupt im Museum waren.

»Nun, ich kann es aushalten. Was ist mit Maximiliane passiert? Ist sie tot?« Madame Jacquemot begann, fahrig ihre Schreibtischutensilien hin und her zu schieben. Das Tischtelefon wanderte an den linken Rand, ein Schnellhefter neben eine Schale mit einem Brieföffner, die fast auf den Boden gefegt worden wäre, hätte Rachid nicht schnell reagiert und sie festgehalten.

»*Merci*. Aber das alles ist eine Katastrophe, eine solche Katastrophe. Und dann die Fibel aus dem Depot. Und das ist noch nicht alles.« Ein verzweifelter Schluchzer entrang sich ihrer Brust.

»Wir haben es den Leihgebern noch nicht gesagt, das werden sie uns nie verzeihen. Das Stück ist so besonders. Und nun, weg. Ein Drama. Aber was rede ich da? Spielt das alles eine Rolle, wenn Maximiliane tot ist? Wer fragt dann noch nach einem archäologischen Fundstück?«

»Madame Jacquemot, bitte beruhigen Sie sich. Wir sind gekommen, um mit Madame Chapelet zu sprechen, nicht um Ihnen mitzuteilen, dass Ihre Kollegin tot ist. Bitte gehen wir der Reihe nach vor. Madame Chapelet ist heute Morgen nicht zur Arbeit erschienen? Und ein weiteres Exponat ist verschwunden?«

»Hä? Ja, wie jetzt? Also Maximiliane lebt?« Die Direktorin stieß einen Seufzer der Erleichterung aus.

»Madame Jacquemot, wir haben jedenfalls keine Kenntnis, dass sie tot sein könnte«, versuchte Rachid, die Frau erneut zu beruhigen. »Wie kommen Sie eigentlich auf diese Idee?«

Die Direktorin holte tief Luft.

»Maximiliane ist überpünktlich. Meist ist sie die Erste, die zur Arbeit erscheint. Sie ist meine beste Mitarbeiterin, meine Stellvertreterin. Und sie geht in ihrer Arbeit auf. Diese Ausstellung ist vor allem ihr Herzensprojekt. Als sie um halb neun immer noch nicht da war, habe ich versucht, sie auf ihrem Handy zu erreichen. Nichts. Es ist wohl ausgeschaltet. Dann habe ich herumgefragt, ob jemand wüsste, ob sie später kommt. Vielleicht ein Arztbesuch vorher? Irgendetwas in dieser Art. Aber nichts. Es hat auch niemand den Eindruck gehabt, sie fühle sich nicht wohl und bliebe daher zu Hause. Heute ist noch so viel zu tun. Die Ausstellung muss perfekt werden, Maximiliane würde niemals versäumen, mit eigener Hand hier ein Kärtchen zurechtzurücken, da ein Stäubchen von einer Vitrine zu entfernen. Sie wäre mit zwei gebrochenen Beinen erschienen. Das lässt für mich nur die Vermutung zu, es könnte ihr etwas zugestoßen sein. Ein Unfall, ein ganz schlimmer Unfall. Und da tauchen Sie auf, ich habe einfach vermutet, Sie wollen mir die schlechte Nachricht persönlich überbringen.«

Madame Jacquemot schnappte nach Luft. Sie griff sich an den Hals und befreite sich von dem schmalen Schal, den sie locker darum geschlungen hatte. Mathilde und Rachid beobachteten sie besorgt.

»Dann habe ich Nicole beauftragt, sie aufzuspüren. Maximiliane lebt seit dem Tod ihrer Tochter bei ihrer Schwester. Das ist auch gut so, denn es gibt Tage, da fällt sie in ein tiefes emotionales Loch.«

Mathilde wollte schon etwas sagen, doch sie schloss den Mund wieder, als Rachid ihr seine Hand auf den Arm legte. Die Direktorin fuhr fort.

»Wir haben dann schon einmal damit angefangen, die letzten Exponate in die Vitrinen zu bringen. Und als einer unserer Leute ins Depot ging, wo alles top abgesichert gelagert wird, da war es weg, das Kultbäumchen. Einer der Höhepunkte dieser Ausstellung.« Die letzten Worte waren wahre Schreie der Verzweiflung. Die Museumsdirektorin sank in sich zusammen. Tränen schimmerten in ihren Augen.

»Madame Jacquemot, dieses Kultbäumchen. Was ist das?«, fragte Mathilde sanft.

Die Direktorin zog ein Taschentuch aus einer Schublade und schnäuzte sich die Nase. »Ein kleiner Baum aus Bronze. Er stellt wohl eine Steineiche dar, der heilige Baum in der keltischen Religion. Die kleinen Blätter sind mit Blattgold überzogen. Ein Meisterwerk seiner Art.« Sie räusperte sich. »Um genau zu sein, ist es eine Replik. Das Original kann nicht ausgestellt werden. Viel zu fragil. Aber auch diese Kopie hat einen enormen Wert. Materiell und überhaupt. Sie ist mit dem Goldreif unter größten Sicherheitsvorkehrungen hier angeliefert worden. Und jetzt, weg. Ich hatte gehofft, Maximiliane hätte es aus dem Depot genommen, um es ein letztes Mal zu begutachten. Aber keine Maximiliane, kein Kultbaum. Wir haben abgewartet, Sie, die Polizei, zu informieren, da ich, wir, die Hoffnung hegten, sie hätte den Baum in ihrer Obhut. Sie muss ihn mitgenommen haben. Sie hat den Zugang zum Depot, kennt den Sicherheitscode. Die Kamera war deaktiviert. *Mon Dieu*, hat sie etwa auch die übrigen Artefakte gestohlen?« Madame Jacquemot klammerte sich mit den Händen an die Kante ihres Schreibtischs.

Dieselbe Frage stellte sich Mathilde, als sie die Frau, die kurz vor einem Nervenzusammenbruch zu stehen schien, vorsichtig unterbrach.

»Wie groß ist dieses Bäumchen?«

»Wie groß? Was spielt das für eine Rolle?« Die Direktorin schien verwirrt. Doch sie fing sich sofort wieder. »Entschuldigen Sie, Madame le Juge. Es misst etwa sechzig Zentimeter. Man geht davon aus, dass solche Bäumchen bei kultischen Handlungen, im Speziellen bei Prozessionen, mitgetragen wurden. Was werden Sie nun tun?« Ihre Stimme zitterte auffällig.

»Einer unserer Leute wird Ihre Mitarbeiter befragen und die Überwachungsvideos sichten. Wenn sie das Museum oder ihr Büro betreten hat, wird sie da wohl zu sehen sein. Ansonsten versuchen wir, Madame Chapelet ausfindig zu machen, vielleicht haben wir mit ihr auch das Kultbäumchen«, versuchte Rachid die Frau zu beruhigen. »Allerdings haben wir ein paar weitere Fragen zu Madame Chapelet. Wussten Sie, dass sie – wie drücke ich mich am besten aus? – eine Druidin war?«

Madame Jacquemot riss die Augen auf. »Eine Druidin?«

»Ja, sie gehörte einem Kreis an, der sich für die Natur einsetzt«, vereinfachte Rachid die Erklärung. »Diese Gruppe wird von einem Neodruiden angeführt. Er sagte uns, Madame Chapelet sei eine Druidin. Wahrscheinlich war sie es schon in der Zeit, als sie in der Bretagne gelebt hat. Diese reine Beschäftigung mit der Natur und den alten Mythen, wie sie dieser Zirkel praktiziert, habe ihr nicht mehr ausgereicht. Sie ist ihr wohl nicht tief genug gewesen, zu oberflächlich, zu wenig mit dem wahren Keltentum der Antike verbunden. Wir fragen uns, was könnte Madame Chapelet geglaubt haben, mit einer Druidin aus der Keltenzeit gemeinsam zu haben?«

»Lächerlich.« Die Direktorin schnappte nach Luft. »Druidin. So ein Firlefanz. Es ist schon schwer genug, die Existenz männlicher Druiden nachzuweisen, von weiblichen ganz zu schweigen. Eigentlich müsste Ihnen Maximiliane Chapelet das sogar bestätigen. Wie Kollege Girac ist sie eine Koryphäe auf dem Gebiet.

Girac wird Ihnen bestätigen, dass Frauen da nichts zu suchen hatten.«

»Aber sie könnte sich doch trotzdem als Druidin fühlen.«

Erneut schnaufte die Direktorin. »Keine Ahnung, als was sie sich fühlen mag. Sie soll wieder hier auftauchen und das Bäumchen mitbringen. Dann hat sie es vielleicht im Wahn, eine Druidin zu sein, mitgehen lassen.«

Mathilde und Rachid ließen den Satz unkommentiert.

»Madame Jacquemot, Sie sagten vorhin, Madame Chapelet wohnt bei ihrer Schwester, seitdem ihre Tochter verstorben ist. Und das wäre gut so. Was meinten Sie genau damit?«

Die Direktorin rieb sich über die Augen. »Vielleicht ist das ja ein Grund für Maximiliane, sich zur Druidin berufen zu fühlen. Vielleicht will sie zu Beltane Kontakt zu ihr in die Anderwelt aufnehmen. So ein Mumpitz. Ja, Marjolaine Chapelet hat Selbstmord begangen. Den Grund kennt, soweit ich informiert bin, niemand. Depressionen wahrscheinlich. Sie hat sich vor einen Zug geworfen. Maximiliane war tagelang nicht ansprechbar, dann hat sie sich wie verrückt in die Arbeit gestürzt. Und so war das bis gestern. Ihre ledige Schwester wohnte in Arles. Sie ist hergezogen, hat ein kleines Haus gekauft und Maximiliane bei sich aufgenommen. Sie gibt acht auf sie. Obwohl ich den Eindruck hatte, Maximiliane sei stabil. Nun, wer kann schon in die Menschen hineinschauen? Wann schicken Sie jemanden vorbei, der den Diebstahl untersucht?«, schloss die Direktorin unvermittelt.

»Wir kümmern uns umgehend darum. Der Kollege oder die Kollegin wird innerhalb der nächsten halben Stunde hier sein.«

Mathilde und Rachid verabschiedeten sich von der sichtlich gezeichneten Museumsdirektorin, die in ihrem Bürosessel sitzen blieb und nur noch schwach die Hand zum Abschiedsgruß heben konnte.

Kapitel 34

Felix erreichte den Parkplatz vor dem Polizeipräsidium in der Rue Antoine Becker erst eine halbe Stunde später als geplant. Ein Stau kurz vor Marseille war der Grund gewesen. Geduldig im Schritttempo seinen Wagen steuernd, hatte er von unterwegs Marc Garimond, den Fachmann für den keltischen Schädelkult, darüber informiert, dass es noch dauern könne. »Kein Problem, ich bin da und gespannt, was Sie von mir wollen«, hatte Garimond Felix wissen lassen.

Er stellte den Dienstwagen vor der Polizeistation der Marseiller Kollegen ab. Eine noble Nachbarschaft, dachte Felix, als er bewundernd zu der riesigen Kirche, der Kathedrale *La Major* sah, die vor allem durch ihr hell und dunkel gestreiftes Mauerwerk und die beiden mächtigen Türme sofort ins Auge stach. Von hier waren es knapp vierhundert Meter bis zum *Musée d'Archéologie Méditerranéenne*. Das Museum, das 1995 seine Pforten geöffnet hatte, war auf der ersten Etage der *Vieille Charité* untergebracht, einem weiteren Wahrzeichen von Marseille aus dem siebzehnten Jahrhundert. Heute ein Zentrum für Wissenschaft und Kultur, war der Komplex ab 1671 im Bau, um dort einen Platz für die Armen der Stadt zu schaffen. Vier Flügel öffneten sich über dreistöckige Galerien zu einem Innenhof, in dessen Zentrum eine Kapelle mit eiförmiger Kuppel errichtet worden war. Bis zu ihrem drohenden Abriss nach dem Zweiten Weltkrieg, den der Architekt Le Corbusier verhindern konnte, beherbergte die Charité die Ärmsten der Armen.

Felix wollte eben das Museum betreten, als die Tür sich öffnete und eine Horde von Schülerinnen und Schülern herausstürmte, die trotz der ermahnenden Rufe zweier Lehrkräfte Felix fast umrempelten. Er drückte sich an die Seite, die Kinder stoben heraus wie Kellerasseln, die plötzlich aus dem Schutz der Dunkelheit ins Helle gerieten. Nach einer Entschuldigung einer Lehrerin, die bereits im Begriff war, ihren Schützlingen nachzujagen, konnte Felix eintreten. Ein Mann in seinem Alter kam auf ihn zu und streckte die Hand aus.

»Lieutenant Tourrain, wenn ich mich nicht irre. Kommen Sie.«

Der Schädelspezialist war Felix auf Anhieb sympathisch. Seine Beine steckten in löchrigen Jeans, ein T-Shirt mit dem Aufdruck eines Tyrannosaurus Rex, dessen Krallen rosa eingefärbt waren, brachte Felix zum Schmunzeln. Die strubbeligen dunklen Haare und die Nickelbrille ließen den Archäologen wie einen etwas zu alt gewordenen Schüler aussehen.

»Kaffee?«, fragte Garimond, als sie nach einer Minute ein kleines Büro erreicht hatten, das spartanisch eingerichtet war. Allerdings bogen sich die Regale und der Schreibtisch fast unter der Last der vielen Bücher, die darauf lagerten. Felix nahm auf dem angebotenen Stuhl Platz.

»Lieber ein Wasser. Ich habe den Eindruck, in Marseille ist es erheblich wärmer als in Nîmes.«

»Wir liegen auch um einiges südlicher«, grinste Garimond und stellte eine kleine Flasche Wasser und ein Glas vor Felix, nachdem er einen Stapel Bücher zur Seite geschoben hatte.

»So, dann legen Sie mal los. Sie haben mich sehr neugierig gemacht. Es geht um den keltischen Schädelkult, so viel weiß ich bereits, aber was daran ist für die Polizei in Nîmes so interessant?« Er sah Felix gespannt an.

Felix trank einen Schluck Wasser. »Wir ermitteln in einer Mordserie. Allen Opfern fehlt der Schädel, und diese sind nicht auffindbar. Der Täter hat sie offenbar als eine Art Trophäe mitgenommen.«

»*Ouah*, das ist ja vielleicht ein Ding.«

»Das kann man wohl sagen. Eine solche Serie hatten wir noch nie. Mehr oder weniger gleichzeitig sind mehrere Exponate aus dem *Musée de la Romanité* verschwunden, die man in der neuen Keltenausstellung zeigen wollte.«

Garimond kratzte sich am Kinn. »Ich weiß. Sehr schlimm. Wir haben ebenfalls Leihgaben nach Nîmes geschickt. Madame Jacquemot hat uns umgehend informiert. Wir haben sie beruhigen können, wir lassen unsere Exponate da. Es wird ja nun besonders auf die Sachen geachtet, wir machen uns da keine Sorgen. Es wäre aber auch zu dreist, ein weiteres Mal dort einzubrechen. Und Sie sehen einen Zusammenhang zwischen den Diebstählen und den Morden?«

Felix zuckte mit den Schultern. »Wir schließen ihn zumindest nicht aus. Es sind immerhin Kultgegenstände, die verschwunden sind, und, soweit unsere Kenntnisse bisher reichen, ist das Abtrennen des Schädels doch ebenfalls eine Kulthandlung. Was also können Sie uns über diesen keltischen Schädelkult erzählen?«

»Kommen Sie, gehen wir in die Ausstellung. Da lässt es sich besser erklären.«

Garimond führte Felix durch die verschiedenen Räume, in denen Exponate aus der ägyptischen und griechischen, der römischen und keltischen Antike zu sehen waren.

»In diesem Raum hier versammelt sich das, was wir allgemein die keltischen Artefakte nennen. Die Exponate stammen zum größten Teil aus dem Oppidum Roquepertuse, wo ganze Wohnviertel, Handwerkerbereiche und ein Heiligtum ausgegraben werden konnten. Und das wird Sie besonders interessieren.«

Der Archäologe zeigte auf drei Pfeiler aus Stein, in die tiefe Mulden hineingearbeitet worden waren.

»Diese Pfeiler gehörten zum Heiligtum von Roquepertuse, und in die Mulden wurden Schädel hineingesetzt.«

Felix trat näher. Jetzt waren die Mulden leer.

»Welche Schädel hat man hineingesetzt? Die von Verbrechern?«

Garimond lächelte. »Das wissen wir nicht. Wir gehen davon aus, dass in diesem Fall«, er zeigte auf die Pfeiler, »die Pfeiler in Richtung des Inneren des heiligen Bezirks standen, die Schädel also hineinschauten. Verbrecher in unserem heutigen Sinne dürften es eher nicht gewesen sein. Vielleicht waren es die Anführer der Feinde, die im Kampf getötet wurden, oder hochgestellte Persönlichkeiten, vielleicht sogar Menschen, die extra dafür geopfert worden sind. Es fehlen uns die Quellen, die darüber Auskunft geben könnten.«

Felix zog sein Notizbuch und einen Stift aus der Jacke.

»Sie müssen nicht mitschreiben. Ich habe das Wichtigste für Sie zusammengetragen. Ich gebe es Ihnen gleich.« Er klopfte auf die Gesäßtasche seiner Jeans.

Felix nickte. »Prima, vielen Dank. Aber es sind doch sicherlich etliche Feinde besiegt worden. Hat man die alle zum Heiligtum gebracht? Also, die Köpfe?«

»Nein, diese Schädel waren Trophäen, die gleichzeitig zur Abschreckung dienten. Man setzte sie zum Beispiel an die Stadttore. Nach dem Motto: Ihr seht, was passiert, wenn ihr uns bedroht. Die Schädel wurden aber auch an die Hauswände genagelt. Mit derselben Botschaft.«

»Und so etwas findet sich im gesamten keltischen Kulturbereich?«, fragte Felix und zeigte auf die leeren Pfeiler.

»So ziemlich. Wie Sie selbst vorhin ganz richtig formulierten, handelt es sich um einen Kult, der Kult der *têtes coupées*, und er hat durchaus einen mystischen Charakter. Die Kelten glaubten, wenn sie im Besitz des Kopfes sind, gehe sämtliche Kraft und das Wissen des Gegners auf sie über. Das heißt, neben der Ausstellung zur Abschreckung und Warnung, einem Opfer an die Götter, hatten sie eine überaus wichtige Funktion für jeden einzelnen Kelten.«

Garimond zog ein Blatt Papier aus seiner Hosentasche. »Hier, bitte. Da können Sie alles nachlesen. Und dazu ein Zitat des griechischen Geschichtsschreibers Diodor. ›Den gefallenen Feinden schlagen sie die Köpfe ab und hängen sie am Hals ihrer Pferde auf; die blutigen Waffen aber geben sie ihren Dienern und lassen sie als Beute unter Kriegsgeschrei und Triumphgesängen einhertragen. Die Köpfe ihrer vornehmsten Feinde balsamieren sie ein und verwahren sie sorgfältig in einer Kiste, und wenn sie diese dann den Fremden zeigen, so rühmen sie sich, wie einer ihrer Vorfahren oder ihr Vater oder auch sie selbst diesen Kopf um vieles Geld nicht hergegeben hätten.‹ Nun, Sie sehen, diese Schädel besaßen eine große Bedeutung, wenn man Diodor Glauben schenken darf. Und wenn man nicht gleich einen ganzen Kopf mit sich schleppen wollte, so trug man doch mindestens das Fragment eines Schädels als Amulett mit sich. Nun, Lieutenant Tourrain, ich hoffe, ich konnte Ihnen ein wenig weiterhelfen«, schloss der Archäologe.

»Auf jeden Fall. Allerdings habe ich ein paar weitere Fragen. Sie sagten eben, man hat die Schädel mumifiziert. Das heißt, alles blieb dran? Die Haare, das Fleisch? Einfach alles?«

Sein Gesprächspartner nickte. »Ja. Und was nicht mumifiziert wurde, daran haben sich die Tiere gütlich getan. Vögel, Ratten und so weiter. Irgendwann war außer dem Knochen nichts mehr übrig.«

Felix schauderte ein wenig bei der Vorstellung.

»Was glauben Sie, Monsieur Garimond, wenn jemand einen Schädel in der heutigen Zeit an sich nimmt, wie würde er ihn konservieren?«

»Da fragen Sie mich vielleicht etwas. Darüber habe ich mir noch nie Gedanken gemacht. Mumifizieren dauert seine Zeit, eine Möglichkeit wäre die Plastination. Es ist jedoch ein sehr aufwendiges Verfahren. Dann lieber das, was ein Jäger macht, wenn er den Schädel eines Tieres konservieren möchte. Mein Schwiegervater ist Jäger. Ich habe ihm einmal über die Schulter geschaut, aber das ist nichts für mich. Er hat das Fell und das Fleisch entfernt, die Augen, dann hat er den Schädel gekocht und den Rest abgeschabt, nehme ich mal an, da war ich nicht mehr dabei. Soll ich ihn anrufen?« Der Archäologe zückte schon sein Handy.

Felix nickte. Garimond wandte sich ein wenig zur Seite.

»*Salut*, Étienne, ich bin's. Hör mal, wenn du den Schädel von einem deiner erlegten Tiere häutest, wie gehst du dann weiter vor?« Garimond lauschte, bedankte und verabschiedete sich.

»*Alors*. Er legt den Schädel in eine Mischung aus Wasser und Enzymreiniger, um die letzten Reste des Gewebes zu entfernen. In der Mischung bleibt der Kopf etwa drei Tage, und fertig. Noch mal abspülen und trocknen.« Er verzog das Gesicht. »Glauben Sie, ihr Killer hat das mit seinen Köpfen vor?«

Felix seufzte. »Wir wissen es nicht. Aber danke für diese zusätzliche Information.«

Die beiden Männer schlenderten durch die Ausstellung zurück.

»Es gibt da aber eventuell einen Unterschied zwischen den Enthauptungen der Kelten und denen, mit denen Sie konfrontiert sind. Ich weiß ja nicht, wie ihr Täter vorgegangen ist, aber die Kelten haben zuerst getötet und dann enthauptet. Alles andere wäre eher eine Hinrichtung, wie sie im Mittelalter mit dem Richtschwert vollzogen worden ist«, sagte der Archäologe nachdenklich.

»Sie meinen, unser Täter begeht keine kultische Handlung, sondern einfach nur einen Mord?«

Felix merkte selbst, wie unangemessen es sich anhörte, »einfach nur einen Mord«. Aber der Archäologe verstand, was er damit sagen wollte.

»Lieutenant, es war nur so ein Gedanke. Was ich sagen will: Ihr Täter, wenn er denn mit dem Schwert enthauptet, um zu töten, folgt keinem keltischen Ritual.«

Unvermittelt blieb Felix vor eine Vitrine stehen. Ein Gegenstand hatte seine Aufmerksamkeit erregt.

»Was ist das?« Er zeigte auf ein etwa siebzig Zentimeter langes Schwert.

»Ein Schwert aus einer kultischen Niederlegung.«

»So gut erhalten?«

Der Archäologe verzog keine Miene. »Aber nein, es ist eine Replik. Das ist das Original.« Er wies auf etwas, das daneben lag und aussah, als hätte man ein vom Rost zerfressenes schmales Eisenstück mehrfach zusammengefaltet. »Man hat es unbrauchbar gemacht, bevor es geopfert worden ist. Allerdings war das Schwert vorher benutzt worden, die Hiebmarken sind noch erkennbar. Der besseren Anschauung wegen haben wir eine Replik anfertigen lassen, so wie das Schwert ehedem ausgesehen hat. Das heißt, wir haben zwei anfertigen lassen, aber ein Schwert ist vor mehreren

Wochen gestohlen worden. Wir wissen nicht, wie der Dieb das geschafft hat, es ist uns ein Rätsel.«

»Der Diebstahl wurde gemeldet?« Felix konnte sich nicht daran erinnern, dass ein solches Schwert bei ihren Recherchen aufgetaucht war. »Wir haben einige gestohlene Artefakte zusammengetragen, aber diese Waffe …?«

»Natürlich. Aber es kam bei den polizeilichen Ermittlungen nichts heraus. Man hat den Diebstahl schnell ad acta gelegt. Vielleicht sind Sie deshalb nicht darauf gestoßen. Ich weiß es nicht.« Plötzlich stutzte der Archäologe. »Das Schwert, glauben Sie, es steht in Zusammenhang mit den Morden? Aber nein, das kann gar nicht sein. Unsere Repliken werden absichtlich stumpf gelassen. Mit ihnen könnten Sie höchstens ein Stück weiche Butter in zwei Teile trennen.« Garimond wirkte leicht verunsichert.

»Aber das Schwert ist aus Eisen gefertigt, geschmiedet, wie man ein Schwert schmiedet?«

»Ja, von einem Schmied, der sich auf die Nachbildung alter Waffen spezialisiert hat. Er fertigt Lanzenspitzen, Armbrüste, Schwerter, sogar Rüstungen.«

Felix nickte. »In diese Richtung geht unsere Suche ebenfalls. Wenn Sie mir bitte von Ihrem Schmied die Adresse geben würden.« Er rieb sich mit Daumen und Zeigefinger über sein Kinn. »Dann wäre es also möglich, das Schwert scharf zu bekommen? So scharf, dass man jemandem damit den Kopf abschlagen kann?«

Der Archäologe wurde bleich. »Das ist möglich, ja.«

Kapitel 35

Auguste Klein erwachte mit einem Hämmern im Kopf, als ob ein winziger Presslufthammer darin sein Unwesen treiben würde. Nachdem er kurz die Augen geöffnet hatte, außer einer dunklen Umgebung aber nichts wahrnehmen konnte, schloss er sie wieder und versuchte, seinen Verstand zu reaktivieren.

Wo verdammt noch mal war er, wie war er überhaupt hierhergekommen, und was sollte er hier? Da war nichts, rein gar nichts an Erinnerung. Es juckte ihn am Hals, und als er sich reflexartig kratzen wollte, versagten ihm seine Arme den Dienst. Seine Schultern schmerzten, als er erneut versuchte, seine rechte Hand in Richtung Hals zu bewegen. Es ging nicht.

Auguste Klein musste erkennen, dass er mit den Händen an eine Wand gekettet war. Sie steckten in Eisenringen, die gerade groß genug waren, dass er die Handgelenke ein wenig drehen konnte.

Ein Kälteschauer durchfuhr seinen Körper. Kälte, einer Angst geschuldet, die jetzt erst sein Bewusstsein zu beherrschen begann, aber auch der Tatsache, dass er auf einem kühlen Steinboden saß. Im ersten Augenblick befürchtete er, nackt zu sein. Doch als er, soweit es ihm möglich war, ein wenig auf dem Boden herumrutschte, spürte er, dass er offensichtlich die Kleidung trug, die er zuletzt anhatte. Die Cordhose rieb über seine Beine, das Flanellhemd schmiegte sich an seinen Oberkörper. Aber er hatte keine Schuhe mehr an. Seine nackten Füße rieben über den kalten Stein, gerieten an eine Fuge zwischen zwei Steinen.

Ein Albtraum, ein schlechter Scherz, waren Kleins erste Gedanken, nachdem er seine Umgebung mit den Füßen so weit wie möglich erkundet und vergeblich versucht hatte, seine Hände aus den Ringen zu befreien.

»Hallo, soll das ein Scherz werden? Was wollen Sie von mir?«, krächzte Klein, froh darüber, seine Stimme wieder gefunden zu haben.

Keine Reaktion.

Er räusperte sich und schrie laut um Hilfe, doch niemand antwortete ihm. Allmählich gewöhnten sich seine Augen an die Dunkelheit. Klein versuchte, der Angst, die in seine Glieder gekrochen war, rational zu begegnen, und damit kehrte seine Erinnerung nach und nach zurück. Eleonore. Der Personenschutz. Der Wagen vor dem Haus. Die Einladung, ihm zu folgen. Das andere Auto. Die Entführung. Sie konnte nur mit den Morden zusammenhängen, dessen war er sich plötzlich ganz sicher. Aber im Gegensatz zu seiner Frau oder Saint Genez lebte er noch, sein Kopf saß eindeutig zwischen seinen Schultern. Aber was wollte man von ihm? Geld, Lösegeld? Es ging doch immer nur ums Geld. Wie viel könnte er wohl spontan lockermachen?

»Hallo, wenn Sie mich hören, wenn es Ihnen um Geld geht, sagen Sie mir, wie viel Sie wollen. Sie können das Geld innerhalb einer Stunde haben.«

Klein spitzte die Ohren. Doch außer seinem eigenen Atmen war nichts zu hören. In diesem Augenblick fragte er erneut, aber nun ganz bewusst, wo er überhaupt gefangen gehalten wurde. In einem Keller? Einer Scheune? In einem ganz normalen Raum? Einer Wohnung? Doch würde man dann nicht irgendwelche Außengeräusche wahrnehmen? Also doch eher ein Keller? Das Wort Verlies spukte plötzlich in seinem Kopf herum, doch er verdrängte es so schnell, wie es ihm in den Sinn gekommen war.

Auch wenn sich seine Augen an die Dunkelheit gewöhnt hatten, blieb seine Umgebung diffus. Er konnte keine Möbel ausmachen, keine Türen.

Kleins Schultern schmerzten. Man hatte ihn dicht an eine Wand gesetzt, seine Oberarme lagen parallel zur Wand, die Unterarme im rechten Winkel nach oben gezogen und die Handgelenke durch die Ringe fixiert.

»Genug mit dem Scherz, lassen Sie mich frei! Wenn ich jetzt zur Bank gehe, haben Sie im Handumdrehen Ihr Geld«, versuchte er es erneut, versuchte, seine Stimme fest und bestimmt klingen zu lassen.

Jetzt zur Bank. Er hatte keine Ahnung, wie spät es war. In seinem Kopf ging es drunter und drüber. Wann genau hatte man ihn hierhergebracht? Und vor allem wer? Die Person, die bei ihm geklingelt hatte. Das Gesicht verschwamm vor seinen Augen, als er versuchte, sich darauf zu konzentrieren. Sein Verstand funktionierte bei Weitem nicht so, wie er sich eingebildet hatte. *Merde*, er war dabei, ihn zu verlieren.

Konzentrier dich, Auguste, du bist in einer ganz und gar schlimmen Lage. Du dachtest, es gehe um Geld, nur weil du am Leben bist. Die Frage ist allerdings, wie lange lebst du noch?, flüsterte ihm eine Stimme in seinem Kopf zu.

Die Panik breitete sich plötzlich mit Urgewalt wie eine Flutwelle in ihm aus. Ihm wurde kalt, ihm wurde heiß, fast drohten ihm die Sinne zu schwinden.

Auguste, woran kannst du dich überhaupt erinnern?, fragte die Stimme.

Die Frau. Es war eine Frau. Sie hatte ihn abgeholt. Sie war zu seinem Schutz da. Er sollte im Palais de Justice eine Aussage machen. Sie würde ihn begleiten. Hinbringen. Mit ihrem Dienstwagen. Sie hatte ihm ihren Ausweis gezeigt. Und er war mitgegangen. Hatte sich die kleine Reisetasche geschnappt, um eventuell die Nacht in einem anonymen Hotel zu verbringen, wie ihm die Frau vorgeschlagen hatte. Er war eingestiegen. Und dann … Nichts mehr.

Und jetzt hockte er hier in seinem Verlies. Das Wort, das er erfolgreich verdrängt hatte, saß nun wie einzementiert in seinem Kopf.

Kapitel 36

Mathilde und Rachid hatten sich umgehend vom Museum auf den Weg zur Schwester der vermissten Historikerin gemacht. Die Wohnung von Virginie Durand lag in der Rue Agrippa, einer schmalen Straße, die direkt auf den Quai de la Fontaine mündete. Von hier waren es nur wenige Gehminuten zum *Jardin de la Fontaine.*

»Die Suche nach Maximiliane Chapelet läuft auf Hochtouren, ebenso die nach Auguste Klein. Von ihm fehlt weiterhin jede Spur.« Rachid steckte sein Handy weg.

Unter den Bäumen, die die Avenue Victor Hugo säumten, war es angenehm schattig. Die Sonne hatte um diese Uhrzeit eine enorme Kraft an den Tag gelegt, und die Stühle vor den Bistros und Restaurants waren gut besetzt.

Nach zehn Minuten hatten sie ihr Ziel erreicht. Das Haus, in dem die beiden Frauen wohnten, war ein zweigeschossiges schlichtes, aber elegantes Gebäude mit einem klassizistischen Eingangsportal und kleinen Balkonen vor den tiefen Fenstern in der Mittelachse. Mathilde drückte ihren Finger auf den runden Klingelknopf. Aus der Sprechanlage drang eine weibliche Stimme.

»Ja?«

»Madame Durand, hier sind Juge de Boncourt und Commandant Bouraada. Würden Sie uns bitte hereinlassen?«

Es folgte ein spitzer Schrei, und nach wenigen Sekunden sprang die Tür auf. Madame Durand erwartete sie im Erdgeschoss. Sie trug einen apricotfarbenen Hosenanzug, ihre Füße steckten in goldenen Slippern. Sie hatte sich einen Wollschal um die Schultern gelegt. Das halblange blonde Haar umrahmte ein blasses Gesicht, in dem die Frage »Was ist mit meiner Schwester?« abzulesen war.

»Madame Durand, wie haben keine Neuigkeiten zum Verbleib Ihrer Schwester«, redete Rachid sofort beruhigend auf die zierliche Frau ein, von der augenblicklich ein wenig Anspannung abfiel.

»Kommen Sie bitte herein, oder wollen Sie nach oben? Dort ist die Wohnung meiner Schwester. Wir teilen uns das Haus.«

»Wir werfen gerne später noch einen Blick hinein, vielen Dank. Aber zuerst würden wir Ihnen gerne ein paar Fragen stellen.«

Madame Durand ging voraus und bat die beiden Ermittler in ein geschmackvoll eingerichtetes Wohnzimmer. Ein Mix aus Antiquitäten und hochmodernen Möbeln verlieh dem Raum ein zeitloses Ambiente. Zwei schwarze Barcelona-Sessel nach dem Entwurf von Mies van der Rohe standen vor einem Couchtisch, gegenüber ein breites Sofa mit großblumigen Polstern. Madame Durand bot Mathilde und Rachid die beiden Sessel an.

»Möchten Sie etwas trinken?«

Beide schüttelten den Kopf und nahmen Platz.

»Das heißt, Maximiliane ist nichts zugestoßen, nicht wahr? Sie sagten doch, es gibt keine Neuigkeiten, dann gibt es auch keine schlechten.«

Mathilde lächelte der Frau ermutigend zu.

»Madame Durand, ist es schon einmal vorgekommen, dass Ihre Schwester einfach verschwindet, ohne Ihnen eine Nachricht zu hinterlassen?«, fragte sie dann.

»Nein, noch nie. Und was heißt *einfach verschwindet.* Sie ist heute Morgen ganz normal aus dem Haus. Sie ist immer sehr früh unterwegs. Sie schätzt die Ruhe im Museum, bevor die ersten Kollegen eintreffen. Ich gehe etwa um dieselbe Zeit mit dem Hund raus.«

Mathilde schaute sich suchend um.

»Er ist in der Küche und hält seinen Schönheitsschlaf.« Madame Durand schmunzelte, wurde aber sofort wieder ernst. »Er ist sehr alt, hört nichts mehr, deswegen ist es auch so ruhig geblieben, als Sie reingekommen sind. Aber wo war ich stehen geblieben? Also wir sind etwa zur gleichen Zeit aus dem Haus. Von hier sind es ja nur zehn Minuten bis zum Museum. Wir haben uns voneinander verabschiedet, ich bin zum Park, Maximiliane in die andere Richtung. Erst als Madame Jacquemot hier anrief und nach meiner Schwester fragte, nun, erst da erfuhr ich, dass sie gar nicht im Museum war. Das ist vollkommen untypisch für sie. Sie liebt ihre Arbeit über alles. Wenn sie nicht im Museum angekommen ist, muss das einen Grund haben, einen triftigen Grund. Haben Sie schon bei allen Krankenhäusern angefragt?«

Rachid nickte. »Bis jetzt ist niemand eingeliefert worden, auf den die Beschreibung ihrer Schwester passen würde, oder jemand, der ihre Ausweispapiere mit sich trägt. Einen Unfall können wir im Moment ausschließen. Ist ihre Schwester krank? Auf Medikamente angewiesen?«

»Nein. Ihr geht es gut. Sie musste bis vor einiger Zeit Stimmungsaufheller einnehmen. Meine Nichte, das einzige Kind meiner Schwester, hat sich das Leben genommen. Maximiliane konnte ein Jahr nicht arbeiten. Sie war in psychologischer Betreuung. Es gibt immer noch Zeiten, in denen sie sehr depressiv ist, aber sie nimmt keine hoch dosierten Antidepressiva.«

»Das wissen Sie genau?«

»Ja. Wir tauschen uns jeden Tag aus. Am Abend, wir essen gemeinsam, und jede erzählt der anderen, was sie auf dem Herzen hat. Maximiliane braucht das.« Virginie Durand hatte den Schal abgenommen. Er lag nun über ihren Beinen, und sie zwirbelte unbewusst die langen, weichen Fransen zusammen.

»Madame Durand, warum hat sich Ihre Nichte das Leben genommen?«

»Warum? Wenn wir das nur wüssten.« Madame Durand schluckte schwer, und Tränen traten in ihre Augen. »Sie hat keinen Abschiedsbrief hinterlassen. Marjolaine war siebzehn, ein bildhübsches Mädchen. Ich lebte damals in Arles, Maximiliane war nach ihrer Trennung nach Nîmes gekommen. Sie war gerade ein Jahr hier. Emile, ihr Ex, lebt seitdem in Kanada. Marjolaine verließ das Haus, angeblich um eine Freundin zu treffen. Doch sie ging zum Bahnhof, stellte sich an den Bahnsteig und sprang direkt vor den Zug. Zig Leute haben es gesehen. Es war niemand in der Nähe, der sie gestoßen haben könnte. Und Marjolaine war ein gesundes Kind. Keine Ohnmachtsanfälle oder niedriger Blutdruck. Nein, sie ist freiwillig und für uns ohne Grund in den Tod gegangen.« Sie hob den Schal hoch und wischte sich damit über die Augen.

Mathilde und Rachid schwiegen einen Moment betreten. Es kratzte an der Tür.

»Das ist Michou.« Madame Durand erhob sich und öffnete die Tür. Ein kleines weißes Wollknäuel spazierte herein, schnupperte an Mathildes und Rachids Beinen und sprang dann mit einem Satz auf das Sofa, kuschelte sich in den Wollschal.

Virginie Durand setzte sich daneben und streichelte den Hund, der ein wohliges Seufzen von sich gab.

»Madame Durand, könnte Ihre Schwester ebenfalls Selbstmordabsichten hegen?«

Die Frau hörte auf, den Hund zu kraulen. »Darüber habe ich tatsächlich nachgedacht. Aber nein. Sie wird nie über den Tod von Marjolaine hinwegkommen, aber sie hat sich gefangen, hat ihr Leben neu geordnet. Und sie hat, was mich sehr freut, offenbar einen Mann kennengelernt.«

Mathilde und Rachid wurden hellhörig.

»Wer ist dieser Mann?«, fragte Mathilde.

Ihr Gegenüber schüttelte bedauernd den Kopf. »Ich weiß es nicht. Es ist auch mehr eine Ahnung, als dass ich es tatsächlich wüsste. Wie ich schon sagte, wir haben uns alles erzählt, aber da hat sie sich doch etwas zurückgezogen.« Madame Durands Stimme klang nun leicht verschnupft. »Nach dem Abendessen hat sie sich öfter verabschiedet, sie hätte ein Meeting oder ein Essen mit einer Kollegin. Aber sie hat sich immer besonders zurechtgemacht. Als ich sie fragte, ob da ein Mann dahintersteckt, hat sie nur gelacht. ›Du erfährst es noch früh genug‹, hat sie gesagt. Es tut mir leid, mehr kann ich Ihnen leider nicht sagen. Wahrscheinlich hat Maximiliane überhaupt keine Ahnung, welchen Aufruhr sie im Moment verursacht. Vielleicht gönnt sie sich einen schönen Tag mit diesem Mann. Auch wenn das eigentlich gar nicht ihre Art ist, die Arbeit einfach liegen zu lassen.«

Die Augen von Madame Durand erhofften sich Bestätigung, doch Mathilde und Rachid konnten sie ihr nicht geben.

»Madame Durand, wir haben eine letzte Frage. Wussten Sie, dass Ihre Schwester eine Druidin ist?«

Einen Moment blickte Virginie Durand Rachid verdutzt an. Dann schmunzelte sie. »Aber ja. Sie hatte sich in der Bretagne davon beeindrucken lassen. Dort gehörte sie einem Neokeltenzirkel an. Dieses merkwürdige Hobby hatte sie schon vor Marjolaines Tod. Und hier in Nîmes hat sie es aufgegeben. Sie hat einmal an einem Druidentreffen teilgenommen, doch die Leute gefielen ihr nicht. Nun, ich wüsste nicht, ob sie es dann mit ihrem Druidending weiter ernst gemeint hat. In meinen Augen war es Spinnerei. Sie ist eine ernsthafte Historikerin, ich konnte sowieso nie verstehen, was sie mit diesen merkwürdigen Leuten verbunden hat.«

Mathilde und Rachid erhoben sich.

»Dann haben Sie vielen Dank für Ihre Zeit. Sollte sich Ihre Schwester bei Ihnen melden, informieren Sie uns bitte unverzüglich.« Mathilde legte ihre Visitenkarte auf den Tisch. »Und jetzt würden wir uns gerne, wenn Sie weiterhin erlauben, ein wenig in der Wohnung Ihrer Schwester umschauen.«

»Darf ich dabei sein?«

»Natürlich.«

Die Wohnung von Maximiliane Chapelet unterschied sich grundlegend von der ihrer Schwester. Die Einrichtung wirkte wie aus einem x-beliebigen Prospekt. Weiße Hochglanzfronten im Wohnzimmer und in der Küche, eine L-förmige Sitzgarnitur mit beigem Stoffbezug. Einzig die Bücherregale verrieten einen gewissen Individualismus. Die Historikerin hatte ihre Bücher nicht nur streng nach Belletristik und Sachbuch getrennt, sondern auch alphabetisch nach den Verfassern geordnet.

Mathilde gab Rachid ein Zeichen. »Sieh nur.« Sie wies auf drei Regalbretter, auf denen Veröffentlichungen zum Thema Druiden in Reih und Glied standen. Ein Buch ragte ein wenig hervor, und Mathilde zog es heraus. *Die Druiden* von Jean Markale. Ein Zettel flatterte heraus, und Mathilde hob ihn auf.

»Ein Kassenbon, sie hat ihn wohl als Lesezeichen benutzt. Er ist von vor zwei Tagen. Das Thema Druiden scheint Ihre Schwester immer noch beschäftigt zu haben.« Mathilde ärgerte sich, dass sie nicht besser aufgepasst hatte, sonst wüssten sie dank des Kassenbons jetzt, welches Kapitel Madame Chapelet gerade gelesen hatte. Sie blätterte kurz zum Inhaltsverzeichnis und stellte das Buch wieder zurück. Es handelte vor allem von der spirituellen Welt des Druidentums. Mehr Esoterik denn ernste Wissenschaft.

Zwischen einem kleinen Pferdchen aus Glas und einer Kaurischnecke stand im Regal ein Fotorahmen mit dem Bild eines jungen Mädchens in Jeans und bauchfreiem Top. Sie strahlte in die Kamera. Ein Wust dunkler Locken fiel ihr über die Schultern.

»Ein außergewöhnlich hübsches Mädchen«, befand Rachid.

»Ja, das war sie, unsere Marjolaine, schön, lebenslustig und klug.« Madame Durand nahm den Rahmen in die Hand, entfernte mit dem Zeigefinger eine feine Staubschicht und stellte ihn wieder zurück.

»Ihre Schwester besitzt keine Fotoalben?«, fragte Rachid, nachdem er vergeblich danach im Regal Ausschau gehalten hatte.

»Nein, sie hat nur dieses eine Foto aufgehoben. Alle anderen hat sie Marjolaines Vater mitgegeben. Irgendwann wird sie sich die Fotos wieder erbitten, davon bin ich überzeugt. Aber noch ist sie nicht so weit.«

Rachid nickte verständnisvoll. »Hat Ihre Schwester viel zu Hause gearbeitet?« Er zeigte auf den Schreibtisch, der vor einem Fenster stand.

»Eher nicht, sie hatte alles, was sie brauchte, doch im Museum. Sie sehen ja selbst, auf dem Schreibtisch liegt kaum etwas. Und in den Schubladen …« Sie zuckte mit den Schultern.

»Darf ich?«, fragte Mathilde.

Madame Durand nickte. »Wenn es Ihnen weiterhilft.«

»Nur das Übliche«, verkündete Mathilde nach einer kurzen Untersuchung. »Papier, Stifte, ein paar Ansichtskarten, ein Gutschein einer Weinhandlung. Mehr nicht.« Suchend sah sie sich um. »Hatte Ihre Schwester kein Notebook?«

Madame Durand verzog ratlos das Gesicht. »Doch, ich glaube schon. Vielleicht hat sie es im Büro gelassen?«

»Danke, wir werden nachfragen. Dürften wir jetzt einen Blick in das Schlafzimmer werfen?«, bat Mathilde. »Vielleicht bewahrt sie es dort auf.«

»Hier entlang, bitte.«

Mathilde und Rachid sahen sich kurz an. Es entging ihnen nicht, dass sich die Frau sichtlich unwohl dabei fühlte, sie in das Schlafzimmer ihrer Schwester zu führen.

»Was erwarten Sie sich eigentlich, wenn Sie die Wohnung einer verschwundenen Person untersuchen?«, fragte sie, nachdem sie die Schlafzimmertür geöffnet hatte.

»Madame Durand, wir nehmen das Verschwinden Ihrer Schwester, jeder Person, die uns als vermisst gemeldet wird, sehr ernst. Wir erhoffen uns, mehr über diese Person zu erfahren, etwas zu entdecken, was uns einen Anhaltspunkt gibt, wo wir sie finden können. Sehen Sie, wenn wir nun einen leeren Kleiderschrank und verschwundene Koffer vorfinden, können wir vermuten, dass sich Ihre Schwester, ohne Sie zu informieren, auf eine Reise begeben hat. Oder wir entdecken die Rechnung für ein Flugticket, den Brief eines Freundes, der sie bittet, ihn umgehend zu besuchen. Etwas in der Art.«

Madame Durand nickte. »Entschuldigen Sie, bitte. Schauen Sie sich nur um. Aber Maximilianes Koffer sind alle noch da.« Sie zeigte auf den Kleiderschrank, auf dem drei Hartschalenkoffer lagen.

Mathilde öffnete die drei mittleren Türen des Kleiderschranks. »Es sieht nicht danach aus, als ob Kleidungsstücke in größerer Menge fehlen würden. Oder?« Sie wandte sich an die Schwester.

»Nein, ich habe zwar keinen wirklichen Überblick, aber soweit ich erkennen kann, sind lediglich zwei Bügel leer.«

Rachid hatte einen Blick in die Kommode geworfen. Er schob die Schubladen wieder zu und öffnete die letzte linke Tür des Kleiderschranks.

»Mathilde.«

»*Mon Dieu*, was ist das denn«, entfuhr es Madame Durand. Sie streckte den Arm aus und zog eines der beiden identischen, langen weißen Gewänder hervor. Sie besaßen lange weite Ärmel und waren am Saum und am Hals mit einer dünnen Goldborte versehen. Der Bügel, auf dem das Gewand hing, war gepolstert. Ein dritter Kleiderbügel gleicher Machart war leer.

»Madame Durand, es sieht ganz so aus, als wären es Kultgewänder, die Ihre Schwester als Druidin trug oder immer noch trägt. Und wenn der dritte Bügel nicht einfach nur so als Dekoration im Schrank hängt, besitzt sie offensichtlich ein drittes Kleid, und das ist verschwunden.«

Kapitel 37

Mathilde erwartete ihren Kollegen Juge Pelletier in ihrem Büro.

Sie hatte sich eine Zigarette angezündet und stand nachdenklich am geöffneten Fenster. Noch drei Tage bis zum ersten Mai, Feiertag und Tag des Maiglöckchens, der kleinen weißen Blume, die man traditionell an diesem Tag Menschen, die man mochte und denen man eine Freude machen wollte, schenkte.

Christine war bereits gegangen, und Mathilde schaute ungeduldig auf ihre Uhr. Eigentlich hätte sie mit Juge Pelletier auch telefonieren können, aber als sie ihn angerufen hatte, um aus dem persönlichen Treffen ein Telefongespräch zu machen, hatte er abgewunken. »Madame de Boncourt, ich habe etwas für Sie, das ich Ihnen gerne persönlich übergeben möchte.«

»Hoffentlich keine Flasche Wein«, hatte Rachid geunkt, als Mathilde ihm von ihrem Misserfolg in puncto früher aus dem Büro heraus berichtete.

»Madame de Boncourt?« Es klopfte kurz, dann schob sich der Richter aus Montpellier in Mathildes Büro.

Keine Flasche Wein, keine Schachtel Pralinen, keine Blumen, dafür trug Pelletier einen dünnen Ordner unter dem Arm.

»*Bonsoir*, Monsieur Pelletier. Nehmen Sie doch in meiner kleinen Besprechungsecke Platz. Möchten Sie einen Kaffee, ein Wasser? Sie sind also extra aus Montpellier angereist, um mir eine Akte zu bringen? Als ob ich nicht schon genug davon hätte«, scherzte Mathilde.

»Danke, kein Getränk. Ich habe mich nach unserem Treffen mit Freunden verabredet, ich halte Sie auch gar nicht allzu lange von Ihrem Feierabend ab, und es ist ja nun keine Weltreise in Ihre schöne Stadt. Und der Inhalt dieser Akte ist etwas Besonderes, glauben Sie mir. Wie weit sind Sie mit Ihren Ermittlungen gediehen? Gibt es Neuigkeiten über Antoine Fleurot?«

Pelletier legte die Akte ab und setzte sich. Mathilde schloss das Fenster und nahm ihm gegenüber Platz. Sie schüttelte den Kopf.

»Fangen wir bei Fleurot an. Es tut mir leid, wenn ich vielleicht den Eindruck erweckt habe, ich könnte glauben, unsere Gerichtsmedizin sei fähiger als Ihre. Aber ich wollte einfach auf Nummer sicher gehen. Und wie sagt man: Vier Augen sehen mehr als zwei. Der Mann ist an einem Stich in den Rücken gestorben, und auch Docteur Regis geht von einer kürzeren Tatwaffe als einem Schwert aus. Zu unseren kopflosen Leichen gibt es ebenfalls nichts Neues zu berichten. Allerdings ...«, Mathilde seufzte, »... haben wir eine weitere verschwundene Person. Auguste Klein. Er hat sein Haus verlassen und ist seitdem verschwunden.«

»Auguste Klein, der Mann von Eleonore, das Ehepaar, das sie damals im Verdacht hatten, ganz eng mit dieser Pädophilenbande verwoben zu sein? Glauben Sie, dass er tot ist?«

»Ich glaube im Moment gar nichts. Bisher waren die Leichen zwar an Orten, die nicht unbedingt überlaufen sind, wo man sie aber früher oder später finden würde. Wir müssen abwarten, die Suche läuft auf Hochtouren. Und ...«

Weiter kam Mathilde nicht. Pelletier unterbrach sie und schlug seine Akte auf.

»Verehrte Kollegin. Das Verschwinden von Auguste Klein passt wie ein weiteres Puzzlestück in mein Ideenpuzzle. Ich sagte Ihnen bereits am Telefon, dass ich vermute, die feinen Herrschaften könnten sich gegenseitig umbringen. Das heißt, nicht alle gegen alle, sondern einer oder eine gegen alle. Ich vermute, es gibt eine Person innerhalb dieses ehemaligen Zirkels, die diejenigen zum Schweigen bringt, von denen sie befürchtet, sie würden eines Tages komplett auspacken. Alle Namen, alle Orte, alle Opfer benennen. Es werden die aus dem Weg geräumt, die gefährlich werden können.«

»Aber warum erst jetzt? Und warum werden sie geköpft?« Die Skepsis in Mathildes Stimme war unüberhörbar.

»Als Warnung. Eine Stufe weiter als das Herausschneiden der Zunge. Wer keinen Kopf hat, kann nicht reden. Jedoch muss ich zugeben, dass dies eine Steigerung seiner, ich gehe jetzt einmal von einem Mann aus, vorherigen Taten war. Und damit sage ich, nicht erst jetzt säubert er das Nest, er hat schon früher, nur etwas weniger drastisch, damit begonnen.« Pelletier tippte auf ein Foto, das auf dem ersten Blatt in der Akte angeheftet war.

»Pierre Rouge. Er saß in La Rochelle ein. Rouge wurde vor zwei Jahren vorzeitig aus der Haft entlassen. Drei Tage später war er tot. Rouge gehörte einer Gruppe von Männern an, die sich auf einem Campingplatz an Kindern vergangen haben. Man munkelte damals, er sei deswegen früher aus dem Knast gekommen, weil er ein paar Namen preisgeben wolle. Doch dazu kam es nicht, er wurde vorher getötet. Ich hätte ihn nicht vorher rausgelassen. Erst die Namen, dann seine Entlassung. Aber leider ist es anders gekommen.«

Mathilde nickte und schwieg.

Pelletier blätterte weiter. »Das ist Roger van Straaten. Hört sich nicht französisch an, er ist aber Bretone. Saß in Vannes. Dasselbe. Zwei Tage nach seiner Entlassung tot aufgefunden.«

»Wie sind die Männer getötet worden?«

»Beiden hat man die Kehle durchgeschnitten. Nicht weit weg von einer Enthauptung. Deswegen glaube ich, dass der Täter sich gesteigert hat.«

»Wie sind Sie gerade auf diese beiden gekommen?«, wollte Mathilde wissen.

»Madame le Juge, ich war in Nantes Richter. Ich habe mich umgehört und bin auf diese beiden Fälle gestoßen. Im Moment laufen weitere Recherchen im Elsass. Dort ist vor einem Jahr ein Häftling direkt nach seiner Entlassung auf Nimmerwiedersehen verschwunden. Bis jetzt gibt es keine Leiche. Aber der Mann war als Pädophiler in den Knast gegangen, ist vorzeitig rausgekommen und verschwunden. Irgendwann wird man seine Leiche finden, glauben Sie mir. Entweder mit durchtrennter Kehle oder ohne Kopf.«

Pelletier sah auf seine Uhr. »Sie entschuldigen, Madame le Juge. Meine Verabredung. Ich lasse Ihnen diese Unterlagen da. Vielleicht bringen sie Sie ja weiter.«

Die beiden erhoben sich.

»Ich danke Ihnen, Juge Pelletier. Ein sehr interessanter Ansatz, wie ich zugeben muss. Und wegen Auguste Klein halten wir Sie auf dem Laufenden.«

Pelletier verabschiedete sich. Mathilde betrachtete das Foto von Pierre Rouge.

»Ein interessanter Ansatz, in der Tat«, murmelte sie vor sich hin. Aber wie passte Madame Chapelet da hinein? Pelletier war davongeeilt, noch bevor Mathilde ihn über das Verschwinden der Historikerin hätte informieren können. Oder über ihre Überlegungen, in den Morden eine kultische Handlung zu sehen, Morde mit einem Druiden als Täter. Wahrscheinlich hätte Pelletier darüber nur geschmunzelt.

Mathildes Smartphone schmetterte die Marseillaise. Es war ein Mitarbeiter der Kriminaltechnik. Maximiliane Chapelet hatte tatsächlich das Museum und ihr Büro betreten, mit einer großen Aktentasche, die sie auch wieder mitgenommen hatte. Eine Tasche, groß genug, um in ihr ein Kultbäumchen, das sie in ihrem Büro zwischengelagert hatte, aus dem Museum mitgehen zu lassen?

Mathilde verstaute die Akte in ihrer Tasche und verließ das Palais de Justice. Was wohl Rachid davon und von Pelletiers Gedankengängen halten würde?

Doch eine Sache missfiel Mathilde. Wie hatte sie zu ihrem Kollegen gesagt? »Vier Augen sehen mehr als zwei.« Aber ein anderes Sprichwort besagte auch: »Viele Köche verderben den Brei.«

Kapitel 38

Mathilde verließ das Palais de Justice um achtzehn Uhr. Noch hielt sich die Sonne an ihr Versprechen, die Menschen mit wärmenden Strahlen zu verwöhnen. Doch sobald sie verschwunden wäre, würde es heute empfindlich kühl werden. Mathilde hatte kurz mit Rachid telefoniert. Er, Coco und Felix jagten weiterhin dem aus dem Museum in Marseille verschwundenen Schwert hinterher. Es konnte dauern, bis sie sich wiedersehen würden. Und Mathilde wusste nicht, ob sie dann noch Lust hatte, Rachid mit Pelletiers Theorie vertraut zu machen. Das hatte Zeit bis zum nächsten Tag.

Sie überquerte den Platz vor der Arena, auf dem das Bronzestandbild von El Nimeño stand. Eine Schar Touristen hatte sich drum herum versammelt und lauschte den Erklärungen eines Stadtführers, der mit einem grünen Schirm, den er tapfer gen Himmel hielt, versuchte, seine Truppe zusammenzuhalten. Einige hatten sich bereits aus der Gruppe gelöst und steuerten eine Eisdiele an, wie Mathilde schmunzelnd registrierte.

»Madame le Juge? Haben Sie einen Augenblick für mich? Ich war tatsächlich auf dem Weg zu Ihnen.«

Mathilde erkannte die Stimme sofort. Bob Boisset, der freischaffende Journalist des *Midi Libre*. Sie wunderte sich, dass Boisset nicht schon viel früher bei ihr oder Rachid aufgekreuzt war. Er hatte die alles entscheidende Frage vor der *Grotte des Fées* gestellt. »Hängen diese Morde und die Diebstähle zusammen?« Sie taten es.

»Bob Boisset, wieso überrascht es mich nicht, Sie während unserer laufenden Ermittlungen zu sehen?« Mathilde grinste freundschaftlich. Schließlich wusch eine Hand die andere, und Boisset war bei dem einen oder anderen Fall mit seinem investigativen Journalismus durchaus hilfreich gewesen. Sie überkam ein plötzlicher Appetit auf ein Eis.

»Kommen Sie, ich lade Sie auf ein Eis ein. Und dann unterhalten wir uns«, schlug sie dem Reporter vor.

Boisset verzog das Gesicht. »Wenn Sie mit mir eine Bar aufsuchen, bekommen wir beide, was wir wollen, Sie Ihr Eis, ich einen Whisky, und wir beide tauschen ein paar Informationen aus. Ist das ein Deal?« Jetzt grinste Bob von einem Ohr zum anderen.

»Einverstanden.«

Sie fanden einen freien Tisch direkt gegenüber des nostalgischen Karussells am Square de la Couronne. Es drehte seine Runden, und die Kinder juchzten vor Freude auf den weißen Pferdchen, die sie unermüdlich im Kreis trugen. Es gab wohl keine Stadt in Frankreich, in der nicht auf einem der zentralen Plätze ein solches Kindervergnügen anzutreffen war.

Mathilde bestellte zwei Kugeln Eis, Pistazie und Zitrone, während Bob auf seinen schottischen Whisky wartete. Die Bestellungen kamen, und sie nahmen sich die Zeit, einen ersten Löffel Eis und einen ersten Schluck Whisky zu genießen. Dann ergriff Boisset das Wort.

»Schon Neuigkeiten von Auguste Klein?«

»Nein. Wie vom Erdboden verschluckt.«

»Und von Madame Chapelet?«

Mathilde, die gerade dabei war, einen Löffel Zitroneneis in den Mund zu schieben, hielt inne. »Madame Chapelet? Woher haben Sie Kenntnis von ihrem Verschwinden?« Es hatte keinen Sinn, sich gegenüber Boisset dumm zu stellen. Wenn er eine solche Frage stellte, wusste er bereits, dass auch die Museumsmitarbeiterin verschwunden war.

»Ich würde gerne reportertypisch antworten, ich habe meine Quellen und Informanten. Aber es ist ganz einfach. Ich wollte mit ihr sprechen, rief sie an, sie meldete sich nicht. Weil ich gerade in der Nähe war, bin ich ins Museum, und dort sagte man mir, sie sei den ganzen Tag noch nicht aufgetaucht, sei spurlos verschwunden, ohne eine einzige Nachricht zu hinterlassen.«

Mathilde hatte den Rest aus ihrem Eisbecher gekratzt. Die Kugeln sind auch nicht mehr das, was sie früher waren, dachte sie beiläufig.

»Ja, Madame Chapelet ist heute sehr früh aus dem Haus. Die Überwachungskamera zeigt, wie sie mit einer Tasche ihr Büro betritt und wieder hinausgeht, das Museum verlässt. Und die Tasche ist eindeutig mit etwas befüllt worden. Seitdem ist die Frau weg.«

»Hm. Und ist wieder etwas verschwunden?«

Mathilde seufzte. Boisset hatte einen hervorragenden Riecher. »Ja, wieder ist etwas weg. Mehr kann ich Ihnen nicht sagen. Nur so viel: Es ist ebenfalls ein Artefakt aus der Keltenzeit.«

»Puh, da kommt das Museum aber ganz schön in Erklärungsnot. Hoffentlich bedeutet das jetzt nicht das vorzeitige Ende der Ausstellung.« Boisset schwieg einen Moment und winkte mit dem leeren Glas in Richtung Kellner.

»Nun, was wollten Sie von Madame Chapelet?«, nahm Mathilde den Faden wieder auf.

»*Alors*, warten Sie's ab. Kommen wir zunächst zu Ihrer Mordserie. Wie Sie sich denken können, lässt sie mich nicht kalt. Mein Journalistenhirn arbeitet auf Hochtouren. Jalabert, Saint Genez, Eleonore Klein, diese Opfer stehen eng in Zusammenhang mit Ihren Ermittlungen vor ein paar Jahren.«

Boissets zweiter Whisky kam, und der Journalist trank einen Schluck.

»Ja, Sie haben ein gutes Gedächtnis, Boisset.«

Der Mann zuckte mit den Schultern. »Wenn ich das nicht hätte, könnte ich meinen Beruf an den Nagel hängen. Nun, wie aber passt unser Fotograf in diese Reihe? Er ist damals, als Sie in der Sache des Pädophilenrings ermittelten, nicht auffällig gewesen, war gar nicht im Land. *Alors*, auf der einen Seite ein verschworener Zirkel von Mädchenhändlern und Mädchenschändern aus den höchsten bourgeoisen Kreisen, auf der anderen ein Fotograf, der ein Sexheft herausgibt. Sind Sie denn schon weitergekommen mit der Frage, was Plessis mit den anderen Opfern verbinden könnte?«

Mathilde biss sich auf die Unterlippe.

»Also sind Sie, aber Sie haben noch keine befriedigende Antwort, stimmt's?«

»Nein, nicht wirklich. Aber wenn Sie die Antwort haben, dann raus mit der Sprache.«

Bob Boisset öffnete seine abgewetzte Umhängetasche und zog eine Zeitschrift heraus. Er legte sie auf den Tisch, deckte sie aber unverzüglich mit seiner Tasche ab, als ein Paar mit zwei Teenietöchtern vorbeischlenderte. Mathilde hatte eben einen Blick darauf werfen können.

»*Mon Dieu*, was bringen Sie mir denn da mit?«

Boisset rollte die Zeitschrift zusammen. »Nicht gerade das, was ich den jungen Damen empfehlen würde.« Er nickte in Richtung der Familie, die zwei Tische weiter Platz genommen hatte.

»Ein Pornoblatt der übelsten Sorte. Nicht das, das Plessis herausgegeben hat. Hier drin finden Sie vor allem junge Mädchen in allen Posen und Stellungen. Mehr muss ich wohl dazu nicht sagen.« Boisset räusperte sich und senkte die Stimme. »Doch ein Foto sollten Sie sich etwas genauer anschauen.«

Boisset rollte die Zeitschrift auseinander und öffnete sie auf einer Seite, die er mit einem gelben Post-it markiert hatte.

»Jetzt weiß ich, warum Sie zwei Whisky brauchen.« Mathilde betrachtete das Foto mit größtmöglicher Distanz. Die Haarfarbe passte, auch die Figur. Über das Gesicht hätte sie nicht viel sagen können. Das Mädchen trug eine Augenmaske, während die beiden Männer offen in die Kamera schauten.

Boisset tippte mit dem Zeigefinger auf die junge Frau. »Das ist Marjolaine Chapelet.«

Mathilde stieß den Atem aus. »*Mon Dieu*. Und wegen dieses Fotos hat sie sich umgebracht?«

Boisset rollte die Zeitschrift wieder zusammen und schob sie Mathilde hin. »Behalten Sie das Exemplar. Ich habe ein zweites.« Er leerte sein Glas. »Auch einen?«

Mathilde nickte, und der Journalist orderte zwei weitere Whiskys.

»Zu Ihrer Frage. Ja, ich glaube, deswegen hat sie sich vor einen Zug geworfen. Der Suizid von Marjolaine geschah drei Tage nach Erscheinen dieser Drecksausgabe. Ich habe noch keine Ahnung, wie das Foto zustande kam. Aber schauen Sie sich den Typen links genauer an. Es würde mich nicht wundern, wenn er mit dem Mädchen angebändelt hat, es hat sich unsterblich in ihn verliebt, war bereit, alles für ihn zu tun. Dann die Masche: ›Ich bin in Geldschwierigkeiten. Für das Foto bekämen wir keine Ahnung wie viel Geld, das Foto bleibt bei meinem Freund, keine Angst, er ist Sammler, und es kommt nie an die Öffentlichkeit.‹ Und dann hat alle Welt, oder zumindest die Welt, die solchen Dreck kauft, Marjolaine Chapelet auf Seite vierundzwanzig entdecken können. Den Text darunter haben Sie gelesen? ›M. süße sechzehn‹ …«

Die Whiskys kamen. Mathilde nahm einen großen Schluck, doch der bittere Geschmack in ihrem Mund verflog nicht so einfach.

»Wie sind Sie darauf gestoßen? Ich gehe davon aus, dass Sie ganz sicher sind, dass Plessis das Foto gemacht hat? Wusste seine Assistentin etwas davon? Wir haben sämtliche Datenträger mitgenommen, aber außer Hundewelpen und Hochzeitsfotos, Landschaftsaufnahmen und ein paar Modefotografien war da nichts. Auch keine gelöschten Dateien. Wie also kommen Sie dazu? Zu der Zeitschrift und der Erkenntnis, dass es sich um Marjolaine Chapelet auf dem Foto handelt, beziehungsweise, dass Plessis es geschossen hat?«

Bob Boisset beugte sich ein wenig vor.

»Wie Sie, habe ich mir die Frage gestellt, warum der Fotograf sterben musste und wieso er nicht in diese Reihe passt. Ich habe mich ebenfalls mit seiner Assistentin unterhalten, da hatten Sie natürlich schon sämtliche Dateien durchforstet. In einer der Dateien sind die Auftraggeber und seine Models gelistet, nicht wahr?«

Mathilde nickte.

»Aber es gibt eine zweite Datei. Ganz altmodisch, ein Kästchen mit Karteikarten. Normales Passfoto daran geheftet, ein paar Daten. Alter, Größe, das Übliche wie in jeder Modelagentur. Nur, dass es ganz bestimmte Models sind. Manche arbeiten hauptberuflich, andere sind Hobbymodels, und manche sind nicht ganz freiwillig bei den Shootings gewesen. Bei Marjolaine ist vermerkt: ›Über Frédéric Chopin.‹ Das scheint der ›Künstlername‹ des jungen Mannes zu sein, der sie zu dem Fototermin überredet hat. Im Gegensatz zu ihm steht sie mit vollem Namen auf der Karteikarte.«

»Warum sind Sie nicht früher damit gekommen?«, unterbrach ihn Mathilde.

»Was heißt früher? Wann hätte ich denn kommen sollen? Die Leiche von Plessis ist vor drei Tagen gefunden worden. Wie schnell hätte ich denn Ihrer Meinung nach arbeiten sollen?«

Boissets Stimme klang weniger verärgert als resigniert.

»Pardon, Sie haben natürlich recht. Nun, wie sind Sie an diese Informationen gekommen?«

»Ganz einfach. Ich war, wie bereits gesagt, im Fotostudio. Diese Assistentin war nur am Heulen. Weniger, weil ihr Chef tot ist, sondern weil Sie nicht weiß, wie es weitergeht. Sie hat keinen Schulabschluss, müssen Sie wissen. Ich hab sie ein wenig getröstet, wir sind was essen gegangen, und ich hab sie gefragt, mit was sie denn vorher ihre Brötchen verdient hat, vielleicht würde man sie ja in dem alten Job brauchen. Ich dachte da an Krankenpflegerin oder so. Nein, dafür wäre sie zu alt, war ihre Antwort. Dann hab ich nachgehakt. Die Frau, sie heißt Lola, hatte als Model für diese Art von Fotos …«, er zeigte auf die zusammengerollte Zeitschrift, »… bei unserem Toten angeheuert. Nach der Geburt ihres ersten Kindes aber damit aufgehört. Plessis hat sie als Assistentin behalten. Sie haben nicht danach gefragt, Madame le Juge, und deswegen hat sie es Ihnen auch nicht erzählt. Sie hat sich nichts Schlimmes dabei gedacht. Von Marjolaines Selbstmord wusste sie nichts. Ich habe sie dann schlicht und ergreifend gebeten, ob ich mir die Kartei anschauen könne. Und da habe ich das Mädchen entdeckt.« Er griff nach seinem Glas und leerte es.

Mathilde war fassungslos. Wie konnte ihnen das alles nur entgangen sein? Aber Bob Boisset hatte natürlich recht. Wenn man nicht die richtigen Fragen stellte …

»Wo war diese Kartei? Doch nicht in seinem Atelier. Dann hätten wir doch darauf stoßen müssen.«

»Sie war bei Lola zu Hause. Dort sind übrigens ebenfalls Fotos gemacht worden. Vor Jahren. Plessis hat dann entweder in seinem Atelier gearbeitet oder Zimmer angemietet. Glauben Sie mir, Madame le Juge, als ich diese Kartei in die Finger bekam, bin ich aus allen Wolken gefallen. Ich hatte natürlich gehofft, auf Informationen zu stoßen, die Plessis mit dem alten Pädophilenring in Verbindung bringen könnten. Doch da war nichts. Aber das Foto von Marjolaine habe ich sofort erkannt. Ich hatte damals den Artikel über den Selbstmord im *Midi Libre* verfasst. Und dann habe ich eins und eins zusammengezählt. Auf der Modelkarte war die Nummer der Zeitschrift eingetragen. Ich konnte sie mir besorgen und habe tatsächlich das Mädchen auf Seite vierundzwanzig entdeckt. Und dann habe ich mir die Frage gestellt, ob nicht auch ihre Mutter dahintergekommen sein könnte. Vielleicht steckt sie ja hinter den Morden oder hat sie in Auftrag gegeben. Jetzt, wo sie verschwunden ist, scheint mir diese Vermutung gar nicht mehr so unrealistisch. Ich wollte mit ihr über all das reden. Doch ich bin zu spät gekommen. Was sagen Sie nun dazu?«

Mathilde wägte ab, wie viel sie dem Journalisten offenbaren konnte, denn irgendwie musste sie sich erkenntlich zeigen.

»Bob, Sie wissen, über laufende Ermittlungen dürfen wir nicht sprechen. Doch wenn wir so weit sind und den Fall gelöst haben, sind Sie der Erste von der Presse, der es erfahren wird. Sie hatten vor ein paar Tagen die Frage gestellt, ob die Morde und die Diebstähle zusammenhängen könnten. So wie es aussieht, ist das der Fall. Aber Einzelheiten kann ich Ihnen leider nicht preisgeben, es tut mir leid.«

Boisset nickte. »Das habe ich mir schon gedacht. Dann werde ich mich gedulden und mit meinen eigenen Recherchen weitermachen.« Er seufzte lächelnd.

»Danke, Bob. Für Ihr Verständnis und dass Sie nicht gezögert haben, mit mir zu reden. Ich muss gestehen, das werde ich alles erst einmal verdauen müssen. Meine Leute werden nicht schlecht staunen, was Sie uns geliefert haben. Ich kann nicht behaupten, dass sich damit diese Mordserie nun schlagartig aufklären lässt. Aber zu wissen, dass unser Fotograf nun doch irgendwie in diese Reihe passt, ist schon ein immens wichtiger Fortschritt. Ein paar Fragen habe ich allerdings noch. Sie hatten damals den Artikel geschrieben. Gab es keinen Zweifel an einem Selbstmord? Könnte es nicht auch Mord gewesen sein? Jemand wollte Marjolaine zum Schweigen bringen?«

»Zum Schweigen worüber? Dass sie pornografische Fotos gemacht hat? Dass sie auf einen widerlichen Gigolo reingefallen ist? Nein. Diese Zeitschriften sind zwar Dreck, aber nicht verboten. Und offenbar hat niemand sie dazu gezwungen. Außerdem gibt es Zeugen, die gesehen haben, wie sie einfach ins Gleisbett vor den Zug gesprungen ist. Ein älteres Arztehepaar stand unmittelbar daneben, beide sind über jeden Zweifel erhaben.«

Kapitel 39

In den Stunden, in denen Mathilde ihre Gespräche mit Juge Pelletier und Bob Boisset führte, saßen Rachid, Felix und Coco im Präsidium und versuchten, den Schmied ausfindig zu machen, der, wahrscheinlich in vollkommener Ahnungslosigkeit, wozu dieses Schwert dienen würde, aus der Nachbildung einer keltischen Waffe mit stumpfer Klinge ein sehr effektives Richtschwert geschmiedet hatte. Dieses Schwert war ihre bisher heißeste Spur. Leider hatte ihnen die Adresse, die Felix aus Marseille mitgebracht hatte, nichts genutzt. Der Mann hatte die Waffe zwar geschmiedet, aber nicht im Nachhinein geschärft.

Nachdem Mathilde und Rachid sich am Mittag getrennt hatten, hatte Felix endlich Rachid auf dem Handy erreicht. Seine Nachricht von dem aus dem Museum in Marseille gestohlenen Schwert schlug ein wie eine Bombe. Rachid bestellte Coco und Felix umgehend in sein Büro. Es wartete ein wahrer Telefonmarathon auf sie, denn die Zahl der Schmiede, die eine solche Replik womöglich in eine tödliche Waffe verwandeln konnten, war schier unglaublich. Huf- und Kunstschmiede, alle, die über eine Esse verfügten, wären in der Lage dazu, so Cocos Einschätzung. Doch wo beginnen? Dann hatte Coco die rettende Idee gehabt. Nach ein wenig Herumsuchen im Internet war sie auf eine Seite gestoßen, die auf eine Veranstaltung der Messermacher in Thiers im Departement Puy-de-Dôme aufmerksam machte, einem Städtchen über vierhundert Kilometer von Nîmes entfernt.

»Glaubst du, der Schmied kommt von dort?«, fragte Felix skeptisch. »Dann hätte unser Täter aber einen weiten Weg auf sich genommen. Oder verschickt man so etwas mit der Post?«

Coco zuckte mit den Schultern. »Das weiß ich nicht. Aber je weiter weg der Schmied wohnt, desto später stoßen wir auf seine Spur, könnte die Überlegung gewesen sein. Aber das ist eigentlich nicht das Thema. Ich denke, wir sollten in Thiers beginnen, weil sich dort die Elite der Schmiedekunst trifft. Und vielleicht kennt ja einer einen, der jemanden kennt, der dafür infrage kommt oder sogar von seinem Auftrag erzählt hat. Alltäglich ist er ja wohl nicht gewesen.«

»Sehr gut, Coco, dann an die Arbeit. Du sagtest, es gibt eine Veranstaltung der Schmiede? Eine Art Festival?«

Coco nickte eifrig. »Hier. Thiers ist die Hauptstadt der Messermacher. Die Stadt richtet Mitte Mai das größte Treffen seiner Art aus, die *Coutellia*. Und wo Messer geschmiedet werden, können auch Schwerter scharf gemacht werden. Das ist total spannend. Hier steht, die Kreuzritter haben die Kunst des Messerschmiedens aus dem Orient nach Thiers gebracht. Noch heutzutage gibt es in Thiers mehrere Messerschmieden, die *Coutelleries*, in denen mehr als fünftausend Menschen beschäftigt sind.«

»Fünftausend«, stöhnte Felix, doch Rachid gab ihm durch einen Blick zu verstehen, dass jetzt nicht die Zeit des Jammerns war.

»Wir fangen einfach beim erstbesten Schmied an«, ordnete er an. »Der Mann muss das Keltenschwert vor etwa drei Wochen in die Hand bekommen haben.«

Coco druckte die Liste der Teilnehmer an der *Coutellia* aus. Es waren auch Messerschmiede aus der Umgebung von Nîmes dabei. Kollegen aus Deutschland und der Schweiz verliehen der Veranstaltung internationales Flair. Die Teilnehmer waren alphabetisch geordnet, hinter jedem einzelnen Namen stand das Spezialgebiet.

»Es gibt auch Schmiede, die sich rein auf Kunstgegenstände spezialisiert haben. Die lassen wir vorerst weg. Dann dezimiert sich die Reihe schon ziemlich. Wenn wir heute keinen Treffer landen, geht es morgen früh gleich weiter. Coco, drucken Sie die Liste bitte ein paarmal aus, wir geben sie dann mit den notwendigen Hintergrundinformationen an die Kollegen. Jeder übernimmt jetzt ein Drittel, wir fangen einfach oben an«, bestimmte Rachid.

Jeder schnappte sich seine Liste. Felix und Coco setzten sich an zwei um diese Zeit bereits verlassene Arbeitsplätze in der Nähe von Rachids Büro.

»Ich glaube, ich hab da was«, rief Felix nach einer knappen Stunde. »Wie sieht's bei euch aus?«

Rachid und Coco schüttelten die Köpfe.

»Keine Kunstpausen bitte, Felix«, forderte Rachid seinen jungen Kollegen auf. Felix war bekannt dafür, seine Neuigkeiten wohldosiert in Häppchen zu präsentieren, um die Spannung der anderen ein wenig auszukosten.

»Keine Angst, ich komme gleich zur Sache.« Felix legte seine Liste auf Rachids Schreibtisch. Mit einem gelben Marker hatte er einen Namen hervorgehoben. »Christoph Lemur hat seine Schmiede bei Montélimar. Er ist auf Katanas, das sind japanische Langschwerter, die auch im Sport verwendet werden, spezialisiert. Vor zweieinhalb Wochen rief jemand an, der anfragte, ob er ein stumpfes Schwert schärfen könne. Kein Problem für unseren Schmied. Die Waffe kam mit Chronopost zwei Tage später. Der Auftrag sei dringend. Lemur sagte, er sei komplett fasziniert gewesen von dem Teil. Dann hat er sich an die Arbeit gemacht, das Schwert ging mit Chronopost wieder raus und dürfte vor etwa zehn Tagen beim Auftraggeber wieder angekommen sein. Lemur hatte sich deswegen sehr beeilt, weil er eine Rhônekreuzfahrt für acht Tage gebucht hatte, die er und seine Frau einen Tag, nachdem er das Paket auf den Weg gebracht hatte, antraten.«

Felix lehnte sich zufrieden zurück. »Damit haben wir quasi Gewissheit, dass das gestohlene Schwert zur Tatwaffe gemacht wurde. Jalabert, Saint Genez, Eleonore Klein und wohl auch Plessis sind in einer Art neokeltischem Opferritual getötet worden, zumindest aber mit der Replik eines keltischen Schwertes.«

»Und wer war der Auftraggeber? An wen ist das Schwert geschickt worden?« Coco rutschte ungeduldig auf ihrem Stuhl herum. »Wie ich das hasse, wenn du uns zappeln lässt. Der Chef hat gesagt, keine Kunstpausen.«

»Ich mache keine Kunstpause. Wir haben den Namen des Auftraggebers, aber keine Adresse. Und wenn ihr den Namen hört, werdet ihr nicht schlecht staunen.«

»Felix!«, mahnte Rachid.

»Arthur Pendragon hat Lemur das Schwert geschickt. Und er hat es nicht nach Hause liefern lassen, sondern an eine Packstation von Chronopost, völlig anonym. Ebenso die Bezahlung. Du kannst auf das Konto, das auf der Rechnung ausgewiesen ist, einfach den Betrag auf der Bank bar einbezahlen. Und fertig.«

Rachid und Coco sahen sich verblüfft an.

»Und Lemur hat sich nicht über den Namen gewundert?«

»Doch, aber was sollte er machen. Arthur ist ja nun nicht so selten, und Pendragon, nun, er fand es witzig, sagte er. Das Schwert sei wohl Excalibur gewesen, meinte Lemur, das Schwert von König Artus, der aus der Familie Pendragon stammt.«

Kurzes Schweigen breitete sich im Büro aus. Dann ergriff Rachid wieder das Wort.

»Ich werde Mathilde darüber informieren.« Er fuhr sich durch die kurzen Haare und griff nach seinem Handy, das auf dem Schreibtisch lag.

»Mathilde, wir sind mit der Tatwaffe ein gutes Stück weitergekommen. Ich werde dir detailliert heute Abend berichten. Nur ganz kurz …« Er klärte sie über ihren Stand der Ermittlungen auf. »Und was hast du Interessantes für uns?«

Rachids Miene wurde ernst. »Das ist in der Tat aufschlussreich. Damit rückt Madame Chapelet in unseren Fokus.«

Kapitel 40

Rachid hatte bereits am Vorabend die weiteren Aufgaben verteilt. Am folgenden Nachmittag würde man sich in Mathildes Büro zusammensetzen, um die neuesten Ergebnisse miteinander zu koordinieren.

Felix und Coco waren zur Packstation, an die Lemur das Paket versendet hatte, geschickt worden. Dort war eine Kamera installiert, deren Aufnahmen vierzehn Tage gespeichert wurden. Mit etwas Glück war der Adressat des Paketes höchstpersönlich vorbeigekommen, um die Lieferung mit der tödlichen Waffe abzuholen. Er selbst hatte mit dem Schmied in Montélimar telefoniert. Monsieur Lemur hatte keine Ahnung, wie und warum gerade er diesen Auftrag erhalten hatte. Als dem Mann dämmerte, dass mit großer Wahrscheinlichkeit mit der Waffe gemordet worden war, hatte Rachid große Sorge, dass Lemur am Telefon einen Herzanfall erleiden könnte. Der Mann schien keine Luft mehr zu bekommen, er keuchte, rief irgendjemanden nach einem Glas Wasser, trank glucksend und entschuldigte sich. »Die Aufregung.« Erst als Rachid ihm versicherte, man betrachte ihn nicht als verdächtig, hatten sich die Nerven des Schmiedes wieder beruhigt. Das Alibi von Lemur hatte Coco überprüft. Er und seine Frau waren an Bord eines Rhônedampfers gegangen, der von Lyon über Arles und Viviers wieder zurück nach Lyon fuhr.

Am Abend hatten Rachid und Mathilde noch lange darüber diskutiert, ob einer Frau tatsächlich die Morde zuzutrauen wären. Zuzutrauen ja, aber, ob eine Frau wirklich das Schwert so todbringend schwingen konnte?, hatte Mathilde mit einer gewissen Skepsis angemerkt. Ein Blick in die Geschichte der Enthauptung hatte sie eines Besseren belehrt. Es hatte von Zeit zu Zeit tatsächlich eine Frau den Beruf des Scharfrichters ausgeübt. Sehr selten, aber es hatte sie gegeben. Und wenn die Waffe scharf genug war, warum nicht eine Frau als Mörderin.

Diese Frage klärte Rachid gleich am nächsten Morgen. Monsieur Lemur, der Schmied, erklärte ihm, er habe das Schwert abschließend einem *Tameshigiri* unterzogen, der japanischen Kunst des Testschneidens, die er auch bei seinen eigenen handgeschmiedeten Katanas anwende, um die Schärfe zu überprüfen.

Dann hatte Lemur ein wenig herumgedruckst und auf Rachids Nachbohren hin erklärt, man habe zu diesem Zweck früher, er betonte es mehrfach, den Schnitt an Leichen oder zum Tode verurteilten Kriminellen vollzogen. Wenn man den Kopf vom Rumpf trennte, also einen horizontalen Schnitt ausübte, wurde dieser Schnitt *Gyaku-kesa* genannt.

»Also ist eine Enthauptung mit diesem Schwert möglich? Ich bitte Sie um eine ehrliche Antwort«, sagte Rachid.

»Ja, ohne Weiteres. Da gibt es die unglaublichsten Geschichten. Mit Katanas, wie ich es schmiede, lieferten sich im Zweiten Weltkrieg japanische Offiziere geradezu Wettkämpfe, wer am schnellsten hundert Personen mit seinem Schwert enthaupten konnte. Ich selbst teste mittels fest gebundener Reisigbündel oder nassen, zusammengerollten Zeitungen die Schärfe meiner Klingen.«

Alles in allem interessante Informationen, die jedoch nur bedingt zur Lösung des Falls beitragen konnten, wie Rachid sich eingestehen musste.

Kaum hatte er das Gespräch beendet, entdeckte er zwei verpasste Anrufe. Das Museum. Das Notebook von Madame Chapelet war aufgetaucht. Eine Mitarbeiterin hatte es entdeckt, als sie im Depot zwei Exponate verpackte, die in die Ausstellung gebracht werden mussten. Die Kuratorin hatte ihren Computer nicht mitgenommen und aus irgendeinem Grund an dem Ort gelassen, von dem das Kultbäumchen verschwunden war.

Eine Stunde später saß Rachid vor dem Notebook, das passwortgeschützt war. Er versuchte es mit den gängigsten Passwörtern, und nach einigen Versuchen gelang es ihm, mit »Marjolaine123« in die Dateien von Madame Chapelet vorzudringen. Den größten Teil nahm der Ordner mit dem einfachen Namen »Keltenausstellung« ein. Rachid klickte den Unterordner »Presse« an. Vorberichte zur Ausstellung in Nîmes, eigene Presseerklärung des Museums und eine große Anzahl an Artikeln zu den Diebstählen keltischer Kultgegenstände in ganz Frankreich.

Rachid kam ins Grübeln. Warum hatte sie diese gesammelt? Sie waren nach Datum sortiert. Rachid überflog die Beiträge. Die Namen der Städte und Museen, aus denen Artefakte entwendet worden waren, sagten ihm alle etwas, waren die, die Coco recherchiert hatte.

Rachid öffnete die letzte Datei mit dem Namen »Dossier«. Endlich, damit konnten sie doch etwas anfangen. In diesem Dossier hatte Madame Chapelet offenbar alles zusammengetragen, was sie über den Fotografen Plessis gefunden hatte. Eine kurze Vita, Ausstellungshinweise, offenbar hatte Plessis noch vor zehn Jahren eher wahre künstlerische Ziele als Fotograf verfolgt. Anzeigen, die in diversen Blättern geschaltet waren, und zu guter Letzt das Foto, das von Marjolaine in dem Pornoheft veröffentlicht worden war. Kein Zweifel, Madame Chapelet gab Plessis die Schuld am Tod ihrer Tochter. Doch war sie auch seine Mörderin?

Rachid sichtete weiter die Einträge. Es gab keinen einzigen Hinweis auf die anderen Morde. Keine Namen, keine Zeitungsartikel, keine Notizen, nichts.

Diese Datei zu Plessis war natürlich kein wirklich verwertbarer Beweis, dass die Frau mit dem Tod des Fotografen etwas zu tun hatte, aber jeder, der diese Einträge zu Gesicht bekam, würde diese Schlussfolgerung ziehen. Warum hatte sie ihren Computer einfach im Depot gelassen? Es gab nur eine Antwort darauf. Sie war nicht mehr dazu gekommen, ihn mitzunehmen. Sie hatte ihn ganz offensichtlich dazu benutzt, ein paar Notizen für eine weitere Presseerklärung einzuarbeiten. Doch dann war sie offenbar mit dem Kultbäumchen aus dem Gebäude verschwunden und nicht wiederaufgetaucht. Wie passte das zusammen? Wer würde so handeln? Nur jemand, der in allergrößter Eile war, jemand, der unter einem gehörigen Druck stand. Und dem es gleichgültig war, wenn irgendwer auf das Dossier stoßen würde? Rachid fand keine Antworten auf seine Fragen.

Es klopfte an der Tür. Felix und Coco kamen herein.

»Nun? Ihr seht aus, als hättet ihr etwas mitgebracht?« Rachid hob fragend die Brauen.

»Wir haben etwas. Aber, ob es uns weiterhilft?« Felix zog ein zusammengefaltetes Stück Papier aus seiner Jacke und legte es vor Rachid ab.

»Wir glauben, das könnte Madame Chapelet sein. Die Aufnahme ist zwei Tage vor dem Fund von Jalaberts Leiche gemacht worden.«

Rachid setzte seine Lesebrille auf und begutachtete den Ausdruck.

»Viel sieht man nicht«, war sein erster Kommentar. »Das Paket, das die Person aus dem Fach nimmt, könnte das Schwert enthalten. Wie viele Fächer dieser Größe gibt es bei der Station von Chronopost?«

»Nur zwei«, antwortete Coco. »In die andern hätte es nicht hineingepasst. Ich denke, deswegen hat man Chronopost gewählt und nicht Colissimo oder FedEx. Sie sind die Einzigen, die eine Station mit so großen Fächern anbieten.«

Das Paket, das auf dem Foto zu sehen war, maß einen knappen Meter und war flach. Rachid fotografierte es umgehend ab und schickte das Foto Lemur. Seine Antwort kam postwendend. Es war das Paket, das er abgeschickt hatte.

»Schwer zu sagen, ob es ein Mann oder eine Frau ist«, sagte Coco.

Die drei beugten sich über das Bild. Zu sehen war eine mittelgroße Person in langen Hosen und einem bis über die Knie reichenden dunklen Mantel. Auf dem Kopf trug sie eine Baseballkappe, das Gesicht war von einer großen Sonnenbrille verdeckt.

»Sie hat alles getan, um nicht identifiziert werden zu können«, brummte Felix. »Aber schaut euch mal die Hände an, ich habe das Detail vergrößern lassen.« Er legte einen zweiten Ausdruck daneben. »Ich bilde mir ein, dass dies eine Frauenhand ist.« Er tippte mit dem Zeigefinger auf die Hand.

Rachid fuhr sich nachdenklich übers Kinn. »Könnte sein. Das sind alle Aufnahmen?«

Coco und Felix nickten.

»Ich hatte heute Vormittag ein Gespräch mit Lemur. Das Schwert ist seiner Aussage nach enorm scharf. Und mit einer derart scharfen Klinge kann auch eine Frau die Opfer geköpft haben. Wenn man bedenkt, wie einfach es ist, eine solche Waffe in die Finger zu bekommen. Es gibt eine ganze Reihe von Shops, in denen du Waffen für mittelalterliche Kampfspiele oder so bestellen kannst. Ich habe mal nachgeschaut. Bei solchen Waffen hast du meist zwei Bestelloptionen, stumpfe oder scharfe Klinge. Das Einzige, was bei der Order zu tun ist, du musst nachweisen, dass du über achtzehn bist. Es müsste ein Gesetz geben, dass jeder, der eine solche Waffe verkauft, dies auch meldet. Egal ob stumpf oder scharf. Nun, dann haben wir doch einiges an Material für heute Nachmittag.«

Rachid legte die beiden Abzüge in eine Mappe.

»Und das ist das Notebook von Madame Chapelet.« Er klopfte mit den Fingerspitzen auf den handlichen Computer. »Es birgt eine nette Überraschung. So ganz allmählich kommt etwas mehr Schwung in unsere Ermittlungen.«

Kapitel 41

Bis auf Coco hatten sich alle nach einem kleinen gemeinsamen Mittagsimbiss im Büro von Mathilde eingefunden. Coco würde ein paar Minuten später eintreffen, da sie noch ein Geschenk abholen wollte, das das Team gemeinsam Mélisande, die zum Barbecue eingeladen hatte, übergeben wollte. Fast wäre der Abend bei der Tierärztin in Vergessenheit geraten, hätte nicht Martin Mathilde daran erinnert. Coco hatte die Idee für ein gemeinsames Geschenk. Sie hatte eine alte Postkarte entdeckt, auf der Sarah Bernhardt in der Rolle der Mélisande dargestellt war. Die Karte war über einen Antiquitäten- und Trödelhändler in Nîmes zu beziehen gewesen.

Atemlos traf Coco im Büro ein.

»Wollt ihr sie sehen?«, fragte sie.

»Her damit«, forderte Mathilde.

Die junge Polizistin packte vorsichtig die Karte aus, die der Händler in einen zierlichen Rahmen gesteckt hatte.

Alle waren sich einig, dass es ein ganz besonderes Geschenk war, das der Tierärztin garantiert Freude bereiten würde.

»Die Feier heute Abend wird uns ein wenig ablenken«, meinte Mathilde. »Aber bis dahin vollste Konzentration. Vorhin rief mich Capitaine Morel an. Weder Jalabert noch Saint Genez tauchen in der BDSM-Szene auf, das können wir schon mal abhaken. Etienne Plessis dagegen schon. Jedoch nicht, weil er einer ihrer Anhänger ist, sondern, weil er auf Nachfrage das eine oder andere Fotoshooting hatte. Nun, ich schlage vor, wir fangen einfach bei Punkt null an, in diesem Fall der Fund der ersten kopflosen Leiche. Dann gehen wir Schritt für Schritt erneut alles, was wir haben, wieder durch. Jeder trägt seine Überlegungen und Gedanken bei, egal wie abstrus sie erscheinen mögen, was in dieser bizarren Mordserie durchaus zu erwarten sein dürfte. Felix hat eben eine doppelte Portion Flammkuchen gegessen, an Hirnnahrung dürfte es also nicht mangeln.« Mathilde lächelte, wurde jedoch sofort wieder ernst.

»Ich fasse die Fakten kurz zusammen. Erster Fund Jalabert, aber nicht der erste Mord. Das war Etienne Plessis, es folgten Jalabert, Saint Genez und Eleonore Klein. Alle vier ohne Kopf aufgefunden, die Schädel sind verschwunden. Drei Opfer haben etwas mit unserem Mädchenhändlerring zu tun, Nummer eins nicht. Doch auch er hat ein junges Mädchen auf dem Gewissen, die Tochter der stellvertretenden Direktorin des *Musée de la Romanité*, Madame Chapelet. Aus diesem wie aus anderen Häusern in Frankreich sind Kultgegenstände aus der Keltenzeit verschwunden. Unter anderem ein Schädelfragment. Wir wissen mittlerweile, dass der Schädelkult, das Abschlagen des Kopfes und Zurschaustellen, ebenfalls eine keltische Tradition gewesen ist. Allerdings sind unsere Schädel nirgendwo präsentiert worden. Der Täter hat sie offenbar mitgenommen.« Mathilde griff nach ihrem Kaffeebecher und trank einen Schluck. »Und dann haben wir noch Fleurot, ehemals Verdächtiger im Mordfall Jalabert. Ebenfalls Opfer eines Kapitalverbrechens. Gibt es einen Zusammenhang? Noch können wir die Frage nicht beantworten.«

Coco meldete sich zu Wort. »Der Mörder hat die Schädel vielleicht bei sich zu Hause ausgestellt, makaber, aber durchaus denkbar. Viele Täter sammeln Trophäen, Wäschestücke, Dinge, die den Opfern gehörten, warum also keine Schädel.«

Alle nickten zustimmend, und Mathilde fuhr fort.

»Madame Chapelet ist eine Druidin. Sie war bereits in der Bretagne Mitglied einer Gemeinschaft von Neodruiden und war auch hier aktiv, hat sich aber dann offenbar von diesem Zirkel gelöst. Wie es aussieht, hat sie sich, nun, wie soll ich sagen, selbstständig gemacht. Wir wissen mittlerweile, dass in der Antike Druiden beim Opferkult immer anwesend waren. Unsere Opfer wurden mit einer Triskele markiert, einem keltischen Symbol. Haben wir es also mit einem Kultmord zu tun? Bei den Kelten sind Menschenopfer dargebracht worden. Man hat ihnen die Köpfe abgeschlagen. Nur sind diese Opfer vorher getötet worden. Bei unseren Morden sieht es etwas anders aus. Wir können von Hinrichtungen mit einem Schwert sprechen, wobei dieses Schwert offensichtlich die Replik eines keltischen Schwertes ist. Der Täter oder die Täterin weicht also ein wenig vom antiken Opferritual ab, nichtsdestotrotz gehen wir davon aus, dass diese Person die Tötung als kultische Handlung sieht und es ihr nichts ausmacht, keine Originalwaffe zu besitzen. Allerdings hat sie sich offenbar Originalkultgegenstände, aber auch, wie das Kultbäumchen, Repliken beschafft. Die scheinen in den Augen unseres Killers ebenfalls ihren Zweck zu erfüllen.«

»Es blieb ihm oder ihr auch nichts anderes übrig«, warf Felix ein. »Die Originalwaffen sind zu nichts mehr zu gebrauchen.«

Rachid rieb sich nachdenklich über die Wange. »Und zu den vier Toten kommen zwei vermisste Personen. Der Ehemann eines Opfers, Auguste Klein, und Madame Chapelet, die wir mittlerweile nicht mehr als Täterin ausschließen. Beide wie vom Erdboden verschluckt.« Rachid blickte auffordernd in die Runde. »Was sollen wir davon halten?«

»Vom Verschwinden der beiden? Vielleicht haben sie gemeinsame Sache gemacht. Doch wo haben sie sich kennengelernt, und vor allem, worin liegt das Motiv?«, fragte Felix und verzog skeptisch das Gesicht.

Rachid nickte. »An ein Szenario dieser Art habe ich tatsächlich gedacht. Madame Chapelet hat ein Motiv, den Fotografen zu töten, Auguste Klein ist ihr behilflich, das heißt, er übt die Tat aus. Sie wiederum unterstützt Klein bei den restlichen Morden. Vielleicht ist das Motiv dort zu suchen, wo Juge Pelletier es vermutet, Klein bringt Mitwisser seiner Taten zum Schweigen.«

»Auch seine eigene Frau?«, fragte Coco zweifelnd.

Rachid zuckte mit den Schultern. »Es war nur so eine Idee. Ich weiß, es hört sich absurd an, aber Klein wäre nicht der erste Mann, der seine Frau tötet.«

»Im umgekehrten Fall würde ich das nachvollziehen können«, überlegte Felix. »Eleonore Klein war damals die treibende Kraft, die Mädchen im Haus wie Sklavinnen zu halten, nicht er. Wir konnten beiden nichts nachweisen, aber warum sollte er sie jetzt zum Schweigen bringen? Das ergibt keinen Sinn.«

Schweigen breitete sich aus, ein jeder hing seinen Gedanken nach.

»Wir brauchen das Motiv. Ohne das kommen wir dem Täter nie auf die Spur.« Coco nagte an ihrer Unterlippe. »Felix hat eben etwas gesagt, was mir wichtig erscheint.«

»Dann los, Coco, was war das?«, forderte Rachid seine Mitarbeiterin auf, als die junge Polizistin zögerte.

»Sie alle haben etwas gemeinsam, das wissen wir«, begann Coco langsam. »Der Missbrauch von jungen Frauen, Mädchen. Und allen gemeinsam ist, dass sie entweder gar nicht bestraft worden sind oder das Strafmaß nicht voll ausgeschöpft wurde. Plessis, Saint Genez, Eleonore Klein, alle drei sind nie vor Gericht oder gar hinter Gittern gewesen. Jalabert, wegen guter Führung aus einem total überfüllten Gefängnis vorzeitig entlassen worden. Er hatte noch über ein Jahr.« Coco schwieg und wartete die Reaktionen der anderen ab.

»Du könntest recht haben. Das würde erklären, warum Madame Jalabert bisher ungeschoren davongekommen ist. Sie hat ihre Strafe abgesessen, bis auf den letzten Tag.« Rachid holte tief Luft. »Wir hätten es also mit jemandem zu tun, der das Gesetz in die eigene Hand nimmt. Die, die nie zur Rechenschaft gezogen worden sind, richtet er, die, die ihre Strafe verbüßt haben, verschont er. Madame Chapelet muss dieser Person irgendwann begegnet sein, wurde ihm zur Helferin. Sie ist verschwunden, hat aber nichts zu befürchten. Im Gegensatz zu Auguste Klein.«

Mathilde stand auf und stellte sich mit dem Rücken ans Fenster. »Maximiliane Chapelet, eine Druidin. Der Druide der Keltenzeit ist geistiges Oberhaupt, ein weiser Mann, einer, der Recht spricht, verurteilt und das Urteil vollstreckt. Wir suchen demnach einen zweiten, einen modernen Druiden, einen Mann, der sich mit der keltischen Kultur bestens auskennt. Wir müssen noch einmal mit Hugo Girac reden, es ist sein Spezialgebiet. Auch wenn er als Wissenschaftler das Neodruidentum für Humbug hält, wird er vielleicht wissen, nach welchem Typ Mann wir suchen. Ich möchte selbst von ihm hören, was einen Druiden ausmacht. Und mit unserem modernen Druiden Brian müssen wir uns ebenfalls unterhalten. Die Zeit rennt uns davon. Ich hoffe, wir finden Klein noch lebend.«

Mathilde sah auf ihre Uhr und griff zum Telefon.

»*Bonjour*, Mathilde de Boncourt. Ist Monsieur Girac im Museum? Nein? Er kommt heute auch nicht wieder? In Agde? Wie lange? Bis Montag? Aber er kommt dann direkt ins Museum? Gut, dann richten Sie ihm bitte gleich als Erstes aus, dass ich mit ihm sprechen muss. Ja, persönlich. Das heißt, ich versuche es selbst auf seinem Handy. Wenn Sie mir bitte die Nummer geben.« Mathilde griff nach einem Stift und notierte sich die Zahlen, bedankte sich und drückte die Verbindung weg. Dann wählte sie die angegebene Nummer und klopfte ungeduldig mit dem Zeigefinger auf den Schreibtisch.

»Nichts«, sagte sie nach einigen Sekunden. »Sein Handy ist ausgeschaltet. Wir müssen uns also bis Montag gedulden. Wir können im Moment nicht mehr machen, als weiter nach Auguste Klein zu suchen und abzuwarten. Rachid, wir werden unserem Druiden Brian einen weiteren Besuch abstatten.« Mathilde presste entschlossen die Lippen zusammen.

»Wir fragen besser nach, ob er da ist. Sonst ist der weite Weg umsonst«, schlug Rachid vor. »Du hast seine Nummer?«

Mathilde nickte, griff erneut zum Telefon und bat, nachdem die Verbindung hergestellt war, mit Brian Verneuil zu sprechen. Missmutig zog sie die Brauen zusammen, als das Gespräch nach nur wenigen Augenblicken beendet war.

»Pech, unser Druide ist ebenfalls ausgeflogen. Ein Treffen mit anderen Vätern, Grillen mit den Kindern, Nachtwanderung, Übernachten im Zelt. Nun, da kann man nichts machen. Aber er ist Sonntagabend wieder zurück. Wir teilen uns dann auf. Coralie und Felix, ihr übernehmt den Druiden. Gibt es in seinem Umfeld eine Person, die es ganz besonders ernst mit ihrem Druidentum nimmt? Oder einen Abweichler, der durch extremes Verhalten, welcher Art auch immer, aufgefallen ist? Wir haben damals nicht explizit danach gefragt. Er hat uns nur Madame Chapelet als Aussteigerin genannt. Aber vielleicht fällt ihm dazu ein Name ein. Dann werden wir für heute Schluss machen. Wir sehen uns bei Mélisande. Wer weiß, vielleicht kommt uns bei einem Glas Wein heute Abend die Erleuchtung.«

Kapitel 42

Als Mathilde und Rachid bei Mélisande eintrafen, waren die anderen Gäste schon alle da. Martin hatte bereits die Glut unter dem großen gemauerten Grill entfacht, während Mélisande, Sabine und Valerie, eine befreundete Nachbarin, Teller und Schüsseln auf einem großen Tisch abluden.

Mathilde schmunzelte, als sie Martin sah, der mit einem Schürhaken in den roten Briketts herumstocherte, während Felix mit einer Flasche Bier danebenstand und offenbar gerade etwas Witziges von sich gegeben hatte, denn Martin brach in lautes Lachen aus.

»Da mag man gleichberechtigt sein, wie man will, die Männer lassen sich das Grillen einfach nicht aus der Hand nehmen, und wir sorgen für die Nahrung«, kommentierte sie die Szene.

»Da muss ich dich aber korrigieren, *chérie*. Vor Tausenden von Jahren hat die Frau das Feuer gehütet, und der Mann hat für Nahrung gesorgt. Die Verhältnisse haben sich also umgekehrt.«

»Ah, da trudeln die letzten Gäste ja endlich ein. Fehlt nur noch Coco«, rief Martin und kam mit ausgebreiteten Armen auf Mathilde und Rachid zu. Er küsste Mathilde auf die Wangen, umarmte Rachid und hinterließ prompt etwas schwarzen Ruß, der an seiner linken Hand klebte, auf dessen Pullover.

»Kein Ding, bekommt man wieder raus«, beruhigte Rachid Martin, als der mit betretener Miene den Fleck auf der Schulter anstarrte und Rachid gleichzeitig den Ruß, als er ihn entfernen wollte, nur stärker in die Wolle rieb.

»Das geht nie mehr raus«, ertönte es hinter ihnen. Coco war angekommen und hielt eine bunte Geschenketüte in der Hand. »Es sei denn, Sie schneiden ihn raus«, erklärte sie grinsend.

Sie folgten Martin, begrüßten einander und überreichten Mélisande das Geschenk, das sie auspackte, nachdem alle ein Glas Crémant in der Hand hielten. Coco hatte mit ihrer Idee einen Volltreffer gelandet. Mélisande war begeistert. »Ihr glaubt nicht, wie lange ich schon hinter dieser Karte her bin. Sie bekommt einen ganz besonderen Platz in meinem Haus.«

Es war ein milder Tag Ende April, und auch nach Sonnenuntergang hatte niemand das Bedürfnis, sich ins Haus zurückzuziehen.

Die Gespräche drehten sich um Martins Heimatmuseum in Saint Fons, das er mit großer Liebe führte, um seinen Blog, in dem er Traditionen und Gebräuche, alte Handwerkskunst, Künstler und seine Perlen des Midi vorstellte, Bauwerke und Sehenswürdigkeiten, an denen die Touristen ansonsten vorbeilaufen würden. Er hatte seinen Blog besonders für deutsche Südfrankreichliebhaber ins Leben gerufen, die dankbar seine Vorschläge und immer wieder aktuelle Artikel annahmen. Valerie betrieb eine Wollspinnerei, färbte die Wolle und webte beeindruckende Wandbehänge daraus, über die Martin zuletzt geschrieben hatte.

Sabine berichtete amüsant von ihrer letzten Grabungskampagne in der Türkei und entschuldigte sich gleichzeitig bei Mathilde, sie sei deswegen erst jetzt dazu gekommen, sich um die archäologischen Sensationen von Sébastien, Noah und Arthur zu kümmern. Die Ermittlungen der Polizei waren bisher mit keinem Wort erwähnt worden.

»Archäologische Sensationen?«, fragte Valerie neugierig.

»Wie man's nimmt«, schmunzelte Mathilde, die bereits ahnte, was Sabine zu sagen hatte, und hoffte, die Jungs würde die Nachricht nicht zu sehr enttäuschen.

Alle saßen gespannt am Tisch, als Sabine aus ihrem Rucksack, der an der Stuhllehne hing, eine Papiertüte zog und sie auf den Tisch legte. Dann legte sie die Schachtel daneben, in der Rémy seine Keramikscherbe aufbewahrt hatte.

»Nun, ich kann Entwarnung geben, es wird keine archäologische Grabung auf dem Besitz der Familie de Boncourt geben«, begann sie lächelnd.

Mathilde war erleichtert, während sie um sich herum doch tatsächlich ein mehrstimmiges Gemurmel »Wie schade« hörte. Dem hätte sich ihr Großvater ganz gewiss nicht angeschlossen.

Sabine hob den Deckel der Zigarrenkiste an, schälte die Scherbe aus dem weichen Papier und legte sie behutsam auf den Tisch. In dem Kästchen lag zuunterst ein Stück Papier. Sabine legte es daneben und entfaltete es. Sie grinste verschmitzt.

»Dies ist eine Scherbe einer Trinkschale des Künstlers Makron, geschaffen etwa neunundvierzig vor Christus. Allerdings nicht das Original, das liegt heil im Paul-Getty-Museum in Malibu. Es ist der Teil einer sehr gut gemachten Replik, handbemalt, aber leider, oder zum Glück, wie man's nimmt, eben kein antikes Original. Eine solche Kylix wird, wie auch andere antike Kunstwerke, seien es Statuen oder andere Gefäße, meist in Griechenland hergestellt. Um sich von den Originalen ganz eindeutig zu unterscheiden, sind sie grundsätzlich kleiner im Format.«

»Wie mag die Scherbe in euer Weinfeld gekommen sein?«, wunderte sich Mélisande.

Mathilde hatte keine Antwort darauf. »Ich bin nur froh, dass es sich um eine Kopie handelt. *Grand-père* hat das gute Stück also ganz umsonst so viele Jahre unter Verschluss gehalten«, meinte sie trocken.

»Ich könnte mir gut vorstellen, dass jemand ein Picknick zwischen den Reben veranstaltet hat. Und um stilecht zu sein oder weil sie es chic oder amüsant gefunden haben, benutzten diese Leute solche Trinkgefäße statt eines Pappbechers«, schlug Valerie vor.

Sabine nickte. »Das war auch mein erster Gedanke. Nun, sei es, wie es ist, die Scherbe geht zurück an die Familie de Boncourt.« Dann zog sie ihre nächsten Schätze aus der Tüte. »Und hier kommen wir zu unserem Fund aus der Keltenzeit.« Nur mit Mühe unterdrückte sie ein Lachen. »Bitte bringt es den Jungs schonend bei«, bat sie und breitete die nun gesäuberten Schatzfunde auf dem Tisch aus.

»Dieser Teil einer Ringfibel ist leider nur der Verschluss einer

Bierdose, und zwar dieser da.« Sabine hob vor den gespannten Gesichtern mit zwei Fingern die abgerissene Öffnungslasche einer Bierdose hoch. »Und dies hier ist die passende Dose dazu, zusammengepresst und dann zusätzlich mit einem Stein oder Ähnlichem bearbeitet, bis sie diese merkwürdige Form angenommen hat, die tatsächlich mit ein wenig Fantasie einer gefalteten Klinge ähnelt. Und an Fantasie scheint es den Zwillingen und Sébastien ja nicht zu mangeln.«

»Und Martin auch nicht«, neckte Mathilde ihren Freund. »Was war das eine Aufregung, als die Jungs damit ankamen. Aber ihr habt doch eine Triskele darauf entdeckt.«

»Den Ansatz dazu«, brummte Martin, rollte mit den Augen, um dann in schallendes Gelächter auszubrechen. »Ja, was hat es mit dem Symbol auf sich?«, fragte er und wischte sich die Lachtränen vom Gesicht.

»Nun, da war archäologische Recherchearbeit angesagt, um das herauszufinden«, antwortete Sabine. »In der Tat, ist diese Spirale …«, sie deutete auf den Teil der Spirale, den schon Martin und die Jungs ausgemacht hatten, »… Teil einer Triskele.«

»Bravo!«, rief Martin triumphierend. »Dann haben wir uns zumindest in dem Punkt nicht getäuscht.«

»Nein, habt ihr nicht. Die Dose stammt aus einer kleinen Biermanufaktur. Sie brauen mit dem Triskelhopfen und haben daher dieses Symbol als Marke für ihre Produkte auserkoren. Seht hier.« Sabine zog erneut ein Blatt Papier hervor. »Ich habe es euch ausgedruckt.« Auf dem Blatt war eine Bierdose zu sehen. Der Schriftzug *Bière blonde* in dunkelgrünen Lettern auf gelbem Grund, links und rechts davon je eine Triskele, in deren Spiralen Hopfenblüten gebettet waren.

Verblüfft reichten sie es herum.

»Besser auf einer Bierdose als auf einer Wade«, flüsterte Rachid und erntete von Mathilde einen Klaps auf dem Arm.

»Unsere Arbeit ist heute Abend tabu«, raunte sie zurück. »Und was ist mit der Münze? Ich vermute einmal ganz stark, es handelt sich um einen Kronkorken, der nach Jahrzehnten in der fruchtbaren Erde zu einer Münze mutiert ist«, wollte sie dann von Sabine wissen.

Sabine schüttelte den Kopf. »Nein, die ist echt. Ein römischer Denar. Er liegt bei mir im Büro. Aber wenn ich mit ihm fertig bin, bekommen die Jungs ihn. Es ist kein seltenes Stück. Immer wieder werden diese Münzen auf irgendwelchen Äckern von Landwirten, Spaziergängern oder Schatzsuchern entdeckt. Du darfst sie nicht einfach behalten, sondern sie müssen abgeben werden. Und dann wird entschieden, ob der Finder sie bekommt. Und in diesem Fall dürfen sich Sébastien und die Zwillinge darüber freuen.«

»Na, das sind ja jede Menge Neuigkeiten. Ich werde es den Jungs so weitergeben«, versprach Mathilde. »Was passiert eigentlich, wenn sie noch mehr von diesen Münzen finden?«, fragte sie dann die Archäologin.

»Dann kommen wir und buddeln in der Erde. Besser, sie entdecken nichts mehr«, meinte Sabine trocken.

Mélisande klatschte in die Hände. »Nach diesem Ausflug in die Antike gehen wir, wenn ihr dazu bereit seid, zum Dessert über. *Tarte Tatin* und selbst gemachtes Vanilleeis dazu.«

Im Nu standen die Teller auf dem Tisch, die Tarte aus Äpfeln und geschmolzenem Zucker duftete verführerisch, während die Nacht nun endgültig über sie hereinbrach.

»Wir sollten im Schloss übernachten«, schlug Mathilde vor, nachdem sich gegen Mitternacht alle voneinander verabschiedet hatten. »Du hast zwar nicht viel getrunken, aber trotzdem. Und ich würde gerne wenigstens schon mal Sébastien über die Ergebnisse von Sabines Arbeit informieren. Ich hoffe, er wird nicht allzu enttäuscht sein.« Sie legte ihren Arm um Rachids Taille, und die beiden schlenderten zum Wagen.

»Morgen ist Sonntag. Sosehr ich mir wünsche, endlich in unserem Fall weiterzukommen und dass Klein und Madame Chapelet wieder auftauchen oder gefunden werden, so froh wäre ich darüber, morgen einfach einmal entspannt den Tag genießen zu können.«

Kapitel 43

Sébastien hatte die Nachricht über die wahre Bedeutung der Schatzfunde erstaunlich gelassen hingenommen.

»Ich hoffe, die Zwillinge sind nicht enttäuscht«, erklärte er und verschwand nach dem Frühstück, um Noah und Arthur das Ergebnis der archäologischen Untersuchungen zu verkünden und ihnen mit der Mitteilung, die Münze sei echt alt und sie würden sie zurückbekommen, einen schönen Sonntag zu bereiten, wie er sich ausdrückte.

Rémy nahm seine Scherbe wieder in Empfang, überlegte kurz, ob er sie im Müll entsorgen sollte, steckte sie aber dann wieder zurück in die Zigarrenkiste. »Hier hat sie die letzten Jahre verbracht, dann kann sie gerne weiter darin ruhen«, brummte er mit einem Augenzwinkern.

Die Nachricht, kein keltisches Oppidum oder ein Fürstengrab sei auf seinem Besitz zu befürchten, nahm er erfreut und erleichtert zur Kenntnis. Er hätte sich das gleich gedacht, als er das olle Zeug gesehen habe. Er wollte nur die Jungs und Martin nicht enttäuschen.

Die Telefone von Mathilde und Rachid blieben den ganzen Vormittag ruhig, die Suche nach den vermissten Personen blieb weiterhin ohne Erfolg.

»Das *Poulet corsaire* reicht für ein Dutzend Leute. Willst du nicht Martin und seine Freundin einladen?«, wollte Odile wissen, als sie die Hähnchenteile zum Marinieren in einen würzigen Sud aus Weißwein, Zwiebeln und frischem Knoblauch gab. Mit geräuchertem Speck, Tomaten und Oliven würden sie sanft vor sich hin schmoren. Dazu würde sie gerne grünen Spargel und ein

Kartoffelgratin servieren, den Spargel solle Martin dann bitte vom Hof des alten Albertin mitbringen.

Nachdem Odile es abgelehnt hatte, dass Mathilde ihr bei der weiteren Zubereitung des korsischen Hähnchengerichts zur Hand ging, machten sich Mathilde und Rachid zu einem Spaziergang mit den Hunden durch die Weinfelder auf.

Die hellgrünen Blätter der Reben schimmerten in der Sonne, die ihre ganze Kraft entfaltete. Bis letzte Woche hatten Philippe und seine Leute mit dem Aufbinden der Reben verbracht, um so die Reifung der Trauben zu unterstützen. Die Reben wurden von den Ästen durch das Festbinden in eine bestimmte Richtung gelenkt, um den Trauben so den besten Zugang zu Luft, Licht und der wärmenden Sonne zu ermöglichen und sie gleichzeitig vor Bodenfeuchtigkeit zu schützen.

Mathilde hatte ihre Jacke ausgezogen und über den Arm gelegt.

»Der Frühling ist für mich die schönste Zeit des Jahres«, verkündete sie und blieb vor einem Weinstock stehen. »Er ist so voller Verheißung, Verheißung auf das Werden und Gedeihen, Verheißung auf den Sommer, alles grünt, nichts ist vertrocknet.« Sie drehte sich zu Rachid. »Was ist deine liebste Jahreszeit?«

»Jede Jahreszeit, in der ich dich an meiner Seite habe«, sagte er zärtlich und küsste sie.

»Oh, ihr seid aber verliebt.«

Wie zwei Teenager, die bei etwas Verbotenem ertappt wurden, fuhren die beiden auseinander. Sébastien.

»Ich hab die Hunde gehört. War eben bei Noah und Arthur. Arthur ist sauer. Wir gehen heute Nachmittag wieder auf Schatzsuche, sagt er. Und wir suchen jetzt nur noch Münzen. Gehen wir zurück?«

Er pfiff nach den Hunden, die in ungestümer Freude zwischen den Weinstöcken hervorgeschossen kamen und Sébastien begrüßten, als hätten sie ihn wochenlang nicht gesehen.

Odile servierte auf der Terrasse gerade den Aperitif, als Martin und Mélisande eintrafen. Martin umarmte Odile herzlich und dankte für die Einladung. Er überreichte ihr eine Papiertüte.

»Der Spargel. Mélisande und ich haben ihn schon vorbereitet. Albertin sagt, du sollst ihn auf ein Backblech mit Olivenöl geben. Das hätte er ausprobiert, und der Spargel sei eine Wucht.«

»Das kann ich gerne übernehmen«, bot Mélisande an und verschwand mit Odile im Schloss. Mathilde, die ebenfalls helfen wollte, wurde von Sébastien zurückgehalten.

»Mathilde, ich habe einen Diebstahl entdeckt. Das wollte ich dir sagen, hatte aber keine Zeit wegen unserer Schätze und Arthur und Noah. Die haben vielleicht geguckt, als ich ihnen die Dose gegeben hab. Aber das war ja vorhin. Der Diebstahl war schon gestern, oder Freitag.« Sébastien runzelte nachdenklich die Stirn.

»Was ist denn gestohlen worden, mein Junge?«, fragte Rémy überrascht. »Du hast gar nichts davon erzählt.«

»Du bist ja auch nicht bei der Polizei oder eine Richterin. Du kannst doch da gar nichts machen«, erklärte Sébastien. »Die Weinreben sind jedenfalls weg. So viel etwa.« Er breitete die Arme aus.

»Welche Weinreben?« Rémys Stimme klang besorgt. »Die jungen Reben?«

»Aber nein, *tonton*. Die alten. Aus denen die Leute die Körbe flechten. Die sind zwar schon fertig damit, haben aber alte Reben liegen lassen. Einen ganzen Berg voll. Und die sind nun weg.«

»Ach. Das ist doch in Ordnung. Sie werden sie mitgenommen haben. Vielleicht zum Verfeuern oder um noch mehr Körbe zu flechten«, sagte Rémy erleichtert.

»Trotzdem, man kann doch nicht einfach mitnehmen, was einem nicht gehört«, empörte sich Sébastien.

»Nein, da hast du recht«, Mathilde knuffte den jungen Mann liebevoll in den Arm. »Das nächste Mal sollen sie Bescheid sagen, wenn sie die Reben mitnehmen. Einverstanden?«

»Ja, das wäre gut. Ich geh mal schauen, wie weit das Essen ist. Ich hab Hunger. Hunde, kommt mit in die Küche.«

Das ließen sich Babou und Henri nicht zweimal sagen. Mit Sébastien in die Küche zu gehen, bedeutete ganz sicher mindestens ein Leckerchen für jeden.

Rémy überließ schon seit vielen Jahren die abgeschnittenen

Reben zwei Familien der *manouches*, die in der Früh kamen, sich um ein wärmendes Feuer unter einem provisorischen Dach gegenüber einem der Weinfelder scharten und unermüdlich aus den noch biegsamen Zweigen Körbe in allen Größen flochten, die sie auf den Märkten verkauften. Das, was übrig blieb, verbrannte Philippe nach einiger Zeit.

»Vielleicht hat jemand das Reisig mitgehen lassen, um ein Maifeuer zu entfachen. Schließlich ist übermorgen das Beltanefest, um beim Thema Kelten zu bleiben, auch wenn das Schwert und die Fibel sich als Bierdose und Verschluss entpuppt haben«, schlug Martin lachend vor, um den Schwund des Reisigs zu erklären.

»Das Beltanefest. Monsieur Verneuil, unser Druide, hat es erwähnt. Hast du dich näher mit dem Thema befasst?«, fragte Rachid interessiert.

Martin zuckte mit den Schultern. »Was heißt näher. Du kennst mich, wenn mich ein Thema anspricht, versuche ich, für meinen Blog einiges zusammenzutragen. Die Ausstellung im Museum und die Funde der Jungs haben mich einfach neugierig gemacht. Ich kann dir aber nur das dazu sagen, was du sowieso überall nachlesen kannst. Beltane ist letztendlich nichts anderes als der Beginn des hellen Sommerhalbjahres, die Zeit des Lichts, des Wachstums, der Fruchtbarkeit. Außerdem soll in dieser Nacht ein Austausch zwischen den Welten möglich sein. Das eine ist einfach eine ganz rationale Geschichte und das andere eher eine Glaubensfrage. Ich wage es zu bezweifeln, dass jemand schon einmal die Öffnung der Grenze zwischen dem Diesseits und dem Jenseits erlebt hat. Ich kann mir allerdings vorstellen, dass nicht wenige in der Nacht zum ersten Mai auf irgendeinem Hügel sitzen und darauf warten, dass es passiert.«

»Und das Feuer ist ein wichtiger Bestandteil des Fests. Wir haben bei Verneuil Fotos davon gesehen. Sehr beeindruckend«, ergänzte Mathilde.

»Ja, das Feuer reinigt und symbolisiert den Sieg über die Dunkelheit. Mancherorts treibt man heute noch, zumindest symbolisch, das Vieh zwischen Feuern hindurch, um es so vor Krankheiten zu schützen. Das Feuer ist aber nur ein Teil der Feierlichkeiten zu Beltane. Dazu kommen rituelle Festmähler und Opferungen. Und die sind wiederum Aufgabe der Druiden.«

Mathilde und Rachid sahen sich schweigend an.

»Martin, was sagst du zu den Druiden?«, wollte Mathilde dann wissen.

»*Ouf*, fragt mich mal was Leichteres. An dem Thema scheiden sich die Geister, glaube ich. Als wir über die Triskele sprachen, habe ich es, glaube ich, schon mal kurz angedeutet. Es waren weise Männer, Priester, sie kannten sich in der Astronomie aus, waren für alle Kulthandlungen und Opferungen, von denen man nicht viel weiß, zuständig, sprachen Recht und Prophezeiungen aus, urteilten ab. So weit in Kürze. Das hat alles mit eurem Fall zu tun, nehme ich mal an.«

»Ja, es ist total vertrackt. Wir kommen im Moment nicht weiter.« Mehr gab Rachid nicht preis. »Was du eben erzählt hast, hat mir ganz ähnlich Hugo Girac, er ist Keltenexperte im Museum von Nîmes, beschrieben. Kannst du darüber hinaus etwas sagen?«

Martin überlegte. »Mehr als ein Fachmann dir gesagt hat? Ich glaube kaum. Die Kelten haben ja nichts Schriftliches hinterlassen, das, was man weiß, kommt von den Römern und Griechen, aber deren Aussagen sind mit Vorsicht zu genießen. Man kann sie teilweise als frühe Fake News bezeichnen, wohl um die Kelten in Misskredit zu bringen oder die eigene Kultur über die der Kelten zu stellen.«

»Also gezielte Falschinformationen. Ja, so in der Art hat sich auch Hugo Girac ausgedrückt. Vor allem, was die blutigen Rituale angeht«, ergänzte Rachid in Erinnerung an das, was er im Museum erfahren hatte.

»Exakt. Wartet, ich habe hier einen ersten Entwurf für meinen Blog.« Martin zückte sein Handy und drückte ein wenig herum. »Hier haben wir es. Julius Cäsar hat sich über die Druiden ausgelassen. Druiden beschäftigen sich mit allen geistlichen Angelegenheiten, führen die privaten und öffentlichen Opferungen. Sie sind heldenhaft, interessieren sich für Astronomie und opfern ihren Göttern andere Gallier, um ihre Gunst zu erhalten.« Martin hielt inne und fuhr sich über die Stirn. »Ah, das ist die Stelle, an die ich wahrscheinlich ebenfalls irgendwo im Hinterkopf dachte, als Sébastien von dem verschwundenen Reisig sprach. Man kann damit nicht einfach nur ein Feuer entfachen, laut Cäsar wurden die menschlichen Opfer in aus Weidenruten geflochtene Hüllen gesteckt und bei lebendigem Leib verbrannt. Nicht sehr nett. Aber das ist beileibe nicht alles. Wollt ihr noch mehr davon hören?«

Mathilde und Rachid nickten.

»Das Folgende ist von Plinius dem Älteren. Er schreibt, sie aßen das Fleisch der Geopferten, also wohl nicht das von denen, die verbrannt worden waren, um damit zusätzliche Kraft in sich aufzunehmen. Aber das sind, wie gesagt, mehr oder weniger Gerüchte. In ihnen dürfte ein Funke Wahrheit stecken, aber inwieweit, keine Ahnung. Das müsst ihr Fachleute fragen. Wobei, die können auch nur spekulieren, denn es gibt bisher keine archäologischen Beweise dafür. Es gibt sie allerdings für einen anderen Kult, den Schädelkult.«

»Ja, das wissen wir. Wir werden bald damit an die Öffentlichkeit gehen. Unsere Opfer waren allesamt kopflos«, sagte Rachid ruhig.

Martin schluckte. »Und da war ein Druide am Werk?«

»Martin, wir wissen es nicht. Wie eben gesagt, wir kommen nicht vom Fleck mit unseren Ermittlungen«, antwortete Mathilde.

»Essen ist fertig«, posaunte Sébastien von der Treppe. »Und das Reisig ist doch nicht geklaut. Philippe hat es schon längst verbrannt. Hat mir Odile gesagt. Odile weiß alles. Kommt ihr jetzt endlich? Ich bin am Verhungern.«

Am Nachmittag machten sich Mathilde und Rachid auf den Weg zurück nach Nîmes.

»Das mit dieser Opferung in der Weiderutenhülle geht mir einfach nicht aus dem Kopf. Martin hat zwar nicht gesagt, diese Opferungen seien zu einem speziellen Zeitpunkt veranstaltet worden, aber meinst du nicht, unser Druide hat sich zu Beltane irgendetwas Besonderes ausgedacht? Und dazu Auguste Klein als Opfer auserkoren? Deswegen haben wir ihn auch noch nicht gefunden, weil er irgendwo versteckt gehalten wird.« Mathilde starrte mit angespannter Miene aus dem Fenster.

»Das würde bedeuten, Klein ist nicht der Komplize von Maximiliane Chapelet. Wer dann? Und er müsste in der Nacht von Dienstag auf Mittwoch sterben. Ich finde deine Idee gar nicht so weit hergeholt. Als Letztes hat sich unser Mörder für dieses Ritual das Kultbäumchen besorgt, beziehungsweise hat es durch Madame Chapelet stehlen lassen. Ich kann mir einfach nicht vorstellen, dass sie die Person ist, die die Opfer enthauptet hat.«

Mathilde biss sich auf die Unterlippe. »Ich ja auch nicht. Und wenn sie ebenfalls geopfert werden soll, damit dieses Beltane so richtig groß gefeiert wird?« Sie wandte sich zu Rachid.

»Sie passt nicht in das Schema, sie hat sich keines Verbrechens schuldig gemacht.«

»Nein, du hast recht. Sie passt nicht.« Mathildes Stimme klang nachdenklich.

»Rachid, erinnere dich an den Fall in der alten Templerburg. Man hatte einer Mutter, deren Kind verstorben war, weismachen wollen, man könne es quasi wieder zum Leben erwecken. Und sie hat eine Menge Geld dafür bezahlt, damit dieser Traum wahr wird. Und wenn es Madame Chapelet ähnlich ergeht? Wenn sie, selbst dem Glauben verhaftet und Druidin, davon überzeugt ist, durch diese letzte Opferung von Auguste Klein würde sich in dieser Nacht das Tor zur Anderwelt öffnen? Ich meine, wer überhaupt an diesen ganzen Hokuspokus glaubt, der glaubt doch auch an so etwas. Was meinst du?«

Rachid überlegt einen Moment. »Spinnen wir diese Geschichte mal weiter. Unser Druide will Auguste Klein an Beltane opfern, weil er sich schuldig gemacht hat und diese Schuld nie gesühnt worden ist. Als Helferin hat er sich Maximiliane Chapelet auserkoren und ihr versprochen, durch diese Opfer könne sie ins Jenseits blicken oder gar gehen. Dann wird er sich auch einen ganz besonderen Ort dafür aussuchen. Mathilde, ich glaube kaum, was ich da eben gesagt habe. Das ist doch vollkommen verrückt, das passt doch nicht in unsere Zeit. Und ganz genau, wer bitte ist dann dieser Druide, wenn Klein und Chapelet nicht infrage kommen?«

»Rachid, was passt schon in unsere Zeit? Passen Kriege in unsere Zeit? Hungernde Kinder? Frauen, die getötet werden, nur weil sie Frauen sind? Wir müssen diesen besonderen Ort, von dem du eben gesprochen hast, ausfindig machen. Wir sprechen morgen mit Hugo Girac und mit Brian Verneuil. Felix soll den Museumsmann in Marseille noch mal kontaktieren und Coco das Netz durchforsten, welchen Ort jemand dazu aussuchen würde. Es muss ein geheimer, aber gleichzeitig bedeutungsvoller Ort für einen ganz besonderen keltischen Kult sein.«

Kapitel 44

Kurz nach neun Uhr am nächsten Tag parkte Rachid den Dienstwagen vor dem Haus von Brian Verneuil. Im Vorgarten pickten und scharrten ein paar Hühner herum, und Madame Verneuil war damit beschäftigt, Geranien, die in Pflanzkästen vor dem Haus standen, von Verblühtem zu befreien.

»*Bonjour*, Commandant.« Sie strich eine Haarsträhne aus dem Gesicht. »Mein Mann ist hinten, er schichtet Reisig für das Beltanefeuer auf. Nichts Großes, aber die Kinder sind schon ganz aufgeregt. Gehen Sie einfach am Haus entlang, Sie werden ihn gleich entdecken.« Sie wandte sich wieder ihren Pflanzen zu.

Irgendwie hätte er nach dem heutigen Kenntnisstand über Druiden in diesen Pflanzkästen, die es in jedem Baumarkt gab, andere Pflanzen bei einem Druiden erwartet, dachte Rachid auf dem Weg zu Brian Verneuil. Irgendwelche speziellen Kräuter, wenigstens Salbei und Pfefferminze, aber keine Geranien.

Der Mann hatte Rachid nicht kommen gehört. Er trug bei seiner Arbeit Kopfhörer und drehte sich erschrocken um, als Rachid ihm auf die Schulter klopfte.

»Sie haben mich fast zu Tode erschreckt«, sagte Verneuil, während aus den Kopfhörern, die nun um seinen Hals hingen, klassische Musik ertönte.

»Vivaldi, die Vier Jahreszeiten, Frühling«, stellte Rachid lächelnd fest.

»Noch ist nicht Sommer. Der kommt aber bald dran«, entgegnete Brian Verneuil und streckte die Hand zur Begrüßung aus.

»Setzen wir uns.« Er zeigte auf zwei Holzklötze.

Rachid warf einen zögernden Blick auf seine helle Hose, setzte sich dann aber doch auf das Holz, nachdem er mit der Hand ein paar Erdkrumen und einen Käfer auf den Boden gefegt hatte.

»Commandant, bisher kein Ermittlungsergebnis? Wohl nicht, sonst wären Sie ja nicht hier«, mutmaßte der Neodruide. »Und dazu muss man kein Druide sein, um eine solche Schlussfolgerung zu ziehen«, fügte er lachend hinzu.

»Nun, der Stand der Ermittlungen ist nicht für die Öffentlichkeit bestimmt, das wissen Sie sicher, aber die eine oder andere Antwort auf meine Fragen würde uns weiterhelfen.«

Verneuil nickte. »Na, dann schießen Sie mal los. Und bitte nennen Sie mich Brian, mir fällt im Moment niemand ein, der mich Monsieur Verneuil nennt, das wollte ich Ihnen und Madame le Juge schon beim letzten Mal sagen. Es gibt eigentlich nur eine Person, die mich so ruft, meine Frau, wenn sie sich über mich ärgert. Aber Spaß beiseite, Commandant.«

»Brian, Dienstag auf Mittwoch ist Beltane, Sie bereiten schon alles vor.« Rachid nickte in Richtung Reisighaufen. »Werden Sie auch etwas opfern?«

Mit dieser Frage hatte der Mann nicht gerechnet. Erstaunt zog er die Brauen hoch. »Etwas opfern?«, wiederholte er. »Merkwürdig, warum fragen Sie mich gerade danach?« Er zuckte mit den Schultern. »Aber egal, Sie werden Ihre Gründe haben. Nun, ja wir werden etwas opfern. Wir werden trinken und etwas von dem Wein auf den Boden gießen, und wir werden etwas essen und davon ebenfalls etwas verteilen. Das haben Sie doch auf dem Foto gesehen, ich meine die Speisen und die Getränke, habe ich da nicht erwähnt, dass ein Teil davon den Göttern gehört? Nun, beantwortet das Ihre Frage bereits?«

Rachid zeigte keine Reaktion. »Das ist alles?«, fragte er nur.

»Wenn Sie jetzt darauf warten, dass ich Ihnen gestehe, wir würden einem meiner Hühnchen den Kopf abschlagen oder Ähnliches, muss ich Sie enttäuschen. Das ist wirklich alles. Ein paar Tropfen Wein, ein paar Krumen Brot.«

»Die Dinge, die Cäsar oder Plinius über Opferungen der Kelten sprich Druiden niedergeschrieben haben, kennen Sie, davon gehe ich aus. Was halten Sie davon?«

Brian ließ sich Zeit. Er griff nach einem Stöckchen und zeichnete damit Striche in den Erdboden. Nach einer Weile beantwortete er Rachids Frage.

»Darüber habe ich mir schon oft den Kopf zerbrochen. Die antiken Autoren wollten ganz sicher die Druiden in einem schlechten Licht dastehen lassen. Sie passten ihnen nicht. Cäsar musste befürchten, dass diese Männer mächtig sind und es schaffen könnten, die Stämme der Kelten gegen die Römer zu vereinen. Vercingetorix hat es versucht und ist gescheitert. Ich persönlich glaube, es steckt ein Körnchen Wahrheit darin. In vielen Kulturen wurden Tiere und sogar Menschen geopfert, um Götter gnädig zu stimmen, eine gute Ernte zu wünschen, Krankheiten fernzuhalten, den Feind zu besiegen. Also, ja, die Druiden haben Menschenopfer dargebracht, aber ob sie das Hirn aus den Schädeln verspeist haben oder die armen Teufel in Reisighaufen verbrannt haben, das vermag ich nicht zu beurteilen, ich persönlich glaube es nicht.« Er warf das Stöckchen entschlossen zum Holzhaufen.

Rachid formulierte vorsichtig die nächste Frage. »Brian, wenn ein Druide ein Menschopfer darbringen möchte, sei es, um Götter gnädig zu stimmen, sei es, dass er jemanden seinen Göttern opfert, von dem er glaubt, diese Person habe schwere Schuld auf sich geladen, und er nicht nur opfern, sondern gleichzeitig bestrafen möchte, sucht er vielleicht, wenn dies zu Beltane geschieht, einen ganz besonderen Ort auf. Was könnte das für ein Ort sein? Und wie habe ich mir diesen Druiden vorzustellen?«

Brians Augen waren bei jedem Wort größer geworden.

»Das meinen Sie jetzt ernst, oder? Sie suchen einen Druiden, der übermorgen jemanden ermorden wird? Denn eine solche Opferung ist doch nichts als Mord, ein moderner Druide ist, wenn er tötet, ein Killer, wie jeder andere auch. Ihr heiligen Götter, Sie wollen von mir wissen, welches Plätzchen er sich dafür heraussucht. Ich bin kein Prophet oder Weissager, wenn Sie das glauben, aber lassen Sie mich überlegen.«

Brian verschränkte die Hände ineinander und schloss die Augen, Rachid wartete ab. Der Mann hatte es erfasst.

Mehr zu sich selbst, begann Brian Verneuil mit dem Versuch, die Frage nach dem *Wo* zu beantworten.

»Höhlen, Wasser, heilige Haine, vor allem Eichenwälder, besonders Wälder mit Steineichen, die haben wir hier ja zur Genüge, allerdings ohne Misteln. Steineichen mit Misteln, das wäre der ideale Ort, aber, Fehlanzeige. Was wäre der nächste Platz, der einem Ideal besonders nahe käme?« Brian verfiel in Nachdenken.

Höhlen, Wasser, Wald, Stellen, an denen man die kopflosen Leichen entdeckt hatte, Brian hatte sie ebenfalls aufgezählt. Doch das wussten sie bereits, dass dies die heiligen Orte waren, ging es Rachid durch den Kopf, während er auf eine Eingebung des Druiden wartete.

»Hm, ich hätte einen Ort, aber er ist nicht geeignet, da zu öffentlich«, brummte Verneuil nachdenklich.

Rachid sah ihn gespannt an. »Der da wäre?«

»Der *Jardin de la Fontaine*. Ein ehemals von den Kelten verehrter Ort. Hier wuchs damals ein Wald, in dem der gallische Gott Namas residierte, von den Römern dann als Nemausus übernommen, der Name, den die Stadt Nîmes heute trägt. Und dort, wo die Reste des Dianatempels stehen, ist eine Quelle, die bereits in keltischer Zeit ein heiliger Ort gewesen war. Nur wer würde hier, quasi in der Öffentlichkeit, morden? Ansonsten müssten Sie vielleicht einen Botaniker befragen. Vielleicht gibt es ja doch Wälder, in denen Misteln zu finden sind. Ich kenne sie hauptsächlich aus Lothringen, überhaupt eher aus dem nördlichen Frankreich. Hier habe ich noch nie eine gesehen. Grotten gibt es ebenfalls jede Menge in der Gegend, aber auch hier stellt sich mir die Frage, wie in der *Grotte de Trabuc* oder der *Grotte des Demoiselles* morden? Zu viel Publikum. Mit mehr kann ich Ihnen leider nicht dienen«, schloss Verneuil.

»Vielen Dank, aber Sie haben meine Frage, wie man sich einen Druiden dieser Art vorzustellen hat, noch nicht beantwortet«, hakte Rachid nach.

Brian Verneuil kratzte sich am Kinn. »Wissen Sie, die Frage kann man nicht so einfach beantworten. Druiden und Druidinnen kommen aus allen Bereichen unserer Gesellschaft. Ich kann da nur von denen sprechen, die ich kenne. Da gibt es einen Maurer, einen Bäcker, einen Lehrer für Geschichte, eine Museumsmitarbeiterin. Nehmen Sie mich, ich war ein Priester. Aber das nutzt Ihnen wohl nicht viel.«

Rachid erhob sich von seinem Holzklotz und klopfte sich die Hose ab. »Danke für Ihre Zeit, Brian, vielleicht helfen uns Ihre Hinweise weiter.«

Der Druide begleitete Rachid zu seinem Fahrzeug und verabschiedete sich.

»Wissen Sie, Commandant, unseren Göttern gefällt es ganz und gar nicht, wenn sich jemand Druide nennt und einfach drauflos mordet. Dieser Mensch hat nichts mit uns zu tun, so jemanden würden wir nicht in unseren Reihen dulden.«

»Was könnte es für ein Art Mensch sein? Was glauben Sie? Sie als ehemaliger Priester, als Druide? Ist er von Grund auf böse? Verzweifelt? Einfach nur verrückt?«

Verneuil überlegte einen Moment, dann zuckte er hilflos mit den Achseln. »Die Frage kann ich Ihnen leider auch nicht beantworten. Sind Sie nicht der Fachmann, wenn es um die Abgründe im Menschen geht? Ich bin es jedenfalls nicht.«

Auf dem Weg zurück nach Nîmes informierte Rachid Felix und Coco über das, was er bei Brian Verneuil erfahren hatte. Er beauftragte Felix, der aus Marseille keine weiterführenden Hinweise erhalten hatte, damit, einen Botaniker aufzutreiben, der ihnen einen Hinweis auf die seltene Mistel geben könnte. Coco solle weiterhin nach geeigneten Plätzen Ausschau halten, vorzugsweise eine Kombination von allen Vorzügen, sprich Wasser, Eichen und das alles in der nächsten Nähe einer Grotte oder Höhle, die es einem mordlustigen Druiden angetan haben könnte.

Als Nächstes versuchte Rachid, Mathilde zu erreichen. Sie hatte eine Dreiviertelstunde zuvor versucht, ihn zu kontaktieren, und ihm eine kurze Nachricht hinterlassen.

»Rachid, ich hab da was. Ich denke, es bringt uns ein gutes Stück weiter. Ruf mich bitte zurück. *Bises.*« Ein Küsschen drang an sein Ohr.

Doch erstaunt musste er feststellen, dass ihr Handy offenbar ausgeschaltet war. Vermutlich saß sie noch in der Besprechung mit Hugo Girac, mutmaßte Rachid und machte sich, nachdem er seinen Dienstwagen geparkt hatte, auf den Weg zum Museum, um sich dort mit Mathilde zu treffen.

Kapitel 45

Mit einem Gefühl der Erleichterung zog Rachid sein Handy aus der Jackentasche, als es klingelte. Endlich, Mathilde. Doch es war Martin.

»Rachid, weißt du, wo Mathilde steckt? Ich versuche schon die ganze Zeit, sie zu erreichen. Ich hab mir noch ein paar Gedanken über die Druiden gemacht und wollte sie ihr mitteilen.«

Rachids Puls beschleunigte sich. Auch Martin hatte sie telefonisch nicht erreicht? Das war nicht Mathildes Art.

»Was wolltest du ihr denn mitteilen? Wir sind für jeden Hinweis dankbar. Ich sag ihr Bescheid, sobald sie sich meldet. Ich hab es auch eben versucht, aber ihr Handy ist wohl ausgeschaltet.«

»Ausgeschaltet? Merkwürdig. Das hab ich ja noch nie erlebt.«

Rachid versuchte, ruhig zu bleiben. »Nun, was gibt's denn zu den Druiden zu sagen?«

Martin räusperte sich. »Wir haben darüber gesprochen, welche Aufgaben der Druide in der Antike wahrgenommen hat. Irgendwann wurden diese weisen Männer nämlich verdrängt, den Römern waren sie ein Dorn im Auge und den Christen erst recht. Und dann gab es sie nicht mehr, bis ein neues Interesse an den Kelten und ihren religiösen Führern wieder erwachte, das bis in die heutige Zeit weiterlebt. Doch welche Berufe sind heute identisch mit denen, die einst ein Druide ausübte? Könnte es nicht sein, dass der Druide, den ihr sucht, einer dieser Berufsgruppen angehört?« Martin legte eine Pause ein.

Rachids Reaktion ließ nicht lange auf sich warten.

»Das ist eine absolut interessante Überlegung, Martin. An was hattest du gedacht?«

»Nun, an Priester an erster Stelle, Lehrer, Mathematiker, Astrologen, Richter, Historiker und Ärzte, ihr könnt es euch aussuchen.« Erneut schwieg er kurz. »Rachid, bitte melde dich, wenn du was von Mathilde hörst.«

Der Commandant nickte. »Mach ich. Martin, ich hätte noch eine Bitte an dich. Wenn du dich schon so intensiv mit den Kelten und dem ganzen Drumherum im Moment beschäftigst. Wo könnte ein ganz besonderer Ort sein, vielleicht in Nîmes oder seiner näheren Umgebung, an dem ein Druide ein besonderes Opfer an Beltane darbringen würde? Wir haben Grotten, Wasser, Eichenhaine im Angebot, aber ich könnte mir vorstellen, dass dieser Platz erheblich bedeutender sein muss, dass er vielleicht alles miteinander vereint.«

»Von welchem Opfer sprichst du? Besonderer Ort, besonderes Opfer?«

Rachid seufzte tief. »Wir können nicht ausschließen, dass sich unser Druide erneut als Mörder betätigt. Also, streng deinen Grips an, Martin.«

Die beiden Männer verabschiedeten sich, und Rachid kam außer Atem am Museum an. Das Herz schlug ihm bis zum Hals, als er an die Tür von Hugo Girac klopfte. Nichts rührte sich. Dann hörte er ein perlendes Lachen, das Lachen einer Frau. Er klopfte erneut, und als sich immer noch nichts tat, öffnete er mit einem Ruck die Tür.

Er blieb wie angewurzelt stehen. Kein Historiker, keine Mathilde. Nur eine junge Frau, die mit dem Rücken zu ihm stand und Bücher in das Regal einräumte. Kein Wunder, dass sie ihn nicht gehört hatte, dachte Rachid, als er die beiden weißen Stöpsel in ihren Ohren entdeckte. Er ging auf sie zu und tippte ihr auf die Schulter. Die Frau drehte sich erschrocken um und zog die Stöpsel heraus.

»Haben Sie mich erschreckt«, schnaufte sie statt einer Begrüßung. Dann starrte sie Rachid fragend an und reckte das Kinn. »Was kann ich für Sie tun?«

»*Pardon*, Commandant Rachid Bouraada. Ich suche Monsieur

Girac. Er war … ist hier mit meiner Kollegin Madame le Juge de Boncourt verabredet. Ist sie schon weg?«, fragte er mit rauer Stimme.

»Na, Sie sind gut. Was heißt hier schon weg. Versetzt hat Ihre Madame le Juge Monsieur Girac, sie ist erst gar nicht hier aufgetaucht«, antwortete die junge Frau schnippisch. »Sie hat ihn angerufen und den Termin kurzfristig verschieben wollen. Sie sei zwar schon vor dem Museum, aber etwas Wichtiges sei ihr dazwischengekommen. Monsieur Girac hat mich dann informiert, ich bin seine rechte Hand. Er ist dann selbst erst gar nicht zur Arbeit im Museum erschienen, da auch mein Chef wichtige Termine außerhalb wahrnehmen muss. Falls Madame le Juge auftauchen sollte, sei er nun leider bei einem wichtigen Treffen. Wenn das alles war? Wie Sie sehen, bin ich am Arbeiten.«

Schon wollte die Frau sich wieder die Stöpsel in die Ohren stecken. Sie besann sich eines Besseren, als Rachid tief die Luft einsog und eine grimmige Miene aufsetzte. Er hatte nicht übel Lust, die Frau anzubrüllen. Doch er sagte ganz ruhig: »Das Museum wird draußen von Kameras überwacht. Schaffen Sie mir bitte unverzüglich die Person her, die mir die Aufnahmen von heute zwischen neun und zehn Uhr zeigt. Vor dem Eingang ins Museum.«

Die Frau öffnete schon den Mund, dann schloss sie ihn wieder und griff zum Telefon.

»Patrice, die Kameraaufnahmen vom Eingang, heute, zwischen neun und zehn. Ein Commandant kommt gleich vorbei, er möchte sie sehen. Ja, sofort.«

Sie knallte den Hörer auf. »Sie wissen, wo der Raum mit den Überwachungsmonitoren ist?«

Rachid nickte. »Danke.« Er konnte sich gerade noch zurückhalten, um nicht die Tür hinter sich mit einem lauten Knall zu schließen.

Der Techniker erwartete ihn bereits.

»Das sind die Aufnahmen, nach denen Sie gefragt haben, Commandant. Der Eingangsbereich. So zoomen Sie alles näher heran.«

Er zeigte auf einen kleinen Hebel. »Ich bleibe hier, wenn Sie Fragen haben.«

»Ich denke, ich komme klar, aber vielen Dank.«

Rachid setzte sich vor den Monitor. Seine Hand zitterte, als er begann, die Aufnahme abzuspielen. Noch war das Museum nicht geöffnet, dann kamen die ersten Besucher, standen vor der verschlossenen Tür, unterhielten sich, schauten ins Foyer, warteten ab, dass sich endlich etwas tat. Die Tür wurde geöffnet, die Besucher strebten hinein.

Und dann endlich kam Mathilde. Mit federnden Schritten ging sie auf den Eingang zu, hielt inne, betrachtete sich kurz im Glas der riesigen Fensterfläche und zupfte an ihrem Rock. Unwillkürlich glitt ein Lächeln über Rachids Gesicht. Doch es gefror ihm auf den Lippen, als er sah, wie Mathilde innehielt und ihr Handy aus ihrer riesigen Umhängetasche zog.

Rachid zoomte die Aufnahme heran. Mathilde bewegte die Lippen, sie telefonierte. Dann nickte sie, und es kam ihm so vor, als hätte sich ihre Miene versteinert. Der Anrufer schien ihr etwas Ernsthaftes, etwas Wichtiges mitgeteilt zu haben. Der Anruf wurde beendet.

Mathilde blickte kurz auf ihr Handy, wählte ganz offensichtlich eine Nummer. Die Terminabsage mit Hugo Girac? Das Gespräch dauerte keine halbe Minute. Sie wählte erneut, sagte ein paar Worte, spitzte die Lippen. Der Anruf auf seinem Handy. Der Kuss. Warum hatte sie ihm nicht ein paar Details auf den Anrufbeantworter gesprochen?

Sie steckte ihr Handy zurück in die Tasche und verschwand mit eiligen Schritten in Richtung Palais de Justice. Rachid spulte weiter. Doch mehr war aus den Aufzeichnungen nicht herauszuholen.

Kapitel 46

Wann nur hatte sie ihr Bauchgefühl verlassen? Am Telefon war sie regelrecht überrumpelt worden.

»Madame le Juge, ich bin auf etwas gestoßen, was Ihre Mordserie in einem völlig neuen Licht erscheinen lässt. Nun, vielleicht nicht in einem neuen Licht«, hatte er sich korrigiert, »doch es wird Sie sicher ein gutes Stück weiterbringen.«

Ihre Frage, um was es sich denn handele, hatte er nicht beantwortet. Sie solle sich überraschen lassen. Sie hatte vorgeschlagen, sich gleich im Palais de Justice zu treffen.

»Das können wir gerne im Büro besprechen, aber ich würde Ihnen gerne noch etwas zeigen, was ich nur sehr ungern mit mir herumschleppe. Darf ich Sie in meine Wohnung entführen, bei einem Kaffee lässt es sich angenehmer plaudern.«

An dieser Stelle hatte sich ihr Bauchgefühl mit Nachdruck gemeldet. *Entführen.* Das war das Stichwort. Wie naiv konnte man denn sein? Wie ein Kind, das man mit Süßigkeiten lockt, mit der Geschichte, ihm einen Welpen, ein Pony zu schenken, und es dann ins Auto zerrt. Und trotzdem war sie zu der angegebenen Adresse gelaufen. Das ungute Gefühl hatte sich verstärkt, als sie vor einer imposanten Villa stand. Davon war nie die Rede gewesen. Eine noble Gegend in Nîmes, das Haus, ein moderner Bau, umgeben von hohen Hecken und einer Mauer.

Sie stand vor dem Tor, wollte klingeln, doch dann siegte Mathildes Bauchgefühl. Wenn er ihr etwas mitzuteilen hatte, dann in ihrem Büro. Sie trat einen Schritt zurück, wollte die schmale Straße wieder zurückgehen, als sich das Tor öffnete.

»Ah, da sind Sie ja. Wunderbar. Der Commandant müsste

ebenfalls gleich eintreffen.« Er trat auf den Bürgersteig und spähte an Mathilde vorbei. »Noch nichts von ihm zu sehen. Ich habe ihm gesagt, er soll den Wagen an der unteren Parkbucht stehen lassen, hier oben findet man meist nicht die kleinste Parklücke. Wollen wir?«

Mathilde war hin- und hergerissen. Einerseits ihr Bauchgefühl, das sie eindringlich warnte, andererseits, er hatte er Rachid ebenfalls dazugebeten. Sie sollte sich nicht zum Narren machen. Sie würde jetzt mit ins Haus gehen, sich anhören, was er zu ihren Ermittlungen beitragen konnte, und sich anschauen, was er auf keinen Fall, wie er gesagt hatte, durch die Gegend schleppen wollte.

Mathilde nickte. »*Bonjour*, ich bin gespannt, was Sie entdeckt haben.«

Sie machte einen zögerlichen Schritt auf das Haus zu. Und wenn das Ganze eine Falle war? Wenn Rachid gar nichts von diesem Treffen wusste? Doch was sollte sie jetzt tun? Einen wichtigen Termin vorschützen, sich verabschieden und das Weite suchen? Und dann? Sie blieb stehen.

»Geht es Ihnen nicht gut? Wollen Sie ein Glas Wasser? Kommen Sie rein, setzen Sie sich, Sie sehen ja aus, als würden Sie Gespenster sehen.«

Er nahm sie am Arm. Vom Nachbargrundstück ertönte das Geschrei und Gelächter kleiner Kinder. Ein Mofa brummte auf der Straße an ihnen vorbei. Auf der gegenüberliegenden Seite führte eine ältere Frau einen kleinen Hund spazieren und grüßte sie. Mathilde beruhigte sich. Eine ganz normale Wohngegend, Nachbarn, Leute um sie herum. Und gleich würde Rachid auftauchen.

»Danke, es geht schon wieder«, sagte sie und entzog ihm ihren Arm. »Aber ein Kaffee wäre eine gute Idee.« Sie lächelte und betrat mit ihm das Haus. Irgendwo lief Musik. Ein Schlager von Michel Sardou. Ein ganz normales Haus mit einem ganz normalen Bewohner, der französische Schlager hörte.

»Michel Sardou, ich mag ihn. Es geht doch nichts über ein gutes französisches Chanson, finden Sie nicht auch? Unsere Sprache hat so einen unnachahmlichen Klang, melodisch, kultiviert. Allerdings habe ich auch nichts gegen ordentliche Rockmusik einzuwenden. Da stehen Deep Purple bei mir ganz hoch im Kurs. Nun, wie darf der Kaffee denn sein? Und wie trinkt ihn der Commandant?«

Mathilde bestellte für sich und Rachid zwei doppelte Espressi, und er verschwand in der Küche. Sie hörte, wie er die letzten Worte von Sardous *Connemara* mitschmetterte, und entspannte sich.

Sie sah sich im Wohnzimmer um, trat ans Fenster, das panoramaartig um die Ecke gebogen war. Das Haus lag perfekt. Von hier aus hatte man einen wunderbaren Blick über den *Jardin de la Fontaine* bis hin zur *Tour Magne*, einem weiteren antiken Wahrzeichen von Nîmes. Ihr Blick ging zu den hohen Holzregalen voll mit Büchern. Englischsprachige, deutsche und französische Werke zur Geschichte Frankreichs, eine ganze Abteilung war nur den Kelten gewidmet. Ihr Magen zog sich erneut zusammen.

Mathilde zog ein Buch heraus. *Les plantes des druides* von Isabelle Frances. Auf dem grünen Cover war eine stilisierte Eiche abgebildet. In diesem Moment kam er mit zwei Tassen dampfendem Kaffee aus der Küche.

»Nehmen Sie doch Platz.«

Sie trank einen Schluck und hatte im nächsten Moment das Gefühl, das Wohnzimmer würde sich vergrößern, die Bilderrahmen an der Wand verbogen sich, die bauchige Vase auf dem Couchtisch bekam urplötzlich eine Taille. Und dann, nichts mehr.

Als sie mit einem pelzigen Geschmack im Mund und dröhnenden Kopfschmerzen erwachte, wusste sie weder, wo sie war, noch wie lange sie im Zustand der Bewusstlosigkeit gewesen war. Sie schluckte schwer, versuchte Speichel zu sammeln, um das trockene Gefühl in ihrem Mund wegzubekommen. Ein Zittern durchfuhr ihren Körper, und sie bemerkte, dass man sie ihrer Kleider entledigt und in ein merkwürdiges Gewand gesteckt hatte. Und ihre Frisur war eine andere, ein geflochtener Zopf.

In den ersten Stunden in ihrem makabren Gefängnis stand sie Todesängste aus, war davon überzeugt, diesen Raum mit seinen Totenschädeln nie mehr lebend zu verlassen. Sie hatte versucht, sich ein Bild von ihrer Lage zu machen, hatte den merkwürdigen Grabesraum untersucht, nach einer Fluchtmöglichkeit Ausschau gehalten, gerufen, geschrien. Sie hatte an die Wände geklopft, auf den Fußboden gestampft. Und irgendwann hatte ihr tatsächlich eine Stimme geantwortet.

»Hallo, wer sind Sie? Helfen Sie mir. Man hält mich hier fest. Mein Name ist Auguste Klein.« Die Stimme klang heiser, doch sie hatte ihn ganz deutlich gehört und verstanden. Allerdings war es bei den wenigen Worten, dem Hilferuf, geblieben. Und dann war da nur noch Stille. Mathilde vermutete, dass man Klein im wahrsten Sinne des Wortes den Mund gestopft hatte. Aber zumindest hatte er noch gelebt. Ob Madame Chapelet ebenfalls hier festgehalten wurde?, fragte sich Mathilde. Oder war sie doch Mittäterin?

Irgendwann kam sie zur Ruhe, versuchte, ihre Lage ganz rational zu betrachten. Und kam zu einem Schluss, der ihr genauso wenig gefiel wie die Vorstellung, durch das Schwert dieses Irren zu sterben.

Kapitel 47

Mittlerweile war es Mittag geworden, und von Mathilde fehlte jede Spur. Die ersten Nachfragen an ihrem Arbeitsplatz, dem Palais de Justice, hatten nicht viel ergeben. Bruno, der Wachmann, hatte sie gesehen, als sie an ihm vorbeieilte, gerade als er aus dem Gericht heraustrat. Sie hatte ihm zugewunken und war dann in Richtung *La Coupole*, der Markthalle, weitergegangen. Von da an war sie wie vom Erdboden verschluckt.

Felix und Coco konnten Rachid nur mit Mühe einigermaßen beruhigen, als er vollkommen aufgelöst im Präsidium erschien. Bereits zuvor hatte er Felix angerufen, ihm erklärt, er befürchte, Mathilde könnte entführt worden sein. Der Lieutenant hatte sofort die Initiative ergriffen. Binnen weniger Minuten waren Kollegen und Kolleginnen auf der Straße, im Museum, vor dem Museum, eine breit angelegte Suche nach Mathilde begann.

Sämtliche privaten wie beruflichen Kontakte wurden aufgerufen, doch niemand wusste, wo sich die Richterin aufhielt. Besonders schwer war es Rachid gefallen, die Familie zu informieren. Doch Rémy de Boncourt war gefasst geblieben, zumindest war es Rachid so vorgekommen. »Rachid, natürlich mache ich mir Sorgen«, hatte der alte Mann mit fester Stimme gesagt, »aber ich weiß, wenn Sie sie suchen, werden Sie unsere Mathilde auch wohlbehalten wiederfinden.«

Jetzt saßen Rachid, Felix und Coco vor dem Bildschirm und studierten das Filmmaterial der Überwachungskamera, schauten sich die wichtigsten Sequenzen immer und immer wieder an.

»Ihre ernste Miene sagt uns, dass jemand ihr etwas Wichtiges mitgeteilt hat, etwas, das interessanter war als das, was sie sich von dem Gespräch mit Hugo Girac erhofft hat. Und sie zögert keinen Moment, der neuen Spur zu folgen, das heißt, der Anrufer war vertrauenerweckend. Mehr können wir beim besten Willen nicht aus den Aufzeichnungen herauslesen«, kommentierte Felix zuletzt die Aufnahmen.

»Du hast recht.« Rachid biss sich auf die Unterlippe. »Sie hat mir ja angedeutet, es könnte eine Wende in unserem Fall geben. ›Ich hab da was, was uns vielleicht weiterbringt.‹ Hätte Sie doch bloß mehr gesagt, nur diese Andeutung. Es macht mich verrückt, die Technik ist heute so weit, warum kann sie nicht ein ausgeschaltetes Telefon orten?« Er schlug mit der Faust auf den Tisch. Felix und Coco schwiegen betreten.

»Wir haben versucht, Mathildes Weg zu verfolgen, aber nach Bruno hat sie niemand mehr wissentlich gesehen. Rachid, wie wollen wir weiter vorgehen? Und wo ist Hugo Girac abgeblieben?« Felix versuchte, seine Stimme weniger sorgenvoll klingen zu lassen, als ihm zumute war.

»Girac ist immer noch nicht im Museum aufgetaucht. Ich hatte gehofft, so unwahrscheinlich es auch klingt, Mathilde hätte ihm am Telefon vielleicht gesagt, wo sie hingeht. Aber der Mann meldet sich nicht. Die Suche nach ihm ist eingeleitet.«

»Und wenn er der Entführer ist?«, warf Coco ein.

Rachid zuckte hilflos mit den Schultern. »Wir können es nicht ausschließen. Der Termin, den er angeblich wahrnehmen wollte, ist nicht in seinem Kalender eingetragen. Der liegt auf seinem Schreibtisch. Giracs Handy ist ausgeschaltet. Zu Hause ist er auch nicht. Die Kollegen waren schon dort.« Er rieb sich über die Augen.

»Es nutzt jetzt nichts, uns nur auf Girac zu konzentrieren. Wenn wir jetzt ausschließlich hinter ihm herjagen, er aber nicht unser Mann ist, haben wir verdammt viel Zeit vergeudet. Nun, worum geht es eigentlich der Person, die Mathilde festhält? Ist sie dem Täter zu nahe gekommen? Wie und wann? Will er sie ebenfalls opfern?« Die letzten Worte brachte Rachid kaum über die Lippen.

Er räusperte sich. »Doch das glaube ich nicht. Alle Opfer waren in irgendeiner Weise verstrickt in Verbrechen mit Kindern, hatten sich schuldig gemacht und wurden nicht oder, in den Augen des Mörders, nur unzureichend bestraft. Das trifft auf Mathilde nicht zu. Nein, ganz und gar nicht, sie steht auf der Seite der Gerechtigkeit. Hier ist eine Liste, die Martin für uns angefertigt hat. Sie enthält die Berufe, die ein Druide ausüben könnte. Gehen wir diese Liste durch und fragen uns, wen könnte Mathilde aus diesen Berufsgruppen kennen. Gleichzeitig beschäftigen wir uns mit der Frage, wo gibt es diesen besonderen Ort, an dem an Beltane ein weiteres Opfer sterben wird. Ist es Auguste Klein? Madame Chapelet? Obwohl auch auf sie nicht das Merkmal eines Opfers zutrifft, im Gegenteil, sie gehört eher in die Kategorie des rächenden Druiden.«

Rachid legte Martins Liste auf den Tisch.

»Priester, Lehrer, Mathematiker, Astrologen, Richter, Historiker und Ärzte, ein weites Feld«, murmelte Coco.

»Bei Priester denke ich spontan an Père Joseph«, begann Felix. »Die beiden kennen sich gut, Mathilde hat ihn um Rat gefragt wegen der Druiden. Aber ganz ehrlich, ich kann ihn mir nicht als kopfabschlagenden Killer vorstellen. Und andere Priester fallen mir nicht ein.«

Rachid und Coco schüttelten den Kopf. »Niemals«, pflichteten sie Felix unisono bei.

»Lehrer, da hätten wir das ganze Kollegium aus unserem Fall im Eliteinternat. Ob wir da nachhaken? Vielleicht gibt es dort einen Lehrer für Religion, für Mathematik, dann hätten wir auch unseren Mathematiker. Es ist eine Person, die Mathilde kennt, die vertrauenerweckend ist, wie schon gesagt. Richter, das dürfte ein Problem werden. Das sind zig Personen, lassen wir die zunächst mal außen vor. Astrologen? Bei mir Fehlanzeige. Da sollten wir vielleicht in der Familie nachfragen, ob sie einen kennt. Ärzte, Alain Regis, und jede Menge anderer Gerichtsmediziner, Hausärzte, Zahnärzte, nehme ich mal an. Historiker.«

»Womit wir wieder bei Girac wären«, kommentierte Felix.

»Sollten wir nicht öffentlich nach ihm fahnden?«, schlug Coco vor.

Rachid nickte. »Ihr habt beide recht.« Sein Handy klingelte. Augenblicklich machte sich Enttäuschung auf seinem Gesicht breit. Er schüttelte den Kopf. »Martin, nicht Mathilde«, ließ er Felix und Coco wissen.

»Martin, *salut*, nein, noch keine Spur von Mathilde. Wir sitzen gerade an deiner Liste. Priester, Ärzte, Mathematiker, Astrologen schließen wir eigentlich aus. Bleiben die Historiker und Richter. Allerdings ist da die Liste sehr lang, wie du dir vorstellen kannst.« Rachid verstummte und lauschte gespannt Martins Worten. Er nickte mehrfach. »Danke, aber ist der Ort nicht zu sehr ein Publikumsmagnet? Da hast du allerdings recht. Moment, ich mach mir ein paar Notizen.«

Coco schob Rachid flink einen Notizblock und einen Stift zu. Er bedankte sich erneut und beendete das Gespräch, nicht ohne Martin zu versprechen, ihn umgehend, wenn es etwas Neues gäbe, zu informieren. Er blickte auf das, was er in aller Eile niedergeschrieben hatte.

»Coco, würden Sie bitte anhand der Notizen, die ich gleich vorlese, ein wenig dazu im Internet recherchieren. Ich befürchte, ich hab auf die Schnelle nicht alles notieren können.«

Er las die Stichworte vor, und Coco gab sie gleichzeitig in die Suchmaschine ein.

»Die Umgebung könnte doch passen. Auch wenn hier zumindest tagsüber ziemlich viel Volk herumläuft«, sagte sie aufgeregt. »Hört zu. Das keltische Oppidum, damit sozusagen die Wiege von Nîmes, hat man bei Erdarbeiten für den Parkplatz in der Avenue Jean-Jaurès freigelegt.« Sie drehte den Computer so, dass die beiden Männer auf den Bildschirm blicken konnten. »Und hier haben sie gesiedelt, an den Hängen des *Mont Cavalier*. Hier steht, das Oppidum war im vierten Jahrhundert vor Christus die Hauptstadt der *Volcae arecomici*, und beherrscht wurde es von der *Tour Magne*, dem Wachturm.«

Felix unterbrach sie. »Ich dachte immer, der wäre römisch?«

»Die Römer haben ihn ebenfalls als Wachturm genutzt und erhöht. Aber der Ursprung ist keltisch. Ebenso wie die Quelle dort einer keltischen Gottheit geweiht war. Und es gibt neben Olivenbäumen auch Steineichen. Dann könnte die *Tour Magne* diese besondere Opferungsstätte sein?«

Rachid nickte und runzelte die Stirn. »Verneuil hat den Park auch genannt. Allerdings würde es dann inmitten der Öffentlichkeit stattfinden.«

»Aber nicht in der Nacht. Da ist doch alles dicht«, wandte Coco ein. »Wann wird der Park geschlossen?«

»Nach dem 1. April um zweiundzwanzig Uhr«, erklärte Felix nach einem Blick in den Computer. »Es gäbe also zwei Möglichkeiten. Entweder unser Killer ist dann schon mit seinem Opfer im Park und hält sich versteckt, oder er kann sich nach zweiundzwanzig Uhr Zugang zum Park verschaffen. Auf jeden Fall gibt es kaum eine Stelle in Nîmes, die für ein keltisches Ritual geeigneter wäre als dieser Ort.«

»Wir werden den Bereich mit einem Großaufgebot überwachen«, ordnete Rachid entschlossen an. »Wenn unser Druide heute Nacht, wie wir vermuten, seine Opferung begehen will, werden wir da sein. Es ist im Moment unsere einzige Chance. *Alors*, befassen wir uns nichtsdestotrotz nun mit den Richtern, die sich vielleicht zu Druiden berufen fühlen.«

Es klopfte kurz an der Bürotür.

»Commandant, Neuigkeiten zum Historiker des *Musée de la Romanité*«, verkündete ein Brigadier mit hochrotem Kopf und gepresster Stimme.

Kapitel 48

Irgendwann hatte Mathilde für sich die Gewissheit gewonnen, dass es nicht sein Plan sein konnte, ihr etwas anzutun. Ab diesem Zeitpunkt wollte sie einfach nur abwarten. Was hätte sie auch sonst tun können? Rufen, schreien, an die Wände hämmern? Was hätte es gebracht? So saß sie in einer nachgebauten keltischen Grabkammer, umgeben von geraubten Kultgegenständen und Schädeln vor den Wänden, die ganz sicher seinen Opfern Jalabert, Saint Genez, Eleonore Klein und Plessis, dem Fotografen, gehörten. Nur die fünfte Nische war bisher leer geblieben. Sie konnte nur für den Kopf von Auguste Klein reserviert sein. Auguste Klein, der in der Nacht auf Beltane geopfert werden sollte.

Welche Rolle Madame Chapelet in dieser ganzen Horrorgeschichte spielte, war ihr immer noch nicht so ganz klar, wahrscheinlich die einer Helferin, einer Dienerin. Nur sie konnte die Person gewesen sein, die Klein entführt hatte, nachdem er zu Anfang offensichtlich freiwillig mitgegangen war. Ob sie sich als Polizistin ausgegeben hatte? Dann allerdings in Zivil. War sie bei den Morden anwesend gewesen? Hatte sie selbst Hand angelegt? Nun, alles würde ans Tageslicht kommen, dessen war sich Mathilde sicher. Schließlich hatte sie das beste Team der *Police judiciaire* an ihrer Seite.

Sie griff sich an den Hals, berührte die glatte Kühle des Metallrings. Sie hatte es aufgeben, ihn abstreifen zu wollen.

Mathilde nippte an dem Wasser, das sie aus dem Krug in einen irdenen Becher gegossen hatte. Es schmeckte nach nichts. Wenn er sie hätte töten wollen, hätte er dies bereits getan, hätte man sie nicht in dieses Kultgewand gesteckt, ihr die Haare gemacht, sie in eine keltische Fürstin verwandelt.

Im Grunde hätten sie ihm viel früher auf die Spur kommen müssen. Er hatte sie getäuscht, mit ganz besonderem Eifer an dem Fall mitgewirkt, hatte ihr sämtliche Informationen zugespielt, sogar die, die er hätte für sich behalten können. Die Leiche in der Bretagne, auf sie wären sie nie gestoßen. Dieser Mann war ein Sexualstraftäter gewesen, der sich an Kindern vergangen hatte. Allerdings hatte er wie Jalabert seine Strafe nicht bis zum Ende verbüßt. Er hatte noch seinen Kopf behalten. Wahrscheinlich war der Gedanke, seine Opfer zu köpfen und die Schädel als Trophäen aufzubewahren, erst später in ihm erwacht. Wohl, nachdem er schon in der Bretagne mit dem Neokeltismus und den Neodruiden in Kontakt gekommen war.

Die Vorstellung, der Druide der Antike sei Rechtsprecher und zugleich Richtender gewesen, musste ihn dann so fasziniert haben, dass er nicht nur das Gesetz in die eigene Hand genommen, sondern daraus einen wahren Kult gesponnen hatte. Der Mann war krank, keine Frage. Und sie sollte eine Rolle in diesem morbiden Spiel spielen.

»Krank, total irre, das bist du«, murmelte Mathilde vor sich hin. Sie musste vorsichtig sein, durfte ihn keinesfalls reizen. Kurz hatte sie in Erwägung gezogen, ihm Kontra zu bieten, ihm auf den Kopf zuzusagen, dass er ein ganz billiger Mörder war, der seinen Morden eine religiöse Dimension verleihen wolle, die diese aber nicht in sich trügen. Er sei schlicht und ergreifend ein feiger, gemeiner Killer, sonst nichts. Diesen Plan hatte sie jedoch verworfen. Zu gefährlich, wenn er ausrasten würden. Das würde sie ihren Kopf kosten.

Mathilde lauschte immer wieder angestrengt. Von Klein war seit seinen Hilferufen nichts mehr zu hören gewesen. Man hatte ihn entweder geknebelt oder betäubt, vermutete sie. Erneut nippte sie an dem Wasser. Ob er es aus der Quelle, die ehedem einem keltischen Gott geweiht war, geschöpft hatte? Es würde sie nicht wundern.

Lange hatte sie gerätselt, wo sie sich befand. Irgendwann hatte ein leicht modriger Geruch die Düfte und Aromen, die sie umgaben, überlagert. Mathilde erinnerte sich an die Lage des Hauses, das an das Felsgestein des *Mont Cavalier* regelrecht gepresst erbaut worden war. Wahrscheinlich hatte man den Felsen sogar als Substruktion, als Möglichkeit für ein kühles Kellergewölbe genutzt. Und darin hatte er sich diese Kopie einer keltischen Grabkammer eingerichtet. Mit den Köpfen seiner Opfer, mit gekauften oder geraubten Artefakten, wenn sie denn keine Nachbildungen waren. Von dem aus dem Museum gestohlenen Kultbäumchen fehlte allerdings jede Spur.

Mathilde fragte sich, ob er es für diesen ganz speziellen Ritualmord brauchen würde. Und sie fragte sich auch, welchen Ort er dafür gewählt hatte. Diese Grabkammer? Einen weiteren felsigen Kellerraum? Draußen? Wenn sie tatsächlich, wie sie vermutete, in einem unterirdischen Felsenkeller seines Hauses festgehalten wurde, dann käme vielleicht der Dianatempel in der Nähe, der durchaus als Ruine einer Grotte ähnelte, in Betracht. Grotte, Wasser, auf die Steineichen würde er verzichten müssen.

Und die *Tour Magne?* Mathilde glaubte, sich zu erinnern, dass der antike Wachturm sogar keltischen Ursprungs war. Und hatte er nicht eine Nische im Gemäuer, die als Grotte dienen konnte? Sie schüttelte den Kopf, sie wusste es tatsächlich nicht. Und wie kämen sie dorthin? Würde er den ganzen Tross in den Park führen wollen? Der *Jardin de la Fontaine* wurde ab Anfang April um zweiundzwanzig Uhr abgeschlossen. Aber jemand, der unbemerkt seinen Felsenkeller in ein keltisches Fürstengrab verwandeln konnte, hatte sicher auch eine Möglichkeit gefunden, unbemerkt in den Park zu gelangen, um dort sein mörderisches Treiben zum Höhepunkt zu bringen.

Ein plötzlicher Lichtschimmer irritierte Mathilde. Ihr Blick fiel auf die schwere Holztür. Nahezu geräuschlos öffnete sie sich.

»Meine Fürstin.«

»Juge Pelletier.«

Der Richter legte Mathilde ein Schwert zu Füßen.

Kapitel 49

Rachid hatte umgehend zwei Polizisten ins Museum geschickt, die Monsieur Girac mit Blaulicht zum Präsidium chauffierten. Der Historiker war vollkommen baff darüber, was er mit seinem Verschwinden ausgelöst hatte. Wie ein Häufchen Elend saß er dann in Rachids Büro und bekannte sich zu seinem Seitensprung.

»Ich habe Madame Lionel bei einer Führung durch unser Museum kennengelernt. Seitdem treffen wir uns, wenn es unsere Zeit erlaubt, ganz unverbindlich bei ihr zu Hause. Und als Madame le Juge abgesagt hat, habe ich kurz entschlossen kehrtgemacht und bin zu ihr hin. Und es ist einfach ein wenig später geworden. Sie sagen doch nichts davon meiner Frau?«

Nachdem Madame Lionel alles bestätigt hatte, konnte Hugo Girac das Präsidium wieder verlassen. Es war nicht Aufgabe der Polizei, seine Gattin über sein Liebesleben und die Seitensprünge zu informieren.

»Als Thierry in der Tür stand und sagte, es gäbe Neuigkeiten wegen unseres Historikers, hatte ich schon geglaubt, wir hätten ihn. Dass er einen so roten Kopf hatte, weil er vor Lachen fast geplatzt wäre … Ich hätte ihn erwürgen können«, sagte Felix mit grimmiger Miene.

»Zumindest haben wir einen Verdächtigen weniger«, entgegnete Rachid ruhig, obwohl auch er dem jungen Brigadier am liebsten die Meinung gegeigt hätte. »Wir werden dann heute Abend mit fünfzehn Leuten um zwanzig Uhr an der Rue Tour Magne sein. Das vorletzte Haus bietet aus dem Obergeschoss weite Sicht sowohl zum Turm wie zur Quelle. Wenn sich etwas tut, sind wir in einer Minute vor Ort. Mehr können wir im Moment nicht unternehmen. Versuchen wir also weiter, den Druiden ausfindig zu machen. Coco, was machen Ihre Recherchen zu den Richtern in Nîmes?«

Coco hatte sich während der Befragung des Historikers zurückgezogen. Nun, eine Stunde später, hatte sie eine Liste angelegt, die sie zusammengefaltet auf den Tisch legte. Sie räusperte sich. Felix stand auf und füllte ein Glas mit Mineralwasser, stellte es ihr hin. Coco nahm einen großen Schluck.

»Ich kenne dich«, sagte er zu seiner Kollegin. »Wenn du so bist, hast du irgendwas gefunden. Du rückst das Papier nicht raus und weißt nicht, wo du anfangen sollst«, ärgerte er sie freundschaftlich.

»*Alors*, du hast recht. Und wenn ich euch sage, was mir im Kopf herumspukt, dann werdet ihr euch fragen, warum niemand bisher auf die Idee gekommen ist.«

»Was haben Sie herausgefunden?« Rachids Stimme klang ungeduldig. »Entschuldigen Sie, Coco, aber meine Nerven sind äußerst angespannt.« Er streckte die Hand aus, und Coco reichte ihm das Blatt Papier. Es war bis auf einen Namen leer.

»*Pardon*, aber ich wusste nicht, was ich da jetzt aufschreiben soll. Aber es ist alles in meinem Kopf.«

Rachid und Felix starrten auf den Namen.

»Setzen Sie sich, legen Sie los«, forderte Rachid seine junge Kollegin auf.

»Darf ich ganz von vorne anfangen?«

Der Commandant nickte.

»Spätestens, als Madame le Juge in den Mittelpunkt des Falls gerückt ist, hätten wir ahnen müssen, dass sie ganz persönlich beziehungsweise ihre Arbeit im Palais de Justice als Ermittlungsrichterin eine Rolle spielt. Daher habe ich mit ihren Kolleginnen und Kollegen in Nîmes angefangen, wobei ich die Juristen, die sich mit Wirtschaftsdelikten, Steuervergehen und Ähnlichem beschäftigen, ausgelassen habe. Viel ist nicht dabei rausgekommen. Wie überall im Land, sind Prozesse an Spitzfindigkeiten der Anwälte, Verfahrensfehlern, zurückgezogenen Zeugenaussagen gescheitert. Insofern sind fast alle Richter, Anwälte, Staatsanwälte oder Ermittlungsrichter irgendwann einmal gescheitert. Und dann ist es mir wie Schuppen von den Augen gefallen. Wer ist die Person, die das Urteil fällt, das Strafmaß verkündet? Der Richter, die Richterin. Sie nehmen heute noch die Aufgabe wahr, die den Druiden vor Jahrhunderten zukam. Im Nachhinein betrachtet, ist es mir ein Rätsel, dass wir nicht schon früher an eine Person, die im weitesten Sinne etwas mit dem Gesetz zu tun hat, gekommen sind. Wir haben oft genug gesagt, unser Mörder hat das Gesetz in die eigene Hand genommen. Und die Richter haben wir bei unseren Überlegungen nach hinten geschoben, weil es davon jede Menge gibt.«

Cocos Blick wanderte zu Rachid, der stumm blieb. Lediglich seine angespannte Miene verriet seinen Gemütszustand.

»Viele ihrer Kollegen und auch Madame le Juge selbst haben immer wieder mit Verbrechen gegen Kinder, Jugendliche zu tun, nicht alle werden gesühnt. Wahrscheinlich gibt es jede Menge Kolleginnen und Kollegen alleine hier in Nîmes, Richter und Staatsanwälte, die hilflos mitansehen mussten, wenn diese Verbrecher das Gericht als freie Person wieder verließen.«

»Und auch Polizisten«, ergänzte Felix. »Wie oft ist es erst gar nicht zur Anklage gekommen.«

»Da diese Erkenntnis uns nicht wirklich weitergeführt hätte, habe ich einfach den Fall wieder ganz von vorne aufgerollt. Und bin immer wieder über einen Richter gestolpert. Ihn hier.« Coco zeigte auf das Blatt Papier.

»Juge Pelletier war von Anfang an involviert. Er hat Madame le Juge die erste Leiche, Bernard Jalabert, übergeben. Sozusagen zu treuen Händen, schließlich war Jalabert nur aufgrund der Ermittlungsarbeit von Madame le Juge und euch überhaupt ins Gefängnis gewandert. Allerdings ohne seine Strafe bis zum Ende abzusitzen. Das war sein Todesurteil. An Saint Genez und Eleonore Klein seid ihr gescheitert. Ebenso an Auguste Klein. Der Fotograf fällt insofern nicht mehr aus dem Rahmen, da er ebenfalls eine junge Frau auf dem Gewissen hat. Es ist nie zu einer Anklage gekommen. Andererseits passt er doch nicht so ganz ins Bild, da Madame le Juge nie etwas mit ihm zu tun hatte. Aber das spielt alles letztendlich keine Rolle. Dann haben wir die Leichen in der Bretagne mit Kopf. Juge Pelletier hat ihr die Akten gegeben. Pierre Rouge, ein Mann, der sich auf einem Campingplatz an Kindern vergangen hat, er hat seine Zeit im Gefängnis nicht ganz verbüßt. Roger van Straaten, ebenfalls getötet nach einem Freispruch. Und wer war der verantwortliche Ermittlungsrichter?«

»Juge Pelletier«, antworteten Rachid und Felix wie aus einem Munde.

»Pelletier. Er hat Madame le Juge zwar die Akte zu den Ermittlungen der Polizei gegeben, aber die zu dem Prozess, der nicht zu einer Verurteilung geführt hat, behielt er. Ich glaube, dieser Mord war seine erste Tat. Als er nach Montpellier versetzt wurde, ist er auf Jalabert und Co. und die Ermittlungen im Pädophilenring gestoßen und hat, wie ich glaube, um Madame le Juge, so merkwürdig es sich anhört, einen Gefallen zu tun, seinerseits die Gerechtigkeit in die Hand genommen. In der Bretagne, in der es von modernen Kelten und Druiden nur so wimmelt, dürfte er auf den Geschmack gekommen sein. So weit sind meine Recherchen aber noch nicht gediehen. Wie er nun mit Madame Chapelet zusammenhängt, kann man nur ahnen. Der Mann, der für den Tod ihrer Tochter verantwortlich ist, wurde nie angeklagt. Dem werde ich nachgehen. Irgendwie haben sich Pelletier und sie gefunden, vielleicht genau über diese Druidenschiene. Und dann gemeinsame Sache gemacht.« Coco holte tief Luft und trank einen Schluck Wasser.

»Und wie gehört nun Mathilde Ihrer Meinung nach in diese Geschichte?«, fragte Rachid.

»Sie ist für ihn vielleicht eine Art Göttin oder so. Sie verkörpert für ihn die Gerechtigkeit, die Justitia, sie ist die, die sich unter Einsatz ihres Lebens dafür stark gemacht hat, dass solche Verbrecher vor Gericht und dann hoffentlich im Gefängnis landen. Er hat es für Mathilde de Boncourt, für die Richterin getan. Er hat diese Männer und Eleonore Klein ihr geopfert. Und nun ist Klein verschwunden. Er fehlt noch in der Reihe. Ich glaube, Pelletier möchte Madame le Juge an seiner Opferung in irgendeiner Form teilhaben lassen. Ich weiß, das Ganze hört sich abenteuerlich an. Es ist auch nur eine Theorie«, fügte Coco unsicher hinzu, als ihre Kollegen nicht sofort reagierten.

Rachid rieb sich über die Oberlippe. »Ich finde diese Theorie überhaupt nicht abwegig«, sagte er nach kurzer Überlegung.

Felix nickte zustimmend. »Nein, sie hat was. Hast du schon versucht, mit Pelletier Kontakt aufzunehmen?«

»Nein. Er lebt und arbeitet in Montpellier.«

Rachid griff zum Telefon. »Verbinde mich bitte mit dem Palais de Justice in Montpellier«, bat er, um wenig später zu erfahren, dass Pelletier heute keinen Gerichtstermin mehr hatte, sein Büro verwaist und er wahrscheinlich zu Hause sei. Wenig später hatte Rachid die Adresse und die Telefonnummer von Pelletier in Montpellier.

Kapitel 50

Mathilde blieb ungerührt sitzen, während Pelletier weiterhin vor ihr kniete.

»Meine keltische Göttin, meine Göttin der Gerechtigkeit«, rief er theatralisch.

Wenn die Situation nicht so gefährlich und zugleich grotesk wäre, würde ich einen Lachanfall bekommen, dachte Mathilde trotz des Ernstes ihrer Lage angesichts des Richters, dessen Wahnsinn nun ganz offensichtlich geworden war. Sie versuchte, auf das Spiel einzugehen.

»Hochedler Druide, was erwartet Ihr von mir? Und wie komme ich zu dieser außergewöhnlichen Ehre? Was trieb Euch an?«

Hoffentlich hatte sie nicht zu viele Fragen auf einmal gestellt.

»Mathilde, der Name steht für mich für den Glauben an die Gerechtigkeit, Mut, niemals aufgeben und sein Ziel verfolgen, bis in den Tod hinein.« Pelletier stand auf und blickte nun auf sie herab.

Mathilde lief es eiskalt über den Rücken. Es waren tatsächlich Worte ähnlich denen, die sie als Kind bereits verinnerlicht hatte, Worte des Matadors El Nimeño, der den Suizid einem Leben ohne seinen geliebten Stierkampf vorgezogen hatte.

»Keine Angst, meine Schöne, meine Gerechte, du brauchst um dein Leben nicht zu fürchten. Von heute an werden wir gemeinsam gegen das Böse kämpfen, es besiegen.«

Was sollte das heißen, gemeinsam gegen das Böse kämpfen, es besiegen? Eine schauerliche Ahnung überkam Mathilde, als ihr Blick wieder auf das Schwert fiel, das zu ihren Füßen lag.

»Darf ich«, fragte der Richter höflich und wies mit seiner Hand auf das fellbezogene Bett. Mathilde rutschte ein Stück zur Seite.

Pelletier hob sein weißes, bis zu den ledernen Sandalen reichendes Gewand etwas an und setzte sich neben sie. Er nahm ihre Hand in die seine und streichelte zärtlich darüber.

»Ich werde dir eine Geschichte erzählen. Bereits seit frühester Jugend bin ich von dem Gedanken besessen, die Welt zu einer besseren zu machen. Doch bereits das Jurastudium hat mich desillusioniert. Die Verhandlungen, denen ich beigewohnt habe, haben selten das Ziel erreicht, das ich mir gewünscht hätte. Auch meine Kraft hat nicht immer dazu ausgereicht, die Täter ihrem gerechten Schicksal zuzuführen. Ich glaube, nein, ich weiß, dass es dir, meine Fürstin, nicht anders ergangen ist.«

Mathilde musste unwillkürlich nicken. Er hatte recht. Sie entzog ihm ihre Hand, er ließ es geschehen.

»Und dann habt Ihr, großer Druide, Euch entschlossen, der Gerechtigkeit nachzuhelfen«, sagte sie mit spröder Stimme.

»Ich war nicht stark genug, nach dem ersten Versuch, glaubte ich, für immer scheitern zu müssen«, antwortete Pelletier wehmütig.

Die Toten in der Bretagne, und er hat sie mir auf dem Präsentierteller auf den Schreibtisch gelegt, dachte Mathilde und stöhnte leise auf.

»Doch als ich in den Süden versetzt worden bin und auf deine Ermittlungen gestoßen war, wusste ich, wir beide werden es gemeinsam erreichen, diesen Abschaum für immer aus dem Weg zu räumen. Und um dir meine Dankbarkeit für deinen Kampf, deinen festen Willen, der Gerechtigkeit zum Sieg zu verhelfen, zu beweisen, habe ich dir dieses Richtschwert dargebracht, es wird für dich mit Freuden einen Mann töten, dessen du nicht habhaft werden konntest. Du brauchst es nur zu erheben, zu führen, den Rest erledigt es von allein.« Pelletier schwieg und sah sie geradezu zärtlich an.

Auguste Klein, Pelletier sprach von Klein. Und sie sollte ihn töten. Wo? Hier? An einem heiligen Ort? Und was war mit Madame Chapelet? Lebte sie überhaupt noch? Mathildes Gedanken purzelten wild durcheinander.

»Madame Chapelet, was ist mit ihr? Die Druidin an Eurer Seite, mein Druide?«, presste Mathilde hervor.

Pelletier lächelte amüsiert. »Du bist an meiner Seite, meine keltische Fürstin. Sie ist nur eine Dienerin. Sie wird auch deine Dienerin sein. Nun, es ist an der Zeit, den vorerst letzten Streich zu führen.« Er erhob sich, griff nach Mathildes Händen und zog sie auf die Beine.

»Nimm es«, sagte er und zeigte auf das Schwert.

Mathilde zögerte, doch was blieb ihr übrig. Sie hatte keine Ahnung, wie weit Rachid mit der Suche nach ihr war. Denn dass er jetzt alle Hebel in Bewegung gesetzt hatte, wusste sie. Hätte sie ihm doch nur etwas mehr von diesem Treffen erzählt, sie hatte so geheimnisvoll getan. Pelletier hatte so geheimnisvoll getan. Was hätte er gemacht, wenn sie Rachid informiert hätte? Diesen ganzen Zauber abgeblasen? Es war müßig, darüber zu spekulieren.

Rachid, du wirst mich finden und diesem Spuk ein Ende bereiten, betete sie, als sie das Schwert hochhob.

»Nun, was sagst du?«

»Es fühlt sich gut an«, murmelte Mathilde. »Es liegt allerdings sehr schwer in meiner Hand, ich befürchte, ich werde es nicht heben können. Aber es ist ganz sicherlich ein gutes Schwert. Mein Druide, Ihr sagtet eben *der vorerst letzte Streich*. Wird es weitere Opferungen für die Gerechtigkeit geben?«

Sie musste das Gespräch mit ihm am Laufen halten, Fragen stellen, Zeit schinden. Das Schwert war tatsächlich verdammt schwer. Auch wenn man es mit zwei Händen halten und schwingen würde, war es sicherlich nicht einfach gewesen, damit jemandem den Kopf abzutrennen.

»Mathilde, du wirst geradezu danach lechzen, die Welt ist voll von misshandelten und getöteten jungen Menschen, die auf die Gerechtigkeit, die wir ihnen schenken werden, warten. Und nun komm, folge mir.«

Mathilde bewegte sich wie eine mechanische Puppe hinter dem Richter her. Der Mann war größenwahnsinnig, von seiner Mission besessen und glaubte tatsächlich, sie, Mathilde, sei seine keltische

Fürstin, eine Göttin, die sein Handeln nicht nur gutheißen, sondern sogar unterstützen würde.

Sie könnte jetzt einfach das Schwert heben und ihn bedrohen, im schlimmsten oder auch im besten Fall zustechen, sich ihrer Haut erwehren. Dieser Gedanke war ihr tatsächlich erst jetzt gekommen, wo sie mit Beinen, schwer wie Blei, hinter Pelletier herging. Dabei wog das Schwert immer schwerer in ihrer Hand. Und Pelletier war ihr eindeutig körperlich überlegen. Er schien ihre Gedanken erraten zu haben.

»Gib es mir, ich werde es wie ein ergebener Diener für dich tragen. Es ist nicht weit, aber das Gewicht des Schwertes der Gerechtigkeit zehrt an deinen Kräften, ich sehe und spüre es.« Auffordernd streckte er die Arme aus, und ein gefährliches Glitzern erschien erstmals in seinen Augen.

Besessen und in seinem Wahn fähig zu allem, erkannte Mathilde und reichte Pelletier die Waffe.

Hinter dem Zugang zu ihrer Grabkammer erstreckte sich ein kurzer Gang, der offenbar irgendwann in den Felsen getrieben worden war. Links zweigte nach nur wenigen Metern im rechten Winkel ein weiterer, gemauerter Gang ab. Nach weiteren wenigen Schritten erreichten sie eine eiserne Tür. Pelletier zog sie auf, und Mathilde erstarrte.

Kapitel 51

»Wir müssen jedoch in Betracht ziehen, dass weder der Turm noch die Quelle die Orte sind, an denen unser Mörder erneut zuschlagen wird«, hatte Rachid Coco erklärt, als er und Felix sich ihre Kevlar-Westen schnappten, um zu den Kollegen in der Rue Tour Magne zu eilen, die bereits ihre Beobachtungsposten bezogen hatten. »Sie bleiben hier und versuchen, für diesen Fall Alternativen ausfindig zu machen. Und kontaktieren Sie mich umgehend, Coco, es geht um Leben und Tod.«

Das brauchte der Commandant ihr nicht zu sagen. Sie wusste, dass sie beim Einsatzkommando fehl am Platz war, aber ein wenig wurmte es sie doch, dass man sie zur weiteren Recherche im Büro zurückließ. Aber der Chef hatte recht. Wenn sich das Drama nicht im *Jardin de la Fontaine* abspielte, dann woanders, darin waren sie sich einig. Und auch der Zeitpunkt war unstrittig – heute, in der Nacht auf den 1. Mai, Beltane.

Noch immer hatten sie keine Spur von Pelletier. In Montpellier hatte man erstaunt zur Kenntnis genommen, dass man den allseits geschätzten Kollegen so dringend und unbedingt suchte. Kollegen der *Police nationale* waren zu seiner Wohnung gefahren, hatten ihn nicht angetroffen. Eine Nachbarin hatte ihn gesehen, als er das Haus verließ. Sie hatte die Polizisten darüber informiert, dass Monsieur le Juge öfter tagelang nicht in seiner Wohnung sei und darauf hingewiesen, sein Auto stehe allerdings auf dem Parkplatz.

Coco öffnete ihr Notebook. Pelletier war in Nîmes nicht gemeldet. Sie hatte gehofft, er würde hier vielleicht eine Zweitwohnung unterhalten.

Sie seufzte. Alternativen für den *Jardin de la Fontaine*? Pelletier, wenn er denn tatsächlich der gesuchte Mörder war, hatte schon einige Alternativen gefunden. Eine Grotte, einen See, den Eichenwald, und solche Orte gab es, wie sie nun alle wussten, zuhauf. Und ob es dort ehedem keltische Kultplätze gegeben hatte, spielte keine Rolle, zum Kultplatz wurde die Stätte allein durch das, was sie zu bieten hatte, eben Höhlen, Wasser, heilige Pflanzen. Wo sollte sie suchen? In dieser Nacht musste es ein besonderer Ort sein, ein Ort, der bereits den Kelten heilig gewesen war. Rachid, Felix und die Kollegen waren an der richtigen Stelle. Oder zumindest in der Nähe davon.

Coco klopfte sich mit ihrem Kugelschreiber gegen die Zähne. Sie hatte einfach keine zündende Idee. Sie stand auf, wanderte im Büro auf und ab, setzte die Kaffeemaschine in Gang. Mit dem heißen Getränk setzte sie sich zurück an den Schreibtisch. Vielleicht würde es etwas nutzen, Juge Pelletier von Grund auf kennenzulernen, seine Person zu ergründen. Mit etwas Glück würde das, was sie über ihn erfuhr, einen Hinweis auf den nächsten Hinrichtungsplatz ergeben.

Und wenn er mit allen in die Bretagne gereist war? Sich einen unauffälligen Van gemietet hatte? Dort hatte er schließlich seine Wurzeln. Dort waren die Kelten und Druiden erheblich präsenter als bei ihnen im Midi.

Coco suchte und kramte alles hervor, was sie über Juge Pelletier herausfinden konnte. Plötzlich stutzte sie. Der Mann auf dem Foto in der Tageszeitung *Ouest-France* sah Pelletier frappierend ähnlich. Es zeigte den Untersuchungsrichter nach einer Urteilsverkündung. Coco kramte eine Lupe aus der Schublade. Es war eindeutig Pelletier. Sie las sich den Artikel zweimal durch. Das war vielleicht ein Ding. Der Untersuchungsrichter hatte die Anklage gegen Roger van Straaten geführt, den Mann, der vierzehn Jahre, nachdem er das Gericht mit dem Urteil »unschuldig« verlassen hatte, getötet worden war. Warum vierzehn Jahre später?

Was Coco allerdings das größte Rätsel aufgab, war die Tatsache, dass unter dem Foto der Name Juge Regner stand? Der Untersuchungsrichter war in Begleitung der Mutter des Opfers. Und diese hieß Yvonne Pelletier. Diese Frau hatte ihre Tochter verloren, vergewaltigt und ermordet im Alter von fünfzehn Jahren. Pelletier, das heißt Regner, hatte den Prozess verloren. Coco suchte weiter. Zwei Jahre nach dem Prozess hatten Regner und Madame Pelletier geheiratet und er ganz offensichtlich den Namen seiner Frau angenommen. So war aus Edmond Regner Edmond Pelletier geworden.

Doch warum geschah der Mord an dem Sexualstraftäter so viele Jahre später? Pelletier hatte ihn fast an der Angel gehabt, dann war der Mörder durch die Maschen des Gesetzes geschlüpft, war jahrelang unbehelligt geblieben. Irgendetwas musste im Leben des Richters passiert sein, was ihn zu der Tat veranlasst hatte. Und da war des Rätsels Lösung. Madame Pelletier hatte vierzehn Jahre nach dem Tod ihrer Tochter Selbstmord verübt.

Coco schlug mit der Faust auf den Tisch, sodass die Büroklammern von der Untertasse, auf der sie lagen, herunterhüpften. Umgehend verschaffte sie sich Zugang zur Steuerbehörde, die die verschiedenen Steuern auf Wohneigentum erhob. Pelletier, Montpellier, da hatte sie ihn. Dann gab Coco den Namen Regner und Nîmes ein. Regner war kein häufiger Name. Und er sprang ihr sofort ins Auge. Charlotte Regner, die Mutter von Pelletier? Fieberhaft suchte sie weiter. Charlotte Regner, verstorben vor sieben Jahren. Die Traueranzeige war noch abrufbar. Edmond Pelletier stand darunter als Hinterbliebener. In Frankreich gab es keine Melderegister. Und so hatte sich der Mann niemals in Nîmes registrieren müssen. Das Haus, das er dann wohl geerbt hatte, lag in der Rue de Combret. Pelletier hatte nie ein Wort darüber verloren, dass er so enge Beziehungen zu Nîmes hatte. Madame le Juge hätte das ganz sicher erwähnt.

Coco gab den Straßennamen ein. Sie stieß einen spitzen Schrei aus. Die Häuser an dieser Straße waren zum Teil mit ihren Kellern in den Felsen gebaut worden, in den *Mont Cavalier*, von dem die Archäologen annahmen, es habe sich zu Zeiten des keltischen Oppidums dort ein Heiligtum befunden. Der heilige Opferort war mit größter Wahrscheinlichkeit im Haus von Juge Pelletier.

Kapitel 52

Auguste Klein kniete nackt auf einer Binsenmatte, die Hände auf dem Rücken gefesselt, die Füße ebenfalls festgebunden. Sein Blick ging nach unten.

Mathilde entfuhr ein leiser Schrei, und der Mann sah auf. Pelletier also hatte Klein entführt. Natürlich. Warum sollte Auguste Klein einem Richter misstrauen, als der Pelletier sich sicher zu erkennen gegeben hatte.

»Madame le Juge, Sie also auch«, zischte Klein. »Der Racheengel.«

Mathilde schüttelte unmerklich den Kopf, und Auguste Klein schwieg augenblicklich. Dann erst nahm sie die Umgebung und die zweite Person wahr, die sich in der Felsenkammer aufhielt. Madame Chapelet, wie Pelletier und sie selbst in ein langes weißes, gegürtetes Gewand gehüllt. Wie das von Mathilde war ihr Haar zu einem Zopf geflochten, der bei ihr wie eine Krone auf dem Kopf zusammengewunden war.

Noch eine Königin, fuhr es ihr durch den Kopf.

Die Historikerin hielt eine irdene Schüssel in den Händen, groß genug, um einen abgeschlagenen Kopf darin aufzufangen. Es erinnerte sie an eine religiöse Geschichte. Mathilde wunderte sich, welche Wege ihre Überlegungen nahmen. Salome und das Haupt des Johannes, fiel es ihr ein. Nur war Johannes ein Heiliger gewesen, und Auguste Klein letztlich ein schlimmer Verbrecher.

Madame Chapelet bewegte sich keinen Zentimeter, wie angewurzelt verharrte sie in ihrer Position, die Mathilde zugleich dienend wie lauernd erschien.

Auf einem Holztisch stand ein Krug, daneben eine weitere

Schüssel, neben der Handtücher lagen. Blütenweiß und ordentlich gefaltet. Ich wasche meine Hände in Unschuld. Auf einer Säule, Mathilde kam es so vor, als handele es sich um eine Blumensäule aus dem Gartencenter, stand das geraubte Kultbäumchen. Ansonsten war der Raum leer. Die Wände bestanden aus Felsgestein, der Boden hatte irgendwann eine Schicht aus Beton erhalten, wohl um die Unebenheiten auszugleichen.

Hier also würde Kleins Hinrichtung stattfinden, und sie, Mathilde de Boncourt, war als Scharfrichterin auserkoren. Sie hatte keine Ahnung, wie sie sich jetzt verhalten sollte. Sie musste auf alle Fälle Zeit schinden, in der Hoffnung, nein, in der Gewissheit, dass Rachid, Felix und Coco rechtzeitig hier anrückten, sie aus ihrer misslichen Lage befreiten und Pelletier nebst Druidin Chapelet aus dem Verkehr zogen.

Pelletier hielt Mathilde das Schwert entgegen, sagte kein Wort, nickte ihr nur auffordernd zu.

»Mein Druide«, fing sie an und erntete einen bösen Blick von Madame Chapelet. Was wagst du es, ihn so anzusprechen, schien ihr Blick zu sagen. »Bevor ich diesen Mann seiner gerechten Strafe zuführe, möchte ich aber doch alles verstehen, denn mein Gewissen soll rein von allen Zweifeln sein«, sagte sie mit fester Stimme und wunderte sich zugleich, was sie da zusammenfaselte.

»Das ist nicht nötig«, schnarrte Madame Chapelet, während sich Auguste Kleins Mund ein Wimmern entrang.

»Was nötig ist, bestimme ich«, schnauzte Pelletier zurück, um sich dann mit leicht belustigter Miene Mathilde zuzuwenden.

»Madame le Juge …« Mathilde zuckte zusammen, Pelletier schlug nun einen ganz anderen Ton an. »… Sie glauben, das hier ist der letzte Akt des Rachefeldzugs eines durchgeknallten Richters, der sich für einen Druiden hält, nicht wahr? So mag es auf den ersten Blick erscheinen. Sie selbst sind seit Jahren auf der Jagd nach solchen Monstern.« Er zischte das letzte Wort in Richtung Auguste Klein, der sich wie unter einem Schlag duckte. »Und Sie wissen um die Unmöglichkeit, sie alle zu fassen, zu verurteilen und ihrer gerechten Strafe zuzuführen. Vor langer Zeit erging es mir wie Ihnen. Ein Mann, ein Vergewaltiger und Mörder, hat einer Frau das Liebste genommen, was sie hatte, ihre Tochter. Der Prozess endete in einem Desaster, ein Formfehler, der Mann kam frei. Ich verliebte mich in diese tapfere Frau und Mutter, wir haben geheiratet, doch unser Glück war nicht von Dauer. Sie hat den Tod ihrer Tochter Silvie nie verwunden.«

Aus dem Mund von Madame Chapelet drang ein tiefer Seufzer.

»Meine Frau verübte Selbstmord am Todestag ihrer Tochter«, fuhr Pelletier fort. »Ich suchte Trost in der Religion, fand ihn aber nicht in den gängigen Glaubensrichtungen. Erst die Begegnung mit einem Druiden, damals in der Bretagne, hat mir geholfen, aber auch, nachdem ich mich mit dem antiken Druidentum beschäftigt habe, meinen Wunsch nach Rache besiegelt. Mein erstes Opfer, und das meine ich wörtlich, ich opfere diese Menschen einer höheren Macht, war der Mörder von Silvie. Ich habe Ihnen seinen Namen genannt. Studieren Sie die Akten, Sie kennen alle Namen. Diese Opferungen haben mir Genugtuung und Ruhe geschenkt, bis ich nach Montpellier versetzt worden und auf die Missbrauchsfälle gestoßen bin, die Sie verfolgt haben, Madame le Juge. Und auch das Scheitern Ihrer Bemühungen habe ich registriert. Ich habe daraufhin das Heft, oder sagen wir, das Schwert in die Hand genommen. Und biete Ihnen nun als Geschenk Auguste Klein.«

Pelletier sah sie freudestrahlend an. Er hatte mit klarer Stimme, klarem Blick gesprochen. Nichts deutete darauf hin, dass dieser Mann verrückt war und sie, Mathilde, offenbar der Auslöser für seine Mordserie. Erneut schaute er auffordernd zum Schwert.

»Was ist mit Antoine Fleurot? Ein Kollateralschaden? Auch Ihn haben Sie auf dem Gewissen. Aber er ist keine Opfergabe, nehme ich an?« Jede einzelne Minute, in der sie redete und Pelletier antwortete, war kostbar.

Der Richter lachte glucksend. »Er war einfach nur ein mieser kleiner Gauner, ein Erpresser. Er muss Jalabert gefolgt sein, hat mitangesehen, wie diesem der Kopf vom Rumpf getrennt wurde. Er kannte mich aus dem Gefängnis. Eine zufällige Begegnung, die ihn letztlich das Leben gekostet hat.«

»Und Madame Chapelet?«, fragte Mathilde mit rauer Stimme.

»Madame le Juge, Sie wollen Zeit gewinnen, das ist mir klar. Doch auf was warten Sie? Auf den weißen Ritter, der mit seinem Pferd herbeigaloppiert? Aber ich werde es Ihnen erklären. Auguste Klein wird einfach noch ein paar Minuten länger leiden.«

Er sah verächtlich zu dem Mann, der am ganzen Körper zitterte.

»Kalt hier, nicht wahr? Oder zitterst du vor Angst?« Pelletier erwartete keine Antwort.

»Diese Geschichte ist schnell erzählt. Du …« Er ging wieder zum *Du* über, wie Mathilde bemerkte. »… greifst bitte zum Schwert, mach dich schon einmal mit ihm vertraut.«

Mathilde zögerte.

»Bitte! Ich wiederhole mich nicht gerne.«

Sie nahm das Schwert, erneut begann Klein zu wimmern.

»Madame Chapelet und ich haben uns im Museum kennengelernt, als sie einen Vortrag über die Schlacht bei Bibracte gehalten hat. Wir haben uns danach mehrfach getroffen, zwei gleiche Seelen eben. Sie müssen wissen, Maximiliane ist eine Druidin. Sie hat mir von Marjolaine erzählt, und ich war ihr behilflich, ihrer Tochter Gerechtigkeit widerfahren zu lassen. Und Maximiliane war mir behilflich, Eleonore Klein«, Pelletier spuckte den Namen geradezu aus, »in die Falle zu locken, nachdem sie den Weg dafür geebnet hat.«

Auguste Klein schrie auf, verstummte jedoch sofort wieder.

»Das ist alles. Nun, wie liegt das Richtschwert in der Hand? Maximiliane, bist du bereit?«

Pelletier nickte der Frau, die einer stummen Dienerin gleich alldem gelauscht hatte, auffordernd zu. Sie trat vor, stellte sich vor August Klein, während Pelletier dessen Kopf mit einer Hand nach vorne drückte. Er zeigte auf einen Punkt im Nacken. »Hier, ich bitte um Präzision. Tritt näher.«

Mathilde konnte sich keinen Zentimeter bewegen. Das Schwert wog gefühlt mindestens einhundert Kilo in ihren Händen, sie glaubte sich einer Ohnmacht nahe. Selten hatte sie sich so hilflos gefühlt.

»Komm näher«, befahl Pelletier erneut und zog zu Mathildes Überraschung aus den Tiefen seines Gewandes einen kurzen Dolch. Er wäre fähig, sie zu töten, wenn sie nicht Klein opferte. Mathilde holte tief Luft, überlegte, wie sie das Unvermeidliche weiter hinauszögern könnte.

Der Dieb! Noch immer wussten sie nicht, wer den Halsring und all die anderen antiken Stücke geraubt hatte. Und wer somit letztlich für den Tod von Vincent, dem Wachmann, verantwortlich gewesen war.

»Und Madame Chapelet hat das Kunststück fertiggebracht, den Torques, den ich nun trage, zu entwenden? Nun, Kunststück ist eigentlich zu viel gesagt, schließlich hatte sie ja den Transponder.«

»Mathilde, du kränkst mich in meiner Ehre. Gut, den Halsring hat Maximiliane an sich genommen, doch meine Sammlung keltischer Kunst habe ich ganz alleine zusammengetragen. Und was deinen Hals ziert, ist, so schmerzlich es für mich ist, ein Torques aus Silber. Ehrlich erworben und mit einer Schließe. Nie hätte ich es übers Herz gebracht, das wunderbare Stück aus Gold womöglich zu verbiegen, um es dir anzulegen. Auch wenn du meine Göttin bist.« Pelletier sah sie um Verzeihung heischend an. »Mathilde, nun aber bitte keine weitere Ablenkung, Monsieur Klein wartet.«

Mathilde holte tief Luft. »Eine letzte Frage. Vincent Castello. Sein Tod wurde einfach so billigend in Kauf genommen?«

Pelletiers Gesicht verzog sich schmerzlich. Er senkte die Hand, die den Dolch hielt. »Nein, das wurde er nicht. Er war einer von uns, einer von den Guten. Maximiliane hat alles versucht, aber er starb unter ihren Händen. Wir werden es uns nicht verzeihen, aber wir können nichts mehr daran ändern.«

Sie hatte einen wunden Punkt erwischt. Mathilde legte nach. »Und die Kinder, die Jalaberts Leiche gefunden haben? Haben Sie an die Kinder gedacht, die Ihnen angeblich doch so am Herzen liegen? Bis zu ihrem Lebensende wird sie diese furchtbare Entdeckung verfolgen«, griff sie Pelletier mit fester Stimme an.

Doch diesmal zuckte er nur kurz zusammen. »Das habe ich nicht gewollt. Ich konnte ja nicht ahnen, dass sie vom Weg abkommen, in Bereiche gelangen, in denen sie nichts verloren haben. Es tut mir leid. Aber ich denke, es reicht nun endgültig mit den Ablenkungsmanövern.«

Erneut hob er die tödliche Waffe, mit der er Mathilde bedrohte. Sie wich einen Schritt zurück. In diesem Moment drangen Geräusche, die eindeutig von außerhalb der Felsenkammer stammten, an ihr Ohr.

Mathildes Herz machte einen Satz. Die Kavallerie, es konnte nichts anderes sein, Rachid und seine Leute, die Rettung nahte. Fast hätte sie laut gelacht, doch die Gefahr war noch nicht vorüber.

Natürlich hatten auch Pelletier und seine Gefährtin den Aufruhr vernommen. Nur Klein schien nichts mitbekommen zu haben. In sich zusammengesunken, schien er auf den tödlichen Streich zu warten.

»Machen Sie schon.«

Mathilde blieb stehen, wo sie war. Ihr Blick ging zu der schweren Eisentür, die, so wusste sie, nicht abgeschlossen war. Pelletier machte einen Schritt auf sie zu, entriss ihr das Schwert und hob es über seinen Kopf. Dann ging alles sehr schnell. Klein ließ sich zur Seite fallen, das Schwert verfehlte sein Ziel, Mathilde hob den Dolch auf, der Pelletier aus der Hand gefallen war. Madame Chapelet entglitt die Schüssel, die sie so krampfhaft gehalten hatte. Sie zersprang mit einem lauten Krachen. Gleichzeitig wurde die Tür aufgerissen, und das Einsatzkommando der *Police nationale* stürmte den Felsenkeller, angeführt von Commandant Rachid Bouraada.

Im Handumdrehen waren Pelletier und Madame Chapelet Fesseln angelegt, Auguste Klein befreit und in eine Decke gehüllt.

Mathilde hatte sich an die Wand gedrückt und verfolgte die ganze Szene, nachdem sie Rachid signalisiert hatte, es ginge ihr gut.

Der Einsatz hatte nur wenige Minuten gedauert, und endlich konnte Mathilde, wenn auch auf wackeligen Beinen, ihrem Retter in die Arme fallen.

»Ist dir wirklich nichts passiert?«, fragte Rachid besorgt und drückte Mathilde einen Kuss auf die Stirn. Dann zog er vorsichtig an dem Halsring, den sie noch immer trug. Sie selbst hatte ihn ganz vergessen.

»Und den nehmen wir dir gleich ab.«

»Rachid, du glaubst nicht, was wir in einem weiteren Keller entdeckt haben. Das ist eine wahre Gruft, und alle Köpfe sind offenbar da, das heißt, was davon übrig ist.« Felix verzog das Gesicht. »Sind Sie etwa da drin gefangen gehalten worden, Madame le Juge? Sie müssen ja Todesängste ausgestanden haben. Rachid, kommst du?« Er eilte davon.

Rachid führte Mathilde aus dem Keller.

»Ich muss zu unseren Leuten. Ich bringe dich nach oben. Coco muss gleich da sein. Sie kümmert sich um dich. Sie hat bereits deine Familie informiert. Martin wollte ebenfalls sofort vorbeikommen, um sich zu vergewissern, dass es unserer tapferen Richterin gut geht.«

Mathilde wollte schon widersprechen. Es sei doch alles okay, sie käme zurecht. Doch sie schwieg. Es war einfach ein gutes Gefühl, von ihrem Liebsten und ihren Freunden umsorgt zu werden.

Epilog

Zwei Wochen später

Der Frühling hatte endgültig Einzug gehalten. Die Blätter der Weinreben hatten sich entfaltet, keine Nachtfröste würden ihnen noch etwas anhaben können. Über den Weinfeldern des Château de Boncourt kreiste ein Raubvogel auf der Suche nach schmackhafter Beute. Die beiden Hunde, die zwischen den Reben herumtollten, waren allerdings eine Nummer zu groß für ihn.

»Wenn das Ding nicht gleich piepst, gehe ich wieder nach Hause«, maulte Arthur und zog seinen Holzstock über ein hohes Grasbüschel, aus dem ein erschrockener Heuhüpfer sprang.

»He, pass doch auf. Du hättest ihn fast erschlagen«, schnauzte Noah ihn an, der mit Blicken verfolgte, ob es dem Insekt nach dieser Attacke gut ging. Mit drei weiteren Hüpfern war der kleine Kerl verschwunden.

»Wir müssen Geduld haben«, brummte Sébastien. »Blech und Kronkorken haben wir ja schon gefunden. Das Gerät funktioniert, ist doch super. Und die Münze dürfen wir behalten. Auch super.«

Die drei wanderten über die Felder, immer noch auf der Suche nach einem sagenhaften Schatz. Ob von den Kelten, den Römern, den Griechen oder sonst wem, war ihnen egal. Nur sollte es endlich mal etwas Besonderes sein.

Babou kam angetrottet. Er hechelte. Die viele Rennerei in der Sonne hatte ihn ermüdet. Er legte sich zwischen die Reben, während Henri mit einem Ast angerannt kam, den er hoffnungsvoll vor Sébastien ablegte.

»Nicht jetzt, du guter Hund, wir sind am Arbeiten. Später werfe ich dir das Stöckchen«, versprach Sébastien dem dunklen Labrador. »Wer ist denn nächste Woche dran mit der Münze?«, fragte er dann. »Auf jeden Fall kriege ich sie danach.«

»Ja, ja, wirst du schon. Wenn wir so weitermachen und sie jeder in die Finger bekommt, kann man bald nicht mehr erkennen, was drauf ist«, maulte Arthur.

»Dann lassen wir sie zukünftig in der Dose und gucken nur drauf«, versuchte Noah zu schlichten.

»Mir ist heiß. Wenn wir in fünf Minuten nichts haben, gehe ich wirklich. Sébastien, kommst du mit?«, nörgelte Arthur weiter.

»Ich geh erst zurück, wenn wir den Schatz entdeckt haben.« Sébastien ließ sich nicht aus der Ruhe bringen und folgte Noah, der den Metalldetektor mal hierhin, mal dahin hielt.

Biep, biep. Das erhoffte, aber auch unerwartete Geräusch ließ die drei zusammenzucken. Sie waren am Ende des Feldes angekommen, genau zwischen zwei Rosenbüschen, die die Mutter von Noah und Arthur vor Jahren gepflanzt hatte.

»Da muss was sein. Sébastien, pack den Spaten aus.«

Der Klappspaten wanderte aus dem Kartoffelsack, und die Jungs begannen, abwechselnd zu graben. Der Boden war bereits sehr trocken, und es kostete jeden Einzelnen von ihnen eine Menge Schweiß, sich ins Erdreich zu buddeln.

»Da, ich glaub, ich bin auf was gestoßen. Jetzt vorsichtig drum herum die Erde wegmachen. Nicht, dass wir es noch kaputt machen«, ächzte Arthur und rieb sich mit einem verdreckten Taschentuch den Schweiß vom Gesicht.

Nach zwanzig Minuten lag das Objekt ihrer Begierde vor ihnen. Enttäuschung machte sich breit.

»Schon wieder so ein olles Ding«, jammerte Noah. »Warum lassen die immer alles rumliegen. Bierdosen, uraltes Werkzeug, so ein Mist. Und wir machen uns seit Wochen müde, nur um andauernd so einen Scheiß aus der Erde zu graben. So langsam hab ich keine Lust mehr. Was soll das überhaupt sein?«

Die drei beäugten ihren Fund von allen Seiten.

Sébastien zuckte mit den Schultern. »Keine Ahnung. Irgendein Blech eben. Guckt, das ist so ein Blech wie bei Coladosen mit Vanillegeschmack. Heller als der alte Müll, den wir sonst gefunden haben. Aber es hat eine komische Form. Und außerdem ist es ziemlich klein. Und kaputt.«

»Pff, was hast du denn erwartet? Bis jetzt war alles kaputt, was wir gefunden haben. Zerdrückt, zerbrochen. Aber ganz ehrlich, heil kriegst du doch so einen Schatz nie aus dem furztrockenen Boden. Überleg mal, das liegt da drin, der Traktor rattert drüber, mal regnet es, mal ist der Boden zu trocken. Dann sieht es halt sooo aus«, steuerte Arthur bei und wollte eben den Fund mit einem Fußtritt ins Gebüsch befördern.

»Lass das, du Idiot. Da kann sich ein Tier dran verletzen. Wenn wir es mitnehmen, werfen wir es in den Müll.«

»Ich trag das nicht zurück. Keine Lust. Ich hab die Schnauze voll.«

»Dann legen wir es einfach wieder zurück. Ich glaube, ich weiß, was es sein könnte«, erklärte Noah.

Sébastien und Arthur schauten erwartungsvoll.

»So was hängt in Papas Werkstatt, nur bisschen größer. Papa hat doch so alte Werkzeuge, die keiner mehr benutzt, an die Wand gehängt. Ist fast wie im Museum. Das ist eine Sichel. Mit der haben die Leute früher das Gras geschnitten.«

»Ein Vorgänger des Rasenmähers.« Arthur lachte wiehernd. »Kann also zurück in die Erde.«

Er schubste das verbogene Metallteil zurück in das Erdloch.

»Besser isses. Sollte es alt sein, kommen die noch auf die Idee, *tontons* Feld kaputt zu machen. Ich hab auch keine Lust mehr auf Schatzsuche.« Sébastien begann, Erde hineinzuschaufeln, und bald war die Sichel wieder unsichtbar.

Noah legte einen Stein darauf. »Ruhe in Frieden, du alte Sichel«, sagte er feierlich.

»Hunde, kommt, es geht nach Hause. Wenn wir nett fragen, macht uns Odile bestimmt eine Limonade.«

Sébastien fasste seine beiden Cousins um die Schultern, und einträchtig wanderten die ehemaligen Schatzsucher durch die Weinfelder zurück zum Schloss.

FIN